ANNE SANDERS

Sommerhaus zum Glück

Autorin

Anne Sanders lebt in München und arbeitete als Journalistin, bevor sie sich für die Schriftstellerei entschied. Zu schreiben begann sie bei der »Süddeutschen Zeitung«, als Autorin veröffentlichte sie unter anderem Namen bereits erfolgreich Romane für jugendliche Leser. Die Küste Cornwalls begeisterte Anne Sanders auf einer Reise so sehr, dass sie spontan beschloss, ihren nächsten Roman dort spielen zu lassen. »Sommer in St. Ives« eroberte die Herzen der Leserinnen und war wochenlang auf der »Spiegel«-Bestsellerliste. Auch »Mein Herz ist eine Insel« war ein großer Erfolg. »Sommerhaus zum Glück« ist nun ihr dritter Frauenroman bei Blanvalet.

Von Anne Sanders bei Blanvalet lieferbar:

Sommer in St. Ives · Mein Herz ist eine Insel
Sommerhaus zum Glück

Besuchen Sie uns auch auf www.facebook.com/blanvalet und www.twitter.com/BlanvaletVerlag

Anne Sanders

Sommerhaus zum Glück

Roman

blanvalet

Sollte diese Publikation Links auf Webseiten Dritter enthalten,
so übernehmen wir für deren Inhalte keine Haftung,
da wir uns diese nicht zu eigen machen, sondern lediglich auf
deren Stand zum Zeitpunkt der Erstveröffentlichung verweisen.

Verlagsgruppe Random House FSC® N001967

1. Auflage
Copyright der Originalausgabe © 2018
by Blanvalet Verlag, in der Verlagsgruppe Random House GmbH,
Neumarkter Str. 28, 81673 München.
Redaktion: Angela Kuepper
Umschlaggestaltung: www.buerosued.de
Umschlagmotiv: James A. Guilliam/Photolibrary/Getty Images
LH · Herstellung: wag
Satz: Uhl+Massopust, Aalen
Druck und Bindung: GGP Media GmbH, Pößneck
Printed in Germany
ISBN: 978-3-7341-0550-0

www.blanvalet.de

Für meine Mutter,
die mich erst auf den Zauber von St. Ives
aufmerksam gemacht hat.

März

1. Elodie

Der Augenblick, in dem der Groschen fällt und es dennoch nicht *klick* macht? Das ist garantiert der, in dem ich mich gerade befinde, und das nicht erst seit den zwei Minuten, die ich hier stehe und an einer Tür rüttle, die sich einfach nicht öffnen lassen will. Noch einmal drücke ich gegen das Holz. Nichts. Ich ziehe den Schlüssel heraus, schiebe ihn zurück ins Schloss, ich drehe ihn ein wenig, woraufhin er tatsächlich einrastet, doch darüber hinaus – absolut nichts. Frustriert trete ich von der störrischen Eingangstür einige Schritte zurück, dann steige ich die Stufen zur Straße hinunter und blicke von dort an der alten, grau-weißen Hauswand des Cottages hinauf.

Die Adresse? Stimmt.

Das Häuschen? Sieht genauso aus wie auf den Fotos.

Der Himmel? Wirkt, als wolle er mich verspotten mit seinem klaren Sternenzelt, das bis vor fünf Minuten noch unter einer wütenden, regenpeitschenden Wolkendecke verborgen lag, die mich vom Bahnhof St. Ives vor sich hergetrieben und meine komplett durchnässten Klamotten zu verantworten hat. Ich schüttle den Kopf, während ich nach meinem Koffer greife. Voller Ungeduld zerre ich an dem Plastikgriff, der sich prompt aus seiner Halterung löst – ich umklammere ihn mit der Hand, während der Trolley mit einem dumpfen Laut auf den nassen Asphalt klatscht.

Für einen Moment schließe ich die Augen. Dann öffne ich sie wieder. Ich sehe von dem Griff in meiner Hand zu dem Koffer zu dem Cottage, das ich nie zuvor betreten habe, das aber mir gehört, auch wenn ich es nicht fertigbringe, diese vermaledeite Tür zu öffnen. Über mir kreischt eine Möwe, und ich sehe, was da auf mich zukommt, und ich kann gerade noch verhindern, dass mich der Vogelkot ins Auge trifft. Er landet auf meiner Hand, die ich mir schützend über das Gesicht gehalten habe, und ich fasse es nicht. Ich fasse es einfach nicht.

Neuanfang im Nirgendwo? Niemand sonst könnte so zielsicher vom Regen in die Traufe schlittern wie Elodie Hoffmann.

Doch wie heißt es so schön: Die Hoffnung stirbt zuletzt. Ist es nicht so?

2. Helen

Hast du gehört? Das *Peek-a-boo* ist unter der Haube. Die neue Besitzerin ist gestern Abend angereist, sagt Mrs. Barton. Also, entweder ist sie die neue Besitzerin, oder sie wollte einbrechen, hat aber letztlich die Tür nicht aufbekommen. Eine ziemlich junge Frau. Hatte einen Koffer dabei. Ist damit in Richtung *Sloop Inn* abgezogen.«

»Ich denke nicht, dass man bei einem Haus davon sprechen kann, es sei unter die Haube gekommen«, erwidere ich abwesend. Ehrlich, ein altes Cottage ist doch kein Heiratskandidat. Ich wische mir die Hände an meiner Schürze ab und lasse den Blick zu der Wanduhr über der Kaffeemaschine schweifen. Punkt neun. Wäre diese Uhr nicht bereits gestellt, könnte man es nach der Zeit tun, zu der Brandy jeden Morgen unser Café betritt.

»Helen?«

»Hm?«

»Wo bist du mit deinen Gedanken, Kindchen?«

»Äh …« Das *Peek-a-boo*, richtig. »So jung kann die Frau nicht sein«, sage ich, »wenn sie es sich leisten kann, ein Bed & Breakfast zu kaufen, oder?«

»Mmh.« Brandy lässt sich auf ihrem Stammplatz an dem kleinen Tisch in der Ecke nieder, während die Türglocke einen weiteren Gast ankündigt.

»Hi, Dory«, begrüße ich Doreen, die ein paar Häuser weiter eine kleine Boutique betreibt. Sie hat ihr Telefon ans Ohr gepresst und bedeutet mir mit einer Hand, dass ich kurz warten soll. Ich schiebe zwei Scones in eine Papiertüte, dann befülle ich den Wasserkessel, gebe Tee in die Kanne, die ich für Brandy zubereite, und welchen in den Becher für Doreen, ohne dass eine von beiden eine Bestellung hätte aufgeben müssen. So ist das hier, in *Kennard's Kitchen*, Chapel Street, St. Ives. Die Holzböden sind alt, die Metallstühle abgenutzt, der Geruch von Schwarztee und Gebäck hängt in den Wachstüchern wie die Seeluft über dem Hafen. Dieselben Gäste bestellen die gleichen Speisen, die Liam in der Küche auf die immer gleiche Weise zubereitet. Die Touristen bringen Abwechslung, aber niemals genug, und am Ende wiederholt sich ihre Anwesenheit in unserem Ort, wie sich die Gezeiten wiederholen. Sie kommen, und sie gehen, wieder und wieder.

Das Geklimper von Brandys Parka reißt mich aus meinen Gedanken. Dieses Ding. Nie geht sie ohne diese Jacke aus dem Haus, selbst bei strahlendem Sonnenschein nicht, das soll mir mal einer erklären. Der Stoff ist grün wie schmutziger Tang und mit Taschen übersät, in denen Brandy weiß der Himmel was aufbewahrt.

»Was schleppst du da nur mit dir herum?«, frage ich wie beinahe jeden Morgen, während sie das speckige Ungetüm über den Stuhl neben sich drapiert. Und wie beinahe jeden Morgen bleibt die Frage unbeantwortet.

»Sorry, Helen, irgendwas ist da mit einer Lieferung schiefgelaufen«, begrüßt mich Dory, nachdem sie ihr Telefongespräch beendet hat.

»Macht doch nichts«, antworte ich. Dann reiche ich ihr den Thermobecher Tee und die Tüte mit den Scones, und sie legt mir dafür die passende Anzahl Pfund auf den Tresen. Alles wie immer.

»Was er wohl dafür verlangt hat?«, überlegt Brandy laut. »Immerhin hat er sich seit Jahren nicht um das Haus gekümmert. Ich will gar nicht wissen, wie es da drinnen aussieht.«

»Das will keiner«, stimme ich zu. Das *Peek-a-boo* steht seit Ewigkeiten leer, seit die Besitzer, Olive und Peter, es an ihren Neffen und Alleinerben überschrieben haben, der allerdings in Australien lebt und niemals Anstalten machte, sich um die kleine Pension zu kümmern. Jetzt, nach Olives und Peters Tod, hat er sich offenbar dazu entschlossen, das Haus zum Verkauf anzubieten. Erzählte die alte Mrs. Barton, die im Cottage nebenan lebt und immer mindestens eines ihrer altersschwachen Augen auf ihre Nachbarn gerichtet hat.

»Redet ihr vom *Peek-a-boo*?« Dory ist schon fast wieder zur Tür hinaus. »Mrs. Barton erzählte mir vor ein oder zwei Monaten, dass jemand gekommen sei, um nach dem Rechten zu sehen und ein bisschen sauber zu machen.«

»Ach ja?« Ich werfe Brandy einen fragenden Blick zu. Wenn es wirklich so gewesen wäre, müsste sie eigentlich davon wissen, denn Brandy weiß alles. Immer.

»Huh«, macht sie. »Ich hatte ja keine Ahnung! Die alte Dame gehört allmählich wirklich nicht mehr zu den verlässlichsten Quellen, wenn es um wichtigen Tratsch geht.«

Ich lächle über ihren entrüsteten Gesichtsausdruck und über die »alte Dame«, denn Brandy ist selbst nicht mehr die Jüngste, womöglich sogar ähnlich alt wie Mrs. Barton, wer weiß das schon? Ich betrachte meine Freundin, die ich seit so vielen Jahren kenne und die bereits so viele Geschichten erzählt hat, doch in den seltensten Fällen handelten die von ihr selbst. Brandy kann alles aus jedem herauskitzeln, mit ihrem offenen Wesen, den großen, ver-

13

trauenswürdigen Augen und ... Keine Ahnung, wie genau sie es anstellt. Am Ende jedenfalls scheint sie jedes Detail über den anderen zu wissen und niemand etwas über sie. Ist es tatsächlich möglich, dass ich nicht einmal sagen kann, wie alt Brandy ist? Ich schüttle den Kopf – obwohl es stimmt –, dann verabschiede ich Dory und laufe in die Küche, um Brandys Omelett zu bestellen.

»Ist viel los draußen?«, fragt Liam.

»Noch nicht«, erwidere ich. Durch die Durchreiche betrachte ich ihn, wie er mit dem Rücken zu mir auf der Anrichte Zwiebeln würfelt. Breitbeinig steht er da, die Schultern gestrafft, die muskulösen Arme vibrieren im Takt seines Schneidemessers. Liams halblanges helles Haar wird im Nacken mit einem einfachen Küchengummi zusammengehalten, doch schon bald wird er es wieder radikal abrasieren, zum Sommer hin, wenn die Surfsaison beginnt und ihn nach Feierabend nichts mehr in dieser Küche hält. Oder in diesem Haus. In unserer Wohnung, an unserem Tisch. Nicht ich, nicht die Zwillinge, nicht das, was ein Familienleben sein sollte. Es gab Zeiten, da sind wir zusammen nach Newquay gefahren, sind mit den Brettern rausgepaddelt, dem Sonnenuntergang entgegen. Aber das ist lange her. Dass wir Spaß hatten, ist lange her. Dass wir glücklich waren, *richtig glücklich*, daran kann ich mich kaum mehr erinnern. Okay, das stimmt so nicht. Ich könnte mich daran erinnern, doch ich habe mir lange nicht mehr die Mühe gemacht.

Ich seufze, unbeabsichtigt, und Liam wirft mir über die Schulter einen Blick zu.

»Was ist los?«, fragt er.

Wenn ich das wüsste, denke ich. »Gar nichts.« Ich drehe mich um und kehre in den Laden zurück.

14

Inzwischen sind zwei weitere Tische besetzt. Ich bringe Brandy ihren Tee, den sie, ohne hinzusehen, eingießt, während sie Lorna am Nachbartisch lautstark von der jungen Frau berichtet, die das *Peek-a-boo* erworben hat. »Irgendwas stimmte mit dem Schlüssel nicht«, erklärt sie, »die Tür ging nicht auf. Also hat sie ihren Koffer genommen und ihn ins *Sloop Inn* geschleppt. Ich nehme an, dass sie sich dort ein Zimmer gemietet hat.«

»Aber wieso sollte sie das tun, wo ihr doch jetzt ein ganzes Bed & Breakfast gehört?«

»Weil sie Probleme mit dem Schlüssel hatte«, rufe ich in Lornas Ohr.

»Aaaaah«, macht die. Und: »Oh, Kindchen, bringst du mir ein Stück von Liams Früchtekuchen? Ge…«

»…toastet, ich weiß.«

Brandy wirft mir einen Blick zu. Ich sage: »Sie hat ihr Hörgerät nicht drin«, doch das ist nicht der Grund, weshalb sie mich so durchdringend ansieht.

»Du wirkst abgelenkt, Helen«, sagt sie. »Ist alles in Ordnung mit dir?«

»Ja, sicher.« Ich nicke ihr zu, während ich auf den Tisch neben der Tür zusteuere, wo sich tatsächlich ein Touristenpaar niedergelassen hat, aus Italien, dem Akzent nach zu urteilen. Ich nehme ihre Bestellung auf. Dann gebe ich Liam in der Küche Bescheid, schneide zwei Scheiben Früchtebrot auf und stecke sie in den Toaster, und wieder laufe ich zurück zu Liam, um Brandys Omelett abzuholen.

»Alfie ist immer noch nicht aufgetaucht«, knurrt der, als ich den Teller aus der Durchreiche nehme.

Alfie, Liams Küchenhilfe. »Ich rufe ihn gleich an«, erwidere ich.

Ich bringe Brandy ihr Frühstück. Und wieder beschleicht mich dieses merkwürdige Gefühl, das heute schon den ganzen Morgen an mir haftet. Wie ein Déjà-vu in Dauerschleife. Als bestünde mein ganzes Leben aus nicht mehr als einer Aneinanderreihung von Dingen, die ich schon einmal getan habe, schon tausendmal eigentlich. Brandy sieht mich wissend von der Seite an. Die Uhr zeigt 9:17. Werden die Tage länger, oder kommt es mir nur so vor?

3. Elodie

Was soll das heißen, er ist nicht zu erreichen? Als es darum ging, mir eine überteuerte Bruchbude zu verkaufen, war er durchaus zu sprechen. Er ist *wo* bitte? Auf einem *Retreat*? Yoga? In den tasmanischen Bergen?« *Göttin der Nachsicht, gib mir Kraft.* »Wollen Sie mich auf den Arm nehmen? Er ruft mich umgehend zurück, ist das klar? Sonst hetze ich ihm eine Meute Anwälte auf den Hals.«

Ich knalle das Smartphone auf den Tisch, greife mit beiden Händen in meine Haare und ziehe einmal kräftig daran. *Mann!* Das darf ehrlich nicht wahr sein. Ich weiß, mein Umzug hierher war überstürzt, ich weiß, es war riskant, ein derart altes Cottage zu kaufen. Doch hätte ich auch nur einen Augenblick darüber nachgedacht, ich wäre in Frankfurt geblieben und hätte das getan, was ich immer tue – eine Liste geschrieben, abgewogen, das Für und Wider betrachtet, mich natürlich dagegen entschieden. Und dann was? Was dann? Ich spüre, wie mir Tränen in die Augen steigen, doch nicht aus Verzweiflung, sondern aus Wut. Über mich selbst. Darüber, dass ich mich habe hinreißen oder besser: vertreiben lassen, darüber, dass ich meine Gefühle nicht besser im Griff hatte und am Ende geflohen bin wie ein Kaninchen vorm Fuchs.

Du hast es dir noch nicht einmal vorher angeschaut, raunt eine Stimme in meinem Kopf. *Du bist über die An-*

zeige gestolpert, hast über den günstigen Preis gestaunt, hast dich vor diesem Häuschen stehen sehen und hast auf den Kontakt-Button geklickt. Und dann hast du an Per gedacht und bist noch einen Schritt weiter gegangen.

Gekauft.

Hast du es seinetwegen getan, Elodie? Aus Rache? Um ihn zu strafen?

»Und fängst du jetzt an, mit dir selbst zu sprechen?«, murmle ich. Dann blinzle ich die dummen Tränen fort und lasse mich auf einen der zwölf Stühle fallen, die zu diesem riesigen ovalen Tisch gehören.

Der ganz nett ist, wie ich zugeben muss. Eine kleine Ausbesserung hier, ein wenig Politur da, so wird am Ende sicherlich ein schönes Möbelstück daraus. Vom Boden ziehe ich meine Handtasche auf den Sitz neben mir und zerre meinen Planer heraus, um eine neue Liste anzulegen. *Einkauf,* schreibe ich darauf, darunter: *Holzpolitur.* Dann stutze ich. Was braucht man noch, um einen alten Tisch auf Vordermann zu bringen? Lappen? Lappen sind gut. Ich setze *Lappen* auf die Liste und dazu *Schmirgelpapier,* denn mit irgendwas sollte ich die Macken wohl ausbessern, oder nicht? Ich starre auf die Liste vor mir, bis die Buchstaben vor meinen Augen zu flirren beginnen. Dann lege ich den Kopf auf den Wörtern ab und schlage mit der Stirn ein paarmal dagegen.

Ich habe keine Ahnung, wie man Möbel restauriert.

Geschweige denn, wie man ein altes Bed & Breakfast wieder auf Vordermann bringt.

Ich habe niemals eine Wand gestrichen oder ein Loch gebohrt, noch eine Lampe angeschlossen.

Ich hebe den Kopf und schreibe *Do-it-yourself-Ratgeber* auf die Liste. Und dann noch *Scheuermittel, Putz-*

schwämme, Bodenreiniger. Einmalhandschuhe. Putzen werde ich wohl können, und wenn schon, dann mit Stil.

Das Telefon brummt laut gegen die Tischplatte. Mein Vater. Ich verziehe das Gesicht. *Gott,* er fehlt mir jetzt schon. Und wenn ich in diesem Augenblick mit ihm spräche, würde er das auch wissen, also ignoriere ich das Geräusch, schiebe das Handy in die Gesäßtasche meiner Jeans und mache mich mit meinem Lebensplaner unter dem Arm auf zur näheren Inspektion meines neuen Eigenheims.

Neben dem Esszimmer, das aus besagtem Riesentisch, den Stühlen und einer dazu passenden Anrichte besteht, befinden sich im Erdgeschoss die Küche und auch der Wohnbereich, in dem einige mit ehemals weißem Leinen verhangene Möbel stehen. Mit den Fingerspitzen hebe ich ein verstaubtes Laken an, unter dem sich womöglich ein Sessel befindet oder aber eine Armee Spinnen, wer weiß das schon? Letzteres ist glücklicherweise nicht der Fall. Und der Sessel sieht nicht schlecht aus. Das Sitzkissen scheint ein wenig ausgebleicht, doch – ich hebe das Tuch ein Stück höher – das Möbel wirkt ebenso antik wie seine Verwandten im Esszimmer.

Ich reiße die Laken herunter, eines nach dem anderen. Zwei Sessel treten zutage, breite Sitzflächen, mit einem feinen hellgrünen Stoff bespannt, und Schnitzereien in den Holzeinrahmungen. Der Couchtisch und ein wirklich hübscher Vitrinenschrank sind aus dem gleichen Holz, und dann ist da noch diese atemberaubende Ledercouch, wie sie in alten Bibliotheken oft steht. Die Wände müssen gestrichen werden, die Böden vermutlich abgeschliffen, doch die Möbel, die waren ganz sicher ein Schnäppchen.

Der Kühlschrank dagegen hat schon bessere Tage gesehen, an den Gasherd traue ich mich nicht heran. Das große Fenster und die Glastür daneben zeigen von der Küche auf einen winzigen Garten, der von Unkraut aufgefressen wird. Dahinter Häuser, weitere Cottages, alt, mit bröckelnder Fassade. Kein Meer weit und breit. Ich traue mich gar nicht, laut zu denken, doch es war von Meerblick die Rede in dieser Anzeige von dem *schmucken, ehemaligen Bed & Breakfast im malerischen St. Ives, ideal für Nostalgieliebhaber. Meerblick. Handwerkliche Fähigkeiten von Vorteil, aber kein Muss.*

Oh, Elodie.

Ich steige die schmale Treppe hinauf in den ersten Stock. Es ist schummrig in diesem Gang, also sehe ich mich nach einem Lichtschalter um, doch als ich ihn betätige, macht es nicht einmal *klick.* Im Dämmerlicht des Fensters am Ende des Flurs zeichnen sich drei Türen ab, die zu den Gästezimmern führen müssen. Als ich die erste öffne, bleibt mir für einen Augenblick die Luft weg. Das Zimmer ist kahl, bis auf einen schmutzigen, vormals beigefarbenen Teppich, die Fensterrahmen sind ergraut und abgesplittert, die Wände fleckig. Das kleine angrenzende Bad ist dunkelgrün gefliest – viel mehr lässt sich ohne Licht nicht erkennen, denn es hat kein Fenster. Einem plötzlichen fachfraulichen Impuls folgend, gehe ich trotzdem hinein und drehe im Schein meines Smartphones an den zwei Hebeln des Wasserhahns. Nichts passiert, dann keucht und spuckt das matte Silberrohr rostroten Dreck ins Becken. Ich öffne die anderen beiden Türen, das nahezu gleiche Bild zeichnet sich ab.

Wie benommen lasse ich mich auf die Stufen der Treppe sinken – mir wohl bewusst, dass ich die Jeans danach werde desinfizieren müssen, wer weiß, wer in diesen Teppichen haust –, schlage meinen Planer auf und beginne eine weitere Liste.

- Türschloss kaputt, muss ausgetauscht werden
- Kein Strom
- Was ist mit dem Wasser?
- Gästezimmer müssen komplett renoviert werden
- Heizung funktioniert vermutlich nicht

Letzteres ist nicht mehr als eine Mutmaßung. Es ist eiskalt in diesem Haus, dabei waren einige der Heizkörper aufgedreht.

Ich sehe nach oben, wo sich laut Vertrag das Dachgeschossstudio befinden sollte, in dem ich künftig wohnen werde, so man darin wohnen kann, versteht sich. Ich brauche einen Moment, um mich auf den nächsten Schock vorzubereiten, der ganz sicher auf mich wartet. Ich habe damit gerechnet, dass einiges zu tun sein wird, natürlich habe ich das. Ich meine, *Nostalgieliebhaber? Handwerkliche Fähigkeiten?* Dann der Kaufpreis. Ich habe womöglich ein wenig über meinen Sachverstand hinaus gehandelt, aber ich bin kein Esel. Es hieß, das Haus sei bezugsfertig. Dass nun kein Strom da ist und kein Wasser, dass nicht einmal die Tür aufzubekommen war, das verblüfft mich nun doch. Hätte eine Nachbarin, Mrs. Barton oder so ähnlich, mir nicht geraten, durch die Garage zu gehen und es an der Hintertür zu versuchen, säße ich vermutlich immer noch auf den Stufen vorm Haus.

Was noch?, kritzele ich also auf das Papier, einfach, weil ich beim Schreiben besser denken kann. *Was kommt da noch auf mich zu?* Schon jetzt habe ich den Eindruck, diese Aufgabe hier ist größer, als meine Courage es jemals war. Und meine Torheit. Alles zusammen.

Erneut surrt mein Telefon.

Ich seufze.

»Hey, Papa.«

»Elodie.« Er lässt ein paar Sekunden verstreichen, als habe er nach wie vor keine Worte dafür, dass seine Erstgeborene quasi fluchtartig das Land verlassen hat, um in England ganz von vorn anzufangen. »Wie ist das Wetter?«

»Ähm…« Ich rapple mich auf und gehe zu dem Fenster hinüber, das auf die Gasse vor dem Haus zeigt und auf andere Häuser, die vermutlich Meerblick haben. »Das Wetter ist schön«, erkläre ich und spähe zu dem blauen, nur von wenigen Wattewolken betupften Spalt Himmel hinauf, der von hier aus zu sehen ist. »Es ist frisch, aber sonnig.«

»Mmmh«, macht mein Vater. Dann seufzt er. »Ich fürchte, alles andere traue ich mich nicht zu fragen. Vielleicht sollte ich später noch mal anrufen.«

Ich ignoriere seinen Einwand. »Ich bin gut angekommen«, sage ich, »alles hat bestens geklappt. Der Ort scheint sehr hübsch zu sein, und das Haus…« Ich drehe mich einmal um die eigene Achse, während ich mir auf die Lippen beiße. »Ich werde es mir erst noch etwas genauer ansehen und melde mich dann wieder bei dir, in Ordnung?« Da. Nur zur Hälfte gelogen.

»Das hört sich nicht sehr überzeugend an. Wie sieht das Haus aus? Ich kann es immer noch nicht fassen, dass du einfach so einen Kaufvertrag unterschrieben hast, ohne dich zu beraten. Dass dir eine Bank dafür Geld gegeben hat, ist mir ein Rätsel. Und England? Wieso ausgerechnet Cornwall?«

Ich lasse den Kopf hängen. Mein armer, armer Vater

kennt leider nur einen Bruchteil der Wahrheit, und ich habe keine Ahnung, wie ich ihm den Rest beibringen soll. Zum Beispiel dass das Geld keinesfalls von einer Bank stammt.

»Und weshalb so überstürzt? Ist etwas vorgefallen? In deinem Büro? Ich dachte, du liebst deinen Job?«

»Ich …« Keine Ahnung, was ich dazu sagen soll. Habe ich meinen Job geliebt oder nur die Tatsache, dass ich *ihm* dadurch nah sein konnte? Im Nachhinein ist es schwer nachzuvollziehen, weshalb ich mich überhaupt auf eine derartige Konstellation eingelassen habe. Mittlerweile kommt es mir so vor, als sei ich geistig umnachtet gewesen – die vergangenen zwei bis drei Jahre lang circa.

»Ich ruf dich wieder an, Papa, versprochen«, sage ich.

»Lass mich wissen, wenn ich etwas für dich tun kann, Spätzchen.«

»Das mache ich vielleicht wirklich.«

»Verdammt, Elodie, ich wusste es, du brauchst einen Anwalt. Was ist los? Sag es mir!«

Ich ringe mir ein Lachen ab und beschwichtige ihn so weit, dass er sich auf später vertrösten lässt. Mein Vater mag Anwalt sein, ein gerissener noch dazu, doch von seinen Töchtern hat er sich immer kleinkriegen lassen. Ich bin ein Papakind, durch und durch. Und ein Familienmensch, absolut. Ich weiß nicht, was mich geritten hat, ihn, meine Stiefmutter und meine Stiefschwester zurückzulassen, um hier ganz allein von vorn anzufangen.

Und schon wieder das Telefon.

»Wirklich, Papa, ich rufe dich wieder an, heute noch, versprochen.«

»Per hier.«

Ich klicke den Anruf weg. Dann starre ich auf das

23

Handy, während es erneut zu vibrieren beginnt, Pers Nummer auf dem Display, die ich schon vor Wochen aus meinen Kontakten gestrichen habe. Dumm nur, dass ich sie dennoch auswendig kann.

Ich nehme das Gespräch an, während ich wütend die Treppe nach oben ins Dachgeschoss stapfe. »Ich dachte, wir hätten das geklärt«, sage ich kalt. »Ruf mich nicht mehr an.«

»Wo steckst du, Elodie?«

»Ehrlich, Per, du bist der Letzte, der das Recht hat, mich irgendetwas zu fragen, und das weißt du genau.«

Schweigen. Dann: »Elodie.« Mehr Schweigen. »Du fehlst mir.«

Ich lege auf. Ich kann diese Stimme nicht mehr ertragen. Dieses blöde Gesäusel mit dem beknackten schwedischen Akzent. Du liebe Güte, er lebt seit zwanzig Jahren in Deutschland. Vermutlich spielt er diesen dämlichen Tonfall nur vor, so wie er alles andere auch vorspielt.

Wütend reiße ich an der Tür zum Dachgeschosszimmer. Sie quietscht, als ich sie aufstoße, was mir eine Gänsehaut bereitet. Der Anblick des sich vor mir erstreckenden Raums tut nichts, um das ungute Gefühl zu vertreiben. *Tropfendes Dach,* schreibe ich auf meine Liste. *Schimmel?* Ich lehne im Türrahmen, den Lebensplaner wie einen Rettungsanker umklammernd, und lasse den Blick durch den leeren Raum schweifen, über die feuchten Flecken auf dem Teppich zu den schmutzigen Fenstern und weiter zu den Holzbalken, in deren Winkeln sich Staub und Spinnweben sammeln.

Eine SMS trifft ein.

PERS NUMMER: *War es wirklich die schlaueste Idee, das Geld für eine Bruchbude in Cornwall zu verpulvern?*

Der Mund steht mir offen, während ich auf mein Telefon starre. Dieser Scheißkerl! Und fragt noch so scheinheilig, wo ich bin. Woher weiß er es? Woher weiß er, wofür ich das Geld …

PERS NUMMER: *Für 250 000 bekommt man kein Hotel, Liebling, hat dir dein Papa das nicht gesagt? Wenn du Geld brauchst, um es wieder loszuwerden, sag mir Bescheid.*

PERS NUMMER: *Komm nach Haus, Elodie. Du fehlst mir.*

Am Türrahmen rutsche ich nach unten, bis mein Hintern den verseuchten Fußboden berührt. Meine To-do-Liste ergänze ich um: *Neue Telefonnummer.*

4. Elodie

Wenn man aus einer Stadt wie Frankfurt kommt, denke ich, mit ihrer geschäftigen Versunkenheit und fast ausnahmslosen Anonymität, dann kann so ein Ort wie St. Ives wirken wie ein Schock auf das Immunsystem: Alle Sinne sind auf einmal aktiviert, man bekommt große Augen angesichts der unfassbaren Schönheit, die Lunge atmet tiefer – frische, salzige Meeresluft –, man möchte alte Steinmauern berühren, den Sand durch die Finger rinnen lassen, die Zehen darin vergraben. Auf der anderen Seite aber fühlt man sich auch verletzlicher, denn St. Ives ist klein, und als Fremde in der Vorsaison sticht man heraus wie ein roter Luftballon unter einem Dutzend weißer. Vor allem, wer sich nicht als Touristin outet. Wer sich mit einem Schlüssel an der Tür eines alten Cottages zu schaffen macht, ohne es aufzubekommen.

»Sie sollten sich jemanden suchen, der sich damit auskennt, junges Fräulein«, sagte Mrs. Barton, meine neue und offenbar äußerst interessierte Nachbarin heute Morgen zu mir, nachdem ich meinen Rundgang durchs Haus beendet und noch einen Versuch in Sachen Eingangstür unternommen hatte. »Soll ich jemanden für Sie anrufen?«

Ich zögerte, aber nur kurz. Ich werde wohl nicht darum herumkommen, das hier – und einiges andere – reparieren zu lassen. Und wenn man jemandem trauen darf, dann doch wohl einer so freundlichen alten Dame?

Also fragte ich: »Wüssten Sie denn jemanden?«, woraufhin Mrs. Barton kicherte.

»Aber natürlich, Kindchen, was denken Sie denn?«, sagte sie, trippelte zurück in ihr Haus und kehrte nach fünf Minuten mit der Information wieder, ein Mann namens Chase Bellamy wolle gegen vierzehn Uhr vorbeischauen, um sich die Misere, wie sie es nannte, anzusehen.

Die Misere. Ich trat einige Meter zurück, auf die andere Straßenseite, um mich bei Tageslicht davon zu überzeugen, dass das Cottage, das nun mir gehört, genau das nicht ist.

Es ist ein altes Häuschen, ja, aber nicht mehr oder weniger heruntergekommen als seine ebenso betagten Nachbarn, zumindest von außen nicht. Es war einmal weiß und ist es immer noch halbwegs, die Fenster im Erd- sowie Obergeschoss sind die typisch englischen Rechtecke, die man nicht kippt, sondern von unten nach oben schiebt. Vor den Fenstern hängen Blumenkästen, die es zu bepflanzen gilt, wie auch die Kästen an dem schmiedeeisernen Geländer, das eine Art Terrasse umgibt – so lang wie das Häuschen selbst und bestimmt vier Meter breit –, von der dann die Treppe auf den Gehsteig führt. Links daneben schließt sich eine schmale Einfahrt an mit einer ebenso engen Garage, durch die man wiederum eine Hintertür erreicht, die in die Kammer neben der Küche führt.

Es ist nicht viel. Doch es ist meins.

Und wie ich so dastand, auf der Straße vor dem Cottage, da wurde mir bewusst, dass wir ein paar Dinge gemeinsam hatten, mein neues Haus und ich. Beide hatten wir schon einiges erlebt, offensichtlich, und auch schon bessere Tage gesehen, wir wirkten erschöpft und ein wenig angeschlagen. Das, was wir jetzt brauchten, waren Ruhe und ein bisschen Pflege und die Chance auf einen Neuanfang.

Ich nickte dem Cottage wohlwollend zu.

Ich werde mich um uns zwei kümmern. Und ich werde das Beste aus diesem Neuanfang machen, ganz egal, was der Rest der Welt davon hält.

Ich nippe an meinem Kaffee und verziehe das Gesicht. Diese Plörre ist wahrlich ungenießbar, doch was will ich von einem Getränk, das der Wirt eines Pubs in einen offensichtlich in die Jahre gekommenen Mitnahmebecher ohne Deckel kippt, auch erwarten? Ich schiebe ihn ein Stück von mir weg über den schmalen Holztisch vor dem *Sloop Inn*, von dem aus man einen fantastischen Blick über den Hafen genießt. Oh ja, die Aussicht ist weit besser als der Kaffee, das lässt sich auf keinen Fall leugnen. Boote schaukeln im Wasser. Möwen stolzieren auf der Brüstung, die die schmale Straße von dem kleinen Strand trennt. Musik begleitet ihren Spaziergang, ein Song aus dem Schlagen der Wellen, dem Läuten der Schiffsglocken und dem sporadischen Gekreische ihrer Artgenossen. Am Ende des Piers zeichnet sich ein weißer Leuchtturm gegen den strahlend blauen Himmel ab. Dahinter: noch mehr Wasser und noch mehr Sand, als gäbe es in diesem Elftausend-Einwohner-Städtchen kaum etwas anderes als Strand und Meer. Das ist doch schon etwas, denke ich. Das Cottage mag noch viel Anstrengung erfordern, aber mit diesem Ort hier hatte ich recht. Er ist genauso zauberhaft wie auf den Fotos im Internet, genauso wie ich ihn mir vorgestellt habe.

Ich ziehe den Kaffeebecher wieder zu mir heran und

versuche einen weiteren Schluck. Doch bevor ich darüber erneut eine Grimasse schneiden kann, halte ich inne: An der Brüstung, neben zuvor erwähnten spazierenden Möwen, lehnt ein Mann. Er trägt eine schwarze Anzughose, ein weißes, kurzärmeliges Hemd und eine Sonnenbrille, und obwohl ich seine Augen hinter den getönten Gläsern nicht erkennen kann, bilde ich mir ein, dass er mich mustert, ja, doch, ziemlich sicher, mit zusammengepressten Lippen und finsterem Blick. Ich weiß nicht, weshalb mir sofort Per in den Sinn kommt, aber er tut es. Womöglich wegen unseres Gesprächs heute Morgen. Oder weil dieser Typ all das verkörpert, was ich in Frankfurt hinter mir gelassen habe. All die Steifheit und Überheblichkeit und ... das ganze Testosteron.

Ich wende den Blick ab. Die Sache mit dem Kaffee lasse ich bleiben. Ich nehme den Becher, werfe ihn in den nächsten Mülleimer und mache mich auf den Weg in das fremde Haus, das mein neues Zuhause werden soll.

Das Schloss sei verrostet, erklärt Chase Bellamy mir, sobald er sich den Schaden an der Tür besehen hat. Das Salzwasser in der Luft greife das Metall an, das passiere bei den Häusern an der Küste ständig.

»Aha«, murmle ich.

Er lächelt mich an. »Ich gebe Ihnen die Nummer des Schlossers, okay? Das dürfte ganz schnell erledigt sein.«

»Im Gegensatz zum Rest der *Misere*, wie Mrs. Barton das nennt.« Damit führe ich ihn durch die Garage zur Hintertür und dann ins Haus hinein.

»Der Strom funktioniert nicht«, erkläre ich ihm auf dem Weg zur Treppe, »die Heizung ebenso wenig. Und oben fehlt das halbe Dach. Ich frage mich, was sich der Kerl dabei gedacht hat, diese Immobilie in einem solchen Zustand zu verkaufen.«

Der Mann, der darauf besteht, dass ich ihn Chase nenne und nicht Mr. Bellamy, lacht, und ich runzle irritiert die Stirn.

»Sorry«, sagt er, und ich muss zugeben, sein Grinsen ist entwaffnend. »Es ist bloß – das ist ein *wirklich* altes Haus, in dem *wirklich* lange nichts mehr gemacht wurde. Sind Sie zur Besichtigung auch durch die Hintertür gekommen?«

»Nun …« Ich überlege noch, wie ich einem Fremden am besten erkläre, dass ich das Haus keineswegs vor dem Kauf besichtigt habe, ohne komplett verrückt rüberzukommen, da ist Chase durch eine Tür verschwunden, die ich bisher noch nicht geöffnet hatte.

»Der Sicherungskasten«, ruft er mir aus der kleinen Abstellkammer zu, während er einen in die Wand eingelassenen Schrank öffnet. »Aaaaah«, macht er, und dann *klickklickklick,* und schon flackert über meinem Kopf eine Lampe auf.

Chase kehrt zurück in den Flur. »Die Sicherungen waren draußen, das ist alles«, sagt er. »Vermutlich eine Vorsichtsmaßnahme, nachdem der Strom wieder angestellt wurde.«

»Allmählich komme ich mir dumm vor«, sage ich, »aber man hat mir versichert, dass Strom und Wasser funktionieren würden. Und im Dach sind wirklich Löcher«, füge ich hinzu.

Wieder lacht er, und ich stelle fest, dass er ein offenes, sympathisches Grinsen hat und warme, verschmitzte Augen, komplett mit Lachfältchen drum herum. Chase Bellamy ist ein attraktiver Mann, keine Frage, doch ich bin weiß Gott nicht mehr an seiner Art interessiert, seien einzelne Exemplare noch so adrett anzusehen. Ich führe ihn die Treppe hinauf ins Dachstudio, dann in eines der Badezimmer, damit er sich das rostrote Wasser ansehen kann. Schließlich lenke ich ihn in den Keller, wo sich der Heizkessel befindet – das vermute ich, denn ganz sicher setze ich keinen Fuß in dieses Verlies, aus dem mir kalte, feuchte Luft entgegenschlägt. Auch Chase kommt schnell wieder nach oben, zwei Stufen auf einmal nehmend. Als er zu seinem Schlussplädoyer ansetzt, zücke ich meinen Planer und Stift, um mir Notizen zu machen.

»Mit dem Dach«, sagt er, »kann ich Ihnen helfen. Es sieht danach aus, als sei die Abflussrinne defekt, was die Ziegel an manchen Stellen durchfeuchtet hat – das könnte schlimm ausgehen, wirkt aber so, als sei es erst vor Kurzem passiert. Die Heizung dagegen – wenn ich raten müsste, würde ich sagen, der Kessel muss ausgetauscht werden. Den Keller sollte sich ebenfalls jemand genauer ansehen, er ist ziemlich feucht. Und was die Wasserleitungen betrifft, würde ich einen Sanitärfachmann hinzuziehen. Möglich, dass man das lösen kann, ohne gleich die Rohre austauschen zu müssen.«

»Die Rohre austauschen?«

Das Entsetzen muss mir ins Gesicht geschrieben stehen, denn Chase setzt ein aufmunterndes Lächeln auf. »Alles kann, muss aber nicht«, sagt er. »Das gilt wohl auch für den Rest des Hauses.«

»Okay«, krächze ich. Dollarzeichen tauchen vor meinem inneren Auge auf, nein Pfundzeichen. Ich fürchte, ich werde nun doch meinen Vater einschalten müssen, ich kann nicht das ganze Haus sanieren lassen, dafür reicht mein Geld nicht.

Ich habe eine kleine Pension gekauft, doch ich kann nicht darin wohnen. Stattdessen sitze ich am Abend erneut im *Sloop Inn*, wo der Wirt mir großzügigerweise abermals das schöne Zimmer mit Sicht auf den Hafen zur Verfügung gestellt hat, ich teile mir den Tisch mit einem sagenhaften Steak und meinem Kaufvertrag, und beides bearbeite ich wie eine Verhungernde ihr Gemüsebeet. »Da steht nichts von Löchern im Dach und Rohren, die erneuert werden müssen«, grummle ich, während ich mit meinem Stift Kreuze und Kringel und Ausrufezeichen in das Papier säge. Doch da steht, dass das B&B vererbt wurde und sich schon *länger nicht mehr in seiner vorgesehenen Nutzung befindet.* Ich drücke auf meinem Kugelschreiber herum, Mine raus, Mine rein. Schließlich raufe ich mir die Haare in der Erkenntnis, dass mir gar nichts anderes übrig bleibt, als meinen Vater darum zu bitten, dieses Bürokratenkauderwelsch für mich durchzusehen, mit dem er sich auskennt, ganz im Gegensatz zu mir.

Und warum hast du ihn nicht schon vorher um Hilfe gebeten, Elodie, hm? Warum nicht?, fragt die Stimme in meinem Kopf.

»Weil er mich nicht hätte gehen lassen wollen«, raunze ich zurück, dann nehme ich einen kräftigen Schluck von meinem Weißwein.

»Wer wollte Sie nicht gehen lassen, Kindchen? Und wohin?«

Vor meinem Tisch steht eine rundliche alte Frau mit einem strubbeligen grauen Haarturm auf dem Kopf und veilchenblauen Augen. Sie trägt einen schlammgrünen Parka, der von Taschen übersät ist, und darunter Leggins und ein Paar schwarze Gummistiefel.

»Äh…«, versuche ich.

»Ich bin Brandy«, erklärt sie und lässt sich auf dem Stuhl mir gegenüber nieder. »Hier, Sie sehen aus, als könnten Sie ihn vertragen.« Damit schiebt sie mir einen Schokoriegel entgegen, der ganz den Eindruck erweckt, als sei er schon einmal verschenkt worden.

»Nun ...« Ich starre einen Moment auf die Schokolade, dann auf die runzelige Gestalt, schließlich sehe ich verstohlen auf die freien Plätze um uns herum.

»Harter Tag?«, erkundigt sie sich.

Ich ziehe meine Unterlagen – Kalender, Vertrag, Handy – auf meine Seite des Tisches, um ihr Platz zu machen. »Könnte man sagen«, murmle ich dann. »Ausnehmend schön war er jedenfalls nicht.«

»Mmmh.«

Ich betrachte noch einmal Brandys Gesicht, dann werfe ich einen Blick in Richtung Bar, von wo mir der mittlerweile vertraute Wirt zuruft: »Essen Sie den Schokoriegel nur. Sie haben ein Steak bestellt, da kann man beim Nachtisch ein Auge zudrücken.«

Auf dem Tisch brummt mein Telefon, und Pers Nummer leuchtet auf, die ich zwischenzeitlich als *Gustav Arschloch* abgespeichert habe. Ich setze abermals mein Glas an die Lippen, nippe daran, Brandy sieht auf das Display, wiederholt in einem lächerlich komischen Akzent das Wort *Arschloch*, und ich pruste die Hälfte des Weins durch die Nase zurück auf den Tisch.

»Klingt ein bisschen wie *arse*«, sagt Brandy noch, und ich lache lauter. Sie sieht mich aus großen Augen an, in denen Belustigung schimmert, aber auch Wissen und Verständnis und – ich weiß nicht, was es mit dieser alten, forschen, beinahe unverfrorenen Dame auf sich hat, aber ich finde sie ... nett.

»Elodie«, stelle ich mich vor. »Elodie Hoffmann.«

»Ah, was für ein schöner Name. Sind Sie Französin?«

»Meine Mutter war aus Paris.«

War. Erneut flackert Erkenntnis in Brandys Augen auf, aber sie kommentiert die Bemerkung nicht. »Es freut mich, Sie kennenzulernen, meine Liebe. Willkommen in St. Ives.«

»Oh, danke schön«, erwidere ich. »Ich wurde schon bestens willkommen geheißen. Von einem wirklich euphorischen Wolkenbruch beispielsweise. Dann kam ich nicht in das Haus, das ich gekauft habe, weil sich die Tür nicht öffnen ließ. Und schließlich...« Ich nehme ein Taschentuch aus meiner Handtasche, um damit über die besudelte Tischplatte zu wischen, »...hat mir noch eine Möwe auf den Kopf geschissen.«

Brandy lacht so laut, dass ich automatisch wieder mit einfalle. »Aaah, ich könnte mir vorstellen, das bringt Glück, Kindchen«, sagt sie, und als sie schließlich auf mein Handy deutet und fragt: »Also, wer ist Gustav Arschloch?«, bin ich mir zwar nicht sicher, was ich von ihrer unverhohlenen Art halten soll, doch es ist spät, ich bin müde, der Tag war wirklich hart, und womöglich ist es an der Zeit, sich bei jemandem auszuheulen, und wenn es nur für drei Minuten und bei einer völlig Fremden ist.

»Mein Ex«, sage ich also, aber das Wort kommt mir dann doch nur schwer über die Lippen. Darf ich Per als meinen Ex bezeichnen, wo wir offiziell nie richtig zusammen waren? Wo ich immer nur das schmutzige Geheimnis war, das er vor der Welt und speziell vor seiner Frau verborgen hielt? Mir dreht sich der Magen um bei diesen Gedanken, und schnell greife ich noch einmal zu meinem

Glas, in der absurden Hoffnung, Alkohol könne ihn beruhigen.

»Trinken Sie nichts?«, frage ich.

Aus einer der zahllosen Taschen ihres Parkas zieht Brandy einen Flachmann hervor. »Ich habe mein Getränk immer dabei«, sagt sie und nippt daran, bevor sie sich verschwörerisch nach vorn beugt. »Absinth«, flüstert sie. »Ich lasse ihn aus Frankreich einfliegen.« Und als sie meinen nervösen Blick in Richtung Bar bemerkt: »Oh, Jack weiß davon, so wie alle anderen in St. Ives auch. Ist kein Problem für sie.« Damit nimmt sie einen weiteren Schluck aus ihrem Fläschchen, bevor sie es wieder in ihrer Jackentasche verschwinden lässt.

»Ist er der Grund, weshalb Sie hierhergekommen sind? Herr Arschloch, meine ich?«

Ich sehe Brandy an. Womöglich habe ich gedacht, ich würde über Per sprechen wollen, vielleicht habe ich das wirklich, doch es stellt sich als nicht ganz leicht heraus. Ich habe einfach noch nicht oft über ihn geredet, mit niemandem. Deshalb nicke ich nur, reiße das Papier um den Schokoriegel auf, beiße hinein und kaue, ohne mir anmerken zu lassen, wie alt die Schokolade schmeckt. Dann lenke ich das Gespräch in eine andere Richtung. »Jetzt stehe ich da mit diesem Haus, das ich gekauft habe«, sage ich, »und es entpuppt sich als ... nicht so schön.«

»Ja, Kindchen, das *Peek-a-boo* stand viele Jahre leer. Wir waren alle sehr gespannt, wann es wieder zum Leben erweckt wird. Und von wem.«

»*Peek-a-boo?*« Mehr noch als die Tatsache, dass sie darüber Bescheid weiß, welches Haus ich gekauft habe, verwundert mich der Name. »Das B&B hat einen Namen?«

»Das Cottage selbst hat einen Namen«, erwidert Brandy, »wie viele der alten Häuser hier.«

»*Peek-a-boo*«, murmle ich. »Klingt irgendwie niedlich. Leider sieht es nicht niedlich aus – zumindest nicht von innen.« Ich erzähle Brandy von dem Heizkessel und den Wasserleitungen und davon, dass die verstopfte Regenrinne dafür gesorgt hat, dass es zum Dach hereintropft. »Es mündet darin«, erkläre ich, »dass ich mir ein Haus gekauft habe und doch in einem Pub übernachten muss.«

Brandy schnalzt mit der Zunge. »Das klingt nach einem hübschen Haufen Arbeit«, sagt sie.

»Und nach einem hübschen Haufen Geld.«

»Mmmm.«

Abermals zieht Brandy ihren Flachmann hervor. »So ein Neuanfang ist manchmal steinig«, sagt sie zwischen zwei Schlucken, »doch unter den höchsten Ruinen finden sich oft die größten Schätze.«

»Ja«, sage ich. »Danach suche ich noch.«

»Haben Sie denn schon jemanden, der Ihnen hilft?«

»Nun…« Ich will gerade ansetzen, von Chase Bellamy und seiner Schadensanalyse zu erzählen, als der Barkeeper Brandys Namen ruft. »Draußen warten sie schon auf dich!«, erklärt er.

»Was? So spät ist es schon?« Brandy zieht eine Uhr aus einer der vielen Taschen ihres Parkas und zuckt die Schultern. »Also dann: War mir eine Freude, Sie kennengelernt zu haben, Kindchen, aber nun muss ich los, die Arbeit ruft.« Mit den Fingerknöcheln klopft sie auf die Tischplatte, bevor sie aufsteht.

»Arbeit?« Verwundert sehe ich auf meinem Handy nach der Uhrzeit. »Aber es ist schon gleich neun!«

»Genau, Schätzchen.« Brandy grinst. »Zeit, die Geister

zu wecken. Einer muss es ja tun. Wir sehen uns wieder. Ganz sicher.«

Ich blicke ihr nach, während sie sich ihren Weg durch das Pub bahnt, an beinahe jedem der Tische stehen bleibt, hier mit dem und dort mit jenem quatscht. Ich habe keine Ahnung, welche Geister Brandy heute wecken will, ich kann nur hoffen, dass es meine nicht sein werden.

Gibt es den Hollywood-Moment wirklich?

Als ich Per das erste Mal traf, war es keiner dieser Hollywood-Momente, ganz im Gegenteil.

Ich war auf dem Weg zu einem Vorstellungsgespräch bei Benton & Partner und hetzte durch die Lobby dieses schicken Finanzturms in der Frankfurter Innenstadt, den Blick auf meine Fußspitzen geheftet, um auf dem spiegelglatten Boden in den für meinen Geschmack viel zu hohen Schuhen den Halt nicht zu verlieren. Ich schaffte es unbeschadet zu den Aufzügen, dann in letzter Sekunde hinein. Eine Gruppe von Menschen drängte darin gegeneinander, Männer überwiegend, Anzugträger, die Wolke teuren Aftershaves betäubend. Der Knopf zur siebzehnten Etage leuchtete bereits, und während ich an einem der nadelgestreiften Ärmel vorbei auf die Zahl starrte, fragte ich mich zum wiederholten Mal, was ich hier eigentlich tat. Ich meine, ein Jobwechsel, ja. Doch das hier, Nobelfoyer, Armani-Invasion und verspiegelter Hightechfahrstuhl, das kam mir wie die völlig falsche Richtung vor. Vom Regen in die Traufe. Von der Hölle in den Schlund des Bösen.

Der Aufzug blieb so abrupt stehen, dass ich auf meinen turmhohen Schuhen ins Wanken geriet, allerdings schaffte ich es gerade noch, das Gleichgewicht zu halten. Die Hand, die sich mir entgegengestreckt hatte, um mich zu stützen, schloss sich eine Sekunde zu lang um meinen Ellbogen.

»Das darf doch wohl nicht wahr sein«, murmelte ich.

»Verzeihung, ich wollte nur helfen.«

»Wie?« Stirnrunzelnd sah ich zu dem Mann auf, dem die Hand gehörte, und meine Gedanken gerieten für einen Augenblick durcheinander. Das Erste, das mir in den Sinn kam: Da hat der Beauty-Doktor ganze Arbeit geleistet. Wie war es möglich, so weiße Haare zu haben und so glatte Haut? Wie ich schon sagte, keiner dieser Wow-Momente. Doch Wegsehen konnte ich irgendwie auch nicht. Per war ... Per *ist* der charismatischste Mann, den ich bis heute kennengelernt habe. Kantige Gesichtszüge, warme braune Augen, dazu die schlohweißen Haare, die seinem jugendlichen, gebräunten Gesicht einen wahnwitzigen Kontrast verleihen. Und nein, kein Schönheitschirurg hatte hier die Finger im Spiel, wie ich später erfuhr, und auch keine Botox-Spritze war beteiligt. Per ist nicht alt, er ist kaum älter als ich, doch seine Haare sind weiß wie die eines Greises, und grau wurden sie schon, als er ein Teenager war.

Er hob abwehrend die Hand, und ich schüttelte den Kopf. »Ah ja, danke, das meinte ich nicht.« Über die Schulter des Vordermanns versuchte ich, einen Blick auf die Leiste mit den Leuchttasten zu werfen.

»Was ist passiert?«, rief ich. »Sind wir stecken geblieben?« Bei diesen Hochglanzfahrstühlen war das doch eigentlich gar nicht möglich, oder doch?

»Ich fürchte schon«, antwortete der Mann, und wieder blickte ich verwundert zu ihm auf. Dieser Akzent. Er sah eigenartig aus, und er sprach eigenartig, und trotzdem oder gerade deswegen übte er eine Faszination auf mich aus, die mich sofort alle Warnsysteme auf einmal hochfahren ließ. *Bing, bing, bing, Achtung, Elodie, mach nicht wieder den gleichen Fehler, bing, bing.* Wozu man wissen sollte: Mein Erfolg in Liebesangelegenheiten gestaltete sich bis dato ebenso unbefriedigend wie meine Karriere. Anzahl Beziehungen? Drei. Längste Beziehung? Acht Monate. Aktueller Status: Verweigerungshaltung. Mit Anfang dreißig hatte ich endlich beschlossen, dass mir selbst genug zu sein nicht nur ein Kalenderspruch ist.

Während ich also mein Gegenüber im Fahrstuhl musterte und mir vornahm, nicht weiter über Ausstrahlung, Anziehungskraft und damit verbundene Folgeschäden nachzudenken, schaltete sich offenbar mein Verstand aus. Sonst hätte mir wohl bereits in diesem Augenblick klar sein müssen, wen ich da vor mir hatte, doch, peinlich genug, war ich absolut ahnungslos. Womöglich ließ sich das meiner Nervosität zuschieben. Vorstellungsgespräche *machen mich nun einmal nervös.* Womit wir beim Thema wären.

»Ich bin spät dran«, brabbelte ich, während ich in meiner Umhängetasche nach meinem Handy kramte. Drei Minuten noch. Mist. »Ich bin auf dem Weg zu einem Vorstellungsgespräch.«

»Ach wirklich?«

Ich nickte, während ich gleichzeitig versuchte, einen weiteren Blick nach vorn zu erhaschen. Jemand hielt die Notruftaste gedrückt und brüllte hinein.

»Ich denke nicht, dass die am anderen Ende taub sind«, sagte ich laut, was mir den erbosten Blick eines Anzugträgers einbrachte.

Der Mann fragte: »Finden Sie nicht, es ist ein seltsames Zeichen, auf dem Weg zu einem neuen Job im Fahrstuhl stecken zu bleiben?«, und ich blinzelte ihn an.

»Zeichen?« Zeichen. Welch Ironie im Nachhinein, nicht wahr? Irgendwer verhöhnte mich. Damals rief ich: »Kann man das etwas beschleunigen?«, denn allmählich wurde ich wirklich, *wirklich* unruhig, und das hatte so gar nichts mit dem Mann neben mir zu tun. Dachte ich zumindest.

»Sie machen sich mehr Sorgen darüber, dass Sie Ihren Termin erreichen, als darüber, dass der Fahrstuhl stecken geblieben ist«, stellte er fest.

»Na ja, das eine hängt mit dem anderen zusammen, oder nicht?«

»Was, wenn wir abstürzen?«, fragte er. »Oder ersticken?«

Ich hörte den Humor in seiner Stimme, doch ich antwortete ihm dennoch. »Abstürzen? In dieser Hightechmaschine? Das geht doch überhaupt nicht. Die Aufzugkabine hängt an bis zu zehn Seilen, die werden unmöglich alle auf einmal reißen. Und der Schacht hat immer eine Öffnung ins Freie, und die Kabine hat Öffnungen zum Schacht.« Aus dem Augenwinkel sah ich nach oben, um meine eigene Theorie zu überprüfen – als wenn diese Öffnungen sichtbar wären –, und stattdessen traf mein Blick auf den meines Leidensgenossen, der mich interessiert musterte. »Was?«

»Sie haben sich gut informiert.«

»Ich habe mich nicht *informiert.*« Ich hatte es tatsächlich einmal getan, aber das brauchte er ja nicht zu erfahren. Ich weiß gern, worauf ich mich einlasse, verhaftet mich doch. »Aber jedes Kind weiß schließlich auch, wie ein Flugzeug funktioniert, sonst würde doch niemand in eines einsteigen, oder?«

»Das sollte man meinen. Wobei …« Er lächelte. »Wie funktioniert denn ein Flugzeug?«

»Auftrieb, Schubkraft, Überdruck, Unterdruck.« Ich wedelte mit meiner Hand herum. »Es gibt YouTube-Videos darüber, wissen Sie das?« *Und so wirklich kapieren tut es ohnehin keiner.*

»YouTube-Videos über das Fliegen? Nein, das wusste ich nicht.«

»Ich stelle Ihnen gern eine Liste zusammen.«

»Eine Liste?«

Eine Liste? Was redete ich da? Mangels einer besseren Idee wandte ich den Blick erneut auf die Insassen vor mir, die nach wie vor mit dem Lautsprecher diskutierten, während andere auf ihren Smartphones herumtippten oder hineinmurmelten.

»Ein paar Minuten noch, in Ordnung«, rief jemand von vorn, und wieder sah ich auf mein Telefon, um die Uhrzeit zu überprüfen. Ich würde auf jeden Fall zu spät kommen.

»Ach, verdammter Mist«, murmelte ich. »Jetzt bin ich definitiv zu spät.«

Der Mann neben mir räusperte sich. »Wissen Sie, da sind Sie nicht die Einzige. Ich muss ebenfalls zu einem Vorstellungstermin erscheinen, und zwar in…« Er sah auf seine Uhr, die man schon von Weitem als Rolex identifizieren konnte. »Es läuft bereits seit einigen Minuten. Höhere Gewalt, schätze ich, oder was würden Sie sagen? Das lassen wir gelten.«

Mit einem *Pling* setzte sich der Fahrstuhl in Bewegung. Ein Raunen durchlief die Kabine. Und dann bekamen der Mann und ich doch noch unseren Hollywood-Moment, genau in dem Augenblick, in dem sich die Aufzugtüren zum siebzehnten Stock öffneten.

»Nach Ihnen«, erklärte er und bedeutete mir mit einer

Geste vorzugehen. Und bevor ich erfassen konnte, weshalb er wusste, in welchem Stockwerk ich aussteigen wollte, fügte er hinzu: »Bisher ist Ihr Gespräch doch ganz gut gelaufen, Frau Hoffmann. Wenn Sie mir in mein Büro folgen wollen, klären wir den Rest.«

Während ich neben ihm ging, sprachlos und mit einem Mal auf wirklich wackligen Beinen, wurde mir so einiges klar. Der Akzent. Per Gunnarson. Ich kannte den Namen meines künftigen Chefs, und ich hatte gelesen, dass er aus Schweden kam. Ich hatte ein Bild gegoogelt, Himmel noch mal! Aber er sah alt aus auf diesem Schwarz-Weiß-Foto, ehrlich alt. Mitte fünfzig! Offensichtlich hatte ich die abgebildete Version nicht mit der Realität in Verbindung bringen können. Und natürlich wusste er, wie ich aussah – vermutlich lag meine Bewerbungsmappe mitten auf seinem Tisch.

Und so begann unsere Geschichte. Wir landeten gemeinsam im Fahrstuhl. Im selben Stockwerk. Im selben Büro. Ich musste feststellen, dass er der Konterpart meines Vorstellungsgesprächs war.

Später habe ich mich oft gefragt, weshalb er mich tatsächlich einstellte. Wegen dieser kurzen Unterhaltung im Aufzug? Wegen meines Gestammels über YouTube-Videos? Weil er spürte, dass ich mich seinem Charme widersetzen würde, wie es – auch das erfuhr ich erst mit der Zeit – kaum jemand tat? Was immer es war, er stellte mich ein. Ob er es je so bereut hat wie ich?

43

5. Helen

Sieh mal, Helen, wen ich mitgebracht habe«, ruft Brandy, sobald sich die Tür des Cafés hinter ihr geschlossen hat. »Das hier ist Elodie, die neue Besitzerin des *Peek-a-boo*. Habe sie quasi aufgegabelt und vor einem Frühstück im *Sloop Inn* bewahrt. Elodie, das ist Helen Kennard, Helen, das hier ist Elodie Hoffmann.«

»Aufgegabelt würde ich das nicht nennen«, sagt Elodie, während sie mir die Hand reicht, »wohl eher aus dem Bett gehämmert. Hi, sehr erfreut.«

»Ebenfalls«, erwidere ich. Ich wische mir die Hand an der Schürze ab, bevor ich ihre schüttle. Elodie ist kleiner als ich, ein gutes Stück, aber auch jünger, Anfang, Mitte dreißig würde ich schätzen. Ihre Haare sind hellblond, mit einem dunklen Ansatz, die Augen groß und dunkelbraun. Sie sieht aus wie eine amerikanische Cheerleaderin mit ihrem breiten Lächeln und den strahlend weißen Zähnen, doch natürlich ist sie das nicht.

»Elodie ist aus Frankfurt hergezogen«, erklärt Brandy, während die beiden sich an den angestammten Tisch setzen.

»Oh, dann ist das hier sicherlich ein Schock für dich.« Ich folge ihnen und fahre noch einmal mit dem Lappen über das Wachstuch, obwohl ich den Tisch zuvor schon abgewischt habe. »Von der Großstadt in ein so kleines Kaff wie St. Ives.«

Elodie blinzelt zu mir hoch. »Oder vom grau melierten Dschungel ins smaragdgrüne Paradies, wie ich es nenne.« Sie lässt den Blick zum Fenster schweifen, hinaus auf die Straße, und dann lacht sie. »Auch kein Meerblick. Wie in meinem neuen, baufälligen Häuschen.«

»Oh, das *Peek-a-boo* hat durchaus Meerblick, man muss nur ein wenig um die Ecke schauen«, sagt Brandy.

»Aaaah, natürlich«, erwidert Elodie in gespieltem Ernst. »Heißt es deshalb so? *Peek-a-boo?*«

»Wer weiß das schon, Kindchen?«

»Weiß man denn genau, um welche Ecke man schauen muss, um das Meer zu sehen?«

Brandy überlegt einen Augenblick, bevor sie mit ihrer Geisterbeschwörerinnen-Stimme erwidert: »Manche Häuser lüften ihre Geheimnisse mit der Zeit. Andere nie.«

Ich sehe zu, wie sich Elodies hübsches Gesicht einmal mehr aufhellt, wie sie ihre Hand auf Brandys Arm legt und die beiden zusammen lachen, und aus welchem Grund auch immer versetzt mir das einen Stich. Vielleicht, weil ich nicht mit einstimmen kann. Weil heute einfach nicht mein Tag oder mir schlicht nicht zum Lachen ist. Weil Brandy meine Freundin ist und ich gerade jetzt ihre ungeteilte Aufmerksamkeit brauche. Womöglich auch nur, weil im Augenblick alles trostlos erscheint, wofür meine miese Laune die Verantwortung trägt, nicht Brandy oder sonst wer.

»Was hättest du gern?«, frage ich Elodie.

»Einen Cappuccino, bitte. Und einen Obstsalat.«

»Obstsalat.« Ich nicke. Dann gebe ich die Bestellungen auf, bereite Tee und Kaffee zu, wie an jedem anderen Morgen auch.

Heute ist Sonntag. Der Vormittag verläuft hektisch. Bis elf Uhr ist unser kleines Café gefüllt mit einer Vielzahl hungriger Einheimischer, die sich zu einem späten Frühstück aufgerafft haben, und voller Touristen noch dazu. Wo die auf einmal herkommen?, frage ich mich. Von gestern auf heute ist das *Kennard's* bis auf den letzten Platz besetzt, als habe man eine Busladung Fremder durch die Tür gekippt. Ein paar Minuten nach elf kommt endlich Kayla heruntergeschlurft. Ich sehe demonstrativ auf die Uhr.

»Du bist spät dran«, sage ich vorwurfsvoll. »Neun war vereinbart, du erinnerst dich? Das ist kein Kaffeekränzchen, bei dem man auftaucht, wann man will, oder auch gar nicht, wenn es nicht passt.« Meine Tochter verdreht die Augen, und ich sehne mich nach der Zeit zurück, als sie noch nicht vierzehn, pubertär und einfach nur anstrengend war.

»Wieso hast du mich dann nicht geweckt?«, erwidert sie. In diesem *Tonfall*. Dem, der mein Blut zum Kochen bringt, weil ich weiß, es kann nichts Gutes aus dieser Unterhaltung erwachsen. Ich antworte ihr nicht. Nicht dass ich nicht versucht habe, sie zu wecken, doch ich musste feststellen, dass sie ihre Tür zugesperrt hatte. Mein Klopfen rief niemand anderen auf den Plan als Liam, der mir daraufhin *diesen Blick* zuwarf, den Blick, der besagt: Wie viel willst du ihr noch durchgehen lassen?

Kayla bindet sich ihre Schürze um und geht zu den zwei Tischen links am Fenster, an dem sich soeben neue Gäste niedergelassen haben. Ich seufze. Von vorn sieht es nun so aus, als trüge sie gar nichts unter der Schürze, von hinten bedecken ihre viel zu kurzen Shorts kaum ihr Hinterteil. Kayla ist groß, sehr groß für ihr Alter. Sie hat endlose Beine und rotbraune Locken, die seidig sind und glänzend, nicht kurz und irgendwie strohig wie meine. Dazu hat Liam ihr seine strahlend blauen Augen vermacht, und alles in allem ist sie schöner, als ihr guttut. Sie ist geradezu besessen von ihrem Äußeren, von Make-up und Mode. Sie ist so versessen darauf zu gefallen, dass ich manchmal fürchte, dies ist der einzige Gedanke, der ihren Kopf bewohnt.

»Soll ich den Cappuccino noch stehen lassen?« Ich beuge mich über Elodie, um das schmutzige Geschirr abzuräumen, den Blick auf die halb volle Tasse gerichtet. »Er ist sicher längst kalt, oder?«

»Äh …« Sie lächelt mich an, während sie die Tasse von sich schiebt. »Über den erstklassigen Obstsalat habe ich den ganz vergessen. Vielleicht nehme ich noch einen Tee? Es ist noch ganz schön frisch für die Jahreszeit.«

»Apropos Kaffee«, sagt Brandy. »Habt ihr gewusst, dass in der Fore Street ein Coffeeshop eröffnen wird? Da, wo der kleine Asia-Imbiss war. Ein Pop-up-Store, heißt es. Was auch immer das bedeuten mag.«

»Es bedeutet, dass er nur für kurze Zeit da sein wird«, erklärt Elodie. »Diese Stores tauchen auf, haben für eine gewisse Zeit geöffnet und schließen dann wieder.«

»Huh.« Brandy beißt in den Keks, den ich ihr jeden Morgen zum Tee dazulege und den sie immer als Letztes verspeist.

»Einige sind saisonal angelegt«, fährt Elodie fort. »Wie … Eisläden im Sommer. Lebkuchenshops im Winter.«

»Lebkuchen.« Brandy nickt. »Damit würde er hier wohl mehr Leute anlocken. Die Engländer und ihre Biscuits. Kaffee dagegen …« Sie verzieht das Gesicht.

Elodie lacht. »Nun, womöglich wird es den einen oder

anderen Touristen geben, der eine gute Tasse echten italienischen Cappuccino zu schätzen weiß.«

»Die können Helens Kaffee trinken, Kindchen, der ist gut genug.«

Ich werfe Elodie einen Blick zu und könnte schwören, sie wird rot. Ich würde gern wissen, was mit unserem Kaffee nicht stimmt, frage aber nicht danach. Stattdessen nehme ich die Tasse mit zur Spüle und setze eine Kanne Tee für die beiden auf.

»Wer ist das da an Brandys Tisch?«, fragt mich Kayla, nachdem sie Geschirr abgeräumt, Bestellungen aufgenommen und Frühstücksteller ausgetragen hat.

»Elodie Hoffmann. Sie hat das *Peek-a-boo* gekauft.«

»Den alten Schuppen?« Sie verzieht das Gesicht.

»Sind hier nicht alle Häuser alt?«, halte ich dagegen.

»Nicht nur die Häuser«, sagt sie.

Tja. Und genau das meinte ich. Meine Tochter und ich können nicht zwei harmlose Sätze miteinander wechseln, ohne dass sie eine Spitze auf mich, meine Art oder mein Leben im Allgemeinen loslässt. Ich habe mich daran gewöhnt, doch dass es mir gefällt, kann ich nicht behaupten.

»Sie hat tolle Haare«, fährt Kayla fort, und ich sehe von meinen Teebeuteln auf.

»Gefärbt, schätze ich. Sieh dir den dunklen Ansatz an.«

»Trotzdem *nice*.« Sie fährt sich durch ihre eigenen Locken, wie um zu prüfen, ob ihre Haare ebenfalls *nice* sind.

»Und sie hat eine Topfigur.«

Ich atme tief ein. Einem Außenstehenden würde es ziemlich sicher gar nicht auffallen, doch seit einigen Monaten provoziert mich meine Tochter bei jeder Gelegenheit, die sich ihr bietet, und mich nicht provozieren zu lassen scheint meine einzige Waffe dagegen.

»Für ihr Alter«, fügt Kayla hinzu, bevor sie in die Küche verschwindet.

Ich atme aus.

In solchen Momenten. An solchen Tagen. Da frage ich mich, ob das tatsächlich mein Leben sein soll.

»Ich weiß ja nicht, wie viel man bei euch für ein Haus bezahlt, Kindchen, aber das hier ist Cornwall, Englands schönstes Fleckchen.«

»Lass das nicht die Leute im Lake District hören«, sage ich zu Brandy, während ich den frischen Tee an ihren Tisch serviere.

Sie rollt mit den Augen. »Wie dem auch sei. Zweihundertfünfzigtausend? Dafür bekommt man auch hier höchstens eine Butze.«

Elodie stöhnt und lässt ihre Stirn auf ein riesiges pinkfarbenes Buch fallen, das eindeutig viel zu groß für einen Taschenkalender ist. Mit einer Faust umklammert sie einige Dokumente, mit der anderen ihren Nacken. »Meinem Vater wird das nicht gefallen«, nuschelt sie kläglich. »Er wird kein gutes Haar an mir lassen.«

»Wer weiß, Liebchen. Vielleicht findet er ja noch eine Möglichkeit, wie du aus der Sache wieder herauskommst.«

Damit setzt sich Elodie auf. »Das ist es ja. Ich will aus dieser Sache nicht *herauskommen*. Ich kann jetzt noch nicht aufgeben, ich hab ja noch nicht einmal angefangen! Und ich kann nicht zurück nach Frankfurt.« Sie beißt sich auf die Unterlippe, während sie mir einen Blick zuwirft.

»Männer«, erklärt Brandy wissend.

»Du hast wegen eines Mannes alles hinter dir gelassen und bist hierhergezogen?« Ich setze mich neben Elodie und mustere sie neugierig. »Das klingt ziemlich dramatisch.«

Sie verzieht das Gesicht. »Es war… sagen wir, es war eine Übersprunghandlung.«

Brandy nickt, und nachdem Elodie diese Geschichte offenbar nicht weiter erläutern will, nicke ich ebenfalls.

»Ich hab ein bisschen gespart«, murmelt sie schließlich. »Ich werde sehen, wie lange es reicht, ohne dass ich an diesem Haus bankrottgehe.«

»Wenn es erst mal läuft«, sagt Brandy, »ist ein B&B in St. Ives eine Goldgrube.«

»Und Chase hilft dir, oder?«, füge ich hinzu. »Mrs. Barton hat davon erzählt. Wenigstens hast du mit ihm jemanden gefunden, der dich nicht über den Tisch ziehen wird. Bei Handwerkern weiß man ja nie.«

»Das stimmt«, ergänzt Brandy. »Und Chase mag zwar kein richtiger Handwerker sein, aber er macht seine Sache besser als jeder andere.«

»Wie bitte?« Elodie sieht verwirrt von Brandy zu mir und wieder zurück. »Was soll das heißen, er ist kein richtiger Handwerker? Ich dachte, er sei Dachdecker?«

»Architekt, Liebchen«, erklärt Brandy. »Aber in Teilzeit spielt er gern den Zimmermann.«

»Oh, großartig.« Elodie lässt sich in ihren Stuhl zurückfallen. »Jetzt habe ich auch noch einen Architekten auf meiner Honorarliste.«

»Dafür war das Haus wahrlich ein Schnäppchen«, sagt Brandy, und obwohl ihr sicher nicht zum Lachen ist, prustet Elodie los und Brandy mit ihr, und ich falle schließlich selbst in das Lachen mit ein, und ich denke: Ja, das ist *tatsächlich* mein Leben. Und in manchen Augenblicken ist nicht alles schlecht daran.

6. Elodie

Es ist Mittag, als ich *Kennard's Kitchen* verlasse und mich auf den Weg mache zu ... wer weiß, wohin. Es ist Sonntag, mein neues Heim ist eine Bruchbude, ich kenne niemanden außer den beiden Frauen, mit denen ich schon die erste Hälfte des Tages verbracht habe, und mir bleibt augenscheinlich nichts anderes übrig, als zurück in mein Zimmer zu gehen, um mich dem Telefonat mit meinem Vater zu stellen, das ich unmöglich noch länger aufschieben kann.

Ich schlendere durch die Fore Street, eine schmale, gewundene Gasse voller bunter, blumenbehangener Läden, Restaurants und Pubs, und denke darüber nach, wie eigenartig es ist, dass ich – kaum ein paar Tage hier – schon so etwas wie Anschluss gefunden habe. Ich meine, ich bin kein allzu verschlossener Mensch, aber so aufgeschlossen nun auch wieder nicht. Allein sein war nie das Problem. Und doch hat es gutgetan, mit jemandem über meine aktuelle Situation zu sprechen, der nicht mein Vater ist und mir deshalb auch keine Vorwürfe macht, das kann ich nicht leugnen. Es geht mir besser als gestern Abend, besser als noch am Morgen, und ... Ich bleibe stehen. Herrje, ist das Kaffeeduft? Selten habe ich einen schlechteren Cappuccino getrunken als den heute bei Helen – den aus dem *Sloop Inn* einmal ausgenommen –, und für einen ordentlichen, vollmundigen italienischen Espresso würde ich gerade einiges geben. *Einiges.*

Der Pop-up-Coffee-Store fällt mir ein, von dem Brandy erzählt hat. Sollte der nicht genau in dieser Straße aufmachen? Ich streife etwas aufmerksamer durch die Gasse, immer der Nase nach, und siehe da: Einer der kleinen Läden ist mit Luftballons dekoriert, wenn auch nur mit drei schlaffen Exemplaren, die lustlos von einem Haken neben der Tür baumeln. Ich dagegen steuere vehement auf den Shop zu und bemerke erst auf äußerst schmerzliche Weise, dass die Tür gar nicht geöffnet ist. Ich pralle quasi mit meinem gesamten Körper dagegen, was zur Folge hat, dass ich meine Tasche fallen lasse, deren halber Inhalt sich über die Straße ergießt.

Großartig.

Ich bin dabei, diverse Lippenstifte, Minen und Federn von Kugelschreibern, angeranzte Tampons und zerknitterte Kassenzettel einzusammeln, als sich die Tür öffnet und ein Paar Beine heraustritt. Ich sehe an den Anzughosen nach oben in ein Gesicht, das mir vage bekannt vorkommt. Vielleicht hab ich ihn schon im *Sloop Inn* gesehen. Oder davor. Oh, jetzt weiß ich es wieder! Der Typ, der mich gestern vor dem *Sloop Inn* so finster angesehen hat. Die Augen blau bis grau, die Haare dunkelblond mit zu vernachlässigendem Rotstich, das Gesicht glatt, aber irgendwie kantig, der Ausdruck darauf... Nun, auch heute schaut er ziemlich grimmig drein, würde ich sagen. Ich blicke von ihm auf das Schild über der Tür, auf dem *Coffee-to-go* steht.

»Da haben wir wohl den gleichen Gedanken gehabt«, sage ich, während ich nach wie vor auf meinen Knien vor ihm herumkrabble und er keine Anstalten macht, sich herunterzubeugen, um mir zu helfen. Ein paar Sekunden sagt er gar nichts, dann:

»Wie kommen Sie darauf?«

»Wie? Komme ich auf was?«

»Dass ich den gleichen Gedanken gehabt haben könnte wie Sie?«

»Nun…« Während ich mich aufrichte, blicke ich erstaunt in sein entsetztes Gesicht. Hat er das als Affront aufgefasst? Der Typ kennt mich doch gar nicht. »Mir war nicht klar, dass das beleidigend klingen könnte«, erkläre ich deshalb einigermaßen verblüfft. Ich schiebe den Gurt meiner wieder eingeräumten Tasche höher auf die Schulter und deute dann auf den Eingang des Coffeeshops. »Ich wollte einen Kaffee trinken. Ich dachte, das hätten Sie auch vorgehabt, nachdem Sie gerade aus dem Laden gekommen sind.«

Ich sehe ihn fragend an und versprühe dabei so viel Selbstachtung wie möglich, und dennoch gerät für einen Moment meine Atmung aus dem Takt. Der Mann erinnert mich wirklich an Per. Das knitterfreie Hemd, die dunkle Stoffhose. Der Duft des Aftershaves, der ihn umgibt. Ich blinzle mich aus meinen Gedanken, dann schüttle ich den Kopf. Nicht jeder Mann ist wie Per. Nicht jede Erinnerung ist schlecht.

»Der Shop ist geschlossen«, sagt er.

»Hm?«

»Der Laden. Er hat nicht geöffnet.«

»Oh! Ja, aber…«

Er tritt einen Schritt von mir weg und auf die Eingangstür zu, dann schiebt er einen Schlüssel ins Schloss und sperrt zu.

»Sie *arbeiten* hier?« Nun bin ich wirklich perplex. Nicht nur, dass ich ihn nicht für einen Barista gehalten hätte – für jemanden mit regelmäßigem Kundenkontakt ist er bei Weitem zu unfreundlich.

53

»Mir gehört der Laden.«

»Oh.« Ich sehe abermals zu dem Schild über der Eingangstür, auf dem *Coffee-to-go* steht, und zurück in sein mürrisches Gesicht.

»Es riecht nach Kaffee«, stelle ich fest. Ich weiß, ich sollte mich gar nicht erst auf ein Gespräch mit diesem Mann einlassen, denn offenbar hat er weniger bis gar keine Lust, sich mit mir zu unterhalten, aber ehrlich – es duftet fantastisch, und ich hatte keinen richtigen Kaffee mehr, seit ich in St. Ives angekommen bin.

»Ein Testlauf. Der Laden ist noch nicht geöffnet.« Damit dreht er sich um, und weg ist er.

»Ich...« *Würde auch gern testen,* füge ich in Gedanken hinzu, doch die Genugtuung über diese durch Entzug verursachte Erniedrigung meinerseits gönne ich ihm nicht. Also sehe ich ihm nach, wie er die Gasse entlangstolziert in Richtung Hafen. Mit dieser Miene und diesem Tonfall wird er nicht allzu viel Kaffee verkaufen, so viel steht fest. Ich atme ein letztes Mal den himmlischen Duft ein, bevor ich mich in Bewegung setze, in die gleiche Richtung.

7. Helen

Die frühen Morgen, sie gehören mir. Während Liam frische Ware einkauft bei den Fischern oder Händlern, gehe ich am Strand spazieren, plane in Gedanken den Tag, setze mich auf einen Stein, lese ein bisschen. Die Abende dann ist es umgekehrt: Mit Alfies Hilfe beseitige ich das Chaos in der Küche, ich schreibe die Einkaufslisten für den kommenden Morgen, und Liam zieht sich in den Feierabend zurück. Bis zum Abendessen mit den Kindern hat er Zeit für was auch immer. Fitness, Fernsehen, irgendwas. Surfen. Später dann Pub, noch mehr Fernsehen, früh ins Bett. Ich fürchte, wir sind das klassische Paar mit der klassischen Rollenverteilung, und dafür, dass wir seit mehr als fünfundzwanzig Jahren zusammen sind, geht es uns blendend.

Es ist noch nicht lange her, seit ich überhaupt darüber nachdenke, ob das hier tatsächlich das ist, was ich mir erträumt habe. Und ob es das auch noch in den nächsten zwanzig Jahren sein wird. Dagegen ist es schon etwas länger her, dass Liam und ich uns wirklich nah gewesen sind. Mehr und mehr habe ich das Gefühl, dass wir einander entgleiten. Jeder erfüllt seine Aufgabe, und die Handgriffe dafür sind uns so vertraut, wir könnten sie im Schlaf ausführen. Es gibt nicht mehr viel zu reden, also tun wir es nicht. Als wären wir zu müde, den Mund zu öffnen, die Stimmbänder zu bemühen, um dem anderen mitzuteilen, was er ohnehin schon weiß, denn die Routine, die unser Leben bestimmt, lässt kaum Platz für Neues. Früher gab es dann und wann Streit, selten, dafür laut und heftig, worauf die Versöhnung folgte, umso inniger. Heute ... heute beherrscht Schweigen beinahe jede unserer Unterhaltungen, es sei denn, wir werfen dem anderen vor, welche Besorgung er nicht getätigt oder welche Bitte nicht erfüllt hat. Darüber hinaus: Stille. Wir schweigen darüber, dass wir uns nichts mehr zu sagen haben.

Heute Morgen haben wir über Kayla geschwiegen, wieder einmal. Darüber, wie schlecht gelaunt sie in letzter Zeit ist, wie aufmüpfig. Darüber, dass sie kaum isst und kaum mit uns redet. Liam sieht mich an in solchen Momenten, ganz ruhig, die Vorwürfe groß in seinem Blick. Wieso hast du sie nicht im Griff?, scheint er zu fragen. Wieso kannst du dir keinen Respekt verschaffen? Er sagt es nie laut, aber das Gefühl in mir verfestigt sich. Dieses Gefühl, als hätte ich etwas falsch gemacht. Als könnte ich nichts mehr richtig machen. Als wären wir nicht dieselben, die wir mal waren. Wenigstens ein Kind ist gut gelungen, denke ich, und nicht zum ersten Mal wünschte ich, Kayla wäre etwas mehr wie ihr Bruder geraten. Kayden ist höflich, fröhlich, liebenswert, das genaue Gegenteil seiner Zwillingsschwester. Er hat seine Macken, diese ständige Filmerei beispielsweise, doch er hat sich auf der Suche nach seiner eigenen Persönlichkeit nicht seiner Familie entzogen, so wie Kayla dies tut.

Ich bleibe stehen und sauge die salzige Morgenluft in meine Lunge. An manchen Tagen muss ich mich ermahnen, die Augen zu öffnen und ganz bewusst wahrzunehmen, was mich umgibt: die Palmen, die sich im Wind wiegen, der breite Sandstrand von Porthminster Beach, die

Aussicht auf die weiß getünchten Cottages von St. Ives am anderen Ende der Bucht. Wenn man hier lebt, jahrzehntelang, dann fällt es leicht zu vergessen, wie schön es hier ist, weshalb Tausende von Touristen jedes Jahr in diesen kleinen Küstenort strömen, weshalb Künstler sich hier niederlassen wollen und es immer schon taten. Wenn man hier lebt und in den Sorgen seines Alltags versinkt, sieht man manchmal nicht mehr, dass nicht alles schlecht ist in der Welt.

Dann und wann sollte man sich daran erinnern.

Dann und wann sollte *ich* mich daran erinnern.

Ich lasse den Blick ein letztes Mal schweifen, über das blaue Meer in Richtung Horizont, dann drehe ich mich um und gehe zurück ins Café, wo der Tag auf mich wartet.

Ist Liebe auf den ersten Blick schon Liebe?

Der Sommer 1993 war der glücklichste meines Lebens, in so vieler Hinsicht: Es war der Sommer nach meinem Schulabschluss, die Zeit vor dem Aufbruch in ein neues, aufregendes Leben. Es war der Sommer, den ich nicht mit meinen Eltern verbrachte, sondern allein verreiste beziehungsweise mit Diane, meiner damals engsten Freundin. Wir entschieden uns für Cornwall, den südwestlichsten Zipfel Englands, für einen Ort, wo der Golfstrom Palmen sprießen lässt und sich kilometerlange Sandstrände erstrecken. Ich liebe meine schottische Heimat. Ich bin dankbar, in eine Landschaft hineingeboren worden zu sein, in der es mehr Schafe gibt als Menschen, in der das Grün grüner ist als sonst irgendwo auf der Welt. Von Eltern großgezogen, die nichts mehr liebten als ihre Arbeit in dem alten Schloss am Ufer des Loch Ness – das, und ihre Tochter. Doch behütet wie eine Prinzessin aufzuwachsen bringt auch Schattenseiten mit sich. Mit achtzehn war ich unbedarfter als die meisten Mädchen meines Alters, der Grad meiner Schüchternheit ließ sich kaum messen. Natürlich wirkte sich das auf den Umgang mit Jungs aus. Von meinem Dialekt, der das schottische Hochland zum Erblühen brachte, einmal abgesehen.

»Ich verstehe kein Wort von dem, was du gesagt hast, aber ich könnte dir stundenlang zuhören.« Liam betrachtete mich an diesem Nachmittag, an dem Diane und ich den Versuch unternahmen, uns bei der ortsansässigen Surfschule anzumelden, als sei ich eine außerirdische Lebensform und er damit beauftragt, mich zu erforschen. Er starrte mich an, und mir verschlug es die Sprache. Sein Blick war so intensiv, so durchdringend, dass ich dem Bedürfnis nicht widerstehen konnte, mich umzudrehen, um sicherzugehen, dass er wirklich mich meinte. Diane musste den Rest der Unterhaltung bestreiten, eine linkische Stumme an ihrer Seite und einen Surflehrer, der mein Schicksal sein sollte.

Er teilte uns für zwei parallele Anfängerstunden ein, für den übernächsten Nachmittag. Die Zeit bis dahin verbrachten Diane und ich entweder in dem schmucken, kleinen Ort, der vor Touristen nur so brummte und der mit seiner entzückenden Häuserfront am Hafen und dem uralten Pub in der Nähe des Piers zu einem der hübschesten Städtchen gehörte, die ich je gesehen hatte. Wenn wir nicht dort auf einer der Bänke saßen, den Blick auf kreischende Möwen, schaukelnde Boote oder den Horizont dahinter gerichtet, dann schlenderten wir über die Promenade und durch schmale Gässchen hin zum Porthmeor Beach, an dem wir uns im warmen Sand niederließen und den Surfern zusahen. Den Surfern und ihren Lehrern.

Liam war das Klischee eines Beachboys, das war er wirklich: sandfarbene Locken, funkelnde blaue Augen mit langen Wimpern, von denen sich die in der Mitte nach oben bogen, was ihm einen niedlichen, femininen Touch verlieh. Er war braun gebrannt und top in Form, und selbst wenn er das nicht gewesen wäre, selbst wenn er all die für mich so hervorstechenden Attribute nicht besessen hätte – ich sah ihn nun mal so, vom ersten Moment an. Ebenfalls vom ersten Moment an wusste Diane über mich und meine Gefühle Bescheid: Sie machte sich lustig darüber, wie es mir bei Liams Anblick die Sprache verschlagen hatte und wie ich nun am Strand unter der Tate-Galerie dahinschmolz, selbst wenn Wolken den Himmel verdunkelten. Ich stellte mir vor, dass jedes Mädchen an diesem Strand nur Augen für Liam haben konnte, und war überrascht festzustellen, dass es nicht so war.

Die Liebe auf den ersten Blick – ist das schon Liebe? Damals, in diesem Sommer 1993, da habe ich sie so empfunden, und all das, was vorher war, verblasste zu einer gelbstichigen Erinnerung in den Windungen meines jungen Gehirns. Ich wusste noch nicht, dass dies, dieser entzückende, pulsierende Ort, meine Heimat werden würde, dass Liam mein Mensch sein würde, von jetzt an, für immer. Aber genau so sollte es sein. Und nie in meinem Leben habe ich etwas weniger bereut, als damals diesen Schritt zu tun.

8. Elodie

Kostenliste
- Regenrinne defekt, Dach durchfeuchtet, ca. 2000 Pfund
- Austausch Heizkessel, ca. 7000 Pfund
- Innensanierung Wasserleitung, ein paar Tausend Pfund…

Ich kaue auf dem Ende meines Stiftes herum, während ich die Liste vor mir anstarre. Ich hatte Glück im Unglück, denke ich, denn sicher ist der Preis von Chase für die Dachreparatur nicht im Mindesten das, was er dafür verlangen dürfte, und dass die Wasserleitungen zunächst nicht ausgetauscht, sondern nur einer Art Reparatur von innen unterzogen werden müssen, ist ebenfalls ziemlich glücklich, wie man mir erklärte. Denn, und auch das scheint unumstößlich: Bezahlen muss ich das alles selbst, so die fachkundige Meinung meines Anwalt-Vaters bezüglich meines »einwandfreien« Kaufvertrags, den ich »nie hätte unterschreiben dürfen«.

Ich werfe den Stift auf meinen Planer und greife stattdessen nach meiner Teetasse.

Es kann nicht alles schlecht sein, denke ich. Wenn es erst fertig ist, wenn die Schäden repariert und die Zimmer schön hergerichtet sind, bin ich im Besitz einer hübschen kleinen Pension auf einem wunderbaren Fleckchen Erde. Das muss etwas wert sein, oder etwa nicht? Die Umstände, der Ärger, die Anstrengung und der Mut, etwas derart Verrücktes durchzuziehen, wie hierher nach Cornwall zu kommen, all das wird es am Ende wert gewesen sein, *oder etwa nicht?*

»Soll ich noch einen bringen?«, unterbricht eine Stimme meine Gedanken, und ich antworte: »Sechs Monate«, wie aus der Pistole geschossen.

»Wie bitte?« Kayla, Helens Teenietochter, zieht in vollendeter Erhabenheit eine Augenbraue hoch.

»Äh. Nichts. Ja, bitte, mehr Tee, das ist gut.«

Kayla schüttelt den Kopf, als sie sich auf den Weg zurück zur Theke macht, und ich ziehe einen Strich unter meine Kostenaufstellung. Wenn nicht noch weitere gravierende Schäden auftauchen, könnte ich sechs Monate ohne die Einnahmen möglicher Pensionsgäste überbrücken, schätze ich. Erst dann muss ich mir Gedanken darüber machen, ob es ein Riesenfehler war, nach England umzusiedeln. Oder nicht.

Sechs Monate.

Ich unterstreiche die Wörter, bevor ich erneut den Stift fallen lasse.

»Das ist ein echt cooler Kalender«, sagt Kayla, die mit einer frischen Kanne Tee zurück ist. Ich werde noch einen Wasserbauch bekommen, wenn ich so weitermache, aber was hilft es? Der Kaffee in *Kennard's Kitchen* ist ungenießbar – nicht dass ich das Helen jemals sagen könnte.

»Danke«, erwidere ich. »Ich liebe ihn auch sehr. Er bietet für jeden Tag eine ganze Seite, man kann eine Prioritätenliste anlegen oder die Termine gleich nach Uhrzeiten eintragen, und hier, siehst du: Sprüche gibt es außerdem, ebenfalls für jeden Tag, als Motivation sozusagen.« Ich deute auf das Zitat am unteren Ende der Seite, das für heute besagt: *If you can't spell it, don't eat it. Unknown.*

»Cool«, wiederholt Kayla und verzieht das Gesicht zu einem höflichen Lächeln.

Ich zucke mit den Schultern. »Was denn? Wenn das nicht wahr ist, weiß ich auch nicht.«

Kayla tauscht die frische Kanne mit der alten, räumt außerdem den Teller mit den verbliebenen Krümeln meines Käsekuchens vom Tisch und beugt sich anschließend noch einmal über meinen Planer.

»Echt süß«, sagt sie, »dass du in deinem Alter noch Sticker auf die Seiten klebst.«

»Vorsicht.«

»Und der rosa Stift – *niedlich.*«

»Nicht so niedlich wie das Einhorn, das ich dir damit auf die Stirn kritzele, wenn du nicht *vorsichtig* bist.«

Kichernd dreht sich Kayla um und läuft dabei fast ihrer Mutter in die Arme, woraufhin ihr Lachen auf der Stelle erstirbt. Ich beobachte, wie das Strahlen in Helens Augen erlischt, während sie sich seufzend an meinen Tisch setzt. »Na«, begrüßt sie mich, »wie läuft die Renovierung?«

Ich sehe Helen mitfühlend an. Ich wünschte wirklich, ich könnte irgendetwas tun, um das Verhältnis zwischen ihr und ihrer Tochter zu verbessern, doch ich wüsste ehrlich nicht, was. Ich bin seit kaum einer Woche hier, ich habe mich gerade erst mit Helen angefreundet und ihre Tochter kennengelernt, und mir fällt beim besten Willen nicht ein, was ich sollte ausrichten können.

»So wie es aussieht, kann ich am Freitag ins Haus ziehen«, informiere ich sie.

»Übermorgen schon? Aber das ist ja großartig.«

»Ja, das ist es. Zumindest das Wasser sollte dann wieder funktionieren, und Chase meint, dass er mit dem Dach ebenfalls fertig sein wird. Er hat das Ganze ein bisschen beschleunigt, denke ich. Er war mir ehrlich eine große Hilfe.«

»Das ist wunderbar«, sagt Helen. »Dann kann dein neues Leben in St. Ives endlich beginnen, nicht wahr?«

Ich nicke. Seit Brandy mich vor drei Tagen Helen vorgestellt hat, war ich jeden Tag in ihrem Café, um mich entweder meinen Plänen zu widmen oder etwas zu essen, ohne mich dabei unwohl zu fühlen, weil ich allein am Tisch sitze. Und obwohl sie inzwischen alles darüber weiß, dass mein Start hier in St. Ives nicht wirklich harmonisch verlief, weiß sie doch nicht wirklich etwas darüber, was mich zu dem Umzug bewogen hat. Mir ist klar, dass ich ihr und Brandy irgendwann davon erzählen sollte, wenn ich die Freundschaft vertiefen möchte, aber … im Augenblick fühle ich mich noch nicht danach.

»Sind deine Möbel inzwischen auf dem Weg hierher?«, fragt Helen, und ich stöhne auf. Zu all dem Stress hier vor Ort sind nun auch noch die Mitarbeiter des Umzugsunternehmens, das ich mit dem Transport meiner Möbel beauftragt habe, in Streik getreten, weshalb der LKW mit den wenigen, für mich jedoch nicht unwesentlichen Habseligkeiten, die ich hierher mitnehmen wollte, nun offenbar in Calais feststeckt, Ausgang ungewiss. Ich erzähle Helen genau das, und sie schüttelt den Kopf.

»Ja, nicht wahr?«, fahre ich fort. »Als hätte ich einen Glückskeks ignoriert, auf dem stand: *Falls du vorhast, in nächster Zeit umzuziehen, könnte das mit einigen Schwierigkeiten verbunden sein.*«

Helen lächelt mir zu. »Es wird gut werden am Ende«, sagt sie. »Ich weiß es.« Die Glocke kündigt einen weiteren Gast an, und wir sehen beide in Richtung Tür, bevor ich so schnell meinen Blick abwende, dass es in meinem Nacken knackst. Es ist *er.* Der Mann mit dem Coffeeshop, der wie ich im *Sloop Inn* residiert und der mir bei jeder Gelegenheit irritierte Blicke zuwirft, als hätte ich seinen Laden überfallen, statt mir dort einen Cappuccino kaufen zu wollen. Bisher habe ich mich nicht mehr dorthin getraut, doch mein Kaffeeentzug wird von Tag zu Tag denkwürdiger.

Er geht an mir vorbei zum Tresen. Gott, ich könnte schwören, er duftet nach gerösteten Espressobohnen. Ich sehe auf. Aus dem Augenwinkel wirft er mir einen Blick zu. Ich nehme meinen Stift in die Hand und klopfe ein paarmal damit auf den Tisch.

Ach komm, Elodie, denke ich. Ich bin schon mit ganz anderen Typen fertiggeworden, ist es nicht so?

Ist die Traufe wirklich schlimmer als der Regen?

Ich habe gelernt, mich durchzusetzen, von dem Augenblick an, in dem ich meinen ersten Job angenommen habe: Die Werbebranche ist ein von Männern dominiertes Spielfeld für Testosteron-Tonis, und wer da mitmachen möchte, sollte sich Ellbogenschützer zulegen. Knapp acht Jahre lang hatte ich mich durchgeboxt, sozusagen, dann habe ich das Handtuch geworfen. Mit Anfang dreißig fühlte ich mich wie kurz vor der Rente – ausgelaugt, müde, ohne ein Fünkchen Energie. Also nahm ich eine Auszeit, buchte eine Ayurveda-Kur auf Sri Lanka und besann mich darauf, was ich mit meinem Berufsleben anfangen wollte. Auf keinen Fall wollte ich wieder in ein übertrieben patriarchales Umfeld geraten, aus dem ich mich gerade freigestrampelt hatte, und doch landete ich haargenau dort: in der siebzehnten Etage eines schnieken Wolkenkratzers, umgeben von Männern, Macht und noch mehr Männern. Und schließlich bei Per.

Wie es dazu kommen konnte? Durch eine Bekannte aus dem Yogastudio, die ihrem Mann berufsbedingt in die USA folgen und ihren eigenen Job dafür an den Nagel hängen musste, den der persönlichen Assistentin des Partners einer überaus erfolgreichen Unternehmensberatung nämlich. Ein *Traumjob*, erzählte sie. *Eine abwechslungsreiche, erfüllende Tätigkeit für einen wunderbaren Mann. Du hast doch BWL studiert? Du willst dich doch verändern? Ich möchte unbedingt, dass er jemand Fähigen an seiner Seite hat, wenn ich nicht mehr da bin.*

Das ungute Gefühl beschlich mich beinahe unmittelbar. Etwas, das in solchem Ausmaß angepriesen wurde, konnte die Erwartungen nur enttäuschen, ganz abgesehen davon, dass ich etwas anderes wollte, oder etwa nicht? Dennoch ging ich zu dem Bewerbungsgespräch. Es lief nicht wie geplant. Den Job bekam ich trotzdem. Meiner Familie gegenüber rechtfertigte ich ihn mit der abwechslungsreichen Tätigkeit und den zahlreichen Auslandsreisen, die ich innerhalb des ersten Jahres würde lieben lernen. Mein Vater konnte nicht verstehen, dass ich mein Talent (was auch immer das sein mochte) damit verschwenden wollte, *einem Mann seine Arbeit zu organisieren.* Aber so war es gar nicht. Per Gunnarson war genau der Chef, der mir zuvor beschrieben worden war: freundlich, professionell, voller Lob und Anerkennung. Er wertete meinen Job auf, wann immer er konnte, sei es durch seinen Respekt oder das wirklich großzügige Gehalt oder die Tatsache, dass er mich eigenständig, eigenverantwortlich arbeiten ließ. Alles war perfekt das erste Jahr. *Per*-fekt. Bis es das eben nicht mehr war.

9. Helen

Schon wieder.« Lustlos stochert Kayla in dem Stück Fischauflauf auf ihrem Teller. »Mir wachsen noch Kiemen.«

»Dann kannst du endlich den Mund halten, ohne zu ersticken«, erwidert Kayden. »Versuch's doch mal.«

»Witzig.« Kayla wirft ihrem Bruder einen genervten Blick zu, dann legt sie die Gabel neben ihren Teller. »Ich kann das nicht essen.«

»Etwas anderes gibt es aber nicht«, sage ich.

»Fein.« Sie steht auf. »Dann esse ich eben nichts. Bevor ich diesen Scheiß herunterwürge.«

»Setz dich wieder hin«, erwidere ich ruhig. »Iss wenigstens den Salat. Der wird dich nicht umbringen.«

Mein Blick huscht zu Liam, der sich wie so oft hinter seiner Zeitung versteckt. Ich wünschte, er würde das lassen. Ich wünschte, er würde aufhören, das Phantom zu spielen, und sich wieder mehr in unser Familienleben integrieren. Ich stelle mir seine Miene vor, hinter dem schwarz bedruckten Recyclingpapier. Seine Züge sind die gleichen wie damals, wenngleich er natürlich ein paar Falten mehr hat und womöglich ein paar Haare weniger. Aber er ist immer noch Liam, der Mann, von dem ich jahrelang nicht genug bekommen konnte. Ich betrachte meine Hände, die die Fisch-Pie von einem Tellerrand zum anderen schieben. Sehen sie alt aus? Ich lege das Besteck ab und strecke meine Finger. Können Hände tatsächlich Falten bekommen?

»Mum?«

»Hm?«

»Schmeckt dir dein Auflauf nicht?« Meine Tochter grinst selbstgefällig zu mir herüber.

Liam sagt: »Wem das Essen nicht schmeckt, kann gern von jetzt an in der Küche helfen und sein Abendessen selbst zubereiten«, ohne von seiner Lektüre aufzusehen. Dafür wirft er mir aus dem Augenwinkel einen Blick zu. Ich weiß nicht einmal genau, was er bedeutet, doch er reicht aus, dass mir heiß wird, während sich mein Magen zusammenzieht. Denkt er, ich wäre die Alleinherrscherin über die Erziehung der Zwillinge? Ich arbeite schließlich auch. Genauso viel wie mein Mann. Wenn ich nun mal nicht der Typ dafür bin, mit drohenden Blicken und eisigen Befehlen um mich zu werfen, macht mich das zu einer schlechten Mutter?

»Hast du bei McDawsons angerufen wegen des Mixers?«, fragt er.

Woraufhin mir noch heißer wird. »Nein«, gebe ich zu. »Das ist heute wohl untergegangen.«

»Wenn du noch ein bisschen länger damit wartest, fliegt uns das Teil um die Ohren.«

Ich antworte nicht. Und dann tue ich es doch. »Die Kaffeemaschine klingt, als würde sie dem Mixer demnächst Gesellschaft leisten.«

Liam gibt einen frustrierten Laut von sich, faltet die Zeitung zusammen und wirft sie hinter sich in den Altpapierkarton. Er reibt mit den Fingerspitzen über seine Wange. Dem Kratzen nach zu urteilen könnte sie eine Rasur vertragen. Ich blinzle. Ich habe Liam so lange nicht geküsst,

69

ich weiß nicht einmal mehr, wie sich die Bartstoppeln unter meinen Lippen anfühlen. »McDawson soll sie sich gleich mit ansehen. Wenn sie ausgetauscht werden muss, dann ist es eben so.« Er steht auf und trägt seinen Teller zur Spüle, was Kayla als Aufforderung auffasst, es ihm gleichzutun. Sie ist bereits aus der Tür, als Liam sagt: »Ich geh noch ins Pub, in Ordnung? Es läuft ein Spiel, und ein paar der Jungs sind drüben. Warte nicht auf mich.«

Und dann sind es nur noch Kayden und ich.

»Irre ich mich, oder war die Stimmung gerade hübsch angespannt?«, fragt er mit vollem Mund, und ich verdrehe die Augen angesichts seiner gestelzten Ausdrucksweise. Ich stehe auf, trage meinen Teller zum Mülleimer und schiebe den Rest meines Essens hinein. Kayden folgt mir und beginnt damit, die Spülmaschine einzuräumen.

»Im Ernst«, beginnt er erneut. »Was ist los? Habt ihr euch gestritten?«

»Nein. Wie kommst du darauf?«

Er zuckt mit den Schultern. »Es war schon mal witziger hier, schätze ich.«

»Witziger.« Ich drehe mich zu ihm um, und unsere Blicke treffen sich.

»Hat Dad irgendwas getan, dass du so sauer auf ihn bist?«

»Was?«, frage ich verblüfft. »Ich bin nicht sauer auf deinen Vater. Warum sollte ich das sein?« *Ja, warum sollte ich? Ich bin nicht sauer auf Liam. Was soll er denn getan haben?* Ich schiebe Kayden beiseite, um mich energischer dem Aufräumen der Küche zu widmen und nicht weiter darüber nachzudenken, was im Augenblick nicht stimmt, denn wenn es nicht an Liam liegt, muss es wohl an mir liegen, oder nicht? Mein Sohn, den ich gegenüber seiner zickigen Schwester als den geringfügig besser geratenen Zwilling erachte, zieht seine Kamera aus der Hosentasche und beginnt damit, mich und das Chaos um uns herum aufzunehmen, was mich daran erinnert, warum er nur *geringfügig* besser geraten ist als Kayla. Gott, diese Kamera. Kayden filmt damit, seit er sie sich zum zwölften Geburtstag gewünscht hat, weil die Videofunktion seines Smartphones angeblich überhaupt nichts tauge. Ich habe keine Ahnung, weshalb er denkt, alles festhalten zu müssen, doch er tut es. Manchmal glaube ich, er macht diese Aufnahmen nur, um das Leben aus einem anderen Blickwinkel betrachten zu können, und wer will ihm das verdenken?

Ich sehe auf die Uhr. 19:17. Es sind gerade mal dreizehn Minuten vergangen, seit sich diese Familie zum gemeinsamen Abendessen an den Tisch gesetzt hat, und schon sind wir wieder in alle Winde verstreut und werden uns erst morgen Abend, nach Caféschluss, wieder in dieser Form gegenübersitzen. Seufzend befreie ich auch Kaylas Teller von dem Essen, das so gut wie unangetastet ist. Man könnte meinen, das Kind ernährt sich nur von dem Lippenstift, den es andauernd nachzieht.

Ich halte den Teller unter den Wasserhahn, doch ich sehe Liams Gesicht vor mir. Es strahlt mich an vor dem Sonnenuntergang am Strand, die Haare noch feucht von der letzten Welle, die Augen brillant gegen die sonnengebräunte Haut.

California Dreamin. On such a winter's day.

Warum ich?

Als ich mich das erste Mal verliebte oder das tat, was man gemeinhin dafür hielt, war ich dreizehn und hätte es beinahe nicht bemerkt. Meine Mutter war diejenige, die dahinterkam, nachdem ich von der Klassenfahrt nach Glasgow zurückgekehrt war. Ich hatte über Bauchweh geklagt und über Appetitlosigkeit und darüber, wie seltsam ich es fand, dass Greg O'Connor – ein Junge aus der Parallelklasse, die ebenfalls an der Exkursion teilgenommen hatte – es auf einmal für wichtig befand, im Bus neben mir zu sitzen, mir die Aufkleber seiner Lieblingsfußballer zu schenken und dafür zu sorgen, dass Tom Morton mich nicht länger aufzog wegen allem, was ihm gerade einfiel. Meine Mutter fragte: »Und? Hat dir das gefallen?«, und ich wurde röter, als es meine Locken je waren. »Du bist verliebt«, erklärte sie daraufhin, gab mir einen Kuss und versorgte mich statt mit Abendessen und klugen Weisheiten mit Schokolade und Judy Blumes *Forever*, dessen explizite Schilderung von erster Liebe und erstem Sex meine Wangen endgültig zum Glühen brachte.

Am Ende wurde nichts aus Greg und mir. Und wenn ich heute auf diese Zeit und auch auf die Anfänge mit Liam zurückblicke, dann denke ich, dass Selbstzweifel schon immer zu meinen größten Unsicherheiten gehörten, damals wie heute. Bin ich gut genug? Interessant genug? Schön genug?

Warum ich?

Von Beginn an fragte ich mich das, vom ersten Blick an, den Liam mir zuwarf, von den ersten Berührungen, die über Hilfestellungen beim Surfen hinausgingen. Liam sagte mir später einmal, er habe nichts von alldem bemerkt, nicht, wie verunsichert ich war, nichts von meinen Bedenken. Für ihn sei vom ersten Moment an klar gewesen, wie besonders ich sei, wie einzigartig. Mit meinem staksigen Körper, mit dem ich nichts anzufangen wusste, ebenso wenig wie mit seiner Behauptung, wie hübsch ich in seinen Augen war – *er* fand mich hübsch. Er mochte meine Zurückhaltung und die Art, wie ich in allem erst einmal nach dem Guten suchte, immer. Wie ich auf Menschen zuging, zurückhaltend zwar, aber dennoch offen und freundlich.

»Meine Eltern würden denken, du sprichst von einer anderen Person«, erklärte ich ihm lachend, während wir unsere Zehen im Sand vergruben, den Blick auf die untergehende Sonne vor Porthmeor Beach gerichtet. Es würde ein Lagerfeuer geben heute Abend am Strand. Liam hatte mich noch nicht einmal geküsst. Doch er hatte seine Hand wie zufällig neben meine gelegt, so nah, dass sich die Spitzen unserer kleinen Finger berührten.

»Wieso sollten deine Eltern das denken?«, fragte er.

Ich verzog das Gesicht. »Sie halten meine Schüchternheit für ungesund. Und sie finden, ich sei spießig.«

»Spießig? Welche Eltern halten ihr Kind für spießig?«

»Solche, die ihre Jugend als Hippies zelebriert haben – mit allem Drum und Dran.«

»Allem?«

Ich wurde rot. »Allem.«

Liam legte den kleinen und den Ringfinger über meine Finger. »Jeder hat sein eigenes Tempo«, sagte er dann.

Eine ganze Weile lang schauten wir aufs Wasser, auf die Wellen, wie sie gemächlich an den Strand rollten, wir lauschten ihrem Wispern und dem Geräusch, wenn der Sand es verschlang.

»Warst du je tauchen?«, fragte er mich.

Ich schüttelte den Kopf.

»Schnorcheln?«

»Nein.«

»Aber du hast in der Badewanne gelegen, den Kopf halb unter Wasser, die Ohren unter der Oberfläche, und deinem Atem gelauscht? Wie er sich plötzlich anhört, als sei er das einzige Geräusch auf der Welt? Du könntest stundenlang da im Wasser liegen und ihm zuhören, so hypnotisch fühlt es sich an, so ... tröstend?«

Liam sah mich an, die Augen dunkel im Licht der untergehenden Sonne, den Mund zu einem wunderschönen Lächeln geschwungen.

Ich nickte.

Er betrachtete mich einige Sekunden lang, dann legte er seine Hand ganz über meine und kam meinem Gesicht mit seinem so nah, dass ich auf einmal nichts mehr wahrnahm als den Mann neben mir.

»Dann weißt du, wie ich mich fühle, jedes Mal, wenn ich dich ansehe«, flüsterte er.

10. Elodie

Kommode, Nachttisch, Schrank. In dem schmalen Zimmer im *Sloop Inn* drehe ich mich einmal um die eigene Achse. Unterm Bett? Ich krabble auf den Knien herum, um sicherzugehen, dass ich nichts vergesse in diesem Raum, in dem ich immerhin eine volle Woche verbracht habe, bevor ich heute, endlich, in meine eigenen vier Wände ziehen kann.

Mich fröstelt bei dem Gedanken daran, was ich für eine unvermeidbare automatische Reaktion halte, die leider gar nichts damit zu tun hat, dass der Heizkessel erst in der kommenden Woche ausgetauscht wird. Es gibt einen offenen Kamin im Wohnzimmer und einen Holzofen in der Küche, erfrieren werde ich also nicht. Sonderlich gemütlich wird es aber auch nicht. Zwar ist es Chase gelungen, die Schäden am Dach in kürzester Zeit zu reparieren, das ändert jedoch nichts daran, dass die Zimmer im *Peek-a-boo* allesamt renoviert werden müssen, bevor ich auch nur daran denken kann, sie mit neuen Möbeln auszustatten. Das Haus stand so lange leer, ich bin nicht sicher, ob es schon bereit ist, mich als neue Bewohnerin zu akzeptieren. Aber ich werde mir Mühe geben.

Ich greife nach meiner Handtasche, nehme den Lebensplaner heraus, schlage die Seite mit der Einkaufsliste auf. *Wandfarbe?*, schreibe ich darauf. *Etwas, um die Fensterrahmen abzuschleifen? Folie zum Abdecken?* Ich starre

75

auf die Seite, auf die vielen Fragezeichen, und klappe schließlich den Kalender zu. Ich könnte Chase bitten, mir bei der Renovierung zu helfen, doch er hat bereits angedeutet, dass er sich deshalb so schnell um das Dach hat kümmern müssen, weil er Besuch erwartet und dann keine Zeit mehr für mich haben wird.

Also gut. Ich gehe hinüber zum Fenster, schiebe es nach oben, atme die Morgenluft ein. Entweder ich suche mir einen anderen Handwerker, der mir beim Renovieren hilft, oder ich überwinde mich einfach und versuche es selbst. War das nicht schon immer die beste Idee? Ich strecke den Kopf aus dem Fenster, um noch mehr von dieser köstlichen Luft zu atmen, doch als eine Möwe über mir zu kreischen beginnt, ziehe ich ihn wieder zurück.

Fool me once, shame on you. Fool me twice... und so weiter.

Apropos.

Ich schließe das Fenster, schlüpfe in meine Jacke, stecke den Planer zurück in die Tasche, die ich mir umhänge, bevor ich nach meinem Koffer greife (den ich werde tragen müssen, nachdem der blöde Griff zum Ziehen ja abgebrochen ist). Jedenfalls: Seit dem Vorfall vor dem neuen Coffeeshop in der Fore Street habe ich mich bekanntlich nicht mehr dorthin gewagt, doch das soll sich heute ändern. Ich werde nicht mein neues Leben in einer Stadt beginnen, in der ich den womöglich einzigen Laden meiden muss, in dem man anständigen Kaffee bekommt. Auf gar keinen Fall.

»Einen Cappuccino zum Mitnehmen, bitte, und dann bekomme ich noch eines von diesen Croissants.« Ich deute auf die Glasvitrine auf dem Tresen und auf eines der köstlichen Gebäckteilchen, von denen ich mir ganz sicher nur heute eins gönnen werde, *nur heute*. Der uncharmanteste Coffeeshop-Inhaber der Welt steht reglos auf der anderen Seite der Theke, den Blick auf meinen Koffer gerichtet.

»Reisen Sie ab?«, fragt er.

»Äh, nein?« Ich lege den Kopf schief und verschränke die Arme vor der Brust. Was ist los mit diesem Mann? Allmählich muss ich wirklich annehmen, er kann mich nicht leiden, was irgendwie grotesk ist, gemessen daran, dass wir uns überhaupt nicht kennen.

Er sieht meinen Koffer, dann mich an. Dann dreht er sich endlich um und macht sich an seiner Kaffeemaschine zu schaffen.

Hinter seinem Rücken schüttle ich den Kopf. Was für ein Freak.

Während der Kerl in etwa viermal so lange braucht wie jeder andere, um Milch aufzuschäumen und einen Espresso herzurichten, sehe ich mich in dem kleinen Laden um. Er ist sicherlich nicht mehr als zehn, zwölf Quadratmeter groß, besteht aus ebendieser Theke, vor der ich stehe, und einer Reihe Regalbretter, die an den Wänden angebracht wurden und auf denen man zumindest seine Tasse abstellen kann, sollte man sein Getränk nicht mitnehmen, sondern hier verzehren wollen. Die Wände sind dunkelgrün gestrichen, von oben bis unten, der Boden ist aus Holz. Und es duftet köstlich hier drin – nach frisch gemahlenen Bohnen und Zucker von den Croissants, so stark, dass man die frische Farbe kaum mehr herausriechen kann.

»Haben Sie jemanden engagiert, der Ihnen das gestrichen hat, Mr. ...« Ich lehne mich vor und greife nach einer der Visitenkarten, die auf einem Teller neben der Gebäcktheke liegen. »Mr. de la Chaux?« Ich runzle die Stirn. Tom de la Chaux steht da, gleich unter Coffee-to-go, Inhaber/ Geschäftsführer. Ein Franzose? Er klingt nicht wie ein Franzose. Ich blicke fragend auf. Tom de la Chaux stellt eine Kaffeetasse vor mir ab, an der die Flüssigkeit an den Seiten herunterläuft, um sich in einem braunen Kranz auf dem Tresen zu sammeln.

»Cappuccino«, sagt er.

»Äh…« Hat er jemals jemandem auch nur *irgendetwas* verkauft? »Ich wollte einen Mitnahmebecher«, erkläre ich.

»Behalten Sie die Tasse.«

Und jetzt muss ich doch lachen, kurz und ungläubig. »Sagen Sie mal … Sie sind … Sie …« Ich schüttle den Kopf, während ich einige Servietten aus ihrem Spender rupfe, die Tasse anhebe und ungeduldig trocken tupfe. Ich lasse den Mann dabei nicht aus den Augen. Seine sind dunkler als letztes Mal, nebenbei bemerkt. Dunkelgrau, mit ganz wenig Blau darin. Er hebt eine Braue. Dann packt er ein Croissant in eine weiße Papiertüte, die sich auf der Stelle braun verfärbt, nachdem er sie in der Kaffeelake platziert hat.

»Drei Pfund fünfzig.«

Was. Ist. Los mit dem? Ich stelle die Tasse auf einen trockenen Platz des Tresens, greife nach der Gebäcktüte, nehme das Croissant heraus und wickle es in eine saubere Serviette. Dann krame ich in meiner Handtasche nach dem Geldbeutel, knalle ihm die Münzen auf die Theke, nehme Tasse, Serviette und Koffer und stolziere aus seinem Geschäft, so gut das eben möglich ist, ohne dass der Kaffee überschwappt. Sobald ich außer Sichtweite bin, stelle ich den Koffer ab und nehme einen Schluck.

Ja, das war klar. *Oh mein Gott.* Seit einer Woche habe

ich nicht mehr solchen Cappuccino getrunken. Ich spüre, wie sich meine Lebensgeister auf der Stelle ihren Weg durch meinen Körper bahnen. Mmmmh. Mann. Mist. Ich komme mir vor wie Lorelei Gilmore, die nach einem kalten Kaffeeentzug endlich ihren ersten Schluck nimmt, nur leider werde ich nie die beste Freundin Schrägstrich Verlobte Schrägstrich Ehefrau des hiesigen Cafébesitzers werden.

Vorsichtig mache ich mich auf den Weg in mein neues Zuhause, wo ich allerdings nur mein Gepäck abstelle, um mich dann erneut auf den Weg zu machen.

»Er hat *was*?« Brandys Hand, die ihre obligatorische Teetasse umklammert, schwebt vor ihren Lippen, während sie innehält. »Er hat dir die *Kaffeetasse* mitgegeben?«

»Exakt.« Ich nicke. »Wenn er so weitermacht, kann er den Laden bald wieder schließen, weil er kein Porzellan mehr übrig haben wird.«

Brandy lacht, und ich lehne mich in meinem Stuhl zurück, die Arme vor der Brust verschränkt. »Vielleicht ist das irgendetwas Französisches«, mutmaße ich. »Dass man Kaffee nicht in Pappe serviert.«

»Dann müsstest du es wissen«, erinnert mich Brandy. »Deine Mutter war schließlich Französin.«

»Mmmh. Das ist wahr.« Für einen Augenblick bin ich abgelenkt, vertieft in einen Gedanken, den ich mir nie zuvor gestellt habe: War meine Mutter Kaffee- oder Teetrinkerin? Ich kann mich nicht erinnern, darauf die Antwort zu kennen. Und dies würde mich traurig machen, wenn ich es zuließe, also lasse ich es nicht zu.

»Wer serviert Kaffee nicht in Pappe?«, fragt Helen, und ich bin dankbar für die Unterbrechung meiner Trübsal,

79

wenngleich mir die Röte in die Wangen schießt – immerhin bin ich quasi zur Konkurrenz übergelaufen.

»Äh…«, stammle ich also, da kommt mir Brandy zu Hilfe. »Elodie hat den neuen Coffee-to-go-Shop getestet«, erklärt sie und hängt gleich noch die Episode mit der Mitnahmeporzellantasse dran.

»Er hat dir die Tasse mitgegeben?« Helen sieht mich verblüfft an. Sie schüttelt den Kopf, dann sagt sie: »Oh, aber er ist kein Franzose. Er kommt aus Deutschland, soweit ich weiß, wie du.« Sie wirft mir einen Blick zu. »Irgendwo aus dem Norden. Lübeck? Gibt es so einen Ort?«

Ich nicke. Aus Lübeck. Ich hätte schwören können, ich habe kein bisschen Akzent in seinem Englisch herausgehört, nicht den Hauch davon. »Er hat einen französischen Nachnamen«, sage ich.

»Und du einen französischen Vornamen«, ergänzt Brandy.

»Meine Tochter ist ganz angetan von dem Mann«, erklärt Helen. »Sie findet, er sieht aus wie dieser Schauspieler, der den Loki spielt. Tom irgendwie? Und jetzt heißt er auch noch Tom. Sie war schon zweimal dort, um sich einen Espresso zu kaufen, obwohl sie gar keinen Kaffee mag.« Sie wischt mit einem Lappen über das saubere Wachstischtuch. »Nicht dass ich das von ihr wüsste«, fügt sie hinzu. »Kayden hat mir davon erzählt. Kayla würde sich über so etwas nie mit mir unterhalten. Was womöglich auch besser ist. Ich meine, sie ist vierzehn – warum um Himmels willen sollte sie für einen Mann schwärmen, der mindestens doppelt so alt ist wie sie?«

»Du hast es doch gerade selbst gesagt«, erinnert Brandy sie. »Er sieht aus wie ein Filmstar, oder?«

»Wie ein Filmstar«, murmle ich spöttisch.

Brandy zuckt mit den Schultern. »Ich finde ihn ziemlich attraktiv, du etwa nicht?« Und, ohne meine Antwort abzuwarten: »Als ich so alt war wie Kayla, liebe Güte. Da hatte ich auch schon Augen geworfen, so ist es ja nicht. Cary Grant zum Beispiel. *Das* war ein Mann!«

»War der nicht damals schon alt?«, fragt Helen.

»Das ist doch, was ich sage, Kindchen. Alter spielt keine Rolle, wenn die Hormone flattern.«

»Aah, Hilfe«, stöhnt Helen, und ich rümpfe die Nase.

»Ich kann mir kaum vorstellen«, sage ich, »dass dieser von sich eingenommene Snob irgendjemandes Hormone zum Flattern bringt. Eher das Blut in Wallung. Vor Wut. Weil er einen wahnsinnig macht.« Ich blicke von Brandy zu Helen, die nicht überzeugt wirkt. »Mach dir keine Sorgen. Die Schwärmerei geht vorbei, genauso wie die Tatsache, dass sie so wenig erzählt. Wir waren alle schwierig in dem Alter, oder nicht? Haben wir nicht alle rebelliert?«

Helen seufzt. Dann wechselt sie das Thema. »Wie sieht es aus im *Peek-a-boo*? Hast du dich schon eingerichtet?«

Ich verziehe das Gesicht. »Bislang habe ich nur meinen Koffer dort abgestellt«, erkläre ich ihr. »Ich fürchte, ich muss mir ein Auto leihen. Die gröbsten Reparaturen im Haus sind erst einmal erledigt, aber jetzt geht es darum, die Räume zu renovieren. Es muss gemalert werden, die Fensterrahmen könnten einen Anstrich vertragen, ganz zu schweigen von den Böden.«

»Die Böden? Bist du jetzt auch noch Fliesenlegerin, Herzchen?«, fragt Brandy.

»Zwangsläufig. Ich kann es mir nicht leisten, noch mehr Geld für die Instandsetzung auszugeben. Es muss doch eine Möglichkeit geben, sich das selbst beizubringen. YouTube, ich komme.«

»YouTube?« Brandy sieht mich skeptisch an, während ich abwinke und etwas von Do-it-yourself-Videos brumme. Helen legt mir eine Hand auf die Schulter. »Zumindest mit dem Auto kann ich helfen«, sagt sie. »Nimm einfach unseres. Es steht zu den Ladenöffnungszeiten sowieso nur in der Garage rum.«

»Ehrlich?« Ich sehe Helen dankbar an. »Das ist furchtbar nett von dir, danke schön.«

»Bedank dich mit einem Getränk, Liebchen«, schlägt Brandy vor. »Heute Abend gehen wir ins Pub.«

»Ach ja?«, frage ich.

»Ach ja?«, fragt Helen.

»Oh ja«, sagt Brandy. »Ist noch etwas übrig von eurem vierzehnjährigen rebellischen Ich? Dann kramt es schön langsam hervor.«

11. Helen

Bis wir es ins *Kettle 'N' Wink* schaffen, ist es kurz nach halb zehn, und die Band hat bereits angefangen zu spielen. Es ist knallvoll in dem Pub, es riecht nach Bier und Schweiß und abgestandenem Rauch, und warum sie hier überhaupt Konzerte veranstalten, ist mir ein Rätsel. Es ist viel zu klein für die vielen Menschen, aber was soll's. Brandy schwört, die *Villains of the Velvet Sea* hätten schon immer in dieser Bar gespielt, also werden sie es vermutlich die nächsten fünfzig Jahre so halten. Wobei — wohl eher nicht. Die Truppe selbst ist in die Jahre gekommen, das lässt sich nicht leugnen.

»Die Band ist aus St. Ives, war aber in Amerika ganz groß«, schreit Brandy gerade über den Gitarrenlärm hinweg. »Erst vergangenes Jahr sind sie zurückgekehrt, weil der Sänger hier geheiratet hat.«

Ich beobachte, wie Elodies Blick auf Sam Watson fällt, der gerade mit tiefer Stimme ins Mikrofon raunt, wie sie dann die Augenbrauen hebt, zweifellos wegen Sams hohem Alter, und sich dann ihre Lippen vor Erstaunen öffnen, als sie Chase Bellamy am Bass entdeckt.

»Der Ort ist klein«, rufe ich, und Elodie nickt verblüfft.

»Was willst du trinken?«, fragt sie, und während sie sich eine Minute später durch die Menschenmenge zur Bar kämpft, um uns zwei Gläser Wein und Brandy ein Begleitwasser zu ihrem Absinth zu besorgen, schieben wir uns weiter in den Raum hinein, um beinahe schon hinter der Bühne an einem Stehtisch Platz zu finden.

»Hier sieht man zwar nicht viel«, sagt Brandy, »doch wenigstens wird man nicht vom Schweißgeruch des Nebenmanns narkotisiert.« Sie zieht ein Taschentuch aus ihrem Parka und schnüffelt daran. Und während ich mich noch frage, ob ein Stück Stoff aus diesem Kleidungsstück tatsächlich besser duftet als irgendetwas anderes, ist Elodie zurück.

»So.« Sie stellt gut gefüllte Gläser vor uns ab. »Noch mal vielen, vielen Dank für deine Hilfe, Helen. Zwar schwirrt mir der Kopf, und ich weiß nicht, was ich zuerst tun soll, doch der Wagen war eine echte Erleichterung.«

»Den Rest wirst du auch schon schaffen, Kindchen«, sagt Brandy und tätschelt Elodies Hand. »Ich bin mir sicher, du wirst da hineinwachsen. Hast du erst mal ein, zwei Zimmer abgedeckt, abgeklebt und ein paarmal gestrichen, kannst du vielleicht einen Tapezierdienst eröffnen, wenn es mit dem Bed & Breakfast nicht klappt.«

Elodie stöhnt, und ich lache über ihren gequälten Gesichtsausdruck. »Womöglich frage ich doch Chase«, sagt sie.

»Mmmh, wenn er Zeit findet«, erwidert Brandy. »Siehst du die junge Frau da drüben? Die mit den strubbeligen blonden Haaren und dem seligen Grinsen im Gesicht?«

Brandy deutet auf Lola, Chase' Freundin, die offenbar wieder in St. Ives ist und neben der Bühne an einem Glas Rotwein nippt. Sie hat den Blick beharrlich auf ihren Freund gerichtet, der sie ebenfalls nicht aus den Augen lässt. Ich weiß, es dürfte nicht so sein, doch etwas schmerzt mich beim Anblick der beiden, für die es in diesem Moment niemanden zu geben scheint als den jeweils anderen. Weil ich weiß, wie sich das anfühlt. Liam und ich, wir waren mal so. Wir waren verliebt, so unsäglich, dass ich alles stehen und liegen ließ und all meine Pläne über den Haufen warf, um hier mit ihm zu leben. Ich habe meine Familie in Schottland verlassen, meinen Traum von Edinburgh aufgegeben, ich habe mich an einen Mann gebunden, mit achtzehn – für die meisten ein völlig verrückter, nicht nachzuvollziehender Schritt. Und ich habe ihn keinen Tag bereut, nicht einen, bis … ja, bis wann eigentlich? Ich weiß nicht. Ich weiß es ehrlich nicht. Wir sind auseinandergedriftet, lautlos, wie Treibholz, das sich in verschiedenen Strömungen voneinander wegbewegt, bis das eine ohne das andere dahintreibt.

»Wo ist los mit dir, Helen?«, fragt Brandy.

Ich antworte nicht. Stattdessen nippe ich an meinem Wein. Wenn ich wüsste, was mit mir los ist, müsste ich mir nicht selbst dauernd diese Frage stellen. Meine Freundin legt den Kopf schief. Sie spürt, dass etwas nicht stimmt, ich sehe es ihr an. Wir kennen uns zu lange, und sie kennt mich zu gut, und in der vielen Zeit, die sie im *Kennard's* verbringt, dürfte ihr sicher bereits aufgefallen sein, dass die Stimmung gerade nicht eben überschwänglich ist.

Neben mir gibt Elodie einen knurrenden Laut von sich, den ich nur deshalb wahrnehme, weil die Band eine Pause einlegt.

»Was ist?«, frage ich, da hat Brandy den Blick schon auf irgendetwas hinter mir gerichtet und schnalzt mit der Zunge.

»L'ennemi auf zwölf Uhr«, flüstert sie lautstark.

»Wie bitte?«

»*Der Feind*«, wiederholt Brandy und deutet auf Tom de

la Chaux, der drei Meter von uns entfernt an einer Säule lehnt, ein Bier in der Hand, die Augen auf die Bühne gerichtet, obwohl da gerade gar nichts passiert.

»Das ist niemals zwölf Uhr«, erkläre ich Brandy. »Von unserem Blickwinkel aus ist das vermutlich vierzehn Uhr zwanzig oder so.«

»Was macht der denn hier?«, mischt sich Elodie ins Gespräch.

»Nun.« Ich werfe dem Mann einen weiteren Blick zu. »Bier trinken?«

Elodie seufzt. »Ja, vermutlich.« Sie nimmt den letzten Schluck von ihrem Weißwein, greift nach unseren leeren Gläsern und will sich erneut auf den Weg zur Bar machen.

»Lass doch, ich mach das.« Ich nehme ihr die Gläser ab. »Das Gleiche noch mal?« Auf ihr Nicken hin schiebe ich mich durch die Menschen nach vorn zur Theke.

Die Gäste, die ich nicht persönlich kenne, lassen sich an einer Hand abzählen. Und keiner von den anderen, nicht einer, wirft mir nicht diesen suchenden Blick zu, der besagt: *Wo ist denn Liam? Ist er auch hier? Wenn Helen da ist, muss er doch auch irgendwo sein.*

Ich schüttle den Kopf. Bezahle die Drinks, gehe zurück zu den anderen. Neuerdings bilde ich mir Dinge ein, schießt es mir durch den Kopf, *Dinge*. Und ich fühle, ich muss damit aufhören, bevor sie über meine Einbildung hinaus Gestalt annehmen.

»Hier.« Ich reiche Elodie den Wein und Brandy ein weiteres Wasser. Dann sehe ich mich nach Mr. de la Chaux um, der nach wie vor an seiner Säule lehnt, das Bier immer noch fast voll. »Habe ich etwas verpasst?«

»Keine Spur«, antwortet Brandy.

Wir stehen zusammen, betrachten die Leute um uns herum, wippen zum Takt der Musik, die leise aus den Boxen wummert.

»Sie ist hier nur zu Besuch, sagtest du?«, fragt Elodie unvermittelt. Sie nickt in Richtung Bühne, neben der Chase und Lola eng umschlungen beieinanderstehen und keinen Hehl daraus machen, wo sie im Augenblick lieber wären.

Wieder dieser Stich in meine Mitte. Wieder dieser Schmerz, der nachhallt.

Brandy erklärt Elodie, dass Lola in München lebt, zumindest zurzeit noch, und dass die beiden sich vorerst nur alle paar Wochen sehen. »Ich denke aber, sie wird zu ihm ziehen, über kurz oder lang«, sagt Brandy. »Die beiden haben sich irgendwie gefunden. Und nachdem Lolas Großmutter diejenige ist, die Sam Watson von den *Villains* geheiratet hat, hat sie ja sogar Familie hier.«

»Die Großmutter hat den Sänger dieser Band geheiratet?« Elodie sieht von Brandy zu mir und wieder zurück. »Das klingt irgendwie nach einer verrückten Geschichte.«

»Oh, ja«, antwortet Brandy, »das ist es. Eine abendfüllende, für einen anderen Zeitpunkt. Lass dir nur eines gesagt sein: Für die Liebe ist man nie zu alt.« Sie zwinkert Elodie zu, dann sieht sie vielsagend zu mir, und ich wende schnell den Blick ab.

Elodie seufzt. »Ich kann ihn nicht fragen. Chase. Er wird die Zeit mit seiner Freundin verbringen wollen und nicht in meinem schmuddeligen Cottage, umgeben von feuchten Wänden und abgeblätterter Farbe.«

»Nun übertreibst du, Kindchen.«

»Es ist wahr«, ruft Elodie, »es ist…« Dann schüttelt sie den Kopf, als wollte auch sie ihre düsteren Gedanken abschütteln.

»Was war das für eine Beziehung?«, frage ich, einem unvermittelten Gedankengang folgend. »Ich meine – was war das für ein Bruch, der dazu geführt hat, dass du Hals über Kopf ein steinaltes Haus gekauft hast, im abgelegenen St. Ives noch dazu?«

Überrascht blinzelt Elodie mich an, die Augenbrauen gehoben, die Lippen geöffnet, doch kein Ton kommt heraus. Was meine Neugierde anstachelt, um ehrlich zu sein, aber ich werde sie nicht drängen, sich mir anzuvertrauen, so gut kennen wir uns noch nicht.

»Es tut mir leid«, erkläre ich deshalb schnell. »Du musst das nicht erzählen, wenn du nicht willst.«

»Nein.« Elodie schüttelt den Kopf. »Es ist ja auch gar nichts Besonderes«, sagt sie, doch sie wird rot dabei. »Er war verheiratet. Wir waren zwei Jahre zusammen. Nicht offiziell. Dann ist seine Frau schwanger geworden. Und das war's.«

Ich starre Elodie an, kurz nur, bevor ich mich eines Besseren besinne und den entsetzten Ausdruck auf meinem Gesicht unter Kontrolle bringe. Ich kann nicht umhin, dass mich dieses Geständnis schockiert. Und ich bin mir ziemlich sicher, jede verheiratete Frau erschüttert die Vorstellung, eine andere könnte mit ihrem Mann ein Verhältnis haben, über Jahre hinweg... Vermutlich können ohnehin nur Frauen wie Elodie die Tragweite dieses Betrugs *nicht* furchtbar finden. Aber ich kenne nicht die ganze Geschichte, also darf ich auch nicht darüber urteilen. Und ich kenne Elodie erst kurze Zeit, doch ich mag sie, und ich möchte die mögliche Freundschaft zwischen uns nicht im Keim ersticken, weil mir ein Teil ihrer Entscheidungen nicht gefällt.

»Nun«, sagt Brandy schließlich. »Dann schätze ich mal,

dieser Kerl hätte auch nicht für Renovierungszwecke zur Verfügung gestanden.«

Niemand lacht darüber. Die Band kehrt zurück auf die Bühne und nimmt ihre Instrumente wieder auf. Ich denke daran, wie wenig wir über andere wissen, und frage mich, ob das Segen ist oder Fluch. Und ob Liam mich betrügt. Ob er es je getan hat.

Sam Watson beginnt mit einem neuen Song. Chase Bellamy strahlt in die Richtung, in der seine Lola steht. Tom de la Chaux ist verschwunden.

12. Elodie

Einen Cappuccino, bitte. Zum Mitnehmen.« Aus meiner Tasche ziehe ich den Becher, ein hellbraunes Plastikteil mit dunkelbraunen Bohnen darauf, hässlich wie die Nacht, doch ein Geschenk von Brandy, also unabdingbar, stelle ihn auf dem Tresen ab und sehe Tom de la Chaux auffordernd an.

»Dann hat der Kaffee gestern geschmeckt?«, fragt er gelangweilt, doch ich ignoriere das.

»Machen Sie zwei Espresso rein«, sage ich stattdessen, denn wie schon erwähnt: Es geht um Kaffee. Um sehr guten Kaffee. Und was immer dieser Mann für ein Problem hat, er wird mich nicht um meinen Kaffee bringen.

Er sieht mich nach wie vor an, und ich lege den Kopf schief. Ein paar lange Sekunden verweilen wir in unseren Positionen, dann dreht er sich weg, um sich meiner Bestellung anzunehmen.

Ich atme tief ein und greife nach einer der Visitenkarten auf der Theke. De la Chaux. Aus Lübeck. Mysteriös, oder? Im Grunde habe ich wenig Lust, mich weiter mit dem Mann zu unterhalten, auf der anderen Seite habe ich das dusslige Gefühl, seine Unfreundlichkeit stachelt mich an.

»Sind Sie Franzose oder Deutscher?«, frage ich schließlich. Ich drehe die Karte in meiner Hand, ohne eine Antwort zu erhalten. »Mir wurde erzählt, Sie seien aus Lübeck. Woher dann der französische Nachname?« Mon-

sieur Ignoranz macht sich nach wie vor an seiner Kaffeemaschine zu schaffen, weshalb ich fortfahre: »Préférez
vous parler en français? Oder würden Sie sich lieber auf
Deutsch unterhalten, wo wir beide daher kommen?«

Als er sich endlich wieder zu mir umdreht, stellt er den
Mitnahmebecher vor mir ab, an dessen Rand der Inhalt
überläuft, der sich wiederum in einer hellbraunen Pfütze
unter seinem Boden sammelt. *Schon wieder.* Ich blinzle
ihn an, unschlüssig, wie ich auf diese erneute Provoka-
tion reagieren soll. Ich meine, entweder er hat tatsächlich Probleme damit, Kaffee in Tassen zu füllen, was wir
nicht hoffen wollen. Oder er ist generell ein äußerst un-
höflicher Typ. Oder aber... es liegt an mir. Die Erkenntnis schmerzt ein bisschen, denn ich weiß ehrlich nicht,
was ich getan haben sollte, um eine so unfreundliche Behandlung zu verdienen. Und als hätte er den Gedanken
auf meinem Gesicht abgelesen, wird der Ausdruck auf seinem für eine Millisekunde unsicher, bevor er sich räuspert
und die Hände vor der Brust verschränkt.

Ich räuspere mich ebenfalls. »Also?«, frage ich, während ich Papierservietten aus ihrem Ständer zupfe, um die
Sauerei um meinen Kaffee zu beseitigen. »Oder ist höflicher Small Talk in diesem Laden ebenso verpönt, wie es
Pappbecher sind?«

»Es ist unhöflich, in diesem Laden nicht *Englisch* zu
sprechen, wo wir uns immerhin in *England* befinden«,
gibt er zurück, und zwar in einem derart stolzierenden
Oxford-Slang, dass ich beinahe lachen muss. *Beinahe.*
Dann sehe ich wieder in das ernste, abweisende, wenngleich nicht unbedingt hässliche Gesicht und überlege es
mir anders.

»Aber Sie sind aus Lübeck, oder nicht?«

»Sie sind neugierig, oder nicht?«

»Sie sind unfreundlich, oder nicht?«

»Ist das hier ein Kindergarten, oder nicht?«

Ich öffne den Mund und klappe ihn wieder zu. Dann greife ich nach meinem Becher, das allerletzte Mal in diesem Shop, das schwöre ich.

Der Kerl seufzt. »Ich bin genauso aus Lübeck wie der Kaffee, den Sie gerade im Begriff sind mitzunehmen, ohne ihn zu bezahlen«, sagt er schließlich.

»Was?« Ich blinzle verwirrt, dann stelle ich den Becher zurück und beginne, in meiner Tasche nach dem Geldbeutel zu kramen, während ich die Kaffeedosen hinter ihm mustere. *Englische Mischung,* steht darauf. *Kaffeemanufaktur de la Chaux, in Lübeck seit 1963.*

»Oh.« Ich zähle drei Pfund fünfzig ab und lasse die Münzen auf den Tresen gleiten. »Das erklärt so einiges«, sage ich.

»Was zum Beispiel?«

Ich greife erneut nach meinem Becher und mache mich auf den Weg zur Tür hinaus.

»Hey«, ruft de la Chaux hinter mir her. »Was erklärt es?«

»Es erklärt, warum Sie sich wie ein Thronerbe benehmen«, sage ich über meine Schultern. Kaffeesöhnchen. So sieht er aus!

»Für drei Pfund fünfzig gibt es noch ein Croissant dazu!«

»Behalten Sie den Rest und kaufen Sie sich davon ein paar Umgangsformen!«

Macht die Gelegenheit die Liebe?

Ich habe meinen Vater nicht belogen. Das erste Jahr ist fantastisch gewesen. Nur wenig davon verbrachte ich in Per Gunnarsons Vorzimmer, die überwiegende Zeit nahmen wir Termine wahr, in Berlin, London, aber auch den USA und vor allem Asien. Die Reisen waren anstrengend, interessant, lehrreich, aufregend, inspirierend und allem voran hoch professionell. Zwölf Monate lang entfaltete sich unsere Beziehung auf größtmöglichem fachkundigem Niveau. Nicht ein unangebrachter Blick wechselte zwischen uns her oder hin. Jeder Gedanke, zwischen uns könnte etwas anderes sein als eine Geschäftsbeziehung, wurde im Keim erstickt.

Nahm ich meinen Vorgesetzten als Mann wahr? Möglich.

Nahm ich ihn als attraktiven Mann wahr? Nun, es gibt einiges zu sagen über Männer mit Macht, selbst wenn ich dieses Phänomen bislang nur aus Büchern kannte.

Fühlte ich mich zu ihm hingezogen? Also, bitte. Nächste Frage.

Gelegenheiten – Gelegenheiten hätte es zuhauf gegeben. Intime Besprechungen, lange nach Büroschluss. Absacker an den Tresen exquisiter Bars. Verlassene Hotelflure, unbeobachtete Momente, *leere* Zimmer.

Wir logierten gerade in einem dieser Luxushotels in

Hongkong, als mich der Telefonanruf erreichte: Meine kleine Schwester, Franzi, war nach einem Unfall mit ihrer Vespa ins Krankenhaus gekommen, Gehirnerschütterung, der linke Arm gebrochen. Für den Abend war ein Essen mit Bentons Geschäftspartnern geplant, und obwohl ich mir alle Mühe gab, mir nichts anmerken zu lassen, fiel Per meine Unkonzentriertheit in dem Augenblick auf, in dem ich aus dem Fahrstuhl in die Halle trat. Ich sagte zwei Sätze, und er stolzierte in Richtung Rezeption. Er wies die Mitarbeiter des Hotels an, einen Flug für mich zu organisieren, noch für denselben Abend.

»Ich werde das Essen verpassen«, protestierte ich. »Ich kann Sie doch unmöglich allein lassen mit ...«

»Ich bin schon groß«, unterbrach er mich. Und dann schob er mich quasi höchstpersönlich in den Flieger. Auf seine Kosten.

So viele Gelegenheiten. Und alle hatten wir ausgelassen.

Dass es nicht ewig so weitergehen würde, zeigte sich an dem Abend nach Pers Rückkehr aus Hongkong. Es war der Tag, an dem auch ich meinen Dienst wieder angetreten hatte. Es war spät geworden. Ich war gerade dabei, meine Tasche zu packen und mich auf den Heimweg zu begeben, als er an die Tür meines Vorzimmers klopfte, was er immer tat, um sich dann lächelnd in den Sessel vor meinem Schreibtisch fallen zu lassen, was er ebenfalls üblicherweise so handhabte, allerdings nie um diese Uhrzeit.

»Steht noch etwas an für heute?«, fragte ich überrascht.

»Haben Sie noch etwas vor?«

»Nichts, was sich nicht aufschieben ließe.« Ich stellte meine Tasche zurück auf den Boden. »Habe ich etwas übersehen? Der Tag war ziemlich unübersichtlich, mit der Aufarbeitung der Chinaverträge und allem.«

Per lachte, dann rieb er mit einer Hand über sein Kinn, während er mich nicht aus den Augen ließ, worauf prompt mein Herzschlag reagierte. Ich war niemals immun gegen den Charme meines Chefs, so viel zur nicht beantworteten Frage von oben. Ich besaß nur immer Verstand genug, keinen weiteren Gedanken daran zu verschwenden.

Das Telefon klingelte, und ich wollte danach greifen, doch Per war schneller, und wieder runzelte ich verblüfft die Stirn.

»Schicken Sie sie rauf«, sagte er. »Ja, mein Büro. Der runde Tisch vor dem Fenster. Danke.«

»Was ist los?«

»Sie haben nichts vergessen, Elodie, wie üblich. Sie sind die beste persönliche Assistentin, die man sich wünschen kann.«

Ich warf ihm einen misstrauischen Blick zu, und Per lachte. »Wenn Sie heute nichts mehr vorhaben, würde ich Sie gern noch etwas länger aufhalten. Wir hatten noch gar keine Gelegenheit, über Ihre Schwester zu sprechen. Geht es ihr inzwischen besser?«

»Es geht ihr gut, danke. Sie ist zäh wie Elefantenhaut. Und sie denkt gar nicht daran, das Vespafahren aufzugeben.« Ich schüttelte den Kopf. Mit Franzi darüber zu streiten, was vernünftig war und was selbstmordgefährdend, war mehr als müßig.

»Ist sie älter oder jünger als Sie?«

»Jünger. Acht Jahre. Sie ist meine Stiefschwester.« Ich sah ihn an. Per bedeutete mir mit einer Handbewegung fortzufahren. »Ihr Name ist Francine. Meine Mutter starb, als ich zwei war, und als ich sieben wurde, heiratete mein Vater erneut. Eine sehr liebe Frau. Es war ihre Idee, Francine nach meiner Mutter zu benennen.«

Per schwieg. Ich setzte mich aufrechter hin. Im Hintergrund war das Klimpern von Gläsern und Geschirr zu hören.

»Was passiert da nebenan?«, fragte ich in genau dem Augenblick, in dem es an der Tür klopfte. Ein Mann steckte den Kopf herein. »Wir sind so weit, Herr Gunnarson.«

»Danke sehr.« Per stand auf. Und dann tat er erneut etwas Ungewöhnliches, er streckte über meinen Schreibtisch hinweg seine Hand nach mir aus, nahm meinen Arm und führte mich aus meinem Büro in seines, als seien wir auf dem Weg zu einem Empfang.

Der runde Tisch vor der Glasfront war gedeckt, weißes Leinen, spiegelndes Porzellan, funkelndes Glas. Der Geruch von asiatischen Speisen hing schwer in der Luft.

»Das Essen, das Sie in Hongkong verpasst haben«, erklärte Per. Er führte mich zum Tisch, schob meinen Stuhl zurecht, setzte sich auf die andere Seite. »Es hat nichts gemeinsam mit dem chinesischen Essen, das man in Deutschland serviert bekommt. Und ich dachte, das sollten Sie auf keinen Fall verpassen.«

Was ging mir durch den Kopf in diesem Augenblick? Ich habe ehrlich keine Erinnerung daran. Er war leer, schätze ich. Kein Gedanke weit und breit. Ich war viel zu verblüfft, um nur irgendetwas zu denken, geschweige denn zu sagen, also richtete ich den Blick auf das Fenster, doch statt des Frankfurter Lichtermeers sah ich nur mein eigenes Spiegelbild und ihn, wie er mir gegenüber ein Bein über das andere schlug und mich betrachtete.

Er hatte das Essen bestellt, das ich auf der Geschäftsreise nicht hatte wahrnehmen können, das aber doch ohnehin ein *Geschäftsessen* war, und ... warum?

»Es tut mir unglaublich leid, dass Sie Ihre Mutter so früh verloren haben.«

»Es war ein Hirnschlag. Niemand hätte auch nur irgendetwas tun können, um das zu verhindern.«

»Nein. Sonst hätte es sicherlich jemand getan.« Er griff nach seinem Glas. Wir stießen an. Dann aßen wir gemeinsam Ravioli mit Hummer und geröstetes Drachenhuhn, bevor Per seinen Fahrer rief, der uns beide nach Hause bringen sollte.

Es passierte nichts weiter an diesem Abend, gar nichts. Später habe ich mich oft gefragt, ob er wusste, was er tat, ob er es geplant hatte, ob er sogar beabsichtigt hatte, dass hier, an diesem erstaunlichen Abend in seinem Büro hoch über Frankfurt, nichts geschehen würde. Ich fragte mich, ob er vom Ausgang ebenso überrascht war wie ich.

Macht also die Gelegenheit die Liebe?

Ich denke... ja. Wenn man sie lässt.

April

13. Elodie

GUSTAV ARSCHLOCH: *Wieso sprichst du nicht mit mir? Wenn du mich weiterhin ignorierst, werde ich mich auf den Weg nach Cornwall machen müssen. Willst du das, Elodie? Ist das der Zweck deiner Ignoranz? Willst du, dass ich zu dir komme? Dich zurückerobere? Möchtest du, dass ich dich zurückerobere, Elodie?*

Ich verdrehe die Augen, während ich meinen Lauf über den Küstenwanderweg fortsetze. Diese Strecke ist herrlich, um den mangelnden Joggingparcours wettzumachen – zumindest habe ich in den drei Wochen, die ich hier bin, noch keinen gefunden –, sie ist herrlich und dann noch ein bisschen mehr. Wilde Küste fällt neben mir zum Meer hinab, auf der anderen Seite des Wegs grasen Kühe im satten Grün der kornischen Wiesen. Blumen sprenkeln meinen Weg, gelbe, blaue, violette. Der Frühling hier in Südengland ist so ausnehmend schön, dass mir die Worte fehlen an fast jedem Morgen, den ich mich auf den Weg mache.

Was so gut wie jeder ist. Das ist einer der zahlreichen Vorteile der Selbstständigkeit, wie ich ziemlich schnell feststellen durfte. Ich tue, was ich will, wann ich will, so oft ich es möchte. Nun gut, womöglich ist das eher dem Umstand der Arbeitslosigkeit zu verdanken. Noch ist das B&B weit davon entfernt, bezugsfertig zu sein. Noch sind nicht alle Zimmer gestrichen (nicht einmal zwei, um ehrlich zu sein), und es fehlen noch haufenweise Möbel (meine eigenen zum Beispiel, doch die sollen nun tatsächlich geliefert werden, und zwar heute Vormittag).

Ich drehe mein Handy so, dass ich die Uhrzeit lesen kann. 8:47. Noch eine Stunde dreizehn Minuten, bis die Möbelpacker angeblich anrücken, bleibt also ausreichend Zeit für ein kleines bis ausgiebiges Frühstück bei Helen.

»Guten Morgen«, grüße ich fröhlich, während ich mich an der Schlange Menschen vorbei zu Brandys Tisch schiebe. »Was ist denn hier los? Gibt es heute etwas umsonst?«

»So gut wie, Kindchen«, erklärt Brandy zwischen zwei Schlucken Tee. »Es gibt Liams berühmte *Bath Buns*. Das Rezept stammt von seiner Mutter, und er macht sie einmal im Jahr, immer kurz vor Ostern.«

»Wow.« Ich schnuppere die klebrig-süße Luft. »Deshalb der Duft?«

»Deshalb der Duft.«

Ich winke Helen zu, die hinter der Theke steht und in Rekordzeit Gebäck, das aussieht wie Hefebrötchen, in Papiertüten packt, und sie nickt in meine Richtung, ohne eine Miene zu verziehen.

»Geht es Helen gut? Sie sieht gestresst aus. Ob sie Hilfe braucht bei den vielen Kunden?«

Brandy schüttelt den Kopf. »Das ist es nicht«, sagt sie. »Mein Gefühl sagt mir, es gab einen Streit mit Liam.«

»Dein *Gefühl* sagt dir das?«

Brandy zuckt mit den Schultern. »Also gut, ich habe möglicherweise eine Unterhaltung zwischen den beiden mit angehört, in der es um die Osterferien ging. Liam und die Zwillinge selbst möchten, dass die Kinder zu Helens

Eltern nach Schottland fahren. Helen möchte, dass die Familie ein paar Tage gemeinsam verbringt.«

»Und ihr Mann hat etwas dagegen?«

»Er will das Café nicht allein lassen.«

»Haben die beiden denn niemanden, der hier aushilft, wenn sie einmal freihaben möchten?« Ich runzle die Stirn. »Wenn ich es mir recht überlege... Hatte Helen überhaupt einmal frei in den vergangenen Wochen? Ich kann mich nicht daran erinnern.«

Brandy nippt an ihrem Tee, dann seufzt sie. »Bis vor Kurzem hatten die beiden ein bis zwei Tage in der Woche für sich, wenn Liams Eltern kamen, um auszuhelfen. Ihnen gehörte das Café vor Liam, weißt du? Sie haben es ihm quasi vermacht.«

»Wirklich? Das wusste ich nicht.«

Brandy nickt. »Wie dem auch sei – in letzter Zeit geht es Liams Mutter nicht sonderlich, ihre Gelenke machen ihr zu schaffen, also kommen sie nicht mehr her.«

»Nun ja – dann müssen Liam und Helen eine andere Lösung finden, oder nicht? Sie können schlecht sieben Tage die Woche arbeiten, erst recht nicht in der Hauptsaison.«

»Sag das Liam. Er kann sich nicht vorstellen, eine fremde Aushilfe in seinem Lokal allein zu lassen. Nicht einmal einen Tag. Geschweige denn die ganzen Ferien.«

»Ach herrje. Arme Helen.«

»Und die armen Kinder. Wenn es so weitergeht, wird er sie bald Vollzeit einspannen.«

Ich denke an Kayla mit ihrem trotzigen Blick und Kayden, der sich aus allem einen Spaß macht, nur nicht aus der Arbeit im Café. »Ob das gut geht?«, frage ich skeptisch, aber im Grunde kenne ich die Antwort schon.

»Tut es jetzt kaum«, erwidert Brandy.

»Mmh.« Wieder sehe ich Helen an. Sie wirkt wirklich angespannt heute und noch ein wenig abwesender als sonst. Ihre kurzen rotbraunen Haare stehen wirr zur Seite ab, ihre Wangen sind rot und fleckig. »Sie könnte ein paar freie Tage vertragen. Sie sieht ehrlich nicht sehr gesund aus im Augenblick.«

»Es kommt viel zusammen«, sagt Brandy. »Und was auch immer *darüber hinaus* in Helens Kopf vorgeht, macht es offenbar nur schlimmer.«

Ich weiß nicht viel mit Brandys Worten anzufangen, aber ich belasse es dabei. Sie und Helen sind meine engsten Kontakte hier in St. Ives, doch ich bin erst seit ein paar Wochen hier und noch weit davon entfernt, alle versteckten Hinweise und Andeutungen nachvollziehen zu können. Was ich mittlerweile erahne: Die Ehe zwischen Helen und Liam verläuft nicht ohne Schwierigkeiten, und das Verhältnis von Helen zu ihrer Tochter Kayla ist angespannt, um es positiv zu formulieren. Helen verbringt viel zu viel Zeit in dem Café und gönnt sich viel zu wenig Freizeit. Und in ihrem Alltag gehört Brandy nicht nur zu ihren wichtigsten Freunden, sie scheint auch irgendwie als Brücke zum Rest der Welt zu fungieren. So etwas wie ein Verbindungsstück. Helen ist oft so in sich selbst versunken, dass es dringend jemanden erfordert, der einen Draht zu ihrer Umgebung herstellt.

»Ob wir sie aufmuntern können?«, frage ich Brandy. »Der Abend im *Kettle 'N' Wink* war doch witzig. Das sollten wir vielleicht wiederholen.«

»Noch witziger wäre es, ihr würdet vorher endlich eine meiner Touren mitmachen. Ihr könnt euch nicht ewig drücken. Die Geister warten auf dich, Elodie.«

»Ach Himmel, das hatte ich beinahe vergessen.«

»Verdrängt, meinst du wohl.«

»Oder das.«

Brandy schlägt mit ihrer Hand auf meine, und ich ziehe sie lachend weg. »Glaube mir, du möchtest nicht, dass ich an einer deiner Führungen teilnehme. Vermutlich werde ich umfallen vor lauter Lachen. Ich meine, wer glaubt denn an diesen Kram?«

Mittlerweile habe ich einiges über Brandy erfahren. Zum Beispiel, dass sie nicht wie wir anderen in dem alten Teil um den Hafen herum zu Hause ist, sondern oberhalb von St. Ives in einem Wohnwagen lebt, der auf einem Privatgrundstück abgestellt ist. Dort verbringt sie den größten Teil ihrer Tage, während ihre Arbeit, wenn man es so nennen will, erst nach Sonnenuntergang beginnt: Brandy führt Touristen auf sogenannten Ghost Walks durch den Ort, auf denen sie Schauergeschichten und Gruselszenarios zum Besten gibt, »Geisterkram«, wie ich es spöttisch zusammenfasse.

»Wart's nur ab, Mädchen«, erklärt Brandy mit dunkler, bedeutungsschwerer Stimme. Ich lache, doch augenblicklich wird mir klar, dass sie genau die Richtige für diesen Job ist. Die Touristen werden an ihren Lippen hängen, so viel steht fest. Sie wird sie alle davon überzeugen, dass in ihren Hotelzimmern ein spukender Seemann sein Unwesen treibt.

Die Türglocke läutet. Als ich aufblicke, sehe ich geradewegs in die unterkühlten Augen von Tom de la Chaux, der mir heute noch gefehlt hat, weshalb ich aus reinem Reflex heraus einen unwirschen Laut von mir gebe. Brandy folgt meinem Blick, und ein Grinsen breitet sich auf ihrem Gesicht aus.

»Aaah, der schöne Monsieur de la Chaux«, flüstert sie, laut genug, dass auch er es ohne Schwierigkeiten hören kann. »Ich frage mich, weshalb er immer dann hier im Laden auftaucht, wenn du gerade auch da bist.«

»Was? Das stimmt doch überhaupt nicht.« Allerdings stimmt das nicht. Ich werfe Brandy einen fassungslosen Blick zu, die Arme vor der Brust verschränkt. Entgegen meinem Schwur, nie wieder in de la Chaux' Laden einen Kaffee zu trinken, lasse ich mich nach wie vor jeden Morgen von einem fantastischen Cappuccino über die herablassende Art dieses Mannes hinwegtrösten. Nie und nimmer kommt er hierher, um freiwillig noch mehr Zeit mit mir zu verbringen. '

»Er sieht wirklich gut aus«, sagt Brandy jetzt, Lippen gespitzt, Kinn auf die Hand gestützt.

Ich schweige.

»Es ist so«, betont sie, als hätte ich das Gegenteil behauptet. »Es hilft doch nichts, die Augen vor Tatsachen zu verschließen, bloß weil du sie nicht wahrhaben möchtest.«

Ich werfe dem Objekt von Brandys Begierde einen Blick zu. Er wirkt für seine Verhältnisse deutlich angespannt und nicht so betont gelassen, was mir in jedem Fall ein klein wenig Genugtuung bereitet. »Er kann dich hören«, raune ich Brandy zu, doch sie lacht nur.

Die Schlange vor Helens Tresen scheint kein Ende zu nehmen, die Türglocke bimmelt ununterbrochen. Ich überlege, wie lange es wohl dauern kann, bis Helen Zeit hat, wieder Bestellungen an den Tischen aufzunehmen, und ob es in Anbetracht der langen Wartezeit nicht klüger wäre, woanders hinzugehen, doch nachdem mein Kaffeedealer ebenfalls in besagter Schlange steht... Also warte ich. De la Chaux kommt dran, lässt sich zwei *Bath Buns* einpacken, wie ich beobachte (na, und?), wechselt ein paar höfliche Worte mit Helen (das macht er jedes Mal, womöglich nur, um mich zu ärgern), als plötzlich irgendwo ein Telefon klingelt. Helen bedeutet Monsieur Kaffeemanufaktur, einen Augenblick zu warten, greift unter dem Tresen nach einem Telefon, meldet sich, hört einige Sekunden zu, sucht dann meinen Blick. Ich ziehe beide Brauen nach oben.

»Elodie?« Helen hält den Hörer zu und ruft in meine Richtung. »Für dich!«

»Für mich?«, wiederhole ich unnötigerweise, während ich eine gleichbedeutende Handbewegung mache und überrascht aufstehe. Helen drückt mir den Apparat in die Hand. De la Chaux wirft mir einen neugierigen Blick zu, den ich kühl an mir abprallen lasse.

»Ja?«

»Miss Elodie? Mrs. Barton hier. Haben Sie Möbelpacker bestellt?«

»Was? Ja!« Ich sehe auf die Uhr über der Kaffeemaschine. 9:23 Uhr. Die Umzugsfirma sollte erst um zehn hier ankommen, also eigentlich noch genügend Zeit für …

»Eine hübsche Küchenvitrine haben Sie da«, sagt Mrs. Barton jetzt. »Aber ich würde sie nicht ewig da draußen stehen lassen, sie neigt sich ein wenig nach rechts.«

»Draußen? Wo draußen? Was heißt hier … Also gut. Mrs. Barton? Würden Sie mir den Gefallen tun und den Umzugsleuten sagen, dass sie warten sollen? Ich bin sofort da. Drei Minuten.«

»Aber es ist niemand mehr hier, Kindchen.«

»*Wie bitte?*«

»Als ich nach draußen kam, sind die Männer mit dem

Umzugslaster gerade wieder rückwärts den Hügel hinuntergefahren.«

Nein, ruft es in meinem Kopf. NEIN. Das darf nicht wahr sein. Ich drücke Helen den Hörer in der Hand und bin schon halb aus der Tür raus. »Notfall«, rufe ich Brandy zu. »Wir sehen uns später.« Dann renne ich, so schnell ich kann, die Fore Street hinunter in Richtung *Peek-a-boo*, in dem aus irgendeinem Grund bislang noch nichts wirklich glattgegangen ist, was mich langsam, aber sicher in den Wahnsinn treibt.

Mrs. Barton hat nicht übertrieben. Die Küchenvitrine meiner Mutter – eines der wenigen Stücke, die ich neben einem alten Küchentisch, vier Stühlen, einer Kommode und meinem Bett umgezogen habe – steht bedrohlich wacklig auf den unebenen Pflastersteinen der schmalen Einfahrt. Besagter Tisch leistet ihr Gesellschaft, so wie der Rest meiner Möbel, umgeben von Kartons voller Bücher, Geschirr, Bettwäsche und was sonst noch, und dazwischen zwei riesige Überseekoffer mit meinen restlichen Klamotten. Was fehlt, ist jede Spur von den Umzugsleuten, die es offenbar nicht erwarten konnten, erneut in den Streik zu treten, und denen augenscheinlich nicht in den Sinn kam, dass ich eventuell Hilfe brauchen könnte beim *Hineintragen* des ganzen Krams.

»Verdammte Arschlöcher«, brumme ich, während ich mir einen Weg durch das Chaos in meiner Einfahrt bahne. Ich weiß gar nicht, wo ich anfangen soll. Ich habe keine Ahnung, wie ich die Vitrine allein ins Haus schaffe.

»Brauchen Sie Hilfe?«

Ich zucke zusammen, als mich de la Chaux' Stimme aus meinen Gedanken reißt.

»Was machen Sie denn hier?«

»Mrs. Cole hielt es wohl für eine gute Idee, den erstbesten männlichen Gast in *Kennard's Kitchen* dazu zu verdonnern, einer Mamsell in Distress zu helfen – ihre Worte, nicht meine. Dagegen konnte ich mich nicht wirklich wehren, ohne als völlig feindselig dazustehen, oder?«

»Aber Sie *sind* völlig feindselig, auch wenn Brandy das noch nicht bemerkt zu haben scheint.«

»Nun…« Er zuckt mit den Schultern. »Dann belasse ich Ihre Freundin gern noch einen Moment in ihrem guten Glauben.«

Ich beobachte staunend, wie der Kaffeeprinz eine der Kisten aufnimmt und damit die Stufen zur Eingangstür des *Peek-a-boo* erklimmt. »Können Sie aufschließen?«, ruft er über seine Schulter, stellt den Karton ab und macht sich auf den Weg, den nächsten zu holen.

»Ach herrje, was ist denn hier los?«

Neben mir ist Brandy aufgetaucht, die Stimme atemlos. »Solche verdammten Tölpel«, sagt sie. Dann kramt sie aus einer ihrer Jackentaschen ein altertümliches Handy hervor, und binnen einer Viertelstunde geht ein halbes Dutzend Männer in meinem Haus ein und aus, und in der gleichen Zeit sind alle Kisten, Möbel, Koffer drinnen und in Sicherheit.

Ich kann Brandy gar nicht sagen, wie dankbar ich ihr bin. Ich meine, ich kann es tatsächlich nicht ausdrücken, denn als ich mich umdrehe, um es zu tun, ist sie weg. Überhaupt sind alle genauso schnell wieder verschwunden, wie sie aufgetaucht sind – alle, bis auf Tom de la Chaux, den ich im Dachgeschoss antreffe, wo er gerade das letzte Teil meines Bettes gegen die Wand lehnt.

»Ich denke, das war's«, erkläre ich, »das war das Letzte.«

»Ja, das denke ich auch.« Sagt's, doch anstatt mir zuzunicken, an mir vorbeizugehen, mein *Schlafzimmer* zu verlassen, bleibt er mitten im Raum stehen und dreht sich einmal um die eigene Achse. »Wer hilft Ihnen denn bei der Renovierung?«, fragt er. »Ein Blinder?«

Automatisch straffe ich die Schultern, die Nervenenden in meinem Nacken auf Alarm gestellt. »Ich bin noch nicht fertig«, erkläre ich, wohl wissend, dass ich diesem Schnösel im Grunde keinerlei Erklärung schuldig bin. »Bisher habe ich nur diese zwei Wände gestrichen, die Flecken dort drüben müssen erst noch trocknen, und mit dem Fußboden muss ich mir auch noch etwas einfall... Hey!«

Der Kerl ist in Gelächter ausgebrochen, schallend. Währenddessen strubbelt er mit einer Hand durch die Haare an seinem Hinterkopf und dreht sich weiterhin langsam im Kreis. »Das nennen Sie *noch nicht ganz* fertig?«, fragt er ungläubig.

»Was ist an *noch nicht ganz* denn missverständlich?«, frage ich kühl.

Er zuckt mit den Schultern. »Wenn Sie Hilfe brauchen sollten...«, doch mittlerweile hat er sich bereits in Richtung Tür bewegt.

»Danke.« Ich erkenne eine rhetorische Frage, wenn ich eine höre. »Ich komme klar.«

»Dachte ich's mir.«

Und so rauscht er die Treppe hinunter, ohne dass ich mich richtig für seine Hilfe bedanken konnte, womit ich *ein zweites Mal* zu spät dran bin.

Ich bleibe allein zurück in meinem eigenen, fremden Haus. Doch bevor ich auch nur ansatzweise über die viele Arbeit, die noch ansteht, ins Grübeln komme, nehme ich mir die ersten Kisten vor und schaffe mir ein neues Zuhause.

14. Elodie

Einen Cappuccino zum Mitnehmen, bitte.«

»Drei Pfund fünfzig.«

»Ohne Croissant.«

»Sicher?«

Ich verdrehe die Augen. Dann krame ich den wiederverwendbaren Thermomitnahmebecher aus meiner Handtasche und schiebe ihn de la Chaux über den Tresen entgegen.

Er nimmt ihn, macht aber keine Anstalten, sich seiner Maschine zuzuwenden. Stattdessen sieht er mich an, sehr viel länger als nötig, und mir fällt auf, dass seine Augen heute wärmer scheinen als sonst, mit mehr Blau darin und einer Prise Humor, einer Handvoll geradezu. Es gefällt mir nicht.

»Was?« Ich starre stirnrunzelnd zurück. »Stimmt etwas nicht? Habe ich was im Gesicht?« Es liegt an seinem Hemd, denke ich. Das Blassblau beeinflusst die Farbe seiner Augen. Oder aber an dem strahlenden Himmel da draußen. Die Morgenstimmung ist so herrlich, sie könnte jeden mitreißen, selbst einen dauerhaft schlecht gelaunten Typen wie de la Chaux.

»Witzig, dass Sie das sagen«, erklärt er. »Sie haben da tatsächlich etwas an der Wange.« Er wedelt mit der Hand vor meiner linken Gesichtshälfte herum, um mir zu bedeuten, wo ich zu suchen habe.

Ich wische mit der Hand über die Haut. Ein dunkler

Streifen Nutella ziert meine Finger. »Wie ich schon sagte«, murmle ich, während ich nach den Servietten greife, »kein Croissant heute.«

De la Chaux lacht und macht sich an die Kaffeezubereitung.

»Ich hatte keine Zeit für ein umfangreiches Frühstück«, erkläre ich seinem Rücken, »deshalb ... mmh.« Ich überlege. Es ist nicht so, dass ich ihn heute lieber mag als gestern, bloß weil ich ihn habe lächeln sehen (und die Lachfalten um seinen Mund herum, die ihn auf einmal sympathisch machen, was eine absolute Täuschung sein kann, Vorsicht, Elodie!). Wo war ich? Ach so, genau. Aber. *Aber* er hat mir gestern geholfen, und dafür sollte ich mich zumindest bedanken. »Es war sehr nett von Ihnen, dass Sie mir gestern beigestanden haben, danke schön«, erkläre ich deshalb schnell.

»Ihre Freundin kann recht überzeugend sein«, antwortet er, ohne sich umzudrehen.

»Ja ...« Ich lasse meine Antwort im Raum schweben. Ich meine, Brandy hat ihm wohl kaum die Pistole auf die Brust gesetzt, oder? Falls doch, macht das meinen überschwänglichen Dank wohl überflüssig.

»Geht aufs Haus«, erklärt er, als er sich wieder zu mir umdreht, meinen ausnahmsweise einmal nicht angesauten Mitnahmebecher in der Hand.

»Nein, ehrlich, das ist nicht ...«

»Und ein Croissant dazu.« Er packt das Gebäck in eine Papiertüte und legt sie vor mir ab.

»Wirklich«, beginne ich, »ich bin diejenige, die Sie auf einen Kaffee einladen sollte, nicht umgekehrt. Ich meine, ich muss meine Maschine erst auspacken, sie ist noch in einem der Umzugskartons, aber sobald ich sie in Betrieb

habe…« Und dann bremse ich mich in meinem Rede-
schwall, denn… was eigentlich? Ich werde diesen Mann
ganz sicher nicht zu mir oder zu irgendetwas einladen,
dazu empfinde ich den Frieden zwischen uns beiden als
noch zu trügerisch.

»Ist Schokolade drin«, sagt er. »Passt also zu den Schlie-
ren in Ihrem Gesicht.«

Da. Was sage ich? So viel zum Thema Frieden. Ich
greife nach meinem Kaffee, dem Croissant, werfe de la
Chaux einen Blick zu und stolziere, begleitet von seinem
raren, ziemlich eingerosteten Lachen, nach draußen. Erst
an der nächsten Straßenecke halte ich an, krame den kleinen Spiegel aus meiner Tasche und wische die verbliebenen Nutellaspuren aus meinem Gesicht.

Den restlichen Vormittag verbringe ich mit Einkäufen. Kü-
chenutensilien für das B&B, ein wenig Schnickschnack
für die Zimmer und natürlich Lebensmittel für das Abendessen. Ich bin gerade dabei auszupacken, Speck, Eier und
Käse im Kühlschrank zu verstauen, als jemand an die Tür
klopft.

Es ist Tom de la Chaux. Er stützt sich auf einen Turm
aus Plastikeimern, die er aufeinandergestapelt hat, und
nickt mir zu, als ich ihm öffne. »Ich habe Ihnen ein bisschen Wandfarbe besorgt«, sagt er. »Eine, die tatsächlich
Deckkraft besitzt im Gegensatz zu der, mit der Sie bisher
gepinselt haben. Die eine Wand da oben – sollte die blau
werden oder grün? Ich war nicht sicher, also habe ich beides mitgebracht. Ich kann nicht lange bleiben, ich muss
den Laden heute Nachmittag noch mal aufsperren. Aber
ich könnte heute Abend wiederkommen und mit dem
Streichen beginnen.«

Ich starre ihn an, und dann sehe ich einmal an ihm vorbei auf der Suche nach einer versteckten Kamera oder einem sonstigen Hinweis darauf, was dieser eigenartige Vorschlag zu bedeuten hat.

»Warum sollten Sie das tun?«, frage ich fassungslos. »Warum sollten *Sie* mir helfen?«

»Nun, Sie brauchen *offensichtlich* Hilfe, wenn man sich das Haus so ansieht.«

Jetzt starren wir einander an, unnachgiebig und wortlos. Was ich ihm am liebsten sagen würde? *Sie haben keine Ahnung, was ich brauche oder nicht, das ist mein Haus, und ich werde alle dummen Zimmer darin streichen, und wenn es das Letzte ist, was ich tue.* Doch dann denke ich an die fleckigen Wände im Dachgeschoss und wie viel Zeit es mich gekostet hat, dass sie wenigstens einigermaßen gleichmäßig aussehen. Und weiter denke ich, was soll's, dann brauche ich eben Hilfe, man kann nicht alles können, Chase Bellamy hätte ich schließlich auch gefragt. Schließlich sage ich: »Ich kann nicht viel bezahlen.«

De la Chaux öffnet den Mund, aber ich hebe die Hand, um ihn am Sprechen zu hindern. »Eh, eh! Ich kann nicht viel zahlen, aber ich *werde* Sie bezahlen, denn falls Sie das Ganze hier umsonst anbieten würden, fände ich das gruselig, ich will gar nicht darüber nachdenken.« Ich lege eine bedeutende Pause ein, in der wir einander wieder nur ansehen, bis de la Chaux das Schweigen bricht.

»Also, passt es heute Abend?« Er klingt gelangweilt wie immer, was mich auf eine groteske Weise beruhigt.

»Heute Abend bekomme ich Besuch.«

»Ah.«

»Brandy und Helen. Wir essen zusammen. Ich meine,

ich mache Frühstück. Ein Probelauf sozusagen. Für den Ernstfall.«

De la Chaux zieht eine Braue nach oben. Als ich nichts weiter hinzufüge, sagt er: »Ich könnte gleich nach Ladenschluss vorbeikommen, so gegen fünf?«

Und so kommt es, dass ich neben den Vorbereitungen für mein Freundinnenessen noch Brote mit frischem Schinken, Käse und Ei belege und dazu ein Ale serviere für Tom de la Chaux, dem abscheulichsten Barista der Welt. Ich habe keinen blassen Schimmer, weshalb er mir hilft. Wieso er das tut. Doch irgendetwas hindert mich daran, weiter darüber nachzudenken, und sobald sich mir der Grund hierfür erschließt, werde ich auch nach dem anderen fragen, versprochen.

15. Helen

Als ich die Treppen zum *Peek-a-boo* hinaufsteige, zittere ich immer noch. Liams Stimme klingelt in meinem Kopf wie eine Weihnachtsglocke, ich kann sie nicht abstellen.

Was ist los mit dir, Helen?
Du hast gesagt, du kümmerst dich darum.
Ich habe keine Ahnung, was in dir vorgeht.

Ich hätte ihm gern gesagt, dass ich nicht dafür verantwortlich bin, wenn Alfie den Mixer endgültig ins Jenseits befördert, und dass ich womöglich überhaupt nicht dafür zur Rechenschaft gezogen werden kann, wenn die Küchengeräte in diesem Laden nicht funktionieren, doch ich war zu verblüfft über Liams harschen Tonfall, über diesen Ausbruch, der mich völlig unvermittelt traf. Messerscharf durchschnitt er damit das Schweigen der vergangenen Monate, und ich, die ich immer dachte, ich würde reden und mich mitteilen wollen, konnte ihn nur stumm anstarren, so verblüfft war ich. Letztlich raufte sich Liam die Haare, schnappte sich den Mixer und warf ihn in den Mülleimer. Dann verließ er das Café, um einen neuen zu besorgen.

Auf der Fußmatte vor Elodies Tür straffe ich die Schultern. Dieser Streit, er war etwas völlig Normales, ist es nicht so? Jedes Paar diskutiert hin und wieder, das haben wir früher auch getan, es knallt, dann ist Stille, dann geht alles wieder seinen gewohnten Gang. Genau. So war das früher. Heute jedoch... heute scheint etwas zu fehlen. Es fehlt... Womöglich fehlt die Sicherheit, dass, egal wie wenig man den anderen gerade versteht, zumindest eins gewiss ist, nämlich die Liebe zueinander. Die sollte da sein, immer. Nur spüre ich sie im Augenblick nicht mehr.

Okay. Gut.

Ich atme tief durch. Jetzt ist nicht die Zeit, diese Schublade aufzuziehen, wirklich nicht. Ich muss mit Liam reden. Es war nie ein Problem zwischen uns, offen miteinander zu sein. Oder war es das?

Entschlossen drücke ich auf die Klingel. Jetzt nicht, denke ich. Ein andermal.

Ein Glockenschlag ertönt, als ich läute, tief und dunkel, dann sind Elodies eilige Schritte zu hören. Als sie die Tür öffnet, sieht sie verblüfft aus. »Hast du die Klingel gehört? Das ist Big Ben.«

»Hat denn vor mir noch nie jemand bei dir geläutet?«

»Offenbar nicht.« Sie winkt mich in einen schmalen Gang, bevor sie die Tür hinter uns schließt.

»Ah!«, sage ich. Auf den ersten Blick wirkt das *Peek-a-boo* wie all die anderen Cottages, selbst ein bisschen wie unseres: Unmittelbar gegenüber dem Eingang öffnet sich eine enge, steile Treppe nach oben, daneben führt der Gang auf die Küche zu, vor der zwei weitere Türen links abgehen. »Das hier ist der Salon«, erklärt Elodie, während sie die erste öffnet. Sie führt in ein gemütliches Zimmer mit offenem Kamin und alten Möbeln, die vermutlich noch von Olive und Peter stammten. Ihre Oberflächen glänzen so wie jede einzelne der kleinen quadratischen Scheiben, aus denen sich die hohen Fenster zusammensetzen, und es duftet nach zitronigem Putzmittel, was die Brillanz erklärt. »Die Vitrine möchte ich noch mit Büchern füllen. Über St. Ives am besten. Damit die Gäste etwas zu schmökern haben, weißt du? Und natürlich ist der Raum noch nicht gestrichen.«

Mein Blick fällt auf die grauen Stellen der einstmals weißen Wände, doch der Charme des Zimmers lässt sich bereits jetzt erkennen. »Sie werden sich hier sicher wohlfühlen, wenn du erst fertig bist«, sage ich.

Elodie seufzt. »In Anbetracht dessen, was noch gemacht werden muss, hätte ich mir das mit dem Putzen sparen können, aber ich schlafe im Augenblick hier.« Sie deutet auf die gefalteten Decken, die säuberlich auf dem Ledersofa drapiert sind. »Und ich wollte nicht im Staub ersticken.«

»Du schläfst hier unten?«

»Bis das Dachgeschoss fertig ist, ja. Es muss noch gemalert werden, der Teppichboden kommt raus, Holzböden müssen abgeschliffen werden ...« Sie macht eine Handbewegung, die nach *und so weiter* aussieht, während sie sich in dem Zimmer umsieht. »Aber es wird«, sagt sie dann bestimmt. »Und das ist die Hauptsache.«

»Du solltest dir Hilfe holen«, erkläre ich, während wir den nächsten Raum betreten, in dem neben einer Anrichte lediglich ein überdimensionaler ovaler Esstisch mit mindestens zehn Stühlen steht. »Oh, der ist schön«, sage ich, während ich über das blanke Holz streiche. »War der schon hier?«

»Ein Erbstück des *Peek-a-boo*.« Elodie nickt.

Ich lächle sie an. »Es wird traumhaft werden«, sage ich ihr, »du wirst sehen.«

»Dein Wort im Ohr meiner To-do- und Finanzlisten«, erwidert sie.

Ich denke, Elodie wird noch einiges aus diesem alten Häuschen herausholen, doch als ich die Küche betrete, bin ich restlos davon überzeugt: Dieser Raum wird das Herzstück des Hauses werden, das zeichnet sich deutlich ab, gleich auf den ersten Blick. Es ist noch keine sieben Uhr und kaum dunkel draußen, doch das Zimmer glimmt in einem warmen honigfarbenen Schein, für den mindestens ein halbes Dutzend Lampen zuständig sind – auf der Fensterbank, der Anrichte und dem runden Esstisch, zudem baumelt eine Lichterkette mit bunten Bällen von einem alten Vitrinenschrank. Mehr Hitze strahlt der alte Küchenofen aus, den Elodie angeheizt hat und auf dessen schwerer Platte bereits eine Pfanne auf ihre Bestimmung wartet. Ein großes Fenster füllt beinahe die gesamte Stirnseite des Raums aus, bis auf den Platz, den die Tür nach draußen einnimmt.

»Sie führt in einen Garten«, sagt Elodie, »etwa handtuchgroß.« Sie lacht. »Aber du machst dir keine Vorstellung davon, wie viel Unkraut auf dieser Fläche wuchern kann. Darum muss ich mich noch kümmern.« Sie nimmt eine Schürze vom Haken, der an der Rückseite der Küchentür angebracht ist, während ich mich einmal um die eigene Achse drehe.

»Es ist wahnsinnig gemütlich hier«, sage ich, weil es absolut der Wahrheit entspricht. Dieser Raum ist so voller heimeliger, liebevoller Details, dass man auf der Stelle einziehen möchte.

»Ja, oder?«, fragt Elodie, während sie einige Blätter Basilikum aus den Kräutertöpfen zupft, die sie auf der Fensterbank verteilt hat. »Ich dachte mir, ich werde vermutlich die meiste Zeit meiner Arbeit hier verbringen, dann kann ich sie genauso gut besonders hübsch herrichten.«

»Das ist dir ehrlich gelungen. Und das ist wunderbares Porzellan.« Ich bestaune die Stücke, die Elodie in einer Glasvitrine ausgestellt hat.

»Von meiner Mutter. Sie stammte aus Paris, und die Motive auf den Tellern sind alle von dort. Sie hatte das Geschirr schon von ihrer eigenen Mutter geerbt. Und dann habe ich es bekommen.«

»Oh.« Ich sehe zu Elodie, die meinen Blick erwidert.

»Meine Mutter starb, als ich zwei war«, erklärt sie. »Es war ein Hirnschlag. Ich habe so gut wie keine Erinnerungen mehr an sie.«

»Ach herrje, das tut mir sehr leid«, beginne ich, doch unmittelbar wiegelt sie ab.

»Ist schon gut, das ist eine Ewigkeit her.« Sie lächelt. »Was möchtest du trinken? Ich habe Bier, Weiß- oder Rotwein, Mineralwasser und ...« Sie runzelt für einen Augenblick die Stirn. »Rosenlimonade! Genau, so hieß das.«

Ich lächle ebenfalls. »Du hast dich schon perfekt an uns Engländer angepasst, sehr gut. Ich nehme Weißwein, bitte.«

»Kommt sofort.«

Während Elodie zuerst Speck in die Pfanne auf dem Ofen gibt und dann eine Flasche Weißwein aus dem Kühlschrank hebt, lasse ich mich an ihrem runden Esstisch nieder. Das Holz wirkt abgenutzt, ist aber sehr gut restauriert, eine schöne Antiquität.

»Der Tisch gehörte ihr ebenfalls«, erklärt Elodie, während sie zwei Gläser Weißwein zwischen uns auf die Platte stellt. »So wie die Vitrine. Ich habe nur ein paar Möbel aus Deutschland mitgebracht, diese hier gehören dazu.«

»Hast du schon Heimweh?«, frage ich sie. Ich weiß nicht einmal, weshalb. Elodie ist kaum einen Monat hier, und sie wirkt auf mich keinesfalls wie jemand, der unglücklich ist, weil er weit weg ist von zu Hause.

Sie zuckt mit den Schultern. »Ich vermisse meinen Vater«, sagt sie. »Unser Verhältnis ist sehr eng. Mit meiner Stiefmutter und Stiefschwester verstehe ich mich auch sehr gut. Aber ...« Noch einmal hebt sie die Schultern. »... es gibt mindestens genauso viel, das ich absolut nicht vermisse, kein bisschen. Nicht das *kleinste* bisschen.«

Ich nicke. Der verheiratete Mann, ich erinnere mich. Seit Elodie ihn im *Kettle 'N' Wink* erwähnte, haben wir nicht mehr über das Thema gesprochen, und ich dachte, das sei auf jeden Fall besser so, denn ich habe dazu nun einmal nichts Positives beizutragen.

Einmal mehr ertönt das Glockengeläut von Big Ben, und Elodie läuft los, um Brandy hereinzulassen.

»Wie schön, dass du es geschafft hast«, höre ich sie sagen. »Du hättest deine Tour nicht ausfallen lassen müssen. Wir hätten uns auch ein andermal treffen können.«

»Das habe ich nicht, Kindchen«, antwortet Brandy, während sie die Küche betritt. »Aufgeschoben ist nicht aufgehoben. Und es war doch ausgemacht, dass ihr zwei dafür das nächste Mal dabei seid, habe ich recht?«

Hinter Brandys Rücken zieht Elodie die Augenbrauen nach oben, dann geht sie zum Kühlschrank. »Wasser zu deinem Absinth?«, fragt sie und hält die Flasche bereits in der Hand.

»Und ob, Liebes, danke schön«, kommt die Antwort. Brandy schnuppert in die Luft. »Wonach riecht es hier? Speck?«

»Exakt«, antwortet Elodie, während sie abermals an den Tisch kommt, drei Gläser mit Wasser füllt und schließlich zu ihrem Weinglas greift, von dem sie noch keinen

Schluck getrunken hat. »Eier, Bohnen, Speck, *Blutwurst*.«
Sie verzieht das Gesicht. »Kartoffelplätzchen und Tomaten. Habe ich irgendetwas vergessen, das ich noch auf
dem Schirm haben sollte?«

»Wie servierst du die Eier?«, frage ich. »Spiegelei,
Rührei, Omelett, pochiert? Manche mögen gern Eggs Be-
nedict, dann würdest du noch eine Sauce hollandaise benötigen.«

»Mann.« Elodie schüttelt den Kopf. »Was esst ihr Bri-
ten noch alles zum Frühstück? Steak in Pfeffersauce? Ich
werde mir eine Küchenhilfe besorgen müssen.«

»Würstchen«, sagt Brandy. »Hast du an die *sausages* gedacht?«

»Die Würstchen!« Elodie schlägt sich mit der Hand
gegen die Stirn. »Und Pilze! Ich wollte noch Pilze braten. Ich fürchte, das Frühstück dauert noch ein bisschen.
Macht es euch inzwischen gemütlich.« Damit geht sie hinüber zur Anrichte, um das Radio einzuschalten, und auf
einmal wirkt der Raum noch lebendiger als vorher.

»Die Küche hast du schon sehr schön hergerichtet.«
Brandy nickt anerkennend. »Die Möbel deiner Mutter machen sich hervorragend, und die vielen Lichter... ganz
bezaubernd.« Sie nippt an ihrem Wasser und sieht sich
genauestens im Zimmer um. »Bei der Beleuchtung fällt vermutlich auch nicht auf, dass die Wände nicht gleichmäßig
gestrichen sind. Was hast du angestellt, Elodie? Den Pinsel
in die Farbe getaucht und in die Ecken geschleudert?«

Elodie verdreht die Augen. »Ich habe offensichtlich
kein Händchen dafür, gleichmäßig zu streichen. Und wer
hätte darüber hinaus auch ahnen können, dass Wandfarbe
nicht gleich Wandfarbe ist und Deckkraft nicht gleich
Deckkraft.«

»Hmmm«, brummt Brandy skeptisch.

Elodie seufzt. Sie nimmt den kross gebratenen Speck aus der Pfanne, um ihn in dem Elektroherd warm zu halten, dann gibt sie erneut Öl hinein und die ersten Pilze dazu, die sie gerade aufgeschnitten hat. »Ich werde sie noch mal streichen müssen«, sagt sie dann. »Oder irgendwer.«

»Vielleicht solltest du doch Chase fragen«, werfe ich ein. »Wenn er selbst keine Zeit hat, weiß er womöglich jemanden, der dir aushelfen kann.«

Sie schüttelt den Kopf. »Ich... nein, ich...«

Und in dem Augenblick, in dem sie sich umdreht, um den Satz zu vollenden, steht auf einmal kein anderer als Tom de la Chaux in der Tür, das dunkelblaue Poloshirt voller weißer Farbspritzer, die sich ebenfalls auf seinen Unterarmen verteilen. »Ich bin mit dem Dachstudio einmal durch, lasse es über Nacht trocknen und gehe eventuell morgen noch mal drüber. Mit welchem Zimmer soll ich weitermachen? Eins schaffe ich eventuell noch.«

Sowohl Brandy als auch ich starren ihn mit halb geöffnetem Mund an, während ihm in diesem Augenblick erst klar zu werden scheint, dass Elodie nicht allein in der Küche ist.

»Äh... guten Abend, zusammen. Ich wollte nicht stören, ich hatte nur...« Den Rest des Satzes lässt er in der Luft hängen, genauso wie Elodie eben, während er den Blick auf sie richtet.

»Möchten Sie etwas essen?«, fragt sie.

Beinahe muss ich darüber lachen, wie aufgebracht dieser Satz klingt. Halb Vorwurf, halb Aufschrei und auf jeden Fall so, als hätten wir sie bei etwas Verbotenem erwischt, etwas, das ihr peinlich ist und das sie lieber für sich behalten hätte. Tom de la Chaux streicht für Elodie Hoffmann, wer hätte das gedacht. Zumal die beiden sich benehmen wie Hund und Katze, seit sie sich das erste Mal begegnet sind. Ich werfe einen Blick auf Brandy, die das Geschehen ebenso amüsiert beobachtet wie ich.

»Nein danke. Die Sandwiches waren ausgezeichnet.« Tom räuspert sich. »Wie gesagt, ich habe noch Zeit, einen zweiten Raum zu schaffen, wenn ich gleich anfange.«

»Es gibt Frühstück, wie schon gesagt«, erklärt Elodie, und eine seiner Brauen hebt sich. »Bestimmt kann ich später noch irgendetwas zusammenrühren.«

Brandy und ich sehen von Tom zu Elodie und wieder zurück.

»Wenn Sie wirklich weitermachen möchten«, sagt Elodie schließlich, »in keinem der drei Zimmer im ersten Stock habe ich schon irgendetwas gemacht.«

»Was vermutlich nicht das Schlechteste ist.«

Brandy kichert, und ich beiße mir auf die Unterlippe.

Noch einmal räuspert sich Tom. »Okay, meine ich.«

»Okay«, erwidert Elodie steif.

Wir sehen Tom nach, während er sich umdreht und die Küche in Richtung Treppe verlässt. Dann grinst Brandy mich an, und ich merke, wie ich allmählich entspanne, wie sich der Stress des Tages von mir löst und einer Leichtigkeit Platz macht, einer albernen Hochstimmung geradezu. Auf Kosten der armen Elodie, aber … sei's drum.

»Cheers«, raunt Brandy mir zu, während sie ihren Flachmann gegen mein Weinglas dippt.

»Cheers«, flüstere ich zurück.

16. Elodie

Nun.« Ich drehe mich zu meinem Besuch um und wedle mit der Hand in der Luft herum. »Er stand heute auf einmal vor der Tür, mit ein paar Eimern Farbe in der Hand«, sage ich, nachdem Toms Schritte auf der Treppe verklungen sind. Mehr fällt mir dazu nicht ein. Wie sollte ich erklären, dass Tom de la Chaux auf einmal dazu bereit ist, die Wände meines Hauses zu streichen, wo ich doch selbst keine Ahnung habe, wie ich es mir zurechtlegen soll?

Die beiden Frauen sehen mich einige Sekunden lang schweigend an, dann ruft Brandy: »Das ist doch wundervoll! Je früher du das *Peek-a-boo* auf Vordermann gebracht hast, desto eher beginnt dein neues Leben hier!«

»Ha! Genau.« Ich nicke. »Sehr richtig.« Ich gehe zum Kühlschrank, nehme die Weißweinflasche heraus, schenke Helen nach und dann mir, bevor ich mich abermals dem Herd zuwende. Wo war ich? Genau, *Potato Scones*.

»Ich hätte nicht gedacht, dass ausgerechnet er dir beim Renovieren hilft«, sagt Helen ein wenig gedankenverloren. Wäre sie es nicht – und sie ist es meiner Beobachtung nach oft –, wäre ihr eventuell aufgefallen, dass ich dieses Thema lieber nicht vertiefen möchte. Also gebe ich nur einen ratlosen Laut von mir.

»Er sieht *wirklich* gut aus«, fügt Brandy hinzu. »In Arbeiterkluft genauso wie in den schicken Anzügen, die er sonst immer trägt.«

Mein ratloser Laut wird eine Spur abfälliger. »Einen besser gekleideten Barista hat die Welt sicher noch nicht gesehen«, merke ich an. »Oder einen snobistischeren.« Ich stampfe die Kartoffeln zu einem Brei und beiße mir auf die Lippen. Der Mann befindet sich gerade ein Stockwerk über mir und streicht *meine* Wände, womöglich sollte ich zumindest für die Zeit, die er sich in meinem Haus befindet, ein wenig freundlicher zu ihm sein. Und dann, so plötzlich, wie sie auf der einen Seite geistesabwesend sein kann, fragt Helen: »Was war er für ein Typ, dein verheirateter Freund?«

Für einen Augenblick schwebt mein mit Butter bedeckter Kochlöffel über dem Kartoffelstampf, dann lasse ich ihn in die Schüssel sinken. »Er trug ebenfalls hauptsächlich Anzüge«, sage ich bitter, während ich den Brei etwas heftiger schlage als nötig. »Anzüge und einen Blick, den ich anfangs für gütig hielt, der aber genauso gut als herablassend durchgehen könnte. Er ist ein hohes Tier in einer Unternehmensberatung. Ich habe als seine Assistentin gearbeitet.«

So. Jetzt ist es raus. Das, was ich mit mir herumtrage wie ein schmutziges Geheimnis, seit es begonnen hat. Niemand durfte von Per und mir wissen. Niemand. Keiner der Kollegen im Büro. Keine Freundin, kein Familienmitglied. Per war nicht nur verheiratet, er war paranoid. Und nachdem ich *Fifty Shades of Grey* gelesen habe, ist es mir ein Rätsel, weshalb er mich keine Verschwiegenheitsklausel hat unterschreiben lassen. Nicht, dass es einen Dark Room gegeben hätte, Gott bewahre. Per ist ein Liebhaber alter Schule, wenn auch nur das.

»Warst du in ihn verliebt?«, fragt Helen, und ich sehe auf, weil ihre Stimme plötzlich so anders klingt, kühl irgendwie.

»Ja«, antworte ich. »Ich habe sogar geglaubt, ihn zu lieben, sonst hätte ich mich niemals darauf eingelassen.«

»Tja.« Brandy lässt sich in ihrem Stuhl zurückfallen und verschränkt die Hände in ihrem Schoß. »Wo die Liebe hinfällt, bleibt sie manchmal liegen.«

»Sie sollte nicht dort liegen blieben, wo schon jemand anderes...« Helen vollendet den Satz nicht, und sie kann auch nicht meinem Blick standhalten. Ich weiß natürlich, was sie denkt. Sie ist verheiratet, sie verachtet Frauen wie mich, Frauen, die anderer Frauen Ehemänner verführen und Ehen zerstören. Doch wie so vieles im Leben liegt die Sache auch hier nicht einfach auf der Hand. Per hat mir nicht nur erzählt, das Verhältnis zu seiner Frau sei zerrüttet, ich habe es selbst miterlebt, ein Jahr lang, unzählige Telefonate, Bürobesuche, Geschäftsreisen lang – diese Ehe war zerstört, lange bevor Per und ich uns ineinander verliebten. Oder ich mich in ihn. Denn letztlich bin ich das Schaf in dieser Geschichte, oder nicht?

»Nein«, sage ich schließlich. »Das sollte sie nicht.«

Hätte, wäre, wenn

Der erste Kuss verändert alles, das weiß jeder. Lippen, die sich das allererste Mal begegnen, Münder, die miteinander verschmelzen, Körper, die aufeinander reagieren – rein wissenschaftlich gesehen mögen hierbei nur schnöde Informationen ausgetauscht werden, auf zwischenmenschlicher Ebene aber werden Grundsteine gelegt. Verträge verhandelt. Kriege ausgefochten.

Als ich Per das erste Mal küsste, wurde mir so einiges klar, auf einen Schlag, und ich wäre nicht ich, hätte ich davon keine Liste angefertigt, und sei es nur, um mir das Ausmaß dieser Katastrophe noch einmal deutlich vor Augen zu führen.

- Per Gunnarson konnte fantastisch küssen
- Ich hatte diesen Kuss nicht provoziert
- Es würde dennoch kein Zurück mehr geben
- Wie konnte etwas, das sich so gut anfühlte, so fürchterlich falsch sein?

Die Nacht, die alles veränderte, war gleichzeitig wegweisend für den Verlauf unserer Beziehung, denn sie basierte auf einem Fehler, einer Täuschung und einem Betrug abscheulichster Art. So es überhaupt hatte passieren müssen zwischen Per und mir, würde ich mir wünschen, es wäre seinerzeit beim Abendessen im Büro geschehen. Hinter verschlossenen Türen, mit kaum einem Menschen im Umkreis von mindestens sechzehn Etagen, in der Verschwiegenheit einer trügerischen Zweisamkeit, in der die Gelegenheit nun einmal die Liebe machte, nicht der Vorsatz. Nicht die Absicht. Nicht die bewusste Entscheidung, das Falsche zu tun.

Wir hatten uns auf einer Hochzeit getroffen, *zufällig*, auch wenn mir das vermutlich niemand glauben wird, doch Pers Frau war aus mir unbekannten Gründen mit dem Bräutigam bekannt, während die Braut eine Freundin meiner Schwester war, die schon beinahe zur Familie gehörte, was erklärt, weshalb meine Eltern ebenfalls anwesend waren. *Gott.* Meine Eltern. Während ich mit Per Gunnarson – meinem Chef, Partner einer international erfolgreichen Unternehmensberatung, *verheiratet* – in einer dunklen Ecke des Gartens betrügerische, verbotene, unendlich elektrisierende Küsse tauschte, während er mit seinen Händen die Kürze meines tiefschwarzen Kleides erforschte und mit seinen Lippen die Vorzüge meines trägerlosen Dekolletés, während all das passierte, debattierten mein Vater und meine Stiefmutter im Inneren des Tanzzelts darüber, ob es sinnvoll war, den Käse vor dem Nachtisch zu verspeisen oder hinterher. Womöglich sprachen sie sogar mit Pers Frau darüber.

Ich trug besagtes Kleid, einen tief liegenden Haarknoten, der sich im Lauf des Abends zu lösen begann, und die gleichen hohen Schuhe wie bei meinem Vorstellungsgespräch. Was Per in dem Augenblick bemerkte, in dem er mein Bein anhob und es um seine Hüfte schlang.

Er war nicht in der Kirche gewesen. Ich sah ihn erst, als wir uns alle für das Fest umgezogen und im Ballsaal des Schlosshotels eingefunden hatten. Er stand in der

Schlange der Abendgäste, die dem Brautpaar gratulieren wollten, und zog überrascht eine Braue hoch, als er mich erkannte. Ich war nicht weniger erstaunt, aber womöglich etwas mehr schockiert: Seine Frau hatte sich bei ihm untergehakt, und obwohl ich sie bereits einige Male im Büro oder bei offiziellen Empfängen gesehen hatte, blieb mir diesmal beinahe das Herz stehen. Wenn er das Klischee eines attraktiven Schweden war, war sie es noch viel mehr: blond, groß, sehr dünn, mit langen glatten Haaren, großen blauen Augen und einer Zahnlücke zwischen den Schneidezähnen. Sie lachte mich an, und sie wirkte glücklich, was nur eine Farce sein konnte, denn die Ehe funktionierte nicht, das hatte ich allzu oft aus Gesprächen heraushören können.

Und wir hatten nichts getan. Es war nichts passiert zwischen Per und mir. Es war ein Essen gewesen, weiter nichts.

Wir schüttelten einander die Hände, Frau Gunnarson und ich. *Nur ein Essen,* dachte ich, doch mein Herzschlag war anderer Meinung, er machte etwas Größeres daraus. Was spielte es für eine Rolle, ob sie glücklich aussah? Es war nur ein Essen gewesen.

Der Rest des Abends verging. Wir tanzten. Ich spürte Pers Blicke auf mir, als ich über die lichtbesprenkelte Fläche wirbelte, das Brautpaar, meine Schwester, deren Freund im Schlepptau. Später forderte Per mich auf zu einem formvollendet distanzierten Tanz zwischen Chef und Assistentin. Trotzdem fühlte ich mich seltsam. Den gesamten Abend über schwebte dieses Gefühl über mir, als hätte ich bereits etwas getan, obwohl doch noch gar nichts passiert war. Erst als es tatsächlich geschah, als wir alle auf der Suche nach der entführten Braut in den Garten schwärmten, als sich Freja, Pers Frau, lachend einer Gruppe Männer um den Bräutigam anschloss, die hinüber zur Orangerie rannte, wo die Braut vermutet wurde, als ich stolperte in diesen dummen Hackenschuhen und mich prustend gegen den breiten Stamm eines Baumes fallen ließ und Per sich neben mich, zwei Champagnerschwenker in der Hand, die auf der turbulenten Jagd durch den Garten ihren Inhalt verloren hatten, als wir uns angrinsten im Schatten dieser Eiche, während die anderen an uns vorbeizogen, als Per sich vorbeugte und seine Lippen auf meine presste, einfach so, als würden wir das ständig tun, erst da löste sich der Faden oder woran auch immer das dunkle Gefühl sich festgeklammert hatte, und es fiel mit aller Wucht auf mich herab. Ich sackte gegen den Stamm, während ich Per in die Augen sah. Für den längsten Teil einer Minute starrten wir einander an, dann ließ er die Gläser ins Gras fallen, nahm mein Gesicht in beide Hände und küsste mich, als meinte er es ernst.

Hätte ich damals verhindern können, dass so etwas passiert? Wäre alles anders gekommen, hätte ich diesen Kuss unterbunden, statt ihn zu erwidern? Wäre mein Leben weniger aus den Fugen geraten, ohne Per Gunnarson darin?

Hätte, wäre, wenn.

17. Elodie

Brandy steht auf einem Stuhl. Bei der für eine Dame ihres Alters nicht ganz so wackelfreien Kletteraktion rutscht ihr obligatorischer Parka von der Lehne und fällt rasselnd zu Boden. Helen, ein geradezu kindisches Grinsen im Gesicht, positioniert sich vor ihr, um Brandy an der Hand festzuhalten, als stünde die auf einer Klippe, nicht in einer Küche, und gemeinsam singen die beiden gerade aus voller Kehle *Stayin' Alive* von den Bee Gees.

»Ich hätte schon irgendetwas zu dem Wein servieren sollen«, murmle ich, während ich das benutzte Geschirr in die Spülmaschine räume, doch ich lächle dabei: Allen düsteren Gedanken zum Trotz hat sich dieser Abend wahrlich hübsch entwickelt, und entgegen allen düsteren Gesprächen wurde wirklich viel gelacht. Was vor allem Brandy zu verdanken ist. »Noch mal cheers«, rief sie, nachdem Helens Stimmung spürbar auf den Tiefpunkt gerutscht war, und verkündete feierlich: »Auf einen gelungenen, erinnerungsfreien Abend.« Und das war er beinahe geworden. Denn meine vergeblichen Bemühungen, ein perfektes Frühstück zu bereiten, sorgten mehr als einmal für groteske Szenen. Erst vergaß ich den Toast – also, vergaß ihn grundsätzlich –, dann ließ ich ihn in dem alten Toaster verbrennen, sodass Helen, die geistesgegenwärtig aufsprang, um die fliegenden Brote aufzufangen, schließlich mit wedelnden Armen über den Küchenbo-

133

den hopste, um das heiße, verkohlte Weißbrot ins Waschbecken zu werfen. Der Rest des Frühstücks verlief nicht wirklich besser. Die Zutaten wurden alle zu unterschiedlichen Zeiten fertig, die Spiegeleier waren zu glibberig, die pochierten Eier zu fest, der Speck steinhart, nachdem er Ewigkeiten im Backofen verbracht hatte, und die gegrillten Tomaten – weiß der Himmel, warum so etwas in England überhaupt serviert wird.

»Die Potato Scones solltest du womöglich besser fertig kaufen«, riet Brandy, als schließlich all das Essen in seinen verschiedenen Gar- und Aggregatzuständen auf dem Tisch stand.

Und Helen erklärte: »Wer hätte gedacht, dass der Black Pudding einmal das Beste an diesem Frühstück sein würde?«

»Nicht die Blutwurst«, stieß ich angewidert hervor, und beide Freundinnen brachen in schallendes, weinseliges Gelächter aus.

»Oh, ABBA!«, ruft Helen, während ich mir die Hände an einem der Geschirrtücher abtrockne. »Komm schon, Elodie, der Abwasch kann warten. *Tanz mit uns.*«

»Ja, *Dancing Queen*, amüsier dich ein bisschen.« Brandys Stimme ist fröhlicher Singsang. »Bis zu deinem ersten Gast wird es auch dir gelingen, den Toast nicht mehr anbrennen zu lassen.« Sie prustet, und Helen stimmt in das Gelächter mit ein.

»Wer solche Freundinnen hat…«, murmle ich, doch ich lasse mich von Helen in die Mitte des Zimmers ziehen, um mit den beiden zu tanzen.

»Diese Oldiesender«, seufzt Helen, während sie den Kopf hin und her wiegt und mit den Armen kreist.

»Du weißt nicht, was Oldies sind«, erklärt Brandy streng. »*Magic Moments*, das ist ein Oldie. 1958 war das. Ich war ein Teenager, grün hinter den Ohren, aber für alles zu haben, und Mike Danton hat mich zum Tanz geführt.«

»Wirklich?« Ich werfe ihr einen überraschten Blick zu. »Warst du... ich weiß nicht, ein Feger oder etwas in der Art?«

»Na, hör mal, was sollen die Zweifel in der Stimme?« Auch Brandy wippt mit dem Kopf, woraufhin ihr Haarturm gefährlich ins Wanken gerät. »Was denkst du wohl? Das bin ich heute immer noch!«

Ich lache, doch dann betrachte ich die alte Dame nachdenklich, während *Dancing Queen* in *Daddy Cool* übergeht, was Helen mit einem erneuten Kreischen dokumentiert. Ist es unangemessen, sie zu fragen, oder... Ach was, ich tue es einfach.

»Warst du mal verheiratet?« Ich meine, ich weiß nur, sie lebt in diesem Wohnwagen, allein, wie ich annehme, und das schon vierzig Jahre lang, seit sie von Manchester nach St. Ives gezogen ist. Es ist nicht wirklich Brandys Art, etwas aus ihrer Vergangenheit auszuplaudern, ganz im Gegenteil – sie redet so gut wie nie über sich. Was daran liegen könnte, dass ich so viel von mir spreche, oder aber daran, dass sie sich nicht erinnern möchte.

»Das war ich«, antwortet Brandy, ohne in ihren Tanzbewegungen innezuhalten. »Aber das ist lange her.«

»Mmmmh.« Okay. Ich warte ein paar Sekunden, doch nachdem sie keine Anstalten macht, das Thema zu vertiefen, schließe ich die Augen und gebe mich ganz der Musik hin. Sie wird erzählen, was sie erzählen möchte, denke ich. Wann und wem sie will.

Wann ich das letzte Mal in einer Küche getanzt habe,

daran kann ich mich beim besten Willen nicht erinnern. Per… Per war ein Tänzer, er konnte es gut und tat es gern. Nie in der Öffentlichkeit natürlich, nicht mit mir, nicht nach diesem einen Mal auf der weichenstellenden Hochzeit. Später zog er mich nur dann in seine Arme, wenn er sich absolut sicher war, dass niemand es sehen würde. In Hotelzimmern, Büroräumen, Transportmitteln. Ich öffne die Augen und reibe über meine Arme, die auf einmal Gänsehaut überzieht. Als steckte ich selbst in einer Zeitlupe fest, nehme ich Brandys und Helens Bewegungen als viel zu schnell wahr und den Blick, den mir Tom de la Chaux aus der offenen Tür zuwirft, als unangenehm eindringlich.

Wie lange steht er schon dort und beobachtet mich?

Abrupt halte ich inne, und er räuspert sich. »Ich mache Schluss für heute«, sagt er, und automatisch sehe ich auf die Uhr über der Tür, die 21:30 anzeigt. »Ja, natürlich«, erwidere ich sofort. Er ist seit Stunden hier und streicht und… was weiß ich noch. Warum auch immer.

»Tja, dann…«

»Warten Sie, ich möchte Ihnen Ihr Geld geben.« Ich laufe hinüber in den Salon, wo ich meine Tasche abgestellt habe, und ziehe meine Geldbörse hervor. Ich krame in dem Fach mit den Scheinen, während ich zurück in die Küche gehe, aber auf einmal weiß ich nicht mal, wonach ich suche. Wie viel nimmt jemand für das Streichen von Wänden? Zehn Pfund die Stunde? Fünfzehn?

Als hätte de la Chaux meine Gedanken gehört, winkt er ab. »Lassen wir das erst mal. Das hat wirklich keine Eile.«

»Unbedingt hat das Eile, das habe ich Ihnen von vornherein gesagt. Wenn ich Sie nicht dafür bezahlen darf, dann…«

»Warum schreiben Sie es nicht einfach auf?«, unterbricht er mich. »Legen Sie eine Liste an. So behalten Sie die Übersicht.«

Hinter mir beginnen Helen und Brandy wie aufs Stichwort zu kichern, und ich werfe ihnen einen düsteren Blick zu.

»Eine Liste«, erwidere ich zögernd, »okay, ich denke, das könnte ich erst mal …«, und das Gelächter der beiden wird noch lauter.

Ich seufze. »Kann ich Ihnen dann wenigstens ein Glas Wein anbieten, bevor Sie gehen?«

»Nein danke, es ist schon …«

»Bier?«

»Oh ja, bleiben Sie noch, Tom«, ruft Brandy. »Ein Schlummerschluck hat noch niemandem geschadet, richtig?« Damit geht sie beherzt auf ihn zu und zieht ihn an meinen Küchentisch.

»Mrs. Cole hat auf jeden Fall sehr viel Energie, das muss man ihr wohl zugestehen«, sagt Tom mit einem Blick auf Brandy, die zu *American Pie* erneut aufgesprungen ist, um mit Helen durch die Küche zu hopsen.

»Auf jeden Fall.« Ich nippe an meinem Glas. »Wenn es ums Feiern geht, hören die Lahmenden auf zu hinken.«

»Das hab ich gehört, Liebchen!«, ruft Brandy.

»Ja, und Mrs. Barton nebenan vermutlich auch«, rufe ich zurück.

Brandy dreht sich ruckelnd im Kreis, während sie mir mit beiden Händen zuwinkt, und ich winke grinsend zurück.

»Sie drei haben Spaß, oder?«

»Was wissen Sie davon? Sie sehen nicht unbedingt so

aus, als würden Sie einen Spaß erkennen, wenn er sich auf Ihren Schoß setzt.«

»Wie kommen Sie darauf?«

»Da! Schon wieder! Geben Sie zu, Sie sind ein bisschen steif, de la Chaux.«

»Oder Sie haben einen eigenartigen Humor.«

»Jemandem wie Ihnen kommt Humor an sich eigenartig vor, meinen Sie nicht?«

»Und jemand wie Sie hat immer das letzte Wort, richtig?«

»Immer.«

»Verstehe.«

»Das denke ich nicht.«

Tom lächelt, und unwillkürlich muss ich auch lächeln. Helen sieht zu mir her. Sie und Brandy werfen mir gleichermaßen neugierige und ermutigende Blicke zu, und auf einmal komme ich mir vor wie vierzehn. Meinem Tischnachbarn scheint es ebenso zu gehen, denn er leert sein Glas und macht sich daran aufzustehen.

»Wie kommt es eigentlich, dass Sie in St. Ives gelandet sind?«, frage ich schnell, während ich ihm großzügig nachschenke und er sich widerstrebend zurück auf den Stuhl sinken lässt.

»Meine Eltern«, beginnt er, Glas schon wieder in der Hand. »Sie denken wohl, England sei der richtige Ort, um den Menschen richtigen Kaffee nahezubringen. Und in St. Ives gibt es seltsamerweise noch keinen Coffeeshop einer der einschlägigen Ketten.«

»Oben beim Supermarkt gibt es einen *Costa*«, merke ich an.

»Ja, aber der ist eben oben beim Supermarkt. Mit Blick auf den Parkplatz.«

Er trinkt wirklich schnell, fällt mir auf. Vielleicht ist er Alkoholiker, oder aber er ist nervös, *oder aber* er will einfach nur so schnell wie möglich von mir wegkommen.

»Sie sehen nicht sehr glücklich aus darüber.«

»Worüber? Über den *Costa*-Laden?«

»Darüber, dass Sie hier in St. Ives Kaffee verkaufen sollen.«

»Weshalb sollte ich darüber unglücklich sein?«

»Sagen Sie's mir. Sie sind so geschmeidig wie ein Wüstenkaktus, wenn es um Kundenkontakt geht. Ein Wunder, dass man Ihren Kaffee überhaupt trinken kann.«

»Ein Wüstenkaktus?«

»Der Kaffee ist gut.«

Er sieht mich an, und auf einmal blitzt etwas in seinen Augen. Etwas, das mich warm werden lässt, wobei – nein. Das muss der Wein sein, der allmählich Wirkung zeigt.

»Womöglich liegt es an den Kundinnen«, sagt er.

»Dann kommen Sie mit Männern besser klar?«

Er grinst.

Elodie.

Elodie, lass dich nicht einwickeln davon.

»Ich hatte nicht vor, meine Zeit Kaffee kochend in einem Minilädchen zu verbringen«, sagt er schließlich. »Falls es das ist, worauf Sie anspielen.«

»Was hatten Sie denn vor?«

Er seufzt.

»Ist das so eine Geschichte«, frage ich, »wo die Eltern möchten, dass der Sohn das Geschäft von der Pike auf lernt? Vom Tellerwäscher zum Millionär? Sich beweisen, bevor man sich als würdiger Thronerbe erweist?«

Tom sieht mich lange an, dann blinzelt er einmal. »So eine Geschichte ist es nicht«, sagt er schließlich.

Ich öffne den Mund, um ihn zu fragen, welche Geschichte es denn dann sei, doch binnen Sekunden hat er abermals sein Glas geleert, und diesmal steht er wirklich auf.

»Wo schlafen Sie?«, fragt er, während ich mich ebenfalls erhebe.

»Wie bitte?«

»Abgesehen davon, dass das Bett noch nicht aufgebaut ist, sollten Sie nicht in dem frisch gestrichenen Dachzimmer schlafen. Es riecht ziemlich nach Farbe, und die Wand, an der das Wasser vom Dach durchgesickert ist, muss noch mit Isoliersalz gestrichen werden. Dann erst kann ich dort weitermachen.« Er zuckt mit den Schultern.

»Oh.« *Beinahe* werde ich rot, aber nur fast. Ich meine, ich habe ehrlich nicht daran gedacht, er könnte sich aus irgendeinem anderen Grund nach meinem Schlafplatz erkundigen als diesem hier. »Ich schlafe im Wohnzimmer«, erkläre ich deshalb, etwas steif allerdings. »Schon seit ich nicht mehr im *Sloop Inn* wohne. Wie gesagt, oben steht noch kein Bett, und hier unten gibt es eine Couch, die ganz bequem ist.« Zu viel Information. *Zu viel Information.* Ich presse die Lippen fest zusammen. »Es war wirklich ziemlich nett, dass Sie mir beim Streichen geholfen haben. Wer hätte gedacht, dass Sie …« Und dann beiße ich mir auf die Lippen, bevor ich noch mehr sage.

»Ja, auch ich habe mal einen guten Tag«, erwidert er trocken, dann wendet er sich meinen Freundinnen zu. »Die Damen.« Er macht eine Geste, als würde er einen Hut ziehen, und Brandy legt beide Hände auf ihre Brust.

»Es war so nett, Sie einmal außerhalb Ihres Kaffeebüdchens zu sehen«, ruft sie entzückt. »Das sollten wir unbedingt wiederholen.« Damit wirft sie mir abermals *diesen*

140

Blick zu, und ich bin ehrlich nicht unglücklich darüber, dass Helen den Moment wählt, ebenfalls aufzubrechen, und Tom de la Chaux darüber hinaus bittet, Brandy zu ihrem Trailer zu begleiten. »Eine hervorragende Idee«, ruft Brandy. »So können wir uns noch ein bisschen länger unterhalten.«

Und während Tom keine Miene verzieht, ich hämisch grinse, Helen nachdenklich die Stirn runzelt und sich mit einer plappernden Brandy auf den Weg durch die inzwischen dunklen Gassen begibt, fällt mir auf, dass ich seit Tagen immer weniger an Frankfurt oder mein früheres Leben denke. Was mir Hoffnung macht. Hoffnung und ein kleines bisschen Angst vor dem, was da noch kommen kann.

18. Helen

Ist Liam irgendetwas über die Leber gelaufen?« Mit gerunzelter Stirn blickt Brandy auf ihr Omelett, bevor sie es anhebt, um die schwarzen Stellen von der Unterseite zu kratzen. »Seit Jahren esse ich jeden Morgen hier, und so verbrannt waren die Eier noch nie.«

Ich sehe mich nach den anderen Gästen um, die allesamt für den Moment zufriedengestellt zu sein scheinen, dann setze ich mich seufzend zu Elodie und Brandy an den Tisch. »Er ist etwas gereizt, weil ich gestern Nacht auf dem Sofa geschlafen habe. Aber es war ziemlich spät, und ich war so beschwipst, ich wollte ihn auf keinen Fall in diesem Zustand wecken.«

»Aber deshalb muss er doch nicht sauer sein, oder?«, hakt Elodie nach. »Das ist doch nur rücksichtsvoll von dir.«

Ich zucke mit den Schultern. Es ist schwierig, jemandem zu erklären, wie unsere Beziehung funktioniert, es kommt mir zu intim vor. Liam und ich, wir haben noch nie in getrennten Zimmern geschlafen, nicht, wenn wir uns im selben Gebäude befanden. Selbst dann nicht, wenn Liam spät und bierlaunig aus dem Pub schwankte – es wäre uns nie in den Sinn gekommen. Heute früh festzustellen, dass ich auf der Couch geschlafen habe, nach diesem üblen Streit am Abend zuvor... Liam sah aus, als hätte ich ihm erzählt, die Kinder seien von einem anderen. Er war ehrlich ent-

142

setzt. Er fragte, ob irgendetwas mit unserem Schlafzimmer nicht in Ordnung sei, mehr sagte er nicht. Und ich habe ihm nicht einmal antworten können. So viel zum Thema: Ich muss mit Liam sprechen. Ich habe solche Angst davor, die Dinge zwischen uns beim Namen zu nennen, dass ich sie lieber herunterschlucke, bis sie mich von innen auffressen. Sowohl Elodie als auch Brandy sehen mich erwartungsvoll an, doch ich weiß nicht, was ich ihnen sagen soll. Wir müssen uns erst selbst darüber klar werden. Das ist eine Sache zwischen Liam und mir.

»Wie lange seid ihr verheiratet?«, fragt Elodie schließlich.

»Bald fünfundzwanzig Jahre.«

»*Was?*« Sie kreischt, und ich muss aller Trübsal zum Trotz lachen.

»Schhh, du unterhältst noch das ganze Café.«

»Fünfundzwanzig Jahre.« Sie sieht erst Brandy, dann mich an. »Wie alt warst du, als du geheiratet hast – vier?«

Ich seufze noch einmal. »Ich war achtzehn«, sage ich schließlich. »Ich habe Liam in dem Jahr geheiratet, in dem ich ihn kennengelernt habe.«

Elodie ist sprachlos, das ist ihr anzusehen. Sie starrt mich ungläubig an, und ich bin fast dankbar, als in diesem Augenblick ein Gast vom anderen Ende des Raums nach mir ruft.

Fünfundzwanzig *Jahre.* Die Worte hallen in meinem Kopf wider, während ich aufstehe, um den Herrn abzukassieren. Fünfundzwanzig Jahre, und was ist aus uns geworden? Wo sind wir geblieben?

Wann wird aus dir und mir ein Wir?

Nach einer Woche mit Liam war das Surfenlernen für mich zu einer Art Metapher dafür geworden, wie mein Leben aussehen könnte, wäre ich nicht ich und in meinen Plänen und Ängsten gefangen. Seine Worte klangen in meinen Ohren, lange nachdem wir vom Brett gestiegen waren.

Es geht darum, den richtigen Moment zu finden. Womöglich wartest du ewig darauf, doch wenn er gekommen ist, jagst du ihm hinterher. Du tust alles dafür, ihn zu halten. Und dann, wenn du dich der Energie hingibst und dich von ihr forttreiben lässt, kommt es nur noch darauf an loszulassen. Das ist es. Genau das.

Es hätte mich also wenig verwundern sollen, dass Liam mir nach zehn Tagen Sommerliebe vorschlug, in St. Ives zu bleiben.

»Wie meinst du das?«

»Bleib hier.«

»Hier? Bis wann? Bis zum Wochenende?«

Er lachte, und ich hätte heulen können, so sehr schmerzte mich allein der Gedanke daran, ihn verlassen zu müssen.

»Bleib hier, Helen«, sagte er. »Bleib einfach hier. Du wolltest ohnehin nicht zurück nach Inverness, richtig? Du wolltest neu anfangen, in Edinburgh. Warum also nicht hier?«

Bestimmt starrte ich ihn an wie eine Irre, mit offenem Mund und großen Augen, denn Liam begann erneut zu lachen, warm und voller Zuneigung.

»Bleib hier, Helen«, wiederholte er flüsternd gegen meine Lippen. »Und ich schwöre dir, du wirst es nicht bereuen.«

Warum ich blieb?

Weil Liam mich an der Hand nahm, mich durch schmale Gassen, vorbei an weiß getünchten Cottages zur Hafenpromenade führte, wo er mich durch den Eingang eines Hauses schob, in dem ein Pasty Shop untergebracht war. Darüber, im zweiten Stock, befand sich seine Wohnung, die ich bereits kannte und deren Wohnzimmerfenster einen atemberaubenden Blick auf den Hafen und das dahinterliegende Meer bot. Doch das war nicht der Grund, weshalb mich Liam an diesem Tag dorthin brachte.

Er führte mich sofort ins Schlafzimmer und blieb vor dem Einbauschrank stehen, in dem er seine Kleider aufbewahrte.

»Öffne die Tür«, sagte er.

»Ich versteh nicht«, begann ich. »Wieso ...«

»Tu es einfach.«

Also öffnete ich die Tür zu seinem Kleiderschrank und sah die unbenutzten Kleiderbügel und die Regalflächen, die er für mich freigeräumt hatte, und in diesem Augenblick, als ich mich zu Liam umwandte und ihn betrachtete, wurden mir folgende Dinge klar:

Nie hatte es jemand mit mir so ernst gemeint, nie.

Du und ich, das ergibt *wir*.

Ist es da ein Wunder, dass man sich irgendwann selbst verliert?

19. Elodie

Fünfundzwanzig Jahre. Ich beobachte Helen, während sie sich zwischen den Tischen hindurchschlängelt, um einem Gast im hinteren Teil des Cafés die Rechnung zu bringen. Ja, ich hätte sie auf Anfang vierzig geschätzt mit den Linien um ihre Augen und den Rundungen an ihren Hüften, die womöglich früher nicht da gewesen sind. Aber ein Vierteljahrhundert Ehe, das habe ich ihr nicht angesehen.

»Gott«, murmle ich. »Meine längste Beziehung dauerte zwei Jahre, zwei Monate und neunzehn Tage.«

»Was du in deinem Lebensplaner festgehalten hast, nehme ich an«, kommentiert Brandy trocken, und ich werfe ihr aus schmalen Augen einen Blick zu, bevor ich besagten Planer vom Tisch in meine Tasche befördere. »Du solltest unbedingt ein bisschen mehr entspannen«, sagt sie noch. »Das Leben besteht doch nicht nur aus deinem Kalender, deinen Listen und der Renovierung deines Hauses.«

»Im Augenblick kann ich darüber hinaus leider nicht viel erkennen«, erwidere ich.

»Weil du dich nicht dafür öffnest.« Sie wendet sich ab, um in einer der Taschen ihres Parkas zu wühlen, und zieht einen zerknitterten Handzettel hervor.

»Was ist das?«, frage ich, doch ich weiß es, noch bevor ich die Gruselschrift darauf entziffert habe. »Du gibst nie auf, oder doch?«

»Nicht wenn es sich vermeiden lässt. Hier.« Sie kramt noch etwas hervor, einen daumengroßen Gegenstand, und drückt ihn mir in die Hand.

»Eine Minitaschenlampe?« Ich sehe sie fragend an. »Was um Himmels willen soll ich mit einer Taschenlampe dieser Größe anstellen?«

»Man weiß nie, wofür eine Taschenlampe nützlich sein kann, bis man sie am Schlüssel trägt, Schätzchen.«

Ich verdrehe die Augen. Dann lasse ich den Schlüsselanhänger neben meinen Lebensplaner in die Tasche gleiten und wende mich an Helen, die eben zurück an unseren Tisch kommt.

»Ich scheine mich nicht gegen diese Geistertour wehren zu können«, erkläre ich ihr. »Aber ich mache das nicht ohne dich.«

»Warum? Hast du Angst?« Sie lächelt mir zu, und ich grinse zurück. »Angst habe ich höchstens vor unserer Freundin hier«, erkläre ich mit einem Seitenblick auf Brandy. »Sie brennt so sehr auf meine Teilnahme an ihrem Gruselausflug, dass ich mich fragen muss, warum. Warum, Brandy? Willst du ein Exempel statuieren? Mich lebendig begraben oder so etwas? Mich den Vampiren zum Fraß vorwerfen?« Ich sehe sie mit hochgezogenen Brauen an, doch sie lacht nur. »Bring eine alte Frau nie auf dumme Ideen«, sagt sie.

Auf dem Weg zurück ins *Peek-a-boo* biege ich bewusst in die Straße am Hafen ein. Die Fore Street ist der kürzere Weg, doch der führt an Toms Coffeeshop vorbei, und ich weiß nicht... Heute, bei Tageslicht betrachtet, kommt mir der gestrige Abend surreal vor, der ganze Tag eigentlich: erst Toms ungewohnte Freundlichkeit in seinem Laden, dann sein Anblick draußen vor der Tür, an den Turm aus Farbeimern gelehnt. Seine mit Farbe besprenkelten Arme und seine Augen, die auf einmal wie dunkle Bergseen schimmerten.

»Jesus Christus«, murmle ich vor mich hin. »Jetzt reiß dich zusammen, Elodie.«

Und genau das tue ich nur fünf Minuten später, als ich die Tür zu meinem Cottage aufschließe, den Duft nach Zitrone und Sauberkeit einatme. Ich schreite durch den Flur, an den offenen Türen zu Wohn- und Esszimmer vorbei zur sonnendurchfluteten Küche, wo ich die Abstellkammer zur Garage durchquere und dort zwischen den noch nicht ausgeräumten Kartons nach einem ganz bestimmten suche, der mich noch mehr auf den rechten Weg führen wird. Ich finde ihn und hebe meine Espressomaschine heraus. Selbstverständlich ist sie kein Vergleich zu den professionellen Maschinen, wie beispielsweise Tom de la Chaux eine hat, doch sie hat beinahe fünfhundert Euro gekostet und erfüllt ihren Zweck.

Ich baue sie auf, gleich neben dem alten Toaster, und verabschiede mich von den täglichen Besuchen meines persönlichen Kaffeedebakels, die ich künftig nicht mehr werde antreten müssen.

Ich ignoriere das Gefühl in meinem Bauch, das diesen Begegnungen hinterhertrauert, weil sie sich am Ende des Tages als weit weniger fürchterlich erwiesen haben als ursprünglich gedacht. Eigentlich war es ganz nett, sich ein bisschen zu kabbeln. Solange ich mich über Tom de la Chaux' spröde Art aufregen konnte, habe ich wenigstens an niemand anderen gedacht.

Während ich mich daranmache, die restlichen Kartons und Kisten auszupacken, die erste Waschmaschine mit meinen von der langen Reise angestaubten Kleidern fülle und schließlich ins Dachgeschoss hinaufsteige, um mich dem Zusammenbau meines Betts zu widmen, überlege ich, ob Tom heute wohl wiederkommen wird oder ob seine Hilfe am Vortag eine einmalige Sache war. Ich meine, ich habe gestern nicht verstanden, weshalb er das tut, und ich verstehe es heute ebenso wenig. Nach all den Wochen voller Frotzeleien bis hin zu regelrechten Unverschämtheiten ist es, als habe plötzlich jemand den Schalter umgelegt und von Rot auf Grün geswitcht.

Ich schüttle den Kopf. Dann sehe ich mich in dem Zimmer um. Die Wände strahlen mir in hellem Weiß entgegen, das einen gefälligen Kontrast bildet zu den dunkelbraunen Holzbalken, die zumindest an einer Längsseite des Zimmers das Dach zu stützen scheinen. Womöglich tun sie das wirklich, doch sie schmücken den Raum zugleich, und mit einem Mal wirkt mein neues Heim nicht mehr muffig, nass und schimmlig, sondern einladend und gemütlich. Die Sonne scheint, und durch die vielen kleinen, mittlerweile geputzten Dachfenster malt sie Muster auf den Teppich, der – das ist leider wahr – nach wie vor eine leicht modrige Katastrophe ist. Ich werfe einen Blick auf mein graues Polsterbett, dessen auseinandergeschraubte Teile plus Matratze nun in der Mitte des Raums liegen, mit einer Plane zugedeckt, jedoch mitten auf dem Moderteppich. Kurz entschlossen reiße ich die Plane herunter, breite sie auf dem Boden aus und zerre Bettteile und Matratze darauf, um sie vor weiterer Kontaminierung zu bewahren. Dann bemühe ich meinen alten Freund und Helfer Mr. Google und sehe mir ein Video darüber an, wie ich am geschicktesten einen Fußbodenbelag herausreiße. Bis das monströse Läuten meiner Big-Ben-Klingel mich aus meinen Gedanken reißt, stapelt sich bereits die Hälfte des ollen Teppichs in einer Ecke des Raums, und ich bin gerade dabei, die Folie mit meinem Betthaufen von dem Rest zu zerren, was sich als nicht ganz einfach erweist. Die Folie ist zu schwer, um sie zu bewegen, was sich unter anderem an meinem knallroten Gesicht, meiner Atemnot und dem Schweiß zeigen dürfte, der mir den Nacken herunterrinnt. Es klingelt noch einmal, und ich lasse den Zipfel des Plastiks los. Dann ignoriere ich die Tatsache, dass ich aussehe wie ein Bauarbeiter im Hochsommer und dies an der Tür eigentlich nur Tom sein kann, laufe nach unten und öffne ihm.

Er hilft mir dabei, den Rest des Teppichs in große Plastiksäcke zu packen, und macht sich sogar mit dem Spatel daran, Kleberrückstände vom Boden zu kratzen, der sich als ziemlich mitgenommener Dielenboden entpuppt. Tom erklärt, dass sich der Holzboden zu dem Gebälk sicher gut machen würde, und bietet mir in einem Nebensatz an, dabei zu helfen, ihn abzuschleifen. Als ich gerade den letzten Plastiksack nach draußen in den Flur zerre, ruft er mir nach: »Wenn Sie duschen wollen, gehen Sie nur, ich komme erst mal allein klar.«

Mitten in der Bewegung halte ich inne, den Oberkörper über einen Berg prall gefüllter blauer Säcke gebeugt, der Mund halb offen stehend. Einige Sekunden lang rührt sich nichts und niemand, dann steht de la Chaux auf einmal in der Tür, den Spatel in der einen Hand, die andere im Nacken. »Sorry, das sollte nicht anmaßend klingen. Sie sehen nur so aus, als seien Sie schon den ganzen Tag lang ohne Pause zugange.«

»Und als könnte ich eine Dusche vertragen.«

»Als könnten Sie eine Pause vertragen.«

Ich lasse ihn zappeln, bestimmt zwanzig Sekunden lang, dann zucke ich die Schultern. »Haben Sie schon gegessen? Ich springe schnell unter die Dusche, dann mache ich uns was.« Und bevor er auch nur noch einen weiteren Blick auf mein verschwitztes Gesicht werfen kann, laufe ich den Gang entlang und die Treppen hinunter.

Ich benutze das Bad in einem der Gästezimmer, das ich bereits gereinigt habe, und nicht das neben dem Dachstudio. Nachdem mich Tom de la Chaux bereits mit Schokoladenschlieren im Gesicht und Schweißflecken unter den Achseln gesehen hat, möchte ich ihm meinen Anblick nur mit einem Handtuch bekleidet ersparen. Ebenso schleiche ich nun durchs Haus und zu meinem Koffer im Wohnzimmer, vom stetigen Kratzen des Spatels begleitet. Es hat etwas Beruhigendes, dieses Geräusch – das Wissen, dass sich noch jemand im Haus befindet und dass dieser jemand irgendwie dazugehört, weil er … nun ja, weil er eben die Wohnung renoviert. Mitten im Zimmer bleibe ich stehen und verdrehe die Augen. Was ist los mit dir, Elodie? Wenn jemand garantiert nicht dazugehört, dann Tom de la Chaux mit seinen kühlen Augen und dem abschätzigen Blick und dem *Wenn Sie duschen wollen, gehen Sie nur.*

Ich schlüpfe in frische Jeans und ein sauberes T-Shirt, dann nehme ich den schmutzigen Haufen Wäsche und noch ein paar Kofferkleider unter den Arm und marschiere damit in die Küche, um eine weitere Maschine Wäsche anzustellen. Die bereits frischen Sachen werfe ich in den Trockner, doch als das eine Gerät läuft und ich das andere gerade einschalten will, da … nun, ich weiß auch nicht. Ich denke, da war ein Geräusch, sicher bin ich mir jedoch nicht. Fest steht, dass auf einmal beides stillsteht: die Trommel der Waschmaschine und die des Trockners, was wohl bloß bedeuten kann, dass die Sicherung rausgeflogen ist. Ich betätige den Lichtschalter neben der Küchentür, und – nichts. Also gehe ich in die kleine Kammer neben der Treppe, in der sich der Sicherungskasten befindet, und suche nach der möglichen Ursache, und tatsächlich: Eine der Sicherungen scheint nicht mehr in ihrer Position zu stecken, doch als ich versuche, sie wieder hineinzudrücken, springt sie auf der Stelle zurück. Ich versuche es ein paarmal, vergeblich. *Huh.* Ich probiere es wieder und wieder, doch letztlich gebe ich auf.

»Alles in Ordnung?«

»Himmel, Sie haben mich zu Tode erschreckt.« De la Chaux steht im Türrahmen, die Hände in die Höhe gestreckt.

»Sorry, ich wollte nur kurz nachsehen, warum es auf einmal so still ist hier unten. Kein lautes Getrampel mehr. Niemand, der verärgert vor sich hin brabbelt.«

»Ich brabble nicht verär...« Ich beende den Satz nicht, stattdessen starre ich ihn stirnrunzelnd an, während ich gleichzeitig auf den Sicherungskasten deute. »Die Sicherung ist rausgeflogen, aber sie lässt sich nicht wieder reindrücken.«

»Wann ist das passiert?«

»Als die Waschmaschine lief und ich den Trockner eingeschaltet habe.«

»Hm. Darf ich mal?«

Er versucht es, und mit nur geringer Genugtuung stelle ich fest, dass es ihm ebenso wenig gelingt wie mir. Mit *geringer* Genugtuung, wie gesagt, denn sein nächster Satz lässt mich aufstöhnen. »Es könnte an einem der Geräte liegen, das wäre vermutlich die beste Variante.«

»Die beste? Besser als was?«

»Besser, als wenn ein komplett veraltetes Stromkabelnetz erneuert werden müsste.«

Ich sehe ihn immer noch an, mittlerweile sprachlos.

Er seufzt. »Das ist ein wirklich altes Haus.«

»Wenn das noch einmal jemand zu mir sagt«, knurre ich, »dann schreie ich, dass auch noch die Ziegel vom Dach fallen.«

Ich weiß nicht genau, wie, aber Tom de la Chaux und ich landen gemeinsam an einem Tisch vor dem *Sloop Inn*, ein Bier und ein Glas Weißwein vor uns und zwei kleine Tütchen Trostchips, die wir in trauter Stille knabbern, bis Jack, der Wirt, unser Essen nach draußen bringt: Ofenkartoffel für mich, Spareribs für meinen Begleiter.

»Sie hätten das nicht bezahlen dürfen«, erkläre ich zwischen zwei Schlucken Wein. »Wenn hier jemand jemandes Essen bezahlen sollte, dann ich Ihres, nachdem Sie mir das halbe Haus gestrichen haben. Warum auch immer. Ich dachte, Sie können mich nicht leiden?«

Einige Sekunden lang betrachtet Tom mich schweigend, und ich werde rot unter seinem Blick. *Mist. Das hätte ich nicht sagen sollen.* Denn nun wird er denken, es wäre mir wichtig, was er von mir hält.

»Sehen Sie es als Mitleidseinladung«, sagt er schließlich. »Wer so viel Pech am Schuh kleben hat, tut selbst mir irgendwann leid.«

Ich spare mir eine zickige Antwort darauf, dass er mir besagten Schuh gern aufblasen kann. Stattdessen seufze ich. Diese ewige Zankerei zehrt an meinen Kräften, und im Augenblick habe ich nicht das geringste bisschen Energie übrig, um sie weiterzuführen.

Als habe er meine Kapitulation gespürt, reicht Tom mir schweigend das Besteck und beginnt zu essen, den Blick vor uns auf das Hafenbecken gerichtet, das die untergehende Sonne in kühle Rosa- und Violetttöne taucht und dessen schläfrige Ruhe sich bis zu uns hin ausbreitet.

»Ich denke, ich liebe diesen Ort«, sage ich nach einer Weile. »Er ist so voller Menschen und Leben, und bestimmt wird das im Sommer, wenn die Touristen hereinströmen, noch mehr, aber er schafft es trotzdem, mich mit einem Frieden zu erfüllen, den ich vorher nie gespürt habe. Nirgendwo.« Ich sehe Tom an, selbst überrascht über diesen plötzlichen sentimentalen Ausbruch, dann wende ich schnell den Blick ab.

»Er hat auf jeden Fall Vorzüge gegenüber Frankfurt. Keine Hochhäuser, kaum Anzugträger, immer frischer Fisch.«

»Sie tragen selbst überwiegend Anzüge.«

»Deshalb weiß ich ja, wovon ich spreche.«

»Sind Sie eigentlich niemals nicht zynisch?«

»Das war nicht zynisch gemeint.«

»Hm-hm.«

»Hm-hm.«

Ich sehe zu, wie Tom an seinem Bier nippt und mir über den Rand des Glases einen Blick zuwirft.

»Woher wissen Sie, dass ich aus Frankfurt bin?«, frage ich schließlich, und er zögert nicht mit seiner Antwort.

»Das stand auf Ihren Umzugskartons.«

»Aha.«

»Denken Sie, Sie werden irgendwann dorthin zurückgehen?«

Ich lege mein Besteck weg, um nach meinem Glas zu greifen. »Wenn es das Stromkabelnetz ist…« Ich nehme einen großen Schluck Weißwein. Der Wunsch, meinen Planer aus der Tasche zu ziehen und eine neue Kostenkalkulation zu erstellen, ist groß, doch ich widerstehe ihm. »Ich bin nicht sicher, wie lange mein Geld noch reicht, wenn neben all den Ausgaben nicht auch langsam Einnahmen reinkommen.«

Tom tupft sich mit einer Papierserviette die Lippen ab. Seine Rippchen hat er mit Messer und Gabel gegessen, wie mir jetzt erst auffällt, nun faltet er die sauberen Finger vor sich auf dem Rand der Tischplatte. Ich widerstehe einem weiteren Drang, nämlich dem, laut loszuprusten. Dieser Mann, er ist mir ein absolutes Rätsel. Diese Anzughosen und diese Hemden. Diese abfällig geschürzten Lippen und dieser britische Snobismus, obwohl er gar kein Brite ist und obwohl er sich inzwischen nicht einmal mehr ziert, Deutsch mit mir zu sprechen. Spareribs mit Messer und Gabel. Bis vor einer Stunde hat er auf meinem Dachboden gekniet und Teppichkleister abgekratzt, und doch sieht er aus, als sei er eben erst einem Katalog für englische Herrenmode entstiegen.

»Wir können es so machen«, sagt er. »Wir warten, was der Elektriker zu sagen hat, bis dahin sollten wir mit dem Streichen aussetzen – nur für den Fall, dass er die Wände wieder aufreißen muss, um neue Kabel zu verlegen.«

»Großartig.« Ich nicke. »Sie haben recht. Lassen Sie uns das unbedingt abwarten.«

»Anschließend helfe ich Ihnen, das Haus so zu renovieren, dass vielleicht schon nächsten oder spätestens übernächsten Monat Gäste einziehen können. Und sobald eines der Zimmer fertig ist, ziehe ich bei Ihnen ein, während wir die anderen Räume herrichten. Dann haben Sie zumindest schon einen Teil der Einnahmen, mit dem Sie kalkulieren können.« Er trinkt noch einen Schluck, dann setzt er sein Glas ab und sieht mich an.

Und ich starre fassungslos in sein ach so gefasstes Gesicht. »Warum sollten Sie das tun?« So viel Unglaube in nur einem Satz, das muss man erst mal unterbringen.

»Das *Sloop Inn* hat gesalzene Preise. Teurer kann so ein alter Kasten wie Ihrer kaum sein.«

Ich schüttle den Kopf. Als wäre das der wahre Grund, das glaube ich nie und nimmer. Doch ich gehe nicht weiter auf seinen Vorschlag ein. Ich denke, wenn es erst so weit ist, wenn es so weit *wäre*, dass jemand in eines der Zimmer einziehen könnte, dann wird sich Tom de la Chaux noch einmal gründlich überlegen, ob er mit mir unter einem Dach leben möchte. Allein. Ich starre ihn von der Seite an, die Stirn gerunzelt. Wie sind wir hierhergekommen? *Comment?*

»Scheiße.« Ich tappe im Dunkeln durch den Flur und versuche den Lichtschalter neben der Küche, doch nichts. »Shit.« War mir klar, dass mit dem Durchbrennen der einen Sicherung auch alle anderen nicht mehr funktionieren würden? Offensichtlich nicht, sonst ... ja, was sonst? Ich stöhne, dann schalte ich meine iPhone-Taschenlampe ein.

Nun. So ein steinaltes englisches Cottage, halb renoviert, halb eingerichtet und halb bewohnt, wirkt nicht einladender im Dunkeln, so viel steht fest. Ich überlege, ins *Sloop Inn* zurückzukehren und mir für die Nacht ein Zimmer zu nehmen, doch dann besinne ich mich anders. Ich habe keine Angst im Dunkeln. Ich bin keine zwölf mehr, ich bin Mitte dreißig. Elodie Hoffmann, erwachsen und mutig, kein Problem ist ihr zu groß.

Hätte ich allerdings gewusst, was auf mich zukommt, ich wäre vermutlich nicht geblieben. Hätte ich geahnt, dass diese Nacht an Schlaf nicht zu denken wäre, ich hätte sie genauso gut auf einer der Bänke am Hafen verbringen können. Im Schein meiner Handytaschenlampe benutze ich die Toilette. Ich lege mich wieder ins Bett und denke, ich bin so gut wie eingeschlafen, als mich ein Geräusch aufschrecken lässt, das furchterregend klingt. Wie… eine weinende Frau oder ein verletztes Tier. Dann Schritte.

Ach du liebe Güte.

Ich springe auf, schließe die Tür und verriegele sie, bevor ich mich zurück auf die Couch fallen lasse, steif wie ein Brett, Herzschlag im Hals. Ich lausche in die Stille, doch nichts passiert. Das Geräusch wiederholt sich nicht. Ich höre gar nichts mehr. Aber ich liege die nächsten Stunden wach und schlafe nicht wieder ein.

20. Helen

Was ist denn mit dir passiert, Kindchen? Du siehst aus, als hätte ein Storch auf deinem Kopf genistet.«

Ich folge Brandys Blick zur Tür, in der Elodie stehen geblieben ist, die blonden Haare ein wirres Nest um ihr Gesicht, die Augen dunkel umrahmt, die Haut blass und fleckig.

»Hilfe«, murmle ich, während ich hinterm Tresen hervorkomme und Elodie ins Café ziehe. »Was ist los?«

Elodie schüttelt den Kopf, wehrt meine Hand ab und sinkt neben Brandy auf einen Stuhl. »Nichts Schlimmes«, sagt sie matt. »Ich habe nur kein Auge zugetan.«

»Hast du immer noch nicht dein Bett aufgebaut?« Brandy tätschelt Elodies Hand, während sie zu mir aufsieht, die Augenbrauen zum Haaransatz hochgezogen. Ich setze mich auf Elodies andere Seite und lege ihr eine Hand auf die Schulter.

»Stromausfall«, murmelt die, während sie sich nach vorn fallen lässt und den Kopf in ihrer aufgestützten Hand vergräbt. »Stockdunkel. Hab im Wohnzimmer geschlafen. Und dann Geräusche.«

»Geräusche? Was für Geräusche?« Mit der Hand reibe ich beruhigend über Elodies Schulter, bis sie schließlich seufzt und sich wieder aufrichtet.

»Ich weiß auch nicht. Geräusche. Wie… die maulende Myrte oder so etwas. Und Schritte.« Sie schüttelt sich.

Brandy fragt: »Wer bitte, Kindchen?«, und ich antworte: »Die maulende Myrte, du weißt schon. Dieses Geistermädchen aus Harry Potter, das in den Toiletten der Jungs wohnt.«

»Ah, okay.« Brandy klingt über alle Maßen interessiert, und Elodie stöhnt auf.

Einmal mehr tätschle ich ihre Schulter, dann stehe ich auf, um ihr Tee zu kochen, und bis ich nach den anderen Tischen gesehen habe und an ihren zurückkehre, sieht sie schon ein wenig aufgeräumter aus.

»Ich habe ihr gesagt, dass es im *Peek-a-boo* nicht spukt«, erklärt mir Brandy, als ich mich mitsamt einer frischen Kanne Tee und ein paar von Liams Scones wieder an den Tisch setze.

Elodie wirft mir einen Blick zu, den ich irgendwo zwischen Verzweiflung und Mitleid einordne. »Natürlich nicht«, sagt sie, »es gibt keine Geister.«

»Wenn es in einem Haus spukt«, fährt Brandy fort, als habe sie Elodies Einwand gar nicht gehört, »dann über der Drogerie, da soll ein alter Fischer sein Unwesen treiben. Oh, und in einigen der Pubs natürlich. Was meinst du, woher die Namen kommen? *The Bucket of Blood.*« Sie wackelt mit den Augenbrauen, und Elodie seufzt.

Ich schiebe ihr eine frische Tasse Tee hin. »Das war kein Spuk«, versichere ich ihr. »Bestimmt hat dir dein Unterbewusstsein einen Streich gespielt, wegen des Stromausfalls, meine ich. Was hat den überhaupt verursacht?«

»Überlastung«, erwidert Elodie knapp. »Das, oder die Waschmaschine beziehungsweise der Trockner ist kaputt.«

»Dir bleibt auch nichts erspart«, sagt Brandy.

»Wohl nicht.«

»Und jetzt?«

Sie zuckt die Schultern. »Ich brauche einen Elektriker. Ein Geldscheißer wäre auch nicht schlecht.«

»Sag Bescheid, wenn du einen aufgetrieben hast. In der Zwischenzeit rufe ich Duncan Gloom an, er ist Elektriker und ein Freund von Liam.«

»Oh, Helen, danke, das ist wirklich toll von dir.« Zum ersten Mal an diesem Morgen lächelt die arme Elodie mich an. »Ich bin mir nicht sicher, wie ich es heute auch nur schaffen soll, mein Handy ans Ohr zu heben.«

»Ist schon in Ordnung.« Ich stehe auf, um Duncan anzurufen, doch dann fällt mir etwas anderes ein. »Möchtest du dich hinlegen? Du kannst in Kaylas Zimmer schlafen, die Kinder sind doch bei ihren Großeltern.«

»Nein, das geht nicht.« Sie schüttelt den Kopf. »Ich muss noch … ich hab noch …«

»Du musst zu Kräften kommen, Kindchen«, stimmt Brandy mir zu. »Geh schon. Über *Kennard's Kitchen* wohnen ebenfalls keine Geister, das kann ich dir versichern.«

»Ein paar Schatten leben dort«, sage ich, was mir eigenartige Blicke von beiden Seiten einbringt.

Der Tag verläuft ohne weitere Aufregungen. Brandy verbringt ihn im Garten vor ihrem Trailer oder bei den Fischern im Hafen, wie ich annehme. Elodie legt sich tatsächlich für ein paar Stunden hin, und als sie wieder ins Café kommt, kann ich ihr zumindest berichten, dass Duncan es heute nicht mehr schafft, sich aber morgen ihres Stromausfalls annehmen will. Sie wirkt enttäuscht über diese Nachricht – mehr als das. Sie wirkt niedergeschlagen. Also biete ich ihr an, die Nacht bei uns zu verbringen.

»Du kannst in Kaylas Zimmer schlafen, bis die Sache in deinem Haus geregelt ist«, sage ich ihr.

»Nein«, erwidert Elodie sofort. »Das geht doch nicht. Ich werde Jack fragen, ob im *Sloop Inn* noch was frei ist.«

»Mach das, aber wundere dich nicht, wenn du am Ende doch wieder hier landest. Es sind Osterferien, schon vergessen? Wie man auch sehr deutlich hier zu spüren bekommt.« Ich seufze, dann gehe ich hinüber zu den zwei Tischen, die gerade frei geworden sind und auf die schon eine Handvoll anderer Gäste wartet.

»Also gut.« Elodie steht plötzlich neben mir und beginnt damit, Geschirr abzuräumen. »Ich nehme dein Angebot an, aber nur, weil ich wirklich, *wirklich* kein Auge zugetan habe gestern Nacht, und auch nur dann, wenn dein Mann nichts dagegen hat und ich dir als Gegenleistung im Café helfen darf.«

»Aber du hast doch in deinem eigenen Haus genug zu tun!« Ich folge Elodie zum Tresen, wo sie Teller und Tassen abstellt, unschlüssig, was sie sonst damit tun soll. Also verfrachte ich sie in die Durchreiche zur Küche, wo Alfie sie in Empfang nimmt, dann kehre ich zu Elodie zurück.

»Wenn es die Stromleitungen sind, müssen die alten Leitungen aus den Wänden gerissen werden – so lange bringt es wohl kaum etwas weiterzustreichen, oder?«

Abermals macht sie sich auf den Weg zu den Tischen, um mehr Geschirr abzuräumen, und als sie zurückkommt, nehme ich sie am Arm und drücke sie kurz. »Du schaffst das, Elodie«, erkläre ich nachdrücklich. »Du hast es bis hierher geschafft, und was da auch kommen mag – es wird dich nicht aufhalten. Okay?«

Sie nickt mir mit zusammengepressten Lippen zu, bevor sie zur Durchreiche weitergeht, um Alfie mit Arbeit zu versorgen.

21. Elodie

Die Stille beim Abendbrot ist fast noch gruseliger, als die Geräusche im *Peek-a-boo* es waren. Stumm reichen sich Liam und Helen Kartoffeln, Gemüse und Fisch, während ich krampfhaft überlege, ob es an mir liegt, dass die Stimmung dunkler ist als der Abend, ob Helen Liam womöglich nicht gefragt hat, ob es ihm recht ist, dass ich hier übernachte, und was ich tun kann, um die Spannung zu lösen.

»Danke, dass ich heute bei euch bleiben kann«, sage ich in das schwer auszuhaltende Schweigen hinein, »aber ich möchte euch auf keinen Fall länger als eine Nacht zur Last fallen. Falls wirklich die Stromleitungen ausgetauscht werden müssen, werde ich mich um ein Zimmer kümmern. Wenn nötig, etwas außerhalb, es ist ja sicher nicht für lange. Zur Not im *Bucket of Blood*.«

»Ich bin nicht sicher, ob die Fremdenzimmer vermieten«, murmelt Liam im selben Augenblick, in dem Helen sagt: »Du fällst uns nicht zur Last.«

»Wenn es wirklich die Leitungen sind«, fügt Liam hinzu, »kann es einige Zeit dauern, bis sie neue verlegt haben. In einem so alten Haus liegen die oft kreuz und quer, da muss man halbe Wände einreißen.«

Ich zucke zusammen bei diesem letzten Satz, obwohl ich es doch inzwischen gewohnt sein müsste, Hiobsbotschaften zu hören. Das kleine Cottage hat mich auf Abstand gehalten, seit ich es das erste Mal in Augenschein genommen habe.

»Wenn es erst fertig ist, wird es so schön werden«, sagt Helen, als habe sie meine Gedanken gelesen. »Die Küche hast du schon zauberhaft hergerichtet, du wirst aus dem *Peek-a-boo* ein Nest machen, da bin ich mir sicher.«

»Ein Nest?« Ich sehe Helen an, doch sie hat bereits den Blick gesenkt und widmet sich wieder stumm ihrem Essen. *Ein Nest.* Ich esse ebenfalls weiter, doch ich spüre, wie mir der Gedanke auf den Magen schlägt.

Am liebsten würde ich dieses Zimmer nie mehr verlassen, Elodie, stattdessen für immer in diesem Bett bleiben, mit dir. Gott, ich fühle mich sicher, wenn ich bei dir bin. Wie in einem Nest. Als wäre ich rundherum von Wärme umgeben.

Per und ich, wir liebten uns zwei Jahre lang, und alles, was wir jemals hatten, waren flüchtige Augenblicke und zu kurze Nächte, die unsere Gefühle derart potenzierten, dass jeder einzelne Moment einem wie die Erfüllung eines ganzen Lebens vorkam. Aber das war er nicht, keiner davon.

Ich betrachte Liam aus dem Augenwinkel. Er wirkt erschöpft, beide wirken derart erschöpft, und die Blicke, die er Helen zuwirft, sie sind erschöpft und traurig. Ich weiß nicht, was in dieser Ehe gerade passiert, was schieflaufen kann, wenn man so lange Zeit zusammen ist, fünfundzwanzig Jahre. Aber ich weiß, die Bindung zwischen diesen beiden ist nach wie vor da, sie ist deutlich zu spüren, auch wenn ich nicht das Gefühl habe, dass ihnen selbst das bewusst ist. Es liegt in der Art, wie sie schweigend miteinander umgehen, als habe sich die Form ihres Zu-

sammenlebens tief in die jeweilig andere Person einge-
brannt, wo das Unterbewusstsein die Handlungen steuert.

*Das weiße Fleisch für Helen. Die Haut für Liam. Hier,
du salzt doch immer nach. Kein Wein mehr für dich, ich
hole Wasser aus dem Kühlschrank. Lass nur, du hast ge-
kocht, ich übernehme den Abwasch.*

Sie begegnen sich nicht ablehnend, nur wortlos. Und
mir ist, als umschlinge sie ein unsichtbares Band, so fest,
dass es alles andere und alle anderen davon abprallen lassen würde, wenn es darauf ankäme.

Zwischen Per und seiner Frau – hat da je diese Verbun-
denheit bestanden? Nicht etwa, weil sie sich nach so langer Zeit noch so innig miteinander gefühlt hätten, wie
frisch Verliebte es tun, sondern weil über die Jahre eine
Zusammengehörigkeit entstanden ist, die nichts und niemand mehr erschüttern kann? Wie bin ich auf die Idee gekommen, mich in etwas so Starkes hineindrängen zu wollen? Wie habe ich Per glauben können, der mir das Gefühl
gab, es sei nichts, nichts, *nichts* mehr zu retten, da, wo er
und Freja sich befanden?

»Also … sprechen all diese alten Häuser hier in St. Ives
über kurz oder lang mit ihren Bewohnern oder nur meines?« Für einen Augenblick starrt Helen mich an, als sei
sie überrascht, dass noch jemand außer ihr und Liam an
diesem Tisch sitzt, dann blinzelt sie sich aus ihrer Ver-
wunderung und öffnet den Mund, doch Liam kommt ihr
zuvor.

»Das Einzige, was bei uns durchs Haus spukt, sind unsere Kinder, die sich nachts rein- oder rausschleichen«,
sagt er, und Helen verschließt die Lippen.

»Das ist sicher ein schwieriges Alter«, werfe ich ein,

wenn auch nur, um das Gespräch in Gang zu halten, fürchte ich. »Waren wir nicht alle irrsinnig kompliziert, als wir in der Pubertät steckten?«

»Haben Sie auch Kinder?« Liam sieht mich an, und zum ersten Mal fällt mir auf, wie verschieden er und seine Frau sind, gegensätzlich fast. Liam mit seinen lockigen blonden Haaren, den hellen blauen Augen und dem kantigen Kinn über dem wohltrainierten Oberkörper, und dann Helen, die grünen Augen ausdrucksstark in einem blassen Gesicht, das von kinnlangen rotbraunen Haaren umrahmt wird, die die meiste Zeit von ihrem Kopf abstehen, wie es ihnen gefällt. Helen wirkt weich, rund, verletzlich. Liam... Liam wirkt, als könne er dem weißen Hai einen Kinnhaken verpassen, sollte er je in sein Surfbrett beißen wollen.

»Keine Kinder«, antworte ich schließlich.

»Wieso nicht?«

»Liam...«, sagt Helen warnend und wirft mir gleichzeitig einen entschuldigenden Blick zu, doch ich wehre ab. Ich bin es gewohnt, dass Menschen glauben, als Frau dürfe man sich nichts sehnlicher wünschen, als Babys zu bekommen und eine Familie zu betüdeln, doch bei mir stand bisher beides nicht zur Diskussion. Weder habe ich mir Kinder gewünscht noch die eigene Familie vermisst, doch irgendwie habe ich mit den Jahren auch einen Groll dagegen entwickelt, mich dafür entschuldigen zu müssen.

»Es hat sich einfach nicht ergeben«, sage ich deshalb leichthin. »Trotzdem kann ich mich gut an meine aufmüpfige Jugend erinnern, keine Sorge. Und mein Vater auch, fürchte ich.«

»Das Rebellischste, was ich je getan habe, war, meine Eltern zu verlassen und zu Liam zu ziehen. Aber da war ich bereits achtzehn.«

»Ach ja? Das klingt wirklich romantisch.«

»Das war es«, sagt Liam.

Stille.

Ich blicke von meinem Fisch auf und stelle fest, dass Helen ihren Mann ungläubig anstarrt. Und wie dessen Muskeln sich anspannen, weil er den Blick spürt, ihn aber augenscheinlich nicht erwidern möchte. Ich frage mich, wie es hier an diesem Tisch zugeht, wenn niemand da ist, kein drittes Rad, das den Wagen am Rollen hält. Sprechen die beiden überhaupt noch miteinander? Sie wirken so eingerostet, als würden sie ihre Kommunikationsfähigkeiten nur noch im Notfall verwenden. Als Waffe vermutlich.

22. Helen

Es war der Trockner!«

Elodie platzt in den Laden wie ein Windstoß, bleibt vor der Theke stehen und stützt sich mit beiden Händen auf der Glasplatte ab.

»Keine fünfzehntausend Pfund oder wer weiß wie viel für neue Stromleitungen, keine aufgerissenen Wände, *nur* ein neuer Trockner. Irgendwas ist durchgebrannt, hat die Sicherung ausgehebelt *plus* die Hauptsicherung, was erklärt, weshalb der Strom im ganzen Haus ausgefallen ist. Und«, fährt Elodie mit erhobenem Zeigefinger fort, »die Betonung liegt auf *nur,* weil so ein Gerät natürlich auch Geld kostet, *nur* eben nicht so viel. Das kann ich stemmen. Ich kann etwas umstrukturieren.« Sie hebt die Schulter, an der ihre übergroße Handtasche hängt, womöglich, um mir zu bedeuten, dass sich daran ihr obligatorischer Lebensplaner befindet. »Lieber Himmel«, setzt sie erneut an, »das muss gefeiert werden. Helen, lass uns feiern!«

Ich lächle sie an, während ich mich zur Kühlung herunterbeuge und aus dem hintersten Fach eine kleine Flasche Prosecco ziehe. »Lass uns gleich damit anfangen«, sage ich zu ihr, während ich ihr das Fläschchen und zwei Gläser in die Hand drücke. »Setz dich schon mal, ich mache nur eben die Tische da hinten fertig.«

»Oh, nein.« Nun kommt Elodie um die Theke herum, wo sie sowohl den Prosecco als auch die Gläser wieder

167

abstellt. »Es wird *richtig* gefeiert. Heute Abend. Wir machen uns hübsch, gehen ins Pub und lassen mal richtig die Sau raus.«

»Aber es ist Mittwoch, mitten in der Woche, und ich…«

»Aber du stehst jeden Tag im Café, tagaus, tagein.« Elodie drückt meinen Arm fester. »Komm schon, Helen. Du musst mal raus. Und ich muss abschalten. Und Brandy… keine Ahnung, Brandy geht es prima. Aber sie darf trotzdem mit.«

»Wir waren doch erst im *Kettle 'N' Wink*«, werfe ich ein, höre aber selbst, wie mein Widerstand schmilzt.

»Das ist schon Wochen her.«

»Ja, vermutlich.«

»Also. Gib dir einen Ruck.«

»Hallo? Fräulein? Können wir zahlen?« Ich zucke zusammen, als einer der Gäste durch den Raum ruft, werfe Elodie einen letzten Blick zu und eile zu ihm hinüber. »Ich kann frühestens ab acht«, sage ich ihr. »Ich muss hier klar Schiff machen und…« *Ich könnte mal wieder etwas Neues zum Anziehen gebrauchen,* denke ich. Es ist ewig her, seit ich mir etwas gekauft habe. Und ich weiß nicht, weshalb, aber auf einmal habe ich das Bedürfnis, mich ein wenig mehr um mich zu kümmern, als ich das sonst tue.

Auf einmal. Ich schüttle über mich selbst den Kopf, während ich aus unserer Haustür auf die Chapel Street trete, um mich auf den Weg zu Dorys Boutique zu machen. Ich bin mir ziemlich sicher, mein Bedürfnis, mir etwas Schickes zum Anziehen zu kaufen, hat mehr mit Elodie zu tun als mit allem anderen. Sie blockierte heute Morgen ewig das Bad, und ich war bloß froh, dass Liam schon unten in der Küche zugange war. Sie hat sich stundenlang geföhnt, um ihr Haar dann doch zu einem Pferdeschwanz zu binden, und als ich nach ihr den Raum betrat, lag eine Mischung aus Duschgel und Parfüm in der Luft, wie sie sonst nur Kayla hinterlässt. Wann bin ich so alt geworden, dass ich mich gar nicht mehr darum kümmere, besonders gut zu duften oder meine Haare besonders glatt zu föhnen? Oder so unachtsam?

Ich bleibe vor einem der Geschäfte stehen und betrachte mein Spiegelbild in der Fensterscheibe. Herrje, die Haare. Ich greife hinein, um einige der abstehenden Strähnen zu ordnen, doch ich werde schon etwas mehr benötigen als gute Vorsätze, damit mir das gelingt. Ich sehe mein rundes Gesicht. Meine rundlichen Formen. Für einen Moment schließe ich die Augen, eine Hand an die Wange gelegt, und beschwöre das Bild des Mädchens herauf, das ich einmal war. Das viel zu dünne, drahtige Mädchen mit den schönen Augen und den langen roten Locken. So unbedarft und zurückhaltend und gleichzeitig so neugierig. Unsicher, ja. Aber liebenswert, irgendwie.

Liegt es an mir? Liebt mein Mann mich nicht mehr, weil ich mich selbst nicht mehr mag?

Ich öffne die Augen und gehe weiter. Niemand behauptet, Liam würde mich nicht mehr lieben. Oder doch? Ist es das, was mir mein seit Wochen schlecht gelauntes Unterbewusstsein zu erklären versucht? Dass ich nicht mehr liebenswert bin?

Bei Dory kaufe ich mir ein Kleid. Es ist dunkelgrün, ein leichter Sommerstoff mit kurzen Ärmeln, nichts Besonderes, aber neu. Ich leiste mir passende Sandalen dazu, dann besorge ich mir im Drogeriemarkt eine Pflegespülung für die Haare. Es ist keine Rundumverwandlung mit einem beeindruckenden Vorher-nachher-Effekt, doch als ich mich anderthalb Stunden später vor dem Spiegel drehe, gefalle ich mir, vielleicht zum ersten Mal seit einer Ewigkeit.

Liam sitzt im Wohnzimmer, als ich nach unten komme. Wir verabschieden uns, er sieht kurz auf, doch er scheint mich nicht wirklich zu bemerken. Dann haftet sein Blick wieder auf dem Fernseher.

Ehe ist...

*M*eine Güte, Liam.«

»Was?«

»Du siehst aus...«

»*Du* siehst aus. Schau dich an, Helen. Du bist das schönste Wesen, das mir je unter die Augen gekommen ist.«

Wir flüsterten, damit die Gäste hinter uns nichts von unserer Unterhaltung mitbekamen, genauso wenig wie der Standesbeamte vor uns, der netterweise gerade so tat, als sei er noch mit den Notizzetteln in seinen Händen zugange.

»Du bist so schön«, wisperte Liam gegen meine Lippen, und ein Raunen rumpelte durch die Gästeschar. »Und das Kleid ist ebenfalls nicht übel.«

Ich lachte leise, während ich noch einmal hinuntersah auf den Kilt, den Liam trug. »Ich fasse es nicht, dass du das getan hast. Du siehst phänomenal aus, ehrlich. Ich liebe ihn.«

Liam zuckte mit den Schultern. »Du weißt, was sie darüber sagen... ich meine, was die Schotten drunter tragen?«

Ich lachte lauter, und auch das Raunen hinter uns stieg an.

Liam zog mich an sich und küsste mich ein allerletztes Mal als unverheiratete Frau. »Sag einfach Ja, Weib«, forderte er.

»Ja«, erwiderte ich.

Würde meine Tochter mir mit achtzehn erklären, sie wolle einen Mann heiraten, den sie erst seit einem halben Jahr kannte, vermutlich würde ich sie in den Keller sperren und die kommenden drei Jahre nicht mehr herauslassen. Und Liam – ich bin nicht sicher, wie Liam reagieren würde. Etwas Ähnliches, vermute ich. Denn was wir damals taten, das war etwas ganz anderes, nicht wahr? Es war vorherbestimmt und unausweichlich. Und hätte man uns damals in den Keller verbannt, wir hätten in jedem Fall einen Weg zueinander gefunden.

Ich war schwanger. Wie auch immer es passiert war – die Nachricht erschütterte uns nicht, im Gegenteil. Wir waren überrascht, aber glücklich und vor allem entschlossen: Wir würden heiraten, eine Familie gründen, gemeinsam unsere Zukunft aufbauen. Tagsüber wollte Liam als Surflehrer arbeiten, abends als Koch in einem der Lokale am Hafen. Es war klar, irgendwann würden wir das *Kennard's* von seinen Eltern übernehmen, und bis dahin kochte Liam eben woanders, und ich kellnerte in einem der Hotels oben auf dem Hügel. Zumindest so lange, bis das Baby da war, so hatten wir es jedenfalls geplant.

Doch wie so oft im Leben kam es auch diesmal ganz anders.

Die Hochzeit war wundervoll. Sie fand im Garten des Tregenna Schlosshotels statt, in dem runden Pavillon mit Blick über die Bucht. Mein Vater lachte Tränen über Liams Kilt aus dem Kostümverleih. Meine Mutter erlag seinem Charme auf der Stelle. Sie beide konnten weder mein Fortgang aus Inverness noch meine Schwangerschaft noch meine Hochzeit aus der Ruhe bringen – sie waren einfach zu gelassen, um sich von irgendetwas in Aufregung versetzen zu lassen. Liam scherzte oft, dass er auch gern etwas von dem Gras haben wollte, das meine Eltern rauchten. Und, um ganz ehrlich zu sein, ich hätte nicht hundertprozentig ausschließen können, dass sie es nicht tatsächlich nach wie vor konsumierten. Es muss geradezu grotesk für sie gewesen sein, eine solch vernünftige, beinah biedere Tochter großzuziehen.

Ich verlor das Baby. Was danach kam, ist zu grauenvoll, um mich daran zu erinnern.

Als wir aus dem Schmerz auftauchten, Liam und ich, machten wir da weiter, wo wir aufgehört hatten. Wir arbeiteten, sparten auf ein größeres Heim, träumten von Reisen und einem Leben zu zweit, und irgendwann, wenn wir wieder bereit dazu wären, würden wir auch von der Familie träumen, für die wir längst den Grundstein gelegt hatten.

Einige Jahre lang hatte ich zu viel Angst davor, noch einmal schwanger zu werden.

Als wir uns dazu entschlossen, es wieder zu versuchen, da klappte es nicht.

Viele Jahre lang klappte es nicht.

Aber unsere Ehe, sie hielt das aus. Denn Ehe ist mehr als die Summe gemeinsamer Fantastereien.

23. Elodie

Here's to those who wish us well, all the rest can go to hell.«

»Du sagst es.« Ich nicke Brandy zu und lasse mein Weißweinglas gegen ihren Flachmann klicken. »Nich' lang schnacken, Kopf in' Nacken, wie es bei uns in Deutschland heißt.«

»Nicht überall in Deutschland. Nicht da, wo ich herkomme.«

»Ach nein?« Ich sehe Tom an, der sein Bierglas an die Lippen hebt, den kleinen Finger *nicht* abgespreizt, wie ich enttäuscht feststelle, denn – sind wir doch mal ehrlich – es würde extrem gut zu ihm passen. Wie A-Hörnchen zu B-Hörnchen geradezu. »Ich dachte, der Spruch kommt aus dem Norden, ehrlich gesagt.«

»Tja. Womöglich verbreitet er sich auch nur in gewissen Kreisen.«

Er setzt das Bier wieder ab. Ich stelle mein Weißweinglas daneben und werfe ihm einen Blick zu. *Gewisse Kreise*, klar. Neben mir gibt Helen einen erstickten Laut von sich, und als ich mich zu ihr umdrehe, hält sie sich gerade die Hand vor den Mund, um ihr Lachen zu verbergen.

»Fünf Minuten noch«, sagt Brandy und nickt in Richtung eines nicht sehr großen Podests, auf dem sich gerade ein ziemlich junger, ziemlich magerer Typ daranmacht, ein Mikrofon einzurichten.

»Ich denke, das ist mein Stichwort«, sagt Tom.

»Oh, nein.« Ich greife nach seinem Arm, um ihn daran zu hindern aufzustehen, und er sieht erst auf meine Hand, dann in meine Augen.

Ich lasse ihn los. »Sie haben zugesagt«, erinnere ich ihn.

»Da wusste ich noch nicht, dass ich bei einem Ratespiel mitmachen muss.«

»Das ist ein Pub-Quiz.«

»Es ist in jedem Fall Zeitverschwendung.«

»Na, es ist immerhin nicht Karaoke!«

»Ah, natürlich, es ist nicht Karaoke! Dann muss ich wohl dankbar sein, dass ich meinen Abend in dieser stickigen alten Kneipe verbringen darf, wenn es sich nicht um Karaoke handelt!«

»Verraten Sie mir, was Sie sonst mit diesem herrlichen Abend angestellt hätten? Golfen? Kaffeebohnen zählen? Hemden bügeln?«

Er verdreht die Augen.

»Und was soll an diesem Pub älter und stickiger sein als beispielsweise am *Sloop Inn*?«, fahre ich fort. »Bloß, weil es nicht zur ersten Adresse in St. Ives gehört ...«

»Nicht einmal zur dritten.«

»Aber es gibt nun mal nur hier ein Pub-Quiz.«

»An dem wir warum auch immer teilnehmen müssen.«

»Ich denke, Sie haben einfach Angst, sich zu blamieren.«

Nun legt er den Kopf schief, und sein Blick wird prüfend. Prüfend, aber interessiert. Ich spüre es, gleich habe ich ihn.

»Sie sind ein Snob, de la Chaux, wissen Sie das?«, frage ich. »Der Name ist Programm, nicht wahr? Le nom dit tout.«

»Ich bin nicht snobistischer als Sie, die Sie Ihr Weinglas

mit einem Desinfektionsstift bearbeiten. Sie sehen ziemlich verrückt aus, wenn Sie das machen, das ist Ihnen klar, oder?«

Hier wende ich mich ab und sehe wieder Helen und Brandy an, nur um festzustellen, dass die beiden uns beobachten wie die Zuschauer in Wimbledon ein Tennismatch. Schon wieder.

»Amüsiert ihr euch?«, frage ich, warte ihr Gegacker jedoch nicht ab und nehme stattdessen einen tiefen Schluck aus meinem Glas.

Wann begann das Viktorianische Zeitalter?

Die Autobahn M1 verbindet London mit welcher englischen Stadt?

Aus welchem Roman stammt dieser erste Satz: Nennt mich Ismael?

Wo starb Heinrich der Achte?

Ich habe keine Ahnung, wie diese Pub-Quiz normalerweise funktionieren, doch hier, im *Castle Inn*, ist es ein einziges Bombardement aus schweren Fragen und ein darauf folgendes Brummen an den Tischen ringsherum. Der Quizmaster fragt etwas, die Grüppchen stecken die Köpfe zusammen, um gemeinsam eine Lösung zu beratschlagen, und bevor man noch *hüh* sagen kann, ist schon die nächste Frage an der Reihe.

»Das ist doch Quatsch ohne Antwortmöglichkeiten«, knurre ich, nachdem auch die fünfte Frage an mir vorbeirauscht wie ein Schnellzug auf der Geraden. Ich meine, *welcher Fußballer erhielt im Jahr 2001 den Ballon d'irgendwas*? Woher soll ich das wissen?

»Bestimmt jemand aus Liverpool«, sagt Brandy. »Sind die nicht immer aus Liverpool?«

»Bestimmt könnte Miss Hoffmann uns das sagen, wenn wir ihr nur vier mögliche Antworten zur Auswahl präsentieren würden«, erklärt de la Chaux süffisant. »Also, zum Beispiel – Liverpool, Chelsea, Manchester, Arsenal.«

Ich sehe ihn an. »Witzig.«

»Vielleicht sollten Sie lieber Scrabble spielen.«

»Vielleicht sollten *Sie* lieber Scrabble spielen.«

»Sie denken, das kann ich nicht? Tatsächlich bin ich ziemlich gut darin.«

»Ach ja? Wieso, weil Sie so viele hochtrabende Wörter kennen? Wie exaltiert, blasiert oder... oder...«

»Oder? Zu mehr reicht Ihr Wortschatz nicht?«

»Kinder.« Brandy klopft mit der Handfläche auf die Tischplatte. »Schhh, er liest die nächste Frage vor.«

Welche Band sang Take My Breath Away?

Ah Mann. Das wusste ich mal? Sehnsüchtig schiele ich auf mein Smartphone, das wie die Handys der anderen in der Mitte des Tisches in einer Plastikschüssel vereinsamt.

»*Berlin*«, sagt de la Chaux und wirft mir einen siegessicheren Blick zu. »Die Band heißt *Berlin*. Der Song wurde bekannt durch *Top Gun*.«

»Das war sicher seinerzeit Ihr Lieblingsfilm, oder? *Top Gun*. Aaaah, da hatten Sie noch Träume, richtig?«

»Als *Top Gun* lief, durfte ich noch nicht einmal ins Kino. Ich habe den Film erst viel, viel später gesehen. Ich weiß ja nicht, wie alt *Sie* sind oder die Männer, mit denen Sie sonst so verkehren, aber... ich war erst fünf.«

Einen Augenblick lang sehe ich ihn sprachlos an. Dann erwidere ich: »Ich verkehre überhaupt nicht mit Männern«, und Helen beginnt zu kichern.

»Das ist das beste Pub-Quiz, bei dem ich je mitgemacht habe«, sagt sie, und ich verdrehe die Augen.

»Das glaube ich dir gern, so wie der Typ am Nachbartisch dich anschmachtet.«

»Ach was, du spinnst doch.« Sie schlägt mir mit der Hand auf den Arm, doch sie wird rot dabei, und ich habe immerhin Augen im Kopf. Den ganzen Abend schon hat Helen die Hälfte ihrer Aufmerksamkeit auf den hübschen Australier gerichtet, der in einer Tour unsere Antworten zu stehlen versucht.

Wer war der erste Dr. Who?

»William Hartnell«, schreie ich so laut, dass es das ganze Pub hört, und alle am Tisch brechen in Gelächter aus, Tom de la Chaux am lautesten. Er ist ein guter Teamplayer, wie ich feststellen muss. Und Brandy ist zumindest laut, wenn auch nicht immer auf der richtigen Fährte. Helen ist im Verlauf des Spiels richtiggehend aufgeblüht.

Es ist so ein schöner Abend. Wer hätte das gedacht?

Am Ende gewinnt der Nachbartisch mitsamt des gut aussehenden Australiers namens Shawn, was Helen einen spendierten Cocktail einbringt (Sex on the Beach, was denken sich diese Touristen nur?), und sie es mir überlässt, die Flasche Prosecco zu bezahlen, die ich schon den ganzen Abend über ausgeben wollte.

»Auf euch«, sage ich feierlich, als ich mein Glas hebe und nacheinander mit meinen drei Gästen anstoße. »Und auf das *Peek-a-boo*. Möge es alsbald in seinem alten Glanz neu erstrahlen dürfen!«

Ich trinke. Dann sehe ich verstohlen hinüber zu Tom, und unsere Blicke treffen sich. Er hat angeboten, gleich morgen nach Geschäftsschluss mit den Zimmern weiterzumachen. Er lässt sich nicht davon abbringen, mir zu helfen, er hat sich bislang noch nicht dafür bezahlen lassen, und obwohl er mir nach wie vor nach Kräften zu vermitteln versucht, er könne mich nicht leiden, bin ich mir inzwischen nicht mehr hundertprozentig sicher, ob es auch wirklich so ist. Sicher dagegen ist, dass ich ihn leiden kann. Irgendwie. Mittlerweile. Meine Finger zucken in dem Wunsch, eine neue Liste anzulegen. Tom de la Chaux – Für und Wider. Gleich morgen, denke ich. Gleich morgen früh.

Mai

24. Elodie

Lieber Himmel, das kann unmöglich dein Ernst sein. Der Friedhof? Geht es noch klischeebeladener?« Hinter einem Dutzend Leute stapfe ich den Hügel hinauf, eine schmunzelnde Helen an meiner Seite, während Brandy am vorderen Ende des kurzen Umzugs eine Laterne schwenkt wie bei einer Teufelsaustreibung. Nun. Ohne den Rauch. Oder was auch immer man sonst für eine Teufelsaustreibung benötigt.

»Die Leute bezahlen dafür, dass sie ihnen von den Gespenstern dieser Stadt erzählt, vergiss das nicht.«

»Das werde ich nicht. Sie hat mich ebenfalls abkassiert.«

Helen lacht. »Dann hast du dir ein bisschen Show verdient, oder nicht? Sie macht das wirklich gut.«

»*Das* glaube ich sofort.«

Es ist ein steiles Stück Weg, das wir vom Hafen hinauf zum *Barnoon Cemetery* zurücklegen. Der alte Friedhof schmiegt sich an den Hügel wie das Meer an die Felsen, oberhalb der Tate-Galerie und mit Blick auf Porthmeor Beach und den Ozean dahinter. Tagsüber ist er ein Ort voll wilder Romantik und beliebtes Fotomotiv, auch das meiner Kamera. Nachts dagegen – *nachts dagegen* nicht so sehr. Es ist gleich halb zehn, die Sonne ist vor mehr als einer halben Stunde untergegangen, und der wolkenverhangene Himmel taucht die Küste in ein düsteres

Licht. Der Wind wird stärker, je näher wir dem Eingang des Friedhofs kommen. Als wir das Tor passieren, steuert Brandy zielstrebig querfeldein auf die alten, windschiefen Gräber zu.

»Genau«, murmle ich. »Warum auch auf dem dafür vorgesehenen Weg bleiben.«

»Damit eine Städterin in falschen Schuhen nicht ins Stolpern gerät?«

Er sagt es in dem Augenblick, in dem ich an einem Buckel in der Wiese hängen bleibe, und weil ich mich zusätzlich erschrecke, falle ich ihm quasi in die Arme, während ich »De la Chaux!« rufe und: »Was machen Sie hier?«

»Wenn ich es nicht besser wüsste, würde ich annehmen, Sie haben an meinem Nachnamen Gefallen gefunden, so oft, wie Sie ihn aussprechen, aber ich weiß es besser.«

»Wenn ich es nicht besser wüsste, würde ich annehmen, Sie stalken mich, aber auch *ich* weiß es besser.« Ich bemühe mich, zu den anderen aufzuschließen, die etwas unterhalb der Kapelle inmitten schräg stehender Grabsteine stehen geblieben sind. So. Ich stelle mich neben Helen. Tom de la Chaux stellt sich neben mich.

»Hiiieeer«, beginnt Brandy mit Unheil verkündender Grabesstimme. »Hiiieeer liegt sie irgendwo begraben, die Lady mit der Laterne, die vor vielen endlosen Jahren ihr Kind verlor und seitdem keine Ruhe findet.«

Ich bleibe ganz still und blinzle gegen den Wunsch an, mit den Augen zu rollen, denn irgendwie bewundere ich Brandys Gabe, aus einer kleinen Legende ein Gruselmärchen zu machen.

»Die Geschichte beginnt vor langer, längst vergangener Zeit, und zwar hier, vor der Küste unseres schönen Städt-

chens, an einem rauen, stürmischen Abend wie diesem.«
Brandy macht eine Pause, sie blickt aufs Meer hinaus,
dessen eisblaue Wellen sich drohend in Richtung Küste
schieben. Wind bläst und wirbelt unsere Haare durcheinander. Sein Brausen vermischt sich mit dem Rauschen
des Meeres unter uns, und ich bekomme Gänsehaut, was
ich mit einem missmutigen Grummeln kommentiere.

»In dieser Zeit waren Küste und Dörfer besonders oft
von Stürmen gebeutelt worden, doch nie so heftig wie an
jenem Tag: Die Sonne war gerade dabei unterzugehen, als
der Wind sein gefährliches Spiel aufnahm, er fegte böse
gegen die Klippen, wirbelte die Gischt nach oben und
formte einen Nebel, undurchdringlich wie eine Wand. Die
Schiffe hatten Mühe, das Licht des Leuchtturms zu erkennen, und sie kämpften sich durch die Schaumkronen, um
rechtzeitig in den sicheren Hafen zu kommen. Indes...«
Hier macht Brandy eine bedeutsame Pause, während sie
von einem der Teilnehmer zum anderen blickt, »einem
Schiff gelang es nicht. Es wurde zum Spielball des Meeres, hüpfte und schaukelte auf den unbarmherzigen Wellen, sein Knarzen und Stöhnen ein sicheres Zeichen dafür,
dass es dem Druck des Sturms nicht mehr lange standhalten würde.«

Wider besseres Wissen hänge ich an Brandys Lippen,
und wider jegliche Wahrscheinlichkeit bilde ich mir ein,
vom Strand her Geräusche wahrzunehmen, ein Ächzen
über dem Schlagen der Wellen, verzweifelte Rufe über das
tosende Wasser hinweg. Ich schüttle den Kopf. Das müssen die Möwen sein.

»Wie macht sie das?«, raune ich Helen zu, und diese
flüstert die Antwort: »Das fragt sich jeder. Entweder sie
hat großes Glück bei der Inszenierung ihrer Geschichten,

oder sie ist tatsächlich eine Geisterbeschwörerin. Wetten tendieren zu Letzterem.« Sie zwinkert mir zu. Ich ziehe beide Brauen in die Höhe, bevor ich meine Aufmerksamkeit wieder Brandy zuwende. Dunkelheit kriecht mittlerweile über den Friedhof, von den Rändern her über unsere kleine Gruppe hinweg, den Hang hinunter. Mich fröstelt. Ich kann es kaum fassen, dass sie mich wirklich dazu bringt, mich zu gruseln. Vor allem jetzt, wo ich mich im *Peek-a-boo* einigermaßen eingerichtet und sogar herausgefunden habe, dass die maulende Myrte tatsächlich in meiner Toilette wohnt, jedoch gänzlich harmlos ist: Der alte Hebel im Spülkasten hat den heulenden Ton verursacht, immer dann, wenn frisches Wasser in den Kasten lief und ihn dabei nach oben drückte. Ich meine, es gibt nach wie vor Geräusche in diesem Haus, oh ja, nicht zu knapp, doch inzwischen habe ich mich schlicht davon überzeugt, dass sie dazugehören. So ist es nun mal. Das alte Cottage hat viel zu erzählen, ob man es nun hören möchte oder nicht.

»*Krrrrk* machte es«, schreit Brandy, und ich und einige mehr kreischen auf vor Schreck. Neben mir beginnt de la Chaux leise zu lachen, und ich schlage ihm reflexartig mit der Hand auf den Oberarm.

»Au.«

»Hmpf.«

»Das Boot kämpfte gegen die Wellen«, fährt Brandy düster fort, »doch viel kam dabei nicht heraus. Die Segel zerfetzt, die Masten ein Windspiel der Böen, warf es Männer über Bord wie alten toten Fisch.« Ein erneuter Blick in die Runde, unheilvoll und wissend. »Im Hafen machten sich mutige Fischer bereit, den Schiffbrüchigen aus den Fluten zu helfen. Sie beeilten sich, um so viele wie möglich in ihre Boote zu schaffen, denn der große Kahn sank bereits, seine Crew schon halb mit ihr. Eine Gestalt jedoch – sie gehörte nicht zu den Seemännern und Matrosen... Es war eine Frau, die plötzlich an Deck des sinkenden Schiffs erschien – eine Frau in einem weißen Kleid, mit einem Säugling in ihrem Arm. Einer der Seeleute wollte ihn ihr abnehmen, das Kind sicher in eines der rettenden Boote herablassen, doch die junge Frau weigerte sich, es herzugeben.«

Wieder legt Brandy eine Pause ein, und ich nicke ihr auffordernd zu, um sie zum Weitersprechen zu bewegen, was Tom de la Chaux neben mir ein erneutes Kichern entlockt. »Wer hätte gedacht, dass Sie für Gutenachtgeschichten empfänglich sind«, flüstert er so dicht an meinem Ohr, dass sich meine Gänsehaut verstärkt – warum auch immer.

»Dass Sie das für eine Gutenachtgeschichte halten, spricht Bände über Ihre Kindheit.«

Diesmal lacht er lauter, und einige Köpfe drehen sich nach uns um.

Brandy räuspert sich. »Die junge Frau, verunsichert und in Panik um ihr Kind, wurde an einem Seil ins Wasser hinuntergelassen, gemeinsam mit ihrem Baby. Doch beim Eintauchen in die Fluten verlor sie das Bewusstsein. Der Kälteschock, wie es später hieß.« Brandy schwenkt ihre Laterne über die Gesichter der Anwesenden. »Die Fischer unten im Boot wussten nichts von einem Säugling, als sie die Frau aus dem Wasser zogen, die Arme leer. Sie suchten nicht nach ihm. Als die junge Mutter am nächsten Morgen erwachte, erfuhr sie vom Tod ihres Kindes.«

»Aaaaaah«, raunt die Gruppe. »Oh, nein«, wispert jemand.

»Sie starb kurz nach ihrem Kind, das Herz von Trauer

gebrochen. Und sie wurde begraben auf diesem Friedhof, womöglich genau da, wo wir jetzt stehen.«

Als ich bemerke, dass ich eine Hand auf mein Herz gelegt habe, lasse ich sie schnell wieder sinken. *Diese Brandy.* Zu viel *Nebel des Grauens* gesehen, so viel steht fest.

»Seither«, fährt die Geisterbeschwörerin fort, »ist die junge, unglückliche Frau in dem weißen Kleid, die einst den Tod ihres Säuglings verschuldete, den Menschen erschienen, wieder und wieder. Einige beobachteten, wie sie über die Mauer des Friedhofs kletterte, auf dem Weg hinunter zum Strand. Andere sahen sie genau dort, wie sie über den Sand lief, zwischen den Felsen, auf der Suche nach ihrem Kind. In besonders stürmischen Nächten trägt sie eine Laterne mit sich, die ihr den Weg leuchtet. Wer *die Lady mit der Laterne* an einem solchen Abend erspäht, kann sicher sein, es wird ein Sturm kommen, heißt es.«

Für einige Sekunden ist es still auf dem Friedhof, so still, wie es an einem windigen Abend auf einem Hügel an der Küste eben sein kann. Dann beginnt Helen zu klatschen. Ich denke, sie kennt den Drill und weiß, was sie tut, also stimme ich mit ein. Brandy steht dort vorn, schwenkt ihre quietschende Leuchte und verbeugt sich hoheitsvoll. »Lasst uns nun hinunter zum Strand gehen, wo der Geist eines Pferdes nach seinem Reiter sucht. Hat jemand zufällig eine Taschenlampe dabei?«

Ich lasse beinahe mein Handy fallen, als Brandy Letzteres in die Menge ruft – sie röhrt es geradezu –, und ich fühle mich auf frischer Tat ertappt, dabei habe ich nur kurz nach der Uhrzeit sehen wollen.

»Elodie!«

Ich zucke zusammen.

»Hast du nicht so eine kleine Lampe an deinem Schlüsselanhänger?«

»Äh…« Ich fixiere sie mit zusammengekniffenen Augen. Sie weiß sehr wohl, dass ich neuerdings eine kleine Taschenlampe an meinem Schlüsselanhänger spazieren trage, sie hat sie ja selbst dort befestigt. Ich gebe einen grummelnden Laut von mir.

»Bravo. Und Tom? Bei Ihnen… oh, Sie haben sie bereits eingeschaltet, na wunderbar. Dann bleibt ihr beide bitte gemeinsam am Ende der Gruppe, um von hinten den Weg zu leuchten, und ich gehe mit meiner Laterne voran.«

»Äh, von hinten… *was?*« Ich sehe Helen nach, die sich grinsend den anderen anschließt. Taschenlampe. *Zufällig.*

»Von hinten leuchten«, beantwortet Tom de la Chaux meine rhetorische Frage, und ich seufze, während wir nebeneinander in Gleichschritt fallen und ich meinen Schlüssel hervorkrame, um hinter den anderen her zu leuchten. Selten habe ich etwas Unsinnigeres getan, aber ich weigere mich, es so zu sehen. Wenn ich es nämlich so sehen würde, müsste ich annehmen, Brandy hätte uns absichtlich hier ans Ende der Schlange gesteckt, Tom und mich, aus welchen Gründen auch immer. Ich sollte sie zur Rede stellen. Ja, das sollte ich wirklich. Will sie mich etwa verkuppeln? Ich meine, mit ihm? De la Chaux? Ausgerechnet?

»Wie kommen Sie eigentlich zu dem Ding?«, frage ich. »Haben Sie es auch nicht übers Herz gebracht, ihr zu sagen, dass jedes Smartphone heute eine Taschenlampenfunktion hat?«

»Doch, das habe ich.« Er malt mit dem superkleinen Lichtstrahl seiner Lampe superkleine Schlangen auf den Boden. »Woraufhin sie mir erklärte, es habe rein gar nichts mit Technik zu tun, Erleuchtung zu finden.«

Von der Seite werfe ich ihm einen Blick zu, den er mit hochgezogenen Brauen erwidert. »Was? Wundern Sie sich darüber, was dieser Frau so alles über die Lippen kommt? Sie ist Ihre Freundin!«

»Darum habe ich nichts gesagt.«

»Aha!«

»Hm.«

Wir gehen dicht nebeneinander her, Arm an Arm quasi, und für den Moment schweigen wir. Was nicht unangenehm ist. Ich muss gestehen, ich habe mich mit der Zeit daran gewöhnt, mich in Tom de la Chaux' Nähe wohlzufühlen, wie und wann auch immer das passiert sein mag. Nun ja. Schwer zu erraten ist das eigentlich nicht. Er war so oft da in den vergangenen Wochen seit dem Beinahe-Stromkabel-Supergau, dass ich mir das *Peek-a-boo* kaum mehr ohne ihn vorstellen kann. Die drei Gästezimmer sind so gut wie fertig – die Wände gestrichen, die Teppichböden herausgerissen, Holzdielen und Fensterrahmen abgeschliffen, neu lackiert, sogar die Fliesen in den Bädern habe ich gestrichen, eine Übergangslösung, bis ich Zeit und Geld aufbringen kann, sie neu zu kacheln. Das alles wäre ohne Toms Anleitung nicht möglich gewesen, nichts davon – und obwohl ich vieles allein gemacht habe, bis er abends zu mir stieß, weiß ich nicht, wo ich ohne ihn wäre. In Frankfurt vermutlich. Und ich weiß nach wie vor nicht, wieso er das tut, weshalb er seine komplette Freizeit in meinem kleinen, alten Cottage verbringt, in meiner Gesellschaft.

Verstehen wir uns inzwischen besser? Ich bin nicht sicher. Doch die Liste, die ich vor einigen Wochen begonnen habe, ist mittlerweile ziemlich lang.

Pro Tom de la Chaux
- guter Handwerker
- hilfsbereit
- guter Kaffee
- schlagfertig
- schwarzhumorig
- amüsanter Gesprächspartner
- zuverlässig
- uneigennützig
- fairer Mitspieler
- isst gern und anständig

Kontra Tom de la Chaux
- unverschämt
- snobistisch
- eitel
- schlagfertig
- schwarzhumorig
- beschäftigt mich zu sehr
- viel zu sehr

Ich bin so in meine Gedanken vertieft, dass ich beinahe einen Herzstillstand erleide, als Brandy urplötzlich herumwirbelt, die Laterne ein gespenstischer Lichtpfeil vor ihrem Körper, die Stimme dröhnend, um auf das Grab irgendeines weiteren spukenden Engländers aufmerksam zu machen.

»Aaaah!« Ich lasse meinen Schlüssel samt Taschenlämpchen zu Boden fallen vor Schreck, während ich zur Seite springe, Tom quasi in die geöffneten Arme, und dort für einige Augenblicke pochenden Herzens verweile. Über die Leute hinweg schnappe ich Brandys laternenbeleuchtetes Gesicht auf – sie schmunzelt. *Hexe*. Dann atme ich tief ein, drücke mich von Tom weg, ohne ihm in die Augen zu sehen, und bücke mich nach meinem Kram.

Später am Abend liege ich auf dem alten Sofa im Salon und lausche den bereits erwähnten Geräuschen des Hauses. Selbst Brandys Horrorgeschichten über tote Reiter und tote Pferde, über Prostituierte, die Pub-Gästen Streiche spielen, und Gassen, in denen nachts das Klagen der Verstorbenen zu hören ist, können mich nicht davon überzeugen, dass im *Peek-a-boo* Gespenster am Werk sind. Mittlerweile habe ich Mäuse in Verdacht. Seit Kurzem scharrt und fiept und schleift es, ich weiß nicht. Ich hoffe, dass es ruhiger wird, wenn ich ins Dachgeschoss ziehe, aber ehrlich, ich bezweifle es.

Ich lege mich auf den Rücken und starre an die Decke, auf die Muster aus Licht und Schatten, die die Straßenlaterne vorm Haus und die Vorhänge gleichermaßen kreieren. Meine Gedanken wandern zu Per. Per, der mich nach wie vor anruft, wenngleich nicht mehr ganz so häufig wie zu Beginn. Der sich nicht davon irritieren lässt, dass ich nicht abhebe. Der immer wieder Textnachrichten verfasst, die mich zur Weißglut treiben, weil er so felsenfest davon überzeugt ist, ich würde zu ihm zurückkehren. Ich würde ihn noch lieben. Als gäbe es überhaupt noch irgendetwas zwischen uns beiden, worüber es sich zu texten lohnt.

Der das immer noch tun kann, weil ich nach wie vor meine Nummer nicht geändert habe. Weil ich ihn auch nicht blocke. Weil ich es offenbar nicht ertragen kann, nichts von ihm zu hören.

Tom de la Chaux macht mich ebenfalls wahnsinnig, nur nicht auf die gleiche Weise. Zu Beginn hat er mich wütend gemacht mit seiner Ignoranz und Überheblichkeit, dann mit seinen Dreistigkeiten und nun – nun macht es mich verrückt, dass ich nicht weiß, ob er in all seiner Stoffelei mit mir flirtet oder nicht, ob ich will, dass er mit mir flirtet oder nicht, ob ich nicht von allen guten Geistern verlassen bin, statt sie, wie Brandy, um mich zu scharen.

Ich ziehe die Decke über den Kopf und schließe die Augen. Ich werde es herausfinden müssen, bevor ich gänzlich den Verstand verliere, nur nicht heute.

Morgen ist auch noch ein Tag.

Von Ehefrauen und Affären

Das Problem daran, *die andere Frau* zu sein, ist vor allem der Gewissheit geschuldet, dass man es tatsächlich ist: die andere, die zweite, die, zu der sich nie jemand öffentlich bekennt, die nie mit jemandem ein Zuhause teilen wird, die keine Aussicht auf ein Familienleben hat, auf eine Zukunft oder auch nur darauf, Hand in Hand zu gehen an einem Ort, an dem es egal ist, auf Freunde oder Kollegen zu treffen, weil es allgemein bekannt ist, dass man zueinander gehört. Per und ich, wir gehörten nie zueinander, das ist mir inzwischen bewusst geworden. Wenn er zu mir kam, dann immer nur für ein paar Stunden, immer hinter vorgehaltener Hand, vorgeschobener Arbeit, immer in der Angst, entlarvt zu werden.

Die *andere Frau* ist die, die nachts allein zwischen den zerwühlten Decken eines Hotelzimmerbetts liegt und sich fragt, ob es das alles wert ist. Nichts ist einsamer als das. Nichts ist bedauernswerter als diese Frau, die dem Einrasten des Türschlosses lauscht, die Handfläche auf das noch warme Laken gepresst, das schon bald die gleiche Kälte ausstrahlen wird wie die, die sich um ihr Herz gelegt hat.

Ging es nur um Sex? Ich möchte gern glauben, dass es nicht so war – doch was weiß ich schon? Ob er mich geliebt hat? Gesagt hat er es. Habe ich ihn geliebt? Davon war ich überzeugt. Dass er seine Frau verlassen würde, kam niemals zur Sprache. *Ob* er sie verlassen würde, habe ich niemals gefragt. Im Nachhinein jedoch muss ich mir die Fragen stellen, für die ich damals zu feige war: Warum hat er sie nicht verlassen? Weshalb habe ich ihn nie dazu gebracht, es mir zu erklären?

Was ich seither sicher weiß? Seit ich die Geliebte eines verheirateten Mannes war? Die Worte *Ich liebe dich* bedeuten gar nichts. Leidenschaft bedeutet *gar nichts*. Ehrlichkeit ist das Einzige, das wirklich zählt. Und am Ende ... am Ende bleibst nur noch du selbst.

25. Helen

Hast du gewusst, dass er mit ihr Möbel kaufen gegangen ist? Er hat seinen Laden drei Stunden früher geschlossen, um mit ihr nach Plymouth zu fahren.« Ich werfe Brandy einen *Was-sagst-du-dazu-Blick* zu, doch sie nippt ungerührt an ihrem Tee.

»Ich habe ein gutes Gefühl, was die beiden angeht«, erklärt sie. »Sie sind wie ein Garten, durch den eine frische Brise weht – es knistert und raschelt im Gebüsch, wenn du verstehst, was ich meine.«

Ich lache laut auf, während ich mich auf den Weg zu einem der Tische im hinteren Teil mache, um Geschirr abzuräumen und nach weiteren Wünschen zu fragen.

Es ist nicht sonderlich viel los heute Morgen. Ein Dienstagvormittag, strahlend schön und verheißungsvoll, ein Tag, den man am Hafen oder am Strand verbringt und nicht in einem Café in zweiter Reihe.

»So kann man es auch nennen, wenn sich zwei in einer Tour in den Haaren liegen«, sage ich zu Brandy, als ich mich später zu ihr setze.

»Was sich neckt, das liebt sich, ist schon immer so gewesen.«

»Das würde ich so nicht unterschreiben.«

»Nein?«

»Bei Liam und mir ist es nicht so gewesen«, erkläre ich. »Wir waren immer sehr harmonisch, von Anfang an eigentlich. Wir sind beide nicht besonders streitlustig. Nie gewesen.« Bis jetzt, denke ich. Bis jetzt.

Brandy sieht mich nachdenklich an. »Man weiß nie, wen das Schicksal wann zusammenführt und warum. Liam und du, ihr wart füreinander bestimmt. Sonst würde eure Ehe nicht schon so lange bestehen. Sonst würdet ihr euch nicht so ansehen, wie ihr es tut.«

Ich blinzle überrascht. »Wie sehen wir uns denn an?«

»So, als sei der eine der Lebensmittelpunkt des anderen. So, dass wenn der eine in Schieflage gerät, es der andere auch tut.«

Damit bringt Brandy mich zum Schweigen. Ich klappe den Mund zu und lasse den Blick prüfend über die Gäste schweifen, bevor ich mein Erstaunen so weit überwunden habe, dass ich sie wieder ansehen kann.

»Bist du denn sicher, dass Elodie bereit ist für eine neue Beziehung?«, frage ich, um das Thema wieder in sicherere Gefilde zu lenken. »Ich meine, das mit ihrem Chef ist noch nicht allzu lange her, oder? Womöglich hat sie erst einmal die Nase voll von Männern. So wirkt sie jedenfalls auf mich. So, als würde sie sich überhaupt nicht dafür interessieren, jemanden kennenzulernen. Ganz abgesehen davon, dass dieser Per sie offenbar nicht gehen lassen möchte«, füge ich hinzu. »Er schreibt ihr andauernd Textnachrichten. Und er ruft immer noch regelmäßig an.«

»Wirklich?« Inzwischen ist Brandy bei ihrem abschließenden Keks angelangt. »Davon habe ich gar nichts mitbekommen.«

»Sie ignoriert ihn ja auch die meiste Zeit.«

»Hmmm.« Brandy steht auf und greift nach ihrem Parka. »Sie wird entscheiden, wann sie wofür bereit ist. Ich kann nur sagen, was ich beobachte: dass Tom de la

Chaux' Abneigung gegen Elodie Hoffmann bloß gespielt ist.«

»Denkst du das wirklich?«

Sie nickt.

»Aber warum sollte er das tun?«

»Was weiß ich? Für diese Spiele ist man offenbar nie zu alt.« Sie zuckt mit den Schultern, dann wühlt sie einige Zeit in den zahllosen Taschen ihres Parkas, bevor sie etwas herauszieht und mir in die Hand drückt. Es ist ein Lippenstift. Edel verpackt, in Schwarz und Gold, mit der Aufschrift eines teuren Designerlabels darauf.

»Was ist das?«

»Ein Lippenstift. Der hat deinem neuen Kleid noch gefehlt, fand ich.«

Ich blicke von Brandy zu der kleinen Schachtel und wieder zurück. Mir war nicht klar, dass ihr aufgefallen ist, dass das Kleid neu war, an besagtem Abend hat niemand etwas erwähnt. Überhaupt liegt das Pub-Quiz schon mindestens zwei Wochen zurück.

»Danke«, murmle ich schließlich. Und: »Lass mich den bitte bezahlen. Ich weiß, die Marke ist teuer.«

»Eh, eh, eh.« Brandy schüttelt den Kopf. »Lass mich einfach ein bisschen Farbe in dein Leben bringen, alles klar?« Ich blinzle Brandy nach, denn sie ist bereits durch die Tür verschwunden. Dann gehe ich für einen kurzen Moment in den Toilettenraum und trage Lippenstift auf.

26. Elodie

Okay, das war das letzte Paket, oder? War es das letzte? Bitte, es soll das letzte gewesen sein.« Ich lehne das in braunen Pappkarton eingeschlagene Regalteil an den Türrahmen und lasse mich auf den Boden im Gang sinken. »Aah«, stöhne ich. »Ich fühle meine Beine nicht mehr.«

»Sie sind fürchterlich unfit, wissen Sie das? Und womöglich auch ein bisschen faul.«

»He, ich laufe beinahe jeden Morgen!«

»Den Spaziergang den Hügel hinauf? Das würde ich nicht gerade Extremsport nennen.«

Ich blicke zu Tom auf, und er wird tatsächlich rot. Woher weiß er, dass ich auf dem Wanderweg jogge?, frage ich mich, doch mit einer Handbewegung in Richtung Bodenbelag wechselt er das Thema.

»Womöglich werden Sie sich an den Tag erinnern, an dem Sie sich auf diesem Teppich Läuse geholt haben. Ehrlich – wir haben das halbe Haus renoviert, und hier müssen Sie sich hinsetzen?«

Er sieht so angewidert aus, dass ich lachen muss. »Mon dieu, qu'es-ce qu'il est susceptible. Ehrlich, Sie sind mehr *Monk,* als ich es je sein könnte.«

»Monk?«

»Wie der Typ in der Fernsehserie? Der für alles Handschuhe verwendet, um mit nichts und niemandem in Berührung zu kommen? Um sich nicht zu infizieren? Warten

Sie, was ist der? Bazillophob? Bacteriophob? Mysophob? Alles auf einmal?«

Tom sieht sich in dem schmalen Flur um. »Wenn ich *dergleichen* wäre, hätte ich dieses Haus nie betreten dürfen, oder?«

Bevor ich protestieren kann, grinst er mich an, dann streckt er mir seine Hand entgegen, und ich lasse mir von ihm aufhelfen. Und dann ... dann hält er meine Hand fest, einen Tick zu lange.

»Ähm ...«

Wie in Zeitlupe lösen wir uns voneinander. In das nachfolgende Schweigen hinein räuspert er sich. »Ich sollte den Transporter zurückfahren.«

»Ich komme mit.«

»Das ist überhaupt nicht notwendig. Es reicht, wenn einer von uns das macht.«

»Aber ich möchte es. Und wie ich Sie kenne, werden Sie mich nicht dafür zahlen lassen wollen, und das kommt überhaupt nicht infrage. Das Mindeste, was ich tun kann, ist, diesen verflixten Transporter zu bezahlen und Sie anschließend zum Essen einzuladen.«

Tom sieht mich an. Und er sieht aus, als würde er noch etwas sagen wollen, doch dann lässt das Klingeln meines Handys uns beide zusammenfahren. Es spielt *Fuck You* von Lily Allen, und diesmal bin ich diejenige, die errötet.

Tom hebt eine Augenbraue und mustert mich ausdruckslos. Ich klicke das Gespräch weg, wie so oft in diesen Tagen.

Gemeinsam bringen wir den Wagen zurück zur Autovermietung. Ich denke, ich werde mit dem netten Herrn von Ace-Cars ein Abonnement abschließen müssen, denn es stehen noch einige Fahrten an. In dem Möbelhaus etwas außerhalb von Plymouth, das Tom und ich heute besucht haben, konnte ich mich nur für das Nötigste erwärmen: ein paar schlichte Badmöbel für jedes der drei Gästezimmer sowie mein Dachstudio. Einige Läufer, ebenfalls für die gefliesten Räume. Einfaches weißes Geschirr, dazu Besteck und solche Dinge wie Kerzen, Servietten, Tischdecken. Eierbecher. Das Größte und Teuerste, das wir heute erstanden haben, waren drei Queen-Size-Betten inklusive Matratzen: robuste, aus weißem Holz gefertigte Rahmen und dazu gute Auflagen, die in den kommenden drei Wochen geliefert werden sollen. An die Summe, die ich in dem Geschäft gelassen habe, möchte ich im Augenblick gar nicht denken, denn natürlich, da kommt noch mehr auf mich zu. Ich brauche Möbel – Kommoden, Nachttische, Kleiderschränke, eventuell Regale –, doch die möchte ich unbedingt woanders suchen, in den kleinen Vintage-Läden nämlich, die es hier in Cornwall gibt. Jedes der drei Zimmer soll seinen eigenen Charme bekommen und seinen eigenen Stil. Ich weiß, ich habe nicht ewig Zeit dafür, und doch möchte ich nichts übereilen. Dann sind die Zimmer anfangs eben noch ein bisschen karg und funktional. Deshalb sollen sie dennoch nicht aussehen wie aus einem Katalog für ein Mitnahmemöbelhaus.

»Worüber grübeln Sie nach?«, fragt Tom, als wir den Transporter übergeben haben und zurück in den Ort schlendern. Es ist noch keine achtzehn Uhr, St. Ives versinkt in diesem ganz besonderen Abendlicht, Möwen kreisen hoch am Himmel.

»Darüber, dass ich ewig hier leben könnte«, sage ich, weil ich es gerade so empfinde und weil es der Wahrheit entspricht.

»Nun, das ist der Plan, oder?«, antwortet er. »Sonst würden Sie kaum diesen alten Kasten restaurieren.«

»Es ist kein alter Kasten«, protestiere ich, denn je mehr Zeit und Arbeit ich hineinstecke, je mehr sich das *Peek-a-boo* aus seinem staubigen Mantel schält, umso lieber gewinne ich es. Es sieht beinahe aus wie ein Zuhause. Fast. »Und man könnte meinen, nicht ich renoviere das Haus, sondern Sie.«

Er antwortet nicht. Ich seufze. »Ich hoffe, das alles lohnt sich irgendwann«, sage ich. Ich bete inständig, dass mir nicht das Geld ausgeht – nicht, bevor die kleine Pension eine Chance hatte, sich zu bewähren. Bislang hat Tom noch keinen Penny von mir genommen, aber auch das dulde ich nicht. Wenn er keine Scheine und Münzen von mir nimmt, dann ja womöglich Kost und Logis, sobald eines der Zimmer fertig ist.

»Tom.«

»Elodie?«

Mitten auf der Straße bleibe ich stehen. Ein Auto fährt heran und hupt, als ich mich nicht von der Stelle bewege, und schließlich zieht mich Tom auf den Gehsteig und vor eine kleine Mauer, die die Straße von einem Abhang trennt. Von hier oben hat man einen unglaublichen Blick auf das Meer und Porthminster Beach, doch das ist nicht das, was mich zum Staunen bringt.

»Ich glaube, Sie haben noch nie meinen Namen gesagt.« Ich starre Tom an, und er starrt zurück.

»Was wollten Sie mich fragen?«

»Warum Sie das alles tun«, antworte ich heiser. Ich räuspere mich. »Seit Wochen verbringen Sie fast jeden Abend mit mir in diesem Haus – *wieso?*«

Er blinzelt. Und während er mich anschweigt, betrachte

202

ich sein Gesicht. Es ist wahr – Tom de la Chaux ist der Mensch, mit dem ich im vergangenen Monat die meiste Zeit verbracht habe, dessen Züge mir inzwischen vertrauter sind als die von Brandy oder Helen. Als die von Per, der mehr und mehr vor meinem inneren Auge verblasst. Der Gedanke an ihn lässt mich die Stirn runzeln. Es ist so viel schiefgelaufen in unserer Beziehung, von Beginn an. Die Heimlichkeiten. Der Umstand, dass es zwei Jahre gedauert hat, zwei Jahre Geheimnisse, Lügen, Betrug. Der Gedanke an diese Zeit lässt mich denken: nie wieder. Wenn ich noch einmal eine Beziehung eingehe mit einem Mann, dann wird sie auf Ehrlichkeit beruhen, auf Offenheit. Es wird keine Mauscheleien geben und keine Unwahrheiten. Bloß – bin ich dafür schon bereit? Bin ich imstande, mich auf einen neuen Mann einzulassen, auf eine neue Beziehung? Und woher weiß ich, welcher Mann der Richtige für mich ist und ob der all das ganz genauso sieht?

Ich starre immer noch, und Tom, der mir weder geantwortet noch mein stummes Studium seines Gesichtes unterbrochen hat, öffnet auf einmal den Mund. Und dann ... dann passieren gleich mehrere furchtbare Dinge auf einmal.

»Danke«, rufe ich, bevor Tom auch nur irgendetwas äußern kann. Ich greife nach seinen Armen, stütze mich darauf ab, während ich mich auf die Zehenspitzen stelle, »Danke für deine Hilfe« sage und mich vorbeuge, meine Lippen auf dem Weg zu seiner Wange, um einen Kuss darauf zu drücken, als er zurückweicht, mit den Beinen gegen die kniehohe Mauer stößt, den Halt verliert und mit rudernden Armen rückwärts darüber stolpert und auf den Boden fällt.

»Aaah«, stöhnt er.

Entsetzt halte ich mir die Hand vor den Mund, während ich zu ihm hinuntersehe: Er ist ungebremst auf dem Rücken gelandet, die Beine in die Luft gestreckt, und hält sich einen Arm über die Augen, wie um mich nicht ansehen zu müssen.

»Es geht gleich wieder«, sagt er gequält, »ich muss nur erst Luft bekommen.«

»Oh, Gott.« Ehrlich: *Oh, Gott.* Auf einmal stürzen Männer sich lieber einen Abhang hinunter, als sich von mir küssen zu lassen?

Schamesröte steigt mir ins Gesicht, so heiß, dass sich auf meinen Wangen ziemlich sicher ein Ei braten ließe. Doch ich schüttle sie ab. Die Scham und die Unsicherheit. Dann klettere ich über die Mauer, um Tom aufzuhelfen.

»Sorry, das...«, beginne ich, aber ich weiß ehrlich nicht, wie der Satz weitergehen soll, weshalb ich Tom dankbar bin, als er sagt: »Meine Schuld. Ich hätte besser aufpassen müssen.« Damit lächelt er mich an, steigt über die Mauer zurück auf die Straße, streckt mir seine Hand hin, die ich nehme, doch sobald ich auf seine Seite des kleinen Walls geklettert bin, lässt er sie los.

»Also, was wollen wir essen?«, fragt er. »Fisch? Oder Burger? Da unten ist ein guter Laden, *Blas Burgerworks.*« Er deutet die Straße hinunter und macht sich auf den Weg, ohne auf mich zu warten.

Hat er tatsächlich nicht bemerkt, dass ich ihn habe küssen wollen? Oder überspielt er es nur, um mich nicht in Verlegenheit zu bringen? Nicht noch mehr, wenigstens. Doch dann ruft er: »Kommst du?«, und mir ist klar, dass es Letzteres sein muss, denn bis vor zwei Minuten waren wir noch nicht per Du.

Die Röte, die sich allmählich aus meinem Gesicht verflüchtigen wollte, kehrt mit einem Schlag zurück. Zum Glück fällt Tom de la Chaux das gar nicht auf. Bis ich mich zusammenreiße, um ihm zu folgen, hat er schon ein paar Dutzend Meter Sicherheitsabstand zwischen uns gebracht.

27. Elodie

Schhh, du musst leise sein, sonst hörst du es nicht. Es kommt von da hinten aus der Ecke, glaube ich.«

Tom und ich stehen in der Mitte des Dachstudios, die Hände in die Hüften gestemmt, die Augen zu Schlitzen geformt, die Ohren gespitzt. Nichts ist zu hören, außer einem Wagen, der unten durch die Gasse rumpelt und dessen Bremsen alle paar Meter ein kreischendes Geräusch von sich geben. Touristen, denke ich. Nicht gewöhnt an schmale, steile Sträßchen.

Ich gehe hinüber zu den drei schrägen Dachfenstern und schließe bedauernd die frische, nach Meer duftende Frühlingsluft aus.

»Okay!« Tom hat einen Zeigefinger in die Luft gereckt und den Kopf zur gegenüberliegenden Wand geneigt, dorthin, wo ein Teil der Schräge verkleidet worden ist, um Platz für Möbel zu schaffen: Ein niedriges, weiß gebeiztes Bücherregal steht dort und mein seit heute aufgebautes, ultrabequemes Boxspringbett. Sehnsüchtig blicke ich es an, während Tom darauf zusteuert und an seinem Kopfende zerrt.

»Hey!«

»Wir müssen es noch mal abrücken, ich habe den Eindruck, das Geräusch kommt genau von dort.« Er schiebt das Bett ein Stück von der Wand weg, dann bleibt er abermals stehen und lauscht in die Stille. Ein Schaben ist zu hören. Oder ein Ziehen – so genau lässt sich das Geräusch nicht festmachen. Dann ein Fiepen, leise, aber eindeutig.

»Ich schwöre, wenn ich jetzt noch den Kammerjäger rufen muss, flippe ich aus«, brumme ich, doch Tom bedeutet mir mit dem Zeigefinger, leise zu sein. Ich grummle innerlich weiter. Das *Peek-a-boo* beginnt gerade erst, heimelig zu werden. Die Möbel, die wir vergangene Woche in Plymouth gekauft haben, sind aufgebaut, dazu habe ich einige Schmuckstücke in der Nähe von Hayle aufgespürt – eine Kommode für eines der Gästezimmer, einen antiken Spiegel mit verziertem Rand, zwei niedrige Hocker, insgesamt vier Nachttische und drei Ohrensessel, die ich allerdings in einem Polstermöbelgeschäft erstanden habe und die erst in ein, zwei Wochen geliefert werden. Und dann natürlich dieses schmucke, liebenswerte Regal, das Tom in diesem Augenblick ebenfalls abrückt. Er kniet auf dem Boden und lehnt ein Ohr an die Wand. Ich starre auf seine Wange – die Wange, die ich vor etwa einer Woche zum Dank habe küssen wollen – und bin froh, dass das Thema genauso unter den Teppich gekehrt wurde wie die Tatsache, dass wir uns ursprünglich einmal gar nicht so gern leiden mochten und uns mittlerweile benehmen wie BFFs. *Best friends forever.*

Wie ist es möglich, dass zwei nicht gerade unattraktive Singlemenschen, die sich augenscheinlich immer besser verstehen und ganz offensichtlich ein paar Gemeinsamkeiten haben (allein, neu in der Stadt, et cetera, et cetera) von der Abneigungs- in die Freundschaftszone springen, ohne auch nur einen Gedanken an das dazwischen zu verschwenden? Also – nicht dass ich scharf auf Tom de la Chaux wäre, du lieber Himmel! Doch so gar nicht in Betracht gezogen zu werden, das knabbert an meinem Ego, ob ich will oder nicht.

Okay, ich will nicht.

Tom klopft gegen die Verkleidung. Sie klingt hohl. »Ich fürchte, wir müssen da reinschauen«, sagt er.

»Reinschauen? Aber wie... *was?*« Auf einen Schlag stehe ich wieder hellwach im Hier und Jetzt.

»Ich gehe davon aus, dass sich hinter dieser Verkleidung ein Hohlraum verbirgt und was auch immer diese Geräusche verursacht, sich dort eingenistet hat.«

»*Eingenistet?*«

Mein Gesicht muss derart angewidert aussehen, dass Tom zu lachen beginnt. Er klopft noch einmal die Wand ab. Dann steht er auf, um hinunterzugehen und Werkzeug zu holen, wie er sagt.

Ich setze mich auf die Bettkante. Es ist so absurd: Ich verbringe im Augenblick mehr Zeit mit diesem Mann als mit jedem anderen Menschen, der nicht mein Partner oder Liebhaber war. Und wenn die Betten in zwei Wochen geliefert werden, wird er hier einziehen – was noch viel absurder ist.

»Tut mir leid, dass wir dein neues Reich hier oben jetzt wieder in eine Baustelle verwandeln müssen«, sagt er, als er zurückkehrt, »aber ich fürchte, es hilft nichts.«

»Wie soll sich denn etwas da eingenistet haben, wenn dieser Teil des Raums schon seit Ewigkeiten abgetrennt ist?«, knurre ich mehr, als dass ich es sage.

Tom zuckt mit den Schultern. »Das werden wir gleich wissen.« Und dann fährt er mit dem Spatel, mit dem er schon Kleberreste vom Boden gekratzt hat, zwischen Wand und Verkleidung entlang, um eines der Bretter zu lösen.

»Oh mein Gott.« Mit beiden Händen verdecke ich meine Augen, um durch einen winzigen Fingerspalt hindurchzusehen.

»Was auch immer dahinter ist, sollte da besser nicht länger wohnen«, sagt Tom.

»Was, wenn es eine Kolonie Spinnen ist?« Es schüttelt mich allein beim Gedanken daran.

»Spinnen…« Tom bearbeitet weiter den Wandverschlag und hat nun bereits ein kleines Eckchen Spanplatte gelöst. »Interessanter Gedanke. Spinnen, die fiepen wie Mäuse, sind vermutlich eine neue Gattung in Cornwall. Könnte dich und das *Peek-a-boo* über Nacht berühmt machen.«

»Nein danke.« Ich verschränke die Arme vor der Brust.

»Okay, sehen wir nach.« Tom lässt den Spatel fallen und greift stattdessen mit beiden Händen nach der Ecke der Verkleidung, um sie ruckartig wegzureißen. Durch den Spalt wird ein Stück Dachschräge sichtbar, dunkel, schmutzig, staubig und voller Krabbeltiere, wie ich annehme, und ich bekomme prophylaktisch Gänsehaut. Währenddessen steckt Tom den Kopf durch den schmalen Schlitz. Zieht ihn wieder heraus, kramt seinen Schlüssel aus der Hosentasche, sieht abermals durch den Schlitz.

»Tom…« Allein vom Zusehen bekomme ich Herpes.

Er klickt die Taschenlampe an und leuchtet in den Verschlag. Ins rechte Eck – »Oh, Shit.« Dann ins linke. Dann… »Aaah.« Ein schrilles Kreischen, und er zuckt zurück.

»TOM!«

»Alles okay!« Er wirft einen zweiten Blick ins hinterste Eck des Verschlags, dann knipst er die Taschenlampe aus und dreht sich zu mir um. Hinter ihm fiept es aufgebracht, lauter und heftiger denn je.

»Was zum Teufel…«, beginne ich, doch er unterbricht mich.

»Im Dach ist ein Loch. Ich bin nicht sicher – womöglich ist auch hier die verstopfte Regenrinne schuld, und die Nässe hat etwas mehr Schaden angerichtet. Und durch dieses Loch...« *Fiep, fiep, fiep, fiep.* Tom zieht die Augenbrauen hoch. »Durch dieses Loch hat sich offenbar eine trächtige Katze gepresst, die da hinten in der Ecke ihre Babys großzieht.«

»Wie bitte?« Ich starre Tom an. Und zum ersten Mal wird mir klar, dass die Geräusche durchaus nicht zwangsläufig von Mäusen oder Ratten stammen müssen, es könnten allemal auch kleine Katzenbabys sein. »Ach, du lieber Himmel!«

Tom steht auf, und ich schiebe mich an ihm vorbei, um einen Blick hinter die Wandverkleidung zu werfen.

»Warte, ich leuchte gegen die Decke, dann siehst du sie.«

Erneut kniet er nieder, dicht neben mir, und während ich weiter in die Dunkelheit starre, illuminiert das Licht seiner Taschenlampe einen dunklen Teil der Dachschräge, aus dessen Ecke mich zwei zusammengekniffene grüne Augen anfunkeln und ein paar spitze weiße Zähne. Erst nach und nach schält sich der Umriss der schwarzen Katze heraus und der von kleinen, wuseligen Fellknäueln, die um sie herumstolpern. »Ach, du lieber Himmel«, wiederhole ich.

»Herzlichen Glückwunsch«, raunt Tom in mein Ohr. »Du bist Vielfach-Omi geworden.«

»Quatschkopf.« Rückwärts krabble ich ein Stück zurück und stehe auf. »Sollten wir einen Tierarzt rufen?«

»Womöglich. Wer weiß, was das Vieh für Krankheiten anschleppt.«

»Vieh? Das ist ein verängstigtes Kätzchen, das ihre Babys beschützen will.«

Tom rollt mit den Augen. »Wie hieß noch mal der Typ, der dein Dach repariert hat?«

»Chase.«

Er nickt. »Du solltest ihn bitten herzukommen, um dieses Loch hier zu stopfen.«

»Ja, ja«, murmle ich geistesabwesend, während ich mein Handy aus der Gesäßtasche ziehe, um Helen anzurufen. Sie geht nicht ans Telefon. Brandy besitzt kein Handy. Ich überlege, ob ich schlicht nach einem Tierarzt googeln soll, da sagt Tom: »Ich gehe rüber ins *Sloop* und frage den Wirt, okay? Aber ich bin mir nicht sicher, ob heute noch ein Arzt Sprechstunde hat. Es ist Sonntag.«

»Mist, daran hab ich nicht gedacht.«

»Vielleicht gibt es einen Notdienst.«

»Ist das denn ein Notfall?«

»Es könnte einer werden, falls du da reinkrabbelst, um Dutzidu mit kleinen tollwütigen Biestern zu spielen.«

Diesmal ist es an mir, die Augen zu verdrehen. »Es ist gar nicht bewiesen, dass sie krank sind.«

»Noch nicht.« Damit schließt er den Deckel zu seinem Werkzeugkoffer und macht sich auf den Weg nach unten.

»Tom?«

»Ja?« Er bleibt stehen und dreht sich zu mir um.

»Wer sie findet, darf sie behalten.«

Letztlich kommt an diesem Abend kein Tierarzt mehr vorbei. Stattdessen opfere ich eines meiner Handtücher und schiebe es mit einem Schürhaken in die Nähe der fauchenden Katzenmama, bevor ich je eine Schüssel mit Milch und eine mit Thunfisch auf die gleiche Weise dorthin manövriere. Als Nächstes klemme ich mir meine Daunendecke, die ich bereits auf mein gerade aufgebautes Bett drapiert hatte, unter den Arm, schließe die Tür hinter mir und mache mich auf den Weg ins Wohnzimmer, wo ich eine weitere Nacht verbringen werde. Vielleicht hat die Katze bis morgen durch das Loch im Dach Reißaus genommen, denke ich. Dann kuschle ich mich auf mein provisorisches Bett, an das ich mich schon gewöhnt habe, und lausche den Geräuschen im Haus, die mir inzwischen so vertraut geworden sind.

28. Helen

*K*atzen?« Brandy sieht Elodie an, als habe die ihr gerade eröffnet, sich ein Ankertattoo auf den Oberarm stechen lassen zu wollen.

»Was hast du erwartet?«, gibt Elodie zurück. »Den Geist der Großmutter der Lady mit der Laterne?« Sie verdreht die Augen. Brandy gibt einen unzufriedenen Laut von sich.

»Etwas weniger Triviales hätte es auch getan«, brummt sie, und alle drei müssen wir lachen. Ich sehe Elodie an. Sie trägt ein ärmelloses T-Shirt und kurze Jeansshorts und hat die Beine auf der Holzbank ausgestreckt, auf der sie sitzt, den Blick aufs Meer und die Bucht von St. Ives gerichtet.

»Mmmmh«, seufzt sie. »Warum waren wir nicht schon früher hier?«

Es ist Montag und mein gefühlt erster freier Nachmittag seit Monaten, und der Kiosk am Porthminster Beach ist haargenau der richtige Ort, um diesen herrlich sonnigen Tag ausklingen zu lassen.

Elodie fragt: »Ist es zu früh für ein Glas Weißwein?«, und Brandy und ich antworten das Obligatorische: »Irgendwo ist es sicher schon fünf Uhr.« Sie kauft Wein für sich und mich, Wasser und Chips für alle, und gemeinsam genießen wir den Moment an diesem wunderbaren Ort an diesem wunderbaren Tag. Wir seufzen quasi im Kanon.

»Also«, beginnt Brandy schließlich von Neuem. »Die Katzen. Lass uns erst über die Katzen sprechen und dann über dein seltsames Verhältnis zu einem gewissen Franzosen.«

Elodie stöhnt. »Er ist kein Franzose. Und da gibt es gar nichts, *weniger* als nichts zu erzählen.«

»Sagte der Wolf zum Rotkäppchen und biss ihm den Kopf ab.« Brandy greift in ihre Tüte mit Salz-&-Essig-Chips.

»Also, es sind sechs Katzen«, erklärt Elodie, während sie sich aufrechter hinsetzt und der famosen Aussicht den Rücken kehrt. »Eine große und fünf kleine. Der Tierarzt meinte, sie seien knapp vier Wochen alt. Sie müssen um die Zeit auf die Welt gekommen sein, als ich anfing, im Haus Schritte zu hören.«

»Schritte«, wiederholt Brandy. »Eine Katze macht aber keine Schritte.«

»Aber eine Katze, die durch ein Loch im Dach raus- und reinhüpft, erzeugt womöglich Geräusche, die sich *anhören* wie Schritte – wenn man eben nicht mit hopsenden Katzen rechnet.«

»Was meinte der Tierarzt? Sind sie gesund?«, frage ich.

»Ja.« Elodie nickt. »Ganz so einfach war das allerdings nicht – die Mutter der Kleinen ist geradezu eine Furie, wenn es um ihre Babys geht. Dr. Drazen hat sich einige Kratzer abgeholt, während er die Kätzchen untersucht hat. Und dann noch ein paar mehr, als er sich die Mutterkatze selbst angesehen hat. Mich wundert, dass sie nicht längst Reißaus genommen haben. Aber die Mama hockt da, in einem Eck meiner Wohnung quasi, mampft das Futter, das ich ihr hinstelle, und faucht mich an, sobald ich nur eines ihrer Kitten ansehe. Es ist, als wüsste sie genau, dass es ihr besser geht mit dem Fressen und dem Karton mit den Handtüchern und dem Wasser und so weiter, aber sie duldet mich mehr in ihrer Nähe, als dass sie sich darüber freut.«

»Es ist eine Katze.« Brandy wirft Elodie einen entgeisterten Blick zu. »Was erwartest du von einer *Katze*? Eine Dankeschönparty?«

»Nun…« Elodie wendet sich wieder dem Strand zu und legt erneut die Beine auf die Bank. »Ich muss einfach sehen, wie es weitergeht. Ich kann sie schlecht vor die Tür setzen.«

»Du könntest sie ins Tierheim bringen«, schlage ich vor.

»Ich weiß nicht.« Elodie sieht mich zweifelnd an. »Dort gibt es so viele Tiere, die können sich unmöglich um alle kümmern. Und ich habe Zeit. Und den Platz. Und wenn es so weit ist, will Dr. Drazen mir dabei helfen, die Katzenkinder in gute Hände zu vermitteln.«

»Ah, das würde Kayden gefallen«, sage ich. »Er mag Tiere.«

»Und Kayla nicht?« Brandy sieht mich überrascht an.

»Kayla würde sie vermutlich braten, wenn sie überhaupt was essen würde.«

Elodie lacht. »Immerhin arbeitet sie heute für dich im Café, oder? Das macht sie doch zumindest im Ansatz menschlich.«

»Sie lässt sich das teuer bezahlen, glaub mir. Umsonst ist nichts bei diesem Wesen.«

»Schick sie mir jederzeit vorbei, dann werde ich mittels fiepender Babykätzchen ihr steinernes Herz erweichen«, bietet Elodie an.

»Das mache ich. Und wenn du ihr bei dieser Gelegenheit noch mitteilen könntest, dass es schön wäre, wenn ihre Jeansshorts ihren Hintern bedecken würden?« Ich nicke in Richtung von Elodies Schenkel, der mit ausreichend Stoff bedeckt ist – was meiner vierzehnjährigen Tochter dieser Tage nicht recht zu gelingen scheint.

Elodie lacht. »Alles klar. Ich werde es unauffällig einfließen lassen.«

Brandy gibt einen ungeduldigen Laut von sich, bevor sie sich erneut zu viele Chips in den Mund stopft. »Du prokrastinierst«, sagt sie – jedenfalls denke ich, dass sie das sagt, sie nuschelt zu sehr. »Was ist mit dem Franzosen? Sind ihm deine Shorts kurz genug?«

»Er ist kein Franzose«, wiederholt Elodie. »Und meine Shorts gehen ihn gar nichts an.« Dann reißt sie ihre Chipstüte auf und schweigt.

»Okaaay...« Brandy wirft mir einen aufmunternden Blick zu, und ich verdrehe die Augen. Ich schwöre, diese Frau benimmt sich manchmal alberner als Kayla, ich meine – was sind wir? Teenager? Wenn Elodie ihre Beziehung zu Tom de la Chaux für sich behalten möchte, dann sollte sie das dürfen, oder etwa nicht? Ich sage genau das laut, und diesmal wirft mir Brandy keine Blicke zu, sondern Chips in die Haare. *Teenager.* Ich sagte es bereits.

Elodie, die in einem Tempo kaut, in dem andere Leute verhungern, dreht sich abermals in unsere Richtung und legt die Ellbogen auf den Tisch. »Es gibt keine Freundschaft zwischen Mann und Frau, richtig?«, fragt sie. »Ich meine, der Sex steht immer zwischen ihnen, habe ich recht? Also, nicht der Sex. Nicht *immer* Sex. Sagen wir, sexuelle Bereitschaft? Die Bereitschaft, das andere Geschlecht als das wahrzunehmen, was es ist? Das andere Geschlecht?« Sie sieht von mir zu Brandy und wieder zurück. »Richtig?«

Ich linse zu Brandy hinüber. Die setzt einen nachdenklichen Gesichtsausdruck auf. »Ich war einmal mit einem Mann befreundet«, beginnt sie. »Mitte der Sechziger war das. Wir hatten uns auf einem Konzert kennengelernt, in Liverpool, glaube ich, und soweit ich weiß, war er der Cousin einer Freundin einer Freundin.«

»Ah.« Elodie runzelt die Stirn.

»Er war ein äußerst netter Kerl«, fährt Brandy fort, »wir waren ein paarmal aus und hatten verdammt viel Spaß.« Sie kramt in ihrem Parka und zieht ihren Flachmann hervor.

»Also«, beginnt Elodie zögernd. »Das war's? Ihr habt euch auf einem Konzert kennengelernt, euch angefreundet und … und dann was?«

»Dann sind wir im Bett gelandet.«

»Gut, also … okay.«

»Erzählt man sich zumindest«, fährt Brandy fort, »denn ehrlich gesagt, ich kann mich nicht wirklich erinnern. Aber, wie heißt es so schön: Wer sich an die wilden Sechziger erinnern kann, war nicht dabei.« Sie nimmt einen Schluck aus ihrer Flasche und grinst.

»Das war nicht sonderlich hilfreich«, stelle ich fest. Ich sehe Elodie an. »Das heißt also, ihr seid Freunde? Du und Tom?«

»Wir sind von der Ich-kenne-dich-nicht-aber-ich-kann-dich-nicht-leiden-Phase direkt in die Freundschaftsphase übergegangen, ja.« Elodie nickt. »Keine Ahnung, wie das passieren konnte«, fährt sie fort. »Ich meine, die meiste Zeit über konnte ich ihn ehrlich nicht ausstehen, mit dieser arroganten Attitüde und seinem Snobismus. Dann entscheidet er sich auf einmal, sich um hundertachtzig Grad zu drehen und mir beim Renovieren des *Peek-a-boo* zu helfen, und bämm! – Best buddys.« Sie nimmt einen großen Schluck Weißwein.

Brandy und ich schweigen. Also spricht Elodie weiter. »Ich meine, ich bin auch gar nicht zum Flirten aufgelegt. Das mit Per … es ist noch nicht so lange her, und wer weiß, ob ich überhaupt jemals wieder einen Mann möchte. Aber deshalb muss man vor einem harmlosen Kuss von mir, auf die Wange noch dazu, nicht gleich eine Böschung hinunterspringen, oder etwa doch?«

»Du hast ihn *geküsst*?« Brandy sitzt auf einmal kerzengerade da. »Und dann hat er sich eine *Böschung heruntergestürzt*?«

Elodie verzieht das Gesicht. Dann erzählt sie uns von dem Moment, in dem sie Tom de la Chaux zum Dank einen Kuss auf die Wange drücken wollte, er voller Entsetzen ausgewichen und mit den Knien an einer niedrigen Mauer hängen geblieben ist, die ihn rückwärts zu Fall brachte.

»*Das* hätte ich gern gesehen«, sagt Brandy mit leuchtenden Augen.

»Brandy«, sage ich tadelnd, »das ist doch nicht lustig. Vermutlich war Elodie absolut peinlich berührt.«

Elodie nickt. »Vermutlich.«

»Und dann?«, fragt Brandy. »Was ist dann passiert?«

»Dann«, sagt Elodie, »wurde das Thema nie wieder erwähnt.«

»Mmmmh.«

»Mmmmh.«

Wieder legt sich Schweigen über unsere kleine Gruppe, und während ich vor meinem inneren Auge rekonstruiere, wie Tom de la Chaux auf mich wirkt, insbesondere wenn er mit Elodie zusammen ist, wirft die untergehende Sonne lange Schatten über den Strand, als wollte sie ihn zudecken für die Nacht.

»Ich denke nicht, dass er vor deiner Annäherung geflohen ist«, sagt Brandy. »Womöglich ist er nur genauso verhalten darin wie du, wenn es darum geht, einem anderen Avancen zu machen.«

»Oder«, werfe ich ein, »er hätte dich unglaublich gerne selbst geküsst, hat dann aber Angst vor seiner eigenen Courage bekommen.«

»Pffff«, macht Elodie. »Nach allem, wie er sich so gibt, kann er von Playboy über homosexuell alles sein, denn wir wissen rein gar nichts über ihn. Er könnte verheiratet sein!«

»Wäre das denn ein Hinderungsgrund für dich?« Der Satz ist einfach aus mir herausgeplatzt, und als Elodie mich daraufhin verblüfft ansieht, werde ich rot. »Ich meine…«

»Das wäre allerdings ein Hinderungsgrund«, sagt Elodie. »*Gott.*«

»Tut mir leid«, murmle ich. »So habe ich es nicht gemeint.«

»Natürlich hat sie es nicht so gemeint«, kommt mir Brandy zu Hilfe. »Immerhin ist sie selbst verheiratet, und doch scheint sie im Augenblick diejenige von uns dreien zu sein, die noch am meisten flirtet.«

»Wie bitte?«

»Tu nicht so unschuldig«, sagt Brandy. »Was war denn mit dem Australier beim Pub-Quiz, dem du heimlich unsere Antworten zugesteckt hast? Shaaawn?«

»Ja, genau«, sagt Elodie mit einem versöhnlichen Lächeln. »Was war denn mit Shaaawn?«

Dankbar lächle ich zurück, bevor ich murmle: »Vermutlich wollte er nur die richtigen Antworten aus mir herauskitzeln.«

»Selbstverständlich«, sagt Brandy. »Und dann wollte er *dich* kitzeln.«

»Brandy!«

Elodie lacht, und ich werde rot. Was die beiden nicht wissen – weil ich es ihnen nicht erzählt habe –, ist, dass besagter Australier, der aus Perth stammte, tatsächlich mit mir geflirtet hat. Und dass ich mich in diesem neuen Kleid und den sorgfältig frisierten Haaren auf einmal besser gefühlt habe als seit Monaten. Und ich mochte ihn. Er war ein charmanter, gut aussehender Mann, mit einem ansteckenden Lachen und Grübchen in beiden Wangen. Surfer. Immer diese Surfer. Beinahe muss ich lachen. Ich bin jetzt dreiundvierzig Jahre alt und von einer Bikinifigur entfernter denn je, doch dieser Typ Mann ist scheinbar immer noch der, der mich am meisten anzieht.

Was natürlich absoluter Quatsch ist.

Ich greife nach meinem Glas und verstecke mich dahinter. Shawn hat mich nicht angezogen, um Himmels willen. Es war nett, sich mit ihm zu unterhalten und ein wenig zu lachen während des Pub-Quiz, doch mehr war da nicht. Ich würde mich niemals auf einen anderen einlassen als auf Liam, nicht mal für einen Flirt, und sei er noch so harmlos.

»Helen?«

»Hm? Oh, Verzeihung.«

Brandy sieht mich erwartungsvoll an, während Elodie das Gesicht verzieht.

»Wie war die Frage?«

»Hast du nicht auch den Eindruck, dass Tom de la Chaux Elodie ansieht, als wäre er an ihr interessiert? Ich meine, nicht nur an ihrer Freundschaft, sondern auch an ihrem Körper?«

Elodie lässt ihre Stirn auf die Tischplatte sinken. »Neiiiiin«, stöhnt sie.

Ich tätschle ihr mitfühlend den Kopf. »Wenn ich es mir recht überlege«, beginne ich nach einigen Sekunden Bedenkzeit, »dann würde ich sagen, Tom de la Chaux sieht Elodie wenn möglich gar nicht an − was auf mich wiederum den Eindruck macht, als wolle er betonen, dass kein Interesse besteht, was eigentlich nur bedeuten kann, dass er welches hat.«

Elodie hebt den Kopf. »Er sieht mich doch dauernd an. Wir sehen uns andauernd.«

»Mmmh«, macht Brandy nachdenklich, »ich denke, was Helen meint, sind eher die Augenblicke, in denen er sich von dir unbeobachtet fühlt«, sagt sie. »Momente wie beispielsweise im *Kennard's*, wenn du beim Frühstück sitzt und er an der Theke ansteht. Er sieht zu dir herüber und dann gleich wieder weg.« Sie wirft Elodie einen triumphierenden Blick zu.

»Ja, aber das war zu einer Zeit, in der wir noch gar nicht miteinander gesprochen haben«, wirft sie ein.

»Er meidet es, dir länger als nötig in die Augen zu sehen«, wiederholt Brandy unbeirrt. »Helen, höchstwahrscheinlich hast du da eine äußerst wertvolle Beobachtung gemacht!«

»Aaaah«, macht Elodie und drückt mit den Fingern gegen ihre Schläfen. »Ich würde jetzt gern das Thema wechseln, wenn es euch nichts ausmacht. Noch Wein, Helen?«

Ich sehe auf die Uhr. Viertel vor sechs. »Ich sollte Kayla beim Zusperren helfen«, sage ich, »leider. Es war ein so schöner Nachmittag.«

»Ja, das war es«, stimmt Elodie zu. »Das müssen wir unbedingt wiederholen.«

»Aber jetzt musst du vermutlich *unbedingt* los, um dich mit einem gewissen Franzosen zu treffen, habe ich recht?«

»Ich würde mir kaum noch ein Glas Wein holen, wenn ich *unbedingt* losmüsste, um irgendwen zu treffen«, sagt Elodie, doch sie wird rot dabei. »Tom wollte mich später hier abholen. Wir fahren nach Penzance, da gibt es einen Shop für Tierfutter und -zubehör, und ...«

»Aaaah«, macht Brandy, »seht euch die zwei an. Jetzt spielen sie schon Familie.«

Elodie schlägt mit ihrer Chipstüte nach Brandys Arm, aber die lacht nur.

»Wie eine Hyäne«, erklärt Elodie, während ich aufstehe und sie um den Tisch herumkommt, um mich in den Arm zu nehmen.

»Mach's gut, meine Liebe. Hab einen schönen Abend. Wir sehen uns morgen zum Frühstück.«

»Das werde ich vermissen«, sage ich zu ihr, während wir uns voneinander lösen. »Wenn dein B&B erst mal läuft, hat es sich wohl ausgefrühstückt.«

»Vermutlich werden die Leute ins *Kennard's* flüchten, um meinem verbrannten Toast zu entkommen – inklusive mir.«

Wir verabschieden uns voneinander. Ich mache mich auf den Weg nach oben zur Straße, und dann sehe ich mich noch einmal nach meinen Freundinnen um.

Ich weiß nicht viel darüber, wie Brandy gelebt hat, bevor sie nach St. Ives kam, oder welches Verhältnis Elodie tatsächlich zu ihrem verheirateten Freund hatte. Doch eines, das weiß ich ganz sicher: Familie kann man nicht spielen. Das wäre zu einfach.

29. Helen

Mann, das wird echt Zeit, es ist schon gleich sechs.«
Kayla fährt mich an, sobald ich den Laden betrete, während sie ihr Telefon in der Gesäßtasche ihrer Shorts verschwinden lässt.

»Genau«, sage ich, »gleich sechs. Ich bin absolut rechtzeitig dran.«

Ich schiebe mich an ihr vorbei, hinter die Theke, nehme meine Schürze und binde sie um, dann gehe ich zu den zwei besetzten Tischen und mache die Kunden darauf aufmerksam, dass wir in ein paar Minuten schließen. Als ich mich umdrehe, ist Kayla verschwunden.

Die Arbeiten der nächsten Stunde erledige ich roboterhaft: Ich räume Geschirr in die Spülmaschine, wische die Wachsdecken ab, stelle die Stühle hoch, putze den Boden. Anschließend gehe ich in die Küche und mache im Prinzip das Gleiche, diesmal gemeinsam mit Alfie: Geschirrspüler einräumen, Arbeitsflächen säubern, Boden wischen. Das alles macht mir nichts aus, im Gegenteil. Die Stunde, die ich nach Caféschluss im Laden und hier hinten beim Aufräumen verbringe, ist beinahe eine Art Meditation für mich. Ein Handgriff folgt dem anderen. Als ich schließlich nach oben in die Wohnung gehe, duftet es nach dem Essen, das Liam in der Küche warm gemacht hat, und die Stimmen der Zwillinge, laut und aufgebracht, hallen von der anderen Seite des Flurs herüber.

»Hey.« Ich trete an Liam heran, und dann tue ich etwas, das ich lange nicht getan habe: Ich umfasse ihn von hinten, schlinge beide Arme um seinen Körper und drücke meine Wange an seine Schulter.

»Hey.« Für einen Moment hält er inne. »Wie war der Nachmittag?«

»Traumhaft. Ich war mit Brandy und Elodie beim Kiosk am Strand.«

»Mmmh.«

Ich stelle mich auf die Zehenspitzen, um ihm einen Kuss auf die Wange zu drücken, erwische jedoch nur die Stelle, wo Nacken und Schulter sich treffen. Liam fragt: »Hast du was getrunken?«, und ich rücke stirnrunzelnd von ihm ab.

»Ein Glas Wein.«

Er ist gerade dabei, sich ein Bier einzuschenken, und ich verstehe die Frage nicht. Womöglich ist das so in einer Ehe: Man kritisiert den anderen, oft sogar ohne Worte, nur mit Lauten oder Gesten oder Blicken, und zwar für Dinge, die den Gedanken daran überhaupt nicht wert sind. Oder vielleicht kritisiert man diese Dinge auch überhaupt nicht. Vielleicht erwähnt man sie nur, weil … nun. Eben. Ich verstehe die Frage nicht. Ich sollte aufhören, jeden Satz und jede Geste zu analysieren, denke ich. Und dann denke ich, ich sollte womöglich damit anfangen, den Dingen auf den Grund zu gehen.

»Wieso fragst du?« Denn möglich ist auch, dass er meine Berührung infrage stellt, meine Umarmung. Dass er sie auf den Alkohol schiebt.

»Hm?« Liam nippt an seinem Bier. Sieht so aus, als habe er das Gespräch von eben schon wieder vergessen. Zwei Sekunden, nachdem es stattgefunden hat.

»Wieso fragst du, ob ich getrunken habe?«

»Oh.« Er runzelt die Stirn. »Du riechst nach Alkohol.«

»Und? Du auch, schätze ich.«

Woraufhin sich die Falten noch tiefer in seine Stirn graben, bevor er sagt: »Was ist jetzt schon wieder los? Darf ich nicht mal mehr eine harmlose Frage stellen?«

Doch, haucht die Stimme in meinem Kopf. Das darfst du. Aber schöner wäre es gewesen, du hättest dich einfach umgedreht, mich umarmt und mir gesagt, wie schön es ist, dass ich wieder zu Hause bin.

Ich spüre, wie Tränen in mir zu brennen beginnen, hinter den Lidern, in meinem Hals bis hin zu meinem Brustbein. Ich wende mich ab, ohne dass Liam es bemerkt, und flüchte ins Badezimmer.

30. Elodie

Sie wird das nicht annehmen, oder? Wir werden sie nie aus dieser Ecke herauslocken können.«

Mit in die Hüften gestemmten Händen steht Tom vor dem Verschlag und sieht nachdenklich auf die Öffnung, durch die erneut aufgeregtes Katzenfiepen zu uns nach draußen dringt. Der Tierarzt hat die Verkleidung noch weiter aufgebrochen, sehr viel weiter, sodass nun Licht in die Ecken fällt und ich die Futternäpfe nicht mit dem Schürhaken verschieben muss. Nur noch eine Spanplatte – etwa einen Meter breit – ist geblieben, hinter der die Katzenfamilie sich geschützt fühlen kann, davor hat Tom ein etwa kniehohes Brett gelehnt, das nun als eine Art Kindersicherung fungiert, damit die Kleinen nicht aus dem Verschlag krabbeln. Wir haben ein Katzenklo aufgestellt, Futter- und Wassernäpfe sowie ein Katzenbett, das wir beide nun anstarren. Es ist mit weißem Plüsch bezogen, die Unterseite aus stabilem Korb, in dem sich die Tierchen wunderbar in eine andere Ecke des Hauses transportieren ließen, damit wir hier oben arbeiten können. Denn eines steht fest: Das Loch im Dach muss schleunigst repariert werden, bevor noch mehr Feuchtigkeit eindringt. Und bevor die Verkleidung nicht wieder an Ort und Stelle gebracht wurde, werde ich auch nicht hier oben einziehen, selbst wenn der Verschlag auf den ersten Blick spinnenfrei wirkt.

»Lass uns ein paar von diesen Leckerlis auf dem Plüsch

verteilen«, schlägt Tom vor, »damit können wir die Große vielleicht ködern.« Er bückt sich, kramt ein Tütchen aus der Kiste mit unseren Einkäufen hervor und schüttet ein paar Knuspertaschen in den Korb, unter den zusammengekniffenen Augen von Cruella De Vil, wie ich die Katzenmama inzwischen getauft habe. »Wann will Chase Bellamy kommen, um das Dach zu reparieren?«

»Er sagt, das sei in einem Tag erledigt, und ich solle ihm rechtzeitig Bescheid geben, wenn es hier passt.«

»Eventuell sollten wir die Katzen dann doch zu ihrem Umzug überreden«, sagt Tom.

»Du meinst, anfassen? Dieses kleine Biest?«

»Der Tierarzt hat es auch getan.«

»Der Tierarzt ist auch ... der Tierarzt.«

»Was schlägst du also vor? So lange warten, bis die Kleinen Abitur haben und von allein ausziehen?«

Für einen Augenblick starren wir einander an, dann brechen wir beide in Gelächter aus. Was ... sich irgendwie fremd anfühlt. Tom lacht, sieht auf den Boden, dann wieder zu den Katzen. Und ich muss daran denken, was Helen gesagt hat: dass er mich, wenn möglich, gar nicht ansieht, was bedeuten könnte, dass er es eigentlich umso lieber tun würde.

Ich knie mich auf den Boden und betrachte Cruella, die in ihrer angestammten Ecke kauert, und die fünf fiependen Fellknäuel, die sich um sie herumdrängeln. »Wenigstens frisst sie«, sage ich schließlich.

»Und sie faucht nicht mehr aus Prinzip.«

Ich stehe auf.

»Du solltest Chase bitten, dir in diese Schräge einen Schrank einzubauen«, sagt Tom. »So kannst du den Platz viel besser nutzen, als ihn einfach nur zuzunageln.« Er sieht sich im Zimmer um. »Das Bett müsstest du dann dort drüben hinstellen.«

Ich folge seinem Blick zu einer der Dachschrägen. »Ich möchte nicht wissen, wie viel das kostet.«

Wieder sieht Tom zu Boden, dann zur Tür, dann sagt er: »Wie kommst du klar? Mit dem Geld, meine ich. Du hast noch nichts verdient, seit du hier bist.«

»Damit war auch nicht zu rechnen, oder?«

»Aber es war auch nicht damit zu rechnen, dass so viel zu machen sein würde und du erst im Herbst vermieten kannst, oder?«

Ich öffne den Mund, um zu antworten, klappe ihn zu, dann hole ich doch Luft: »Im Grunde ist das meine Angelegenheit. Ich komme klar. Und ich habe genug Geld, um deine Arbeit zu bezahlen, auch wenn du mich bislang daran gehindert hast.« Damit schiebe ich mich an ihm vorbei, zur Tür hinaus, und laufe hinunter ins Esszimmer, wo ich meine Tasche abgestellt habe. »Hier, siehst du?«, rufe ich über meine Schulter. Ich ziehe meinen Planer heraus und klappe die entsprechende Seite auf.

Arbeitszeit de la Chaux, steht da geschrieben und darunter jeder einzelne Abend, an dem er mir beim Streichen geholfen hat:

23. April:	*4,0 Stunden*
24. April:	*2,5 Stunden*
27. April:	*4,5 Stunden*
28. April:	*3,0 Stunden*
29. April:	*4,0 Stunden*
02. Mai:	*3,0 Stunden*
etc.	

Ich überschlage die Stundenangaben und komme auf – bis dato – zweiundneunzig. Und ja, also, nun muss ich doch schlucken. Wenn ich von einem quasi Billiglohn von zehn Pfund die Stunde ausgehe, schulde ich ihm bereits neunhundertzwanzig Pfund, und mit dem Erdgeschoss haben wir noch nicht einmal angefangen.

»Okay, also entweder ich zahle dir das Geld aus«, rufe ich in seine Richtung. »Oder du wohnst kostenlos bei mir für mindestens … vier bis sechs Wochen.«

»Wir werden sehen«, murmelt Tom so nah an meinem Ohr, dass ich erschrocken zusammenzucke. Er steht dicht hinter mir – dicht genug, um über meine Schulter hinweg auf meinen Lebensplaner zu sehen. Und um mich nervös zu machen.

»Was ist das eigentlich? So eine Art Tagebuch?«, fragt er leise.

»Eher eine Art Kalender«, gebe ich genauso leise zurück. Ich habe nicht die geringste Ahnung, weshalb wir auf einmal flüstern.

»Was steht drin?«

»Äh … Termine? Kostenrechnungen?«

»Und?«

Über meine Schulter blinzle ich ihn an. Ich habe nicht den Eindruck, dass es hier noch um meinen Lebensplaner geht, irgendwie habe ich das Gefühl, es geht vielmehr darum, wie dicht Tom hinter mir steht, wie deutlich ich seinen Geruch wahrnehme, wie warm sein Atem über meine Wange streicht.

»Ich weiß nicht«, hauche ich. Mein Blick haftet inzwischen auf seinen Lippen. *Was, um Himmels willen, tust du da, Elodie?*

»Darf ich mal?«

Und in dem Moment, in dem seine Hand nach meinem Planer greift, zerreißt der Augenblick wie ein zu lange gespanntes Gummi, und ich mache hastig einen Schritt zur Seite. Dann ertönt das Glockengeläut von Big Ben, genau im richtigen Moment. Kalender unterm Arm, eile ich zur Tür.

»Kayla, hi! Kayden!«

»Hey, Elodie.« Kayden schiebt sich an seiner Schwester vorbei und nimmt mich zu meinem Schock ungebremst in die Arme. »Meine Mum sagte, hier gibt es Kätzchen anzusehen?«, erklärt er, als er mich genauso ungestüm wieder von sich schiebt. »Was sie damit aber *eigentlich* sagen wollte, ist: Begleite deine Schwester dorthin, und sieh zu, dass es hinterher noch genauso viele Katzenbabys sind wie vorher.« Er grinst auf mich herab. Mit seinen vierzehn Jahren ist Kayden schon beinahe einen Kopf größer als ich, und was seine Schwester an unterkühlter Erhabenheit ausstrahlt, gleicht er durch blendenden Charme wieder aus. Gott bewahre, wenn dieser Junge mit seinen wilden Locken und den großen grünen Augen auf die Frauenwelt losgelassen wird.

Kayla murmelt »Witzig«, und schiebt sich nun ihrerseits an ihrem Bruder vorbei, um ins Haus zu stolzieren.

»Kommt doch rein«, sage ich zu mir selbst, während ich die Tür schließe. Ich werfe Tom einen Blick zu, der am Fuß der Treppe am Geländer lehnt. »Das sind Helens Kinder«, erkläre ich ihm. »Kayla und Kayden.«

»Ja, ich weiß.« Er nickt den beiden zur Begrüßung zu, dann zieht er fragend die Brauen hoch, und ich sehe in Kaylas überraschtes Gesicht, als sie sich zu mir umdreht. »Was macht *der* denn hier?«, fragt sie entgeistert.

Tom sieht zu mir und wieder zu Kayla. »Ich helfe Elodie bei der Renovierung.«

Das Mädchen wirft mir einen Blick zu, ungläubig und vorwurfsvoll, und ich blinzle verwirrt. Und dann erinnere ich mich: Sie holt sich bei Tom Kaffee, den sie gar nicht trinkt, weil er sie an diesen Schauspieler erinnert, und ... Bin ich zu alt, um mich von einer Vierzehnjährigen in ein Eifersuchtsdrama hineinziehen zu lassen? Ich denke doch.

»Die Katzen sind oben«, erkläre ich also, während ich Kayla und Kayden bedeute, mir ins Dachgeschoss zu folgen. Tom, der erneut schon viel zu viel für mich getan hat, verabschiedet sich, und Kayla wirft mir einen weiteren strafenden Blick zu.

»Mann, der Typ könnte dein Vater sein«, sagt Kayden, woraufhin Kayla zischt: »Halt den Mund«, was ihren Bruder wiederum dazu veranlasst, seine Hände um den Kiefer seiner Schwester zu schließen, wie um ihren Mund zu halten.

»Du bist erst vierzehn. Du solltest noch mit Puppen spielen.«

»Sagt wer?« Kayla schlägt Kaydens Hand weg. »Der Typ, der heimlich in fremde Fenster filmt, um weiß der Himmel was zu beobachten, du Spanner?«

Ich schlage die Augen gen Himmel.

»Hier entlang.« Ich öffne die Tür zum Dachzimmer und deute zu dem Verschlag, in dem Cruella mit ihren Babys haust. Sie hat das Körbchen noch nicht ins Visier genommen, wie ich an den unangetasteten Leckerlis feststelle. Nach wie vor kauert sie in ihrer Ecke, die Kleinen stolpern auf ihrem begrenzten Freiraum davor übereinander.

»Aaaah«, macht Kayden. Dann zieht er eine schmale Kamera aus den Taschen seiner weiten Jeans. »Du hast doch nichts dagegen, wenn ich filme?«

»Nein, natürlich nicht.«

Er kniet sich vor den Minikatzenzoo. »Das ist ja mal richtig süß.«

»Da muss ich dir ausnahmsweise recht geben, Spacko.« Kayla kniet ebenfalls vor dem kleinen Gehege nieder. »Mann, die sind winzig.«

»Vier Wochen, circa«, erkläre ich.

»Zu dumm, dass wir die Geburt verpasst haben«, murmelt Kayden. »Das wär sicher ein super Film geworden.«

»Darf ich eine hochnehmen?« Kayla sieht mich fragend an.

»Von mir aus, klar, aber ich bin nicht sicher, was Cruella davon halten wird.« Ich deute auf die Katzenmama, die wie immer schlecht gelaunt wirkt.

»Cruella?« Kayden wirft mir über die Schulter einen Blick zu.

»Frei nach *101 Dalmatiner*«, sage ich.

»Schon klar.«

Er greift nach einem der Leckerlis im Katzenkörbchen, legt es in seine Handfläche und streckt sie der Katzenmama hin.

»Vorsichtig«, rufe ich hastig, doch Kayden gibt lediglich einen beschwichtigenden Laut von sich. Cruella schnüffelt an der Hand, dann an der feilgebotenen Leckerei, die sie schließlich vorsichtig mit ihren spitzen Zähnchen aufnimmt, ohne Kaydens Haut zu berühren.

»Das Geheimnis besteht darin, keine Furcht zu zeigen«, erklärt er hoheitsvoll, während er weitere Leckerlis auf seiner Handfläche verteilt.

»Das Geheimnis besteht darin, keine Furcht zu haben, Spacko«, versetzt Kayla trocken. Sie greift nach einem der Kitten und setzt es auf ihren Schoß.

»Nicht essen«, sagt Kayden.

»Wenn du nicht bald aufhörst zu quatschen, gibt es Hirn zum Frühstück. *Dein* Hirn.«

»Das könnte dir so passen. Intelligenz meiner Art wird ehrlich erworben, nicht geklaut und hinuntergeschlungen.«

»Ähm, Kinder.« Die beiden sehen zu mir auf. »Wenn ihr es schaffen könntet, Cruella und ihre Meute leben zu lassen, wäre das super. Soll ich euch inzwischen einen Tee kochen?«

»Gibt es auch Bier?«

Noch einmal verdrehe ich die Augen. »Lasst euch Zeit«, sage ich. Dann gehe ich nach unten.

Ich muss sagen, ich bin dankbar, dass die Kinder diesen Augenblick mit Tom zerstört haben. Wer weiß, was ich sonst angestellt hätte? Vermutlich hätte ich erneut versucht, ihn zu küssen, diesmal aber auf den Mund, und vermutlich wäre er daraufhin nach hinten umgefallen, mit dem Kopf gegen den Türstock gekracht und hätte sich ein Schädel-Hirn-Trauma zugezogen.

Ich schüttle über mich selbst den Kopf, während ich den Wasserkocher anstelle, ein paar Löffel Tee in die Kanne gebe und an Toms Lippen zurückdenke. Es juckt mir in den Fingern, eine neue Liste anzulegen, doch jetzt ist nicht der richtige Augenblick dafür.

Signale, die Tom aussendet, würde oben auf der Seite stehen. *Und was sie bedeuten könnten.*

Er darf dieses Buch nie in die Hände bekommen, denke ich. Niemand darf das.

Mein Handy klingelt, und nachdem ich mich vergewissert habe, dass es nicht Per ist, nehme ich das Gespräch entgegen.

»Helen, hi.«

»Sind die Kinder schon bei dir?«

»Ja, sie sind oben und sehen sich die Katzen an.«

»Sorry, Elodie, ich hoffe, das ist dir recht. Tatsächlich wollten beide sofort losrennen, nachdem ich ihnen von den Katzenbabys erzählt hatte. Ich war selbst überrascht.«

»Das ist völlig in Ordnung«, erkläre ich. »Ich hege sogar große Hoffnung, dass sie die Furie von Katzenmama besänftigen können mit ihren nicht abreißen wollenden Sticheleien.«

Helen stöhnt, und ich lache.

»Schmeiß sie raus, wenn sie dir auf die Nerven gehen«, sagt sie.

»Das werde ich tun.«

»Morgen um sieben?«

»Morgen um sieben.«

Ich lasse das Handy zurück in die Tasche gleiten und gieße heißes Wasser in die Teekanne. Dann stelle ich mich ans Fenster und sehe hinaus in den Garten, ich lehne mich an den Rahmen und lasse den Blick zu den Cottages gegenüber schweifen, deren schmutziges Weiß in der strahlenden Sonne nicht mehr halb so angestaubt wirkt wie an anderen Tagen. Ganz rechts, zwischen zwei Mauern, flüchtig genug, um einem kurzen Blick zu entgehen, schimmert es blau. Ich kneife die Augen zusammen, um sicherzugehen, doch es stimmt – da hinten, ein schmaler Streifen zwischen all dem alten Stein, da leuchtet das Meer.

31. Helen

Guten Morgen.«

»Hey.«

Ich treffe Elodie am Fuß des Hügels, von wo wir gemeinsam den Wanderweg hinauflaufen, der sich entlang der kornischen Küste erstreckt. Er ist spektakulär, dieser Weg, an beinahe jedem einzelnen Abschnitt, egal wo man losläuft. Aus irgendeinem Grund hatte ich das vergessen. Aus irgendeinem Grund bin ich ewig nicht hier gelaufen. Weshalb ich Elodie dankbar bin, dass sie mich daran erinnert hat und dass sie darüber hinaus wirklich erfreut schien, als ich sie fragte, ob ich sie auf ihren morgendlichen Joggingrunden begleiten dürfe. Die Bewegung wird mir guttun. Mir und ganz sicher meinem meistens zu engen Hosenbund.

»Noch mal sorry wegen der Zwillinge«, beginne ich, doch Elodie winkt ab.

»Das war absolut in Ordnung«, sagt sie. »Die zwei sind lustig miteinander.« Sie wirft mir von der Seite einen Blick zu. »Aber ich nehme an, sie mögen sich trotzdem.«

Ich lächle. »Da kann ich nur hoffen.«

Wir schweigen, während wir den steilen Anstieg meistern, bis wir oben, oberhalb von Porthmeor Beach, auf dem grasbewachsenen Plateau ankommen, von wo aus der Weg relativ eben gen Zennor verläuft.

»Sie haben sich beide um die Katzen gekümmert«, sagt

Elodie, als wir wieder zu Atem kommen. »Und das haben sie gut gemacht. Ich weiß jetzt zum Beispiel, dass man die Kitten durchaus anfassen darf – und dass die Mama aus der Hand frisst. Wir können also hoffen, dass sich die kleinen Biester tatsächlich aus dem Studio in die Küche umziehen lassen, damit Chase das Dach reparieren kann.«

»Wir?« Ich sehe Elodie an. Sie beißt sich auf die Lippe. Nach ein paar weiteren Metern wird der Weg schmaler, und wir sind gezwungen hintereinanderzulaufen. Elodie setzt sich an die Spitze und wirft mir über die Schulter einen Blick zu.

»Tom und ich«, ruft sie. »Wie du sehr wohl weißt.«

»Wie läuft es denn zwischen euch beiden?«

»Können wir das besprechen, wenn ich nicht ohnehin schon einen Puls von hundertachtzig habe?«

»Ooooh, so aufregend gleich?« Noch einmal sieht Elodie über die Schulter zu mir, diesmal, um mir einen strafenden Blick zuzuwerfen.

Dann laufen wir schweigend weiter, bis wir zu einem großen Stein kommen, der sich wunderbar für eine Verschnaufpause eignet und einen umwerfenden Blick über Küste und Meer bietet.

»Aaah«, macht Elodie, während sie sich niederlässt und einen Schluck aus ihrer Wasserflasche nimmt. Ich tue es ihr gleich. Nebeneinander sitzen wir auf dem Felsen, die Blicke auf den Horizont gerichtet, während sich allmählich unser Atem beruhigt.

»Mit Tom«, beginnt Elodie plötzlich, bevor sie genauso unvermittelt wieder innehält.

»Mit Tom?« Ich sehe sie fragend an.

»Helen«, beginnt sie noch einmal und dreht sich zu mir.

236

»Was, würdest du sagen, ist das Wichtigste zwischen zwei Menschen, wenn sie sich noch nicht näher kennen und auch gar nicht sicher ist, ob es je ein *Näher* geben wird. Worauf kommt es da an?«

Ich blinzle, unschlüssig, ob mir klar ist, worauf Elodie hinauswill. »Wenn noch nicht sicher ist, ob es ein *Näher* geben wird?«

»Chemie«, sagt Elodie und wirft die Hände in die Höhe. »Glaubst du an Chemie?«

»Ich glaube an Liebe auf den ersten Blick«, sage ich, »denn die habe ich erlebt. Und geknistert – geknistert hat es zwischen Liam und mir. Soweit ich mich erinnere.« Ich spüre, wie mir die Röte in die Wangen steigt angesichts der Tatsache, dass ich den letzten Satz laut ausgesprochen habe, doch Elodie lächelt mich an.

»Vielleicht solltest du dich daran erinnern«, sagt sie. »Ich meine, ich bin keine Expertin in Sachen Langzeitbeziehungen, ganz sicher nicht, aber bestimmt kann es nicht schaden, sich ab und zu an die Anfänge zu erinnern.«

»Die liegen weit zurück«, sage ich. »Sehr, sehr weit.«

»Fünfundzwanzig Jahre.« Elodie nickt. Und nun ist das Lächeln verschwunden, und sie betrachtet mich nachdenklich. »Helen … Ist alles in Ordnung zwischen dir und Liam?«

Würde ich nicht sitzen, wäre ich womöglich ein Stück vor ihr zurückgewichen. »Wie kommst du darauf?«

»Ich weiß nicht.« Sie schüttelt den Kopf. »Es ist nur so ein Gefühl, und ich will dir auf keinen Fall zu nahe treten, aber … manchmal denke ich, du bist womöglich nicht so richtig glücklich im Moment. Und wenn ich dich mit Liam sehe, dann …«

Ich runzle die Stirn. Elodie öffnet den Mund, macht im

nächsten Augenblick aber eine abwehrende Handbewegung.

»Vergiss es«, sagt sie. »Und entschuldige bitte. Ich habe keine Ahnung, wovon ich rede. Und es geht mich auch nichts an.« Sie nickt und sieht wieder geradeaus auf die verschwommene Linie, wo Himmel auf Ozean trifft.

Einige Minuten lang sitzen wir einfach so da, und ich hadere mit mir. Ich habe bislang mit niemandem über mich und Liam oder unsere Ehe gesprochen, und ich weiß nicht, was ich Elodie sagen soll. Es ist schwer, eine Beziehung über so viele Jahre am Leben zu halten? Oder was heißt das, *am Leben*? Sie zu *halten* ist schon schwer, alles andere – sich noch etwas zu sagen zu haben, miteinander zu lachen, nicht auseinanderzudriften – ist das große Plus. Schließlich sage ich: »Ich bin nicht immer glücklich, aber ich habe eigentlich auch keinen Grund, unglücklich zu sein. Und du hast unrecht – es geht dich etwas an.« Ich stoße mit meiner Schulter gegen ihre. »Ich weiß nur nicht, wie ich es erklären soll. Ich habe das Gefühl, Liam und ich stecken gerade so sehr in unserem Alltag, dass uns für das Erinnern gar keine Zeit mehr bleibt. Und dann wird es manchmal lieblos und gleichgültig. Als würde das Leben uns auffressen.« Ich zucke mit den Schultern. »Ich habe keine Ahnung. Manchmal weiß ich nicht, was übrig ist.«

»Eure Liebe ist übrig«, sagt Elodie so vehement, dass ich sie überrascht anblicke. »Ich habe ebenfalls keine Ahnung, aber ich weiß, was ich sehe, wenn ich euch zwei beobachte.«

»Etwas Ähnliches hat Brandy auch schon gesagt.«

»Weise alte Frau. Du solltest auf sie hören.« Nun rempelt Elodie ihre Schulter gegen meine, und ich muss lachen. »Okay.« Ich setze mich aufrechter hin. »Das war ein fantastischer Themenwechsel, aber nun zurück zu dir und zu den Anfängen der Liebe, die so viel erquickender sind als... die Krisen in der Lebensmitte. Schieß los. Was ist mit Tom und dir und dieser Chemie, von der du gesprochen hast?«

Elodie räuspert sich. »Also gut. Ich habe das Gefühl, zwischen Tom und mir lodern elektromagnetische Wellen, jedes Mal wenn wir einen Blick wechseln, okay? Und dann habe ich wieder das Gefühl, dass ich die Einzige von uns beiden bin, die das so empfindet. Und dann frage ich mich, was das soll. Weshalb weckt so ein Typ wie Tom de la Chaux überhaupt derlei Gefühle in mir? Ich meine nicht *Gefühle.*« Sie schüttelt den Kopf, nimmt einen Schluck aus ihrer Flasche, zuckt mit den Schultern. »Es ist eher eine Art Verlangen, verstehst du? Aber auch das ist nur schwer nachzuvollziehen. Ich meine, sieh ihn dir an. Schnösel ist noch die wohlwollendste Bezeichnung. Nicht einmal, wenn er Fußböden verlegt, trägt er etwas anderes als Stoffhose und Hemd.«

»Ich habe ihn schon im T-Shirt gesehen«, werfe ich ein.

»Das muss am Casual Friday gewesen sein.« Elodie lacht.

»Aber...« Ich zögere. »Du möchtest mit ihm schlafen?«

Elodie wirft mir einen Blick zu. Sie atmet ein, plustert ihre Wangen auf und bläst die Luft lautstark wieder aus. »Womöglich ist es einfach zu lange her«, sagt sie dann. »Wenn man zu lange keinen Sex hatte, ist man sicherlich leicht in Versuchung, jeden anzuspringen, der sich nicht schnell genug in Rauch auflöst, habe ich recht?« Sie lacht lauter, doch als ich nicht mit einstimme, seufzt sie.

»Wie lange ist es denn her?«

Sie zuckt mit den Schultern. »Nicht lange genug, schätze ich.«

»Liam und ich hatten über ein Jahr lang keinen Sex mehr.«

Der Satz hängt in der klaren Morgenbrise wie eine Möwe auf Beutezug.

»Oh, Helen«, sagt Elodie, aber ich schüttle den Kopf. »Genug für heute, okay?« Ich lache, ein wenig peinlich berührt, und sehe aufs Meer hinaus, doch ich spüre, dass sie mich nach wie vor mustert. Schließlich räuspert sie sich. »Nun, wenn etwas mit der Elektrizität nicht stimmt, muss man nicht immer gleich das Schlimmste annehmen, das hast du ja an mir gesehen. Die nichtigste Ursache, und *bämm*, alles liegt brach. Und dann ist sie behoben, es knistert, und Funken sprühen, und alle Geräte kommen wieder in Gang. BÄMM.«

Eine Sekunde sehen wir uns an, dann brechen wir beide in Gelächter aus, so heftig, dass ich mich verschlucke. Wir joggen zurück, eine Spur schneller als hin, energetisch aufgeladen, könnte man meinen.

32. Helen

Können wir eines der Kätzchen zu uns nehmen?«

»Nun ... nein, Kayla, ich denke nicht.«

»Wieso nicht?«

»Ich weiß nicht – wir hatten noch nie ein Haustier.«

»Das ist doch kein Grund!«

»Und ob das ein Grund ist. Wir wissen gar nicht, was da auf uns zukommt. So ein Tier macht Arbeit – man muss es füttern, die Toilette säubern, zum Tierarzt fahren. Wir haben ohnehin kaum Freizeit. Wer soll sich da noch um ein Tier kümmern?«

»Ich kann das machen«, erklärt Kayla. »Kayden hilft mir.« Unterm Tisch versetzt sie ihrem Bruder einen Tritt. »Kayden hilft wo?«, fragt er, während er verwirrt von seinem Handy aufschaut. »Oh, bei der Anhebung unseres gemeinsamen IQs? Sicher doch.«

Noch einmal tritt Kayla ihm gegen das Schienbein, dann wendet sie sich wieder an mich. »Ehrlich, Mum, ich würde mich gut kümmern, versprochen.«

Ich seufze, denn ich merke, wie mein Widerstand schmilzt. Wenn meine Tochter mich einmal nicht anschreit, sondern um etwas bittet, bin ich offensichtlich Wachs in ihren Händen. Trotzdem sage ich: »Du hast doch auch kaum Zeit, Kayla«, und bereue es sogleich.

»Wenn ihr uns nicht im Café schuften lassen würdet, hätten wir vielleicht auch ein bisschen mehr Freizeit.«

»Und was soll das jetzt wieder? Die Tage, die ihr im Café helft, kann man an einer Hand abzählen.«

»Es sind mehr, als andere Kinder arbeiten müssen«, gibt sie zurück.

»Und auf einmal ist sie wieder Kind«, murmelt Kayden. »Dabei hat sie heute Morgen erst vorm Spiegel ihren BH ausgestopft.« Was ihm einen weiteren Tritt seiner Schwester einbringt.

Liam faltet seine Zeitung zusammen.

»Daddy«, beginnt Kayla, und ihr Tonfall lässt mich mit den Augen rollen. »Denkst du nicht auch, eine kleine Katze wäre genau das Richtige für uns?«

»Ich denke«, beginnt Liam, »wir sollten jemanden einstellen, der deine Tage im Café übernimmt. Leider müssen wir im gleichen Zug dein Taschengeld kürzen, sonst bekommen wir das womöglich nicht hin.«

»Dad!« Kayla kreischt, Kayden kichert in seine Pie. »Immer wieder schön, diese Abendessen zu Hause«, sagt er.

»Möchtest du auch auf deinen Job im Café verzichten?«, fragt Liam unseren Sohn.

»Mitnichten«, antwortet der und schnaubt. »Leichter als in diesem Schuppen kann man sein Geld doch kaum verdienen.«

Es ist weit nach Mitternacht, bis mir wieder einfällt, was Kayden da gesagt hat und wie abfällig es klang. *Leichter als in diesem Schuppen kann man sein Geld doch kaum verdienen.* Als wäre das, was Liam und ich tun, das Stumpfsinnigste, was sich unser Sohn nur vorstellen kann. Das, was wir uns aufgebaut haben, rein gar nichts wert. Ich beschließe, ihm deswegen gleich morgen den Kopf zu waschen. Ich drehe mich zu Liam um, um eine bessere

Schlafposition zu finden. Er liegt auf dem Bauch, wie so oft, beide Hände um sein Kopfkissen geschlungen, die Atmung ruhig und tief und gleichmäßig. Ich habe keine Ahnung, wie er es anstellt, doch Liam legt sich abends ins Bett und ist eingeschlafen, noch ehe sein Kopf das Kissen berührt. Vorsichtig schiebe ich ihm eine Haarsträhne aus der Stirn. Mit der Spitze meines Zeigefingers zeichne ich die Kontur seiner Nase nach, dann die der Wangenknochen, schließlich streiche ich über seine Lippen. Es ist wahr, was ich Elodie heute Morgen gesagt habe: Ich weiß, was Liebe auf den ersten Blick ist, denn ich habe sie erlebt.

... mehr als drei Worte

Es war einer dieser Tage am Strand. Ich weiß nicht, weshalb ich mich ausgerechnet an diesen einen Nachmittag erinnere, doch die Szene ist fest in meinem Gedächtnis verankert, als markiere sie einen Meilenstein – einen Meilenstein in unserer Beziehungsgeschichte. Dabei war es nur ein Sonntagnachmittag. Völlig banal. Einer von vielen.

Wir verbrachten ihn in Newquay, Fristal Beach, unter einem mit dunklen Wolken verhangenen Himmel. Dass es kühl war, spielte keine Rolle, dass wir in Decken gehüllt in den Dünen saßen, war uns egal. Dies war einer der seltenen freien Tage für Liam und mich, nachdem wir das Café seiner Eltern übernommen hatten. Es war einer der seltenen Tage, die wir zu viert als Familie nur für uns hatten.

Die Zwillinge waren noch klein – vier vielleicht oder fünf, jedenfalls gingen sie noch nicht zur Schule. Liams Eltern halfen mit, wenn ich die zwei aus dem Kindergarten abholte, und sie würden auch dann im Laden stehen, wenn die beiden aus der Schule kämen. Für mich gab es in dieser Zeit entweder Kinder oder das Café und für Liam die Küche im *Kennard's*. In meiner Erinnerung hatten wir die Belastung untereinander aufgeteilt. Wenn ich heute an diese Anfänge denke, dann sehe ich uns immer als Team. Aber im Nachhinein, da weiß ich nicht so recht.

An diesem Sonntagnachmittag saß ich mit Kayla und

Kayden im Sand, während Liam mit den anderen Surfern ein gutes Stück vor der Küste im Wasser trieb und auf die richtige Welle wartete. Es waren etwa zwei Dutzend Gestalten da draußen, womöglich sogar drei. Und es blieben nur wenige Menschen zurück am Strand, dessen Sand dunkel und feucht dalag und allenfalls Kayden gefiel, der mit Feuereifer an einer Sandburg baute. Kayla tapste am Wasser entlang auf der Suche nach Muscheln. Und ich, ich saß da, passte auf die beiden auf und dachte zurück ...

Zehn Jahre nach der Fehlgeburt war ich immer noch nicht wieder schwanger geworden, und je mehr wir es versuchten, desto verzweifelter wurde ich. Die alten Probleme kehrten zurück, böse Gedanken, allesamt wertlos und zum Scheitern verdammt. War ich *wirklich* gut genug? Ich konnte offenbar nicht einmal Kinder gebären. Wie lange würde Liam das mitmachen? Wie lange konnte ich ihm überhaupt zumuten, mich und mein mangelndes Selbstvertrauen zu ertragen?

Als wir uns endlich dazu entschlossen, uns Hilfe zu holen, war ich mit den Nerven derart am Ende, dass unser behandelnder Arzt uns erst einmal ein paar Tage Urlaub verordnete. Also mieteten wir ein Haus am Strand, nicht weit weg, auf der Isle of White. Wir blieben fünf Tage, und als wir zurückkamen, begannen wir mit der Behandlung. Als ich schließlich schwanger wurde, weinte Liam. Als die Zwillinge auf die Welt kamen, weinte er noch mehr.

An diesem Nachmittag am Strand sagte er zu mir: »Nimmst du die beiden? Ich muss unbedingt eine Weile raus aufs Wasser.«

Ich wusste, was das bedeutete. Eine Weile konnte eine halbe Ewigkeit werden bei Liam und seinem Surfbrett.

»Denkst du daran, dass wir heute Abend bei den Stevensons eingeladen sind?«

»Den … bei *wem*?«

»Die zwei vom Elternbeirat. Sie haben uns zum Grillen eingeladen, weißt du nicht mehr?«

Er schüttelte den Kopf. »Davon höre ich zum ersten Mal.«

»Liam – wir haben bereits letzte Woche darüber gesprochen. Sie wohnen oben in der Nähe des Schlosses, und sie wollen gemeinsam mit uns und den anderen Eltern besprechen, wie wir den Kindergarten ein bisschen modernisieren können.«

»Oh, Mann«, sagte Liam. »Die beiden kommen ohnehin bald in die Schule.«

»Noch sind sie es aber nicht.«

Während wir diese Unterhaltung führten, war er aus seinen Klamotten geschlüpft und in den Neoprenanzug, dessen Reißverschluss er in diesem Augenblick zuzog.

»Ich bin mit Brian im Pub verabredet«, erklärte er. »Sorry. Das lief wohl parallel.«

»Parallel? Du hast *Ja* gesagt, letzte Woche schon.«

Er zuckte mit den Schultern. »Ich kann mich echt nicht erinnern.« Drei Sekunden lang blinzelte er mich an, dann drehte er sich nach seinem Brett um, und ich sprang auf, um ihn daran zu hindern, das Gespräch einfach zu beenden.

»Hast du mir überhaupt zugehört?«, fragte ich, während ich mich vor ihm und seinem Brett aufbaute.

Liam hob eine Hand und schob mir damit mein vom Wind zerzaustes Haar aus der Stirn. »Ich höre dir immer zu, Baby, das weißt du. Mit deinem schrägen Dialekt und allem.«

»Dann erinnerst du dich an unser Gespräch?«

Er küsste mich.

»Iiiiih«, schrie Kayden, und Liam lachte.

»Ich sag dir was«, erklärte er schließlich. »Ich sag Brian ab und begleite dich heute Abend zu den Stevens, okay?«

»Stevensons.« Ich starrte ihn an.

»Stevensons. Kein großes Ding.« Er küsste mich ein zweites Mal. »Bis später, Baby. Passt auf euch auf.«

»Liam!«

»Hm?«

»Lass nur. Geh mit Brian. Ich kann mich allein mit dem Elternbeirat rumschlagen.«

Er grinste. »Ehrlich?« Er kam zu mir zurück, drückte mich mit dem freien Arm, der nicht das Surfbrett hielt, an sich und presste seine Lippen ein weiteres Mal gegen meine. »Ich schulde dir was«, rief er, während er rückwärts aufs Meer zulief.

Ich winkte ab. Dann setzte ich mich zurück in den Dünensand und sah ihm nach, wie er ins Wasser watete, entschlossen und kräftig wie immer, wie er sich aufs Brett warf und anfing zu paddeln. Schließlich richtete ich den Blick auf unsere Kinder.

Unsere Ehe war glücklicher als andere, da war ich mir sicher. Und sie funktionierte – *wir* funktionierten, reibungslos, selbst wenn wir einander nicht immer zuhörten, was augenscheinlich in letzter Zeit öfter vorkam. Ich zweifelte nur noch selten an mir, und wenn doch ... wenn doch, dann tat ich etwas, von dem ich wusste, es würde Liam glücklich machen. Wie zum Beispiel die Sache mit den Stevensons.

Dieser Nachmittag in Newquay. Das war der Tag, an dem ich mich das erste Mal fragte, ob ich genauso gut *funktio-*

nierte wie unsere Ehe. Ob ich glücklich war. Oder ob ich bei aller *Funktionstüchtigkeit* aufgehört hatte zu existieren – in meiner Grundsätzlichkeit. Als Helen. Ob ich noch mehr war als nur die Ehefrau.

Juni

33. Elodie

Die Gästezimmer sind fertig. Ich kann kaum glauben, was wir aus diesem Haus gemacht haben. Mit dem Handy in der Hand schreite ich durchs Cottage, von Zimmer zu Zimmer, um Fotos zu schießen, die ich in den nächsten Tagen mitsamt einer Beschreibung des *Peek-a-boo* ins Internet stellen werde. Wenn alles gut geht, ziehen in den nächsten Wochen schon die ersten Mieter ein, spätestens im Juli, schätze ich. Es ist surreal und aufregend und beängstigend und unfassbar zugleich, dass es mir tatsächlich gelungen ist, aus diesem vernachlässigten alten B&B ein kleines Schmuckstück zu machen – eines, das nicht nur mir ein Zuhause sein wird, sondern hoffentlich zahlreichen zufriedenen Touristen. Es gibt noch ein paar Dinge zu regeln, bürokratischer Kram hauptsächlich, doch über kurz oder lang werde ich eine Pension bewirtschaften. *Surreal*, wie ich schon sagte.

Ich beginne meinen Rundgang im Dachgeschoss, obwohl ich von meinem Studio gar keine Bilder brauche. Doch ich liebe es, mich in diesem Zimmer aufzuhalten, in dem weißen Korbschaukelstuhl, den ich unter eines der schrägen Dachfenster geschoben habe und in dem ich stundenlang lesen könnte, bis die Sonne über St. Ives untergeht. Wenn Zeit ist, versteht sich. Und freie Zeit ist nach wie vor rar.

Ich öffne die Tür, und sofort tippeln mir sechs Katzen

entgegen. Schnell scheuche ich die Kleinen ins Zimmer. Die Babys sind jetzt etwa sieben Wochen alt und reichlich unternehmungslustig – leider auch nachts, was mich schon einige Stunden Schlaf gekostet hat. Nachdem Chase einen fulminanten Schrank aus meinem Dachschrägenverschlag gebaut hat, habe ich die Tiere wieder nach oben umgesiedelt, damit Tom und ich die Küche streichen konnten.

Crue schlängelt sich um meine Beine. Nachdem sie ihre anfängliche Skepsis mir gegenüber überwunden hat, ist aus ihr eine Schmusekatze geworden, die keine Gelegenheit auslässt, sich von mir herumtragen und hinterm Ohr kraulen zu lassen. Cruella ist der falscheste Name, den ich mir hätte aussuchen können, also ist *Crue* übrig geblieben. Ich hebe sie hoch, drücke meine Nase in ihr strubbeliges schwarzes Fell und muss auf der Stelle niesen. Mir war nicht klar, dass ich eine Katzenhaarallergie habe, bis sich sechs Exemplare nachts auf meinem Bett tummelten. Der Besuch in der Apotheke, um mir ein Antiallergikum zu besorgen, steht ganz oben auf meiner Liste.

Ich setze Crue ab und öffne das Fenster einen Spalt, für den Fall, dass sie einen Ausflug in die Umgebung unternehmen möchte. Ich weiß nicht, wie sie es anstellt, doch sie klettert über die Dächer wie Cary Grant in diesem uralten Film mit Grace Kelly.

Im Gang duftet es nach Piniennadeln und Zitrone. Der Teppich, ehemals dunkelgrau und speckig, sieht nach seiner gründlichen Reinigung nicht mehr halb so dunkel aus und verströmt Frische, doch die Raumdüfte, die ich an verschiedenen Stellen des Hauses aufgestellt habe, vollbringen das eigentliche Wunder. Das *Peek-a-boo* duftet nach Wald und Meer, nach Sonne und Urlaub.

Aus verschiedenen Blickwinkeln mache ich Aufnahmen von den Gästezimmern. Die breiten Betten mit ihren hohen Matratzen, den dicken Decken und vielen Kissen. Die gebeizte Kommode mit dem Schminkspiegel darüber. Der Ohrensessel unterm Fenster. Das Badezimmer mit Dusche, frisch renoviert und mit flauschigen Handtüchern und Morgenmänteln bestückt.

Ich fotografiere das Frühstückszimmer mit dem großen runden Esstisch. Den Salon mit seinem Vitrinenschrank, den ich mit Büchern gefüllt habe, und den Lesesesseln davor. Es fehlen noch zwei Lampen und einige andere Kleinigkeiten, doch im Großen und Ganzen ist auch dieser Raum für Gäste bereit. Bald – bald wird es so weit sein.

Auf der Kommode im Gang brummt mein Handy. Eine Nachricht von Per.

GUSTAV ARSCHLOCH: *Cornwall soll traumhaft sein im Sommer.*

Ich verdrehe die Augen. Ich habe keine Ahnung, die wievielte Nachricht es ist, die ich bereits ignoriert habe, und ich hätte ihm diese Ausdauer ehrlich nicht zugetraut. Auf der anderen Seite: Wir sprechen hier von Per Gunnarson. Hätte er keinen Ehrgeiz, wäre er nicht dort, wo er jetzt ist.

GUSTAV ARSCHLOCH: *Ob ich mir dort irgendwo ein Zimmer miete?*

Mein Magen unternimmt einen kleinen Holperer bei diesem Satz. Wieso gelingt es ihm immer wieder, mich mit seinen subtilen Anspielungen zu verunsichern? Ich stelle mir vor, wie ich meinem ersten Gast die Tür öffne, und Per steht davor. Ich habe keine Ahnung, wie, doch er scheint immer die passenden Worte zu finden, so als habe er genau im Blick, was ich wann tue und mit wem. Ich meine, er wusste von Anfang an, woher auch immer, dass ich dieses B&B gekauft hatte.

Ach Per.

Per.

Der Morgen ist wunderschön. Ich fühle mich gut, sicher, voller Hoffnung. Und womöglich aus diesem Grund tue ich etwas, das ich schon seit Wochen nicht mehr getan habe:

Ich schreibe ihm zurück.

ICH: *Es würde dir hier nicht gefallen. Die Häuser sind eng und alt, es gibt kein Bankenviertel, keine Sternerestaurants und niemand, der in Anzug und Krawatte herumläuft.*

Tom kommt mir in den Sinn, und kurz muss ich lächeln, doch dann schiebe ich den Gedanken beiseite.

GUSTAV ARSCHLOCH: *Du bist es, die mir gefällt. Mehr brauche ich nicht, das weißt du.*

Ich gehe in die Küche und bereite mir einen Cappuccino zu. Damit setze ich mich draußen auf die Stufen vor meinem Cottage, bevor ich Per antworte.

ICH: *Wie geht es deiner Frau?*

Ich nippe an meiner Tasse. Dann nicke ich Mrs. Barton zu, die aus dem Nachbarhaus klettert, im wahrsten Sinne des Wortes: Mit beiden Händen hält sie sich am Geländer fest, während sie rückwärts einen Fuß nach dem anderen auf die Stufen setzt.

»Kann ich Ihnen helfen?«

»Ach was, Kindchen«, ruft sie. »Ich bin alt, aber fit wie ein Turnschuh.«

Das Handy in meiner Hand schweigt. Ich seufze und trinke meine Tasse leer.

»Die hier«, sagt Brandy. Sie deutet auf einen Topf mit gelben, roten und blauen Blümchen, die wild durcheinanderwachsen und unmittelbar ein Gefühl von Sommer transportieren. »Die sind wunderbar«, sage ich. »Aber es sind keine Margeriten.«

»Das weiß ich selbst.« Brandy schnalzt mit der Zunge. »Die Zauberglöckchen hier werden das *Peek-a-boo* zum Blickfang machen. Keiner kann daran vorbeigehen, wenn deine Blumenkästen vor Farbe überquellen.«

»Zauberglöckchen? Oh, das ist schön.« Ich werfe einen Blick auf den Topf, dann auf die Margeriten in der anderen Ecke des *Floral Shops,* in dem Brandy und ich uns zum Einkaufen verabredet haben. »Also gut, versuchen wir es mit den Zauberglöckchen«, sage ich schließlich. »Es ist ja nicht in Stein gemeißelt. Ich kann die Blumensorte jederzeit wechseln, habe ich recht?«

»Klar, Kindchen«, sagt Brandy. »So oft wie deine Unterwäsche.«

Ich bestelle die Blumen, dann lade ich Brandy zu einer Tasse Tee ein – nicht bei Helen diesmal, sondern in einem der Läden direkt am Hafen, in denen der Kaffee genauso wenig brilliert wie überall sonst im Ort, jedoch wegen der fantastischen Aussicht zweimal so viel kostet. Heute möchte ich Touristin spielen. Den Sonnentag genießen,

255

den Ort, an dem ich lebe, die Freiheit, solange ich sie habe.

»Du siehst schwer nach Torschlusspanik aus«, sagt Brandy, als der Tee und die Scones vor uns stehen. Sie bestreicht ihres großzügig mit Marmelade und Clotted Cream. »In Bezug auf das *Peek-a-boo*, meine ich. Hast du Angst davor, dass es jetzt bald losgeht?«

»Angst?« *Ja, nein – und ob,* denke ich. »Vielleicht«, sage ich zu Brandy. »Ich meine, ich habe noch nie eine Pension geführt, also sollte ich davor Respekt haben, oder etwa nicht?«

Brandy zuckt mit den Schultern. »Es ist dein Haus«, sagt sie. »Du machst einfach, was du willst, und die anderen müssen sich fügen.«

Über den Rand meiner Tasse hinweg sehe ich sie an, bevor ich den Blick über den Hafen, die schunkelnden Boote und hinaus aufs Meer schweifen lasse. *Mein Haus,* denke ich. Ich habe es wirklich geschafft. Das kleine Cottage, so heruntergekommen es auch war, ist *mein kleines Cottage*, das nun ein gemütliches, einladendes Heim geworden ist.

»Wieso wohnst du in diesem Wohnwagen, Brandy?«, frage ich schließlich.

Einmal mehr zuckt sie mit den Schultern. »Die Aussicht ist prima. Meer und Küste, wohin das Auge reicht.«

»Aber ist da nicht viel zu wenig Platz? Ich meine – ich stelle es mir beengt vor«, sage ich, denn so genau kann ich es nicht wissen, immerhin war ich noch nicht dort. Und auch bisher nicht eingeladen.

»Wie viel braucht man zum Leben, hm? In dem Augenblick, in dem du dich das nicht mehr fragst, hast du genug mit dem, was da ist, glaub mir.«

Ich werde niemals schlau werden aus Brandy, niemals. Ich meine, sie ist eine so lebenslustige Frau mit ihrem klimpernden Parka und der ewigen Sturmfrisur, und sie sagt, *man braucht nicht viel zum Leben,* und doch zieht sie andauernd kleine Geschenke aus ihren Taschen, für Helen, für mich, sogar für Tom. Ein Parfümpröbchen hier, ein Miniventilator da. Erst vor zwei Tagen schenkte sie mir einen pinkfarbenen Filzstift für meinen Lebensplaner, dessen Schrift sich ausradieren lässt. Manchmal kommt es mir vor, als sollten alle um Brandy herum im Überfluss leben – alle, außer sie selbst. Sie selbst versagt sich Dinge, oder, ja, womöglich braucht sie sie nicht. Sie lebt sparsam und karg, so jedenfalls sieht es für mich aus. Für andere mehr als für sich selbst.

Ich nehme mir vor, mit Helen darüber zu sprechen. Und dann fällt mir ein, dass auch sie in jüngster Zeit so wirkt, als könnte sie eine Aufmunterung vertragen. Die Stimmung zwischen ihr und Liam – ich weiß nicht. Verunsicherung trifft es wohl am ehesten. Als seien beide erstaunt darüber, wie wenig von ihrer Beziehung übrig ist, und gingen sich aus dem Weg, um vom anderen nicht noch mehr zu verlieren.

»Eine Einweihungsparty, die würde uns allen guttun, meinst du nicht?« Ich sehe Brandy an. Keine Ahnung, woher der Gedanke auf einmal kommt, doch er ist fantastisch, finde ich.

»Das ist eine prima Idee, Kindchen«, antwortet Brandy. »Lass uns die Bude zerstören, nachdem du sie gerade aufgebaut hast.«

»Wir laden Chase ein«, fahre ich unbeirrt fort, »und seine Freundin Lola.«

»Falls sie gerade in der Stadt ist.«

»Falls sie gerade in der Stadt ist.« Ich nicke. »Helen, Liam, die Kinder. Jeden Handwerker, der je etwas am *Peek-a-boo* gemacht hat. Mrs. Barton.«

»Mrs. Barton?« Brandy rümpft die Nase. »Die alte Scharteke kommt doch kaum mehr die Stufen zum Cottage hoch.«

Ich lache, während ich über Brandy den Kopf schüttle. »Du kannst eine Hexe sein, weißt du das?«

»Was ist mit Tom?«, fragt sie.

»Tom wird natürlich Ehrengast«, bestätige ich. »Er hat das halbe Haus allein renoviert.«

»Und warum hat er das wohl getan?«

»Fang nicht wieder damit an.« Ich greife erneut nach meiner Tasse.

»Er steht auf dich, Elodie Hoffmann, und du bist nur zu hasenfüßig, um etwas deswegen zu unternehmen.«

»*Er steht auf dich?* Ernsthaft? Ist das die Sprache der alternden Jugend?« Ich lache, doch mein Versuch, vom Thema abzulenken, bleibt unberücksichtigt.

»Feige, Elodie. Ohne Eier, wie die Jugend so schön sagt.«

Ich lache noch lauter, doch ich weiß genau, dass nichts davon ein Witz ist, zu meinem größten Bedauern – alles ist wahr. Also nicht dass Tom auf mich steht, das nicht. Doch das mit dem Hasenfuß …

»Ich weiß nicht, Brandy«, sage ich schließlich. Ich greife nach der zweiten Hälfte meines Scones und beiße hinein.

Brandy wartet geduldig, dass ich weiterrede, während sie ein paar Einheimischen zuwinkt, die an uns vorbeischlendern – einige Fischer, Doreen Harlin aus der Boutique in der Fore Street und letztlich der Sänger dieser

Band, den wir im *Kettle 'N' Wink* gesehen haben... ich weiß nicht mehr, wie er hieß. Er trägt ein kurzärmliges weißes Poloshirt, weshalb mir die Tattoos an seinem Arm sofort ins Auge stechen, und vier oder fünf Ringe an seinen Fingern. Die Frau, die sich bei ihm untergehakt hat, scheint ähnlich alt wie er, zwischen siebzig und achtzig, schätze ich, doch mit weit weniger Rockstarattitüde. Sie hat kurze graue Haare und einen strengen Blick, mit dem sie uns mustert, als der Mann auf unseren Tisch zusteuert.

»Brandy, meine Liebe«, sagt er, greift nach ihrer Hand und deutet einen Kuss an. »Was für ein herrlicher Ort für Tee und Scones. Gönnst du dir eine kleine Pause von den Geistern?«

»Du weißt schon, sie sind überall«, sagt Brandy, während sie seiner Begleitung zunickt und dann mit der Hand in meine Richtung deutet. »Darf ich vorstellen: Sam Watson und seine reizende Gattin Elvira. Das hier ist Elodie Hoffmann. Sie hat das *Peek-a-boo* gekauft und wird demnächst eröffnen.«

»Aaah«, sagt Sam. Er nimmt auch meine Hand, um ebenfalls einen Kuss darauf zu hauchen, dann nickt er. »Chase hat mir davon erzählt. Er ist Bassist in unserer Band, wissen Sie? Er sagte mir, dass er in dem alten Cottage ein paar Dinge am Dach zu tun hatte.«

»Er hat mir sehr geholfen«, bestätige ich. »Auch damit, Handwerker zu finden für die vielen anderen Arbeiten, die im Haus angefallen sind.«

»Chase ist ein guter Mann«, mischt sich Elvira ein, und obwohl der Satz wohl als Kompliment gedacht war, lässt er gut und gerne lauwarmes Wasser gefrieren. »Er hat uns einen Pavillon gebaut, zu unserer Hochzeit.«

Sam drückt ihren Arm. »*Und* er hat sich unsere Enkelin geschnappt«, fügt er hinzu, und Elvira lächelt ihn an.

»Wenn Sie mögen, kommen Sie doch zu meiner Einweihungsparty.« Ich sehe zwischen den beiden hin und her. »Ich wollte Chase und Lola ebenfalls einladen. Und alle anderen, die mir geholfen haben, das *Peek-a-boo* herzurichten.«

»Ah, das ist reizend, wir kommen gern, wenn es die Zeit erlaubt.«

»Ich habe noch keinen Termin, aber ich lasse es Sie rechtzeitig wissen.« Mit dem Ellbogen versetze ich Brandy einen Schubs.

Die nickt. »Ich gebe euch Bescheid.«

»Wundervoll.« Sam tippt sich an die Stirn. »Nun müssen wir los, Vorbereitungen treffen. Elviras Familie kommt zu Besuch, sie verbringen den Sommer in St. Ives.«

»Wie herrlich«, sagt Brandy.

Wir verabschieden uns, doch etwas in Brandys Tonfall hallt in meinem Kopf nach, während wir dem ungleichen Paar hinterherwinken. Ich öffne schon den Mund, um sie danach zu fragen, dann schließe ich ihn wieder. Es ist sicher besser, sich zunächst bei Helen nach Brandys Familie zu erkundigen, als bei ihr selbst womöglich in Wunden zu stochern. Und wo wir gerade dabei sind…

»Also«, setzt Brandy erneut an, »was weißt du nicht?«

»Was weiß ich nicht?«

»In Bezug auf Tom und dass du ein Feigling vor dem Herrn bist.«

»Herzlichen Dank.«

Brandy zuckt die Schultern.

»*Ich weiß nicht*«, beginne ich also erneut, »ob ich überhaupt möchte, dass sich etwas an dem Verhältnis zwischen Tom und mir ändert, okay? Es ist gerade angenehm, wie es ist. Wir sind Freunde, wenn man das überhaupt so nennen kann. Im Grunde sind wir nur zwei, die sich ganz gut verstehen und gemeinsam an einem Projekt herumwerkeln.«

»Und die Erde ist eine Scheibe, und Mäuse fressen Katzen.«

Ich seufze. »Wieso lassen wir das Thema nicht? Wir drehen uns im Kreis.«

»Weil du nicht stehen bleibst, um einen Schritt nach vorn zu tun.«

Ich denke über Brandys Worte nach, während ich mich auf den Heimweg mache. Sie hat recht, denke ich. Seit ich hier angekommen bin, an diesem regnerischen Nachmittag im März, bin ich nicht mehr *stehen geblieben* – ich habe mich in mein neues Leben gestürzt, ohne mich umzublicken, habe geradeaus gesehen und bin losgerannt. Ich habe mir einen neuen Alltag geschaffen mit neuen Routinen: Joggen, Toms Kaffee, Frühstück bei Helen, plauschen mit Brandy, arbeiten im *Peek-a-boo*. Nun noch die Katzen. Schlafen. Nicht nachdenken.

Auf Höhe des Piers brummt mein Handy.

GUSTAV ARSCHLOCH: *Komm zu mir zurück. Diesmal machen wir es richtig.*

Ich starre auf das Telefon, als sei es das absurdeste Ding, das ich je in Händen gehalten habe. *Wir. Wir machen es richtig.* Als hätte ich so viel falsch gemacht. Ich bin versucht, das Handy mit Elan über die Hafenmauer ins Becken zu schleudern. Stattdessen klicke ich mich durch das

Menü zu meinen Kontakten und lösche einmal mehr Pers Nummer.

Das wird mir nicht helfen.

Was mir helfen wird, ist der Umstand, dass ich nicht für eine Sekunde in Erwägung gezogen habe, Pers Ruf zu folgen.

Wenn die Liebe vergeht, bleibe immer noch ich

Das Ende war kurz und überaus schmerzvoll. An einem Donnerstagmorgen stürmte Freja Gunnarson durch mein Vorzimmer auf das Büro ihres Mannes zu, ohne Termin, doch ich hielt sie nicht auf. Sie ließ die Tür offen stehen. Ich hörte sie Pers Namen rufen, dann ein Schluchzen, und für einen kurzen, unerklärlichen Augenblick dachte ich: *Sie weiß es. Sie wird ihn verlassen.* Doch dann folgte schrilles Lachen, Pers dunkle Stimme: »Ist das wahr? Bist du sicher?« Und dann ihr Jubel: »Es ist wahr, Per, wir bekommen ein Baby!«

Sie verließen das Büro gemeinsam. Ich konnte ihn nicht ansehen dabei. Nach etwa fünf Minuten kam er zurück, er hatte seine Frau am Empfang warten lassen, während er noch einmal in den siebzehnten Stock fuhr, um etwas zu holen, das er angeblich vergessen hatte.

»Elodie…«

Mehr sagte er nicht. Ich habe keine Ahnung, weshalb er überhaupt zurückgekommen war, denn er brachte kein weiteres Wort hervor, und das war's. Das war's!

Während er mit Freja die Zeugung des gemeinsamen Nachwuchses feierte, packte ich meine Sachen. Am nächsten Morgen fand er meine fristlose Kündigung auf seinem Tisch. In den Wochen darauf rief er mich täglich an, und anfangs beantwortete ich die Gespräche, hörte die leeren

263

Worte, die Entschuldigungen, die Abhandlungen darüber, dass es lange Zeit so aussah, als würde Freja niemals ein Kind bekommen, doch jetzt, wo es so weit war, änderte es alles.

Er rief weiter an. Je mehr Zeit verging, desto mehr unterschieden sich seine Worte.

Er sagte mir, dass es möglich sei, zwei Menschen zu lieben, und ich lachte ihn aus.

Er bot mir Geld für einen Neuanfang, und ich schrie ihn an, dass ich keine Hure sei, obwohl ich genau wusste, dass das nicht der Grund war, warum er es mir geben wollte.

Schließlich bat er mich zu bleiben. Ich lehnte ab.

34. Elodie

Brandy hat recht: Es ist Zeit, stehen zu bleiben und einen Schritt nach vorn zu wagen. Während ich den Rest des Nachmittags dazu nutze, Listen zu schreiben – die Gästeliste für die Einweihungsparty, die Einkaufsliste für die Einweihungsparty, eine letzte Kostenaufstellung aller Umbauarbeiten –, während ich die Fotos von heute Morgen auf mein MacBook ziehe, sie erst an meinen Vater und Franzi weiterleite und dann einen Text entwerfe, um das *Peek-a-boo* bei den Buchungsseiten vorzustellen, horche ich in mich hinein auf der Suche nach der alles entscheidenden Antwort.

Auf folgende Frage:

Möchte ich, dass sich etwas ändert zwischen mir und Tom de la Chaux? Möchte ich raus aus der Freundeszone, und, sollte er das überhaupt wollen, hin zu … Wer weiß?

Ich kaue auf dem Ende meines Stiftes herum.

Wir sehen uns heute Abend. In der Guildhall gibt es eine Open-Stage-Night, an der Helens Kinder teilnehmen, und ich, ich werde mit Tom da hingehen. Ist das ein offizielles Date? Ich habe keine Ahnung. Ich weiß nur, ich habe ihn gefragt, er hat Ja gesagt, und heute Abend – heute Abend werde ich unzweifelhaft und unwiderruflich herausfinden, was ich für Tom de la Chaux empfinde, und dann … dann werde ich danach handeln, und wenn es das Letzte ist, was ich tue.

35. Helen

Als ich erfuhr, dass Kayla an der Open-Stage-Night teilhaben wird – von Kayden, selbstverständlich, nicht von ihr selbst –, war mein erstes Empfinden erstaunlicherweise Furcht, wovor, weiß ich nicht, weshalb auch immer. Dann schob ich einen klaren Gedanken über dieses Gefühl und ging zu Liam, um ihm zu sagen, dass wir am kommenden Freitag in die Guildhall gingen, um unsere Zwillinge auf der Bühne zu sehen.

»Das ist großartig, oder?«, erklärte ich. »Mir war gar nicht klar, dass sie sich für so etwas interessieren.«

»Wofür genau?«, fragte Liam misstrauisch. »Was passiert da auf der Bühne?«

Ich zuckte mit den Schultern. »Auf einer offenen Bühne, da kann jeder alles machen«, erklärte ich. »Die einen werden singen, die anderen einen Sketch aufführen…«

»Und was werden die Zwillinge tun?«

Wenn ich das wüsste, wäre mein Enthusiasmus größer, dachte ich.

Nun sitze ich zwischen meinem Mann und Elodie auf einem dieser unbequemen Plastikstühle und harre der Dinge, die der Abend uns bescheren wird. Liam scheint sich weniger Sorgen zu machen als ich. Er hat sich leger in seinen Stuhl zurückgelehnt, ein Bein über das andere geschlagen, die Arme über die Stuhllehnen neben sich drapiert. Ich lege meine Hand auf seinen Schenkel, und er lässt mich. Als ich ihn ansehe, lächeln seine Augen mich an, obwohl sein Mund sich keinen Millimeter bewegt.

»Wann sind die Zwillinge dran?«, flüstert Elodie mir zu.

»Du brauchst nicht zu flüstern«, antworte ich ihr, allerdings beinahe ebenso gedämpft. »Das Programm hat ja noch gar nicht angefangen.« Elodie ist mit Tom gekommen, der links neben ihr sitzt und sich gerade mit Brandy unterhält, die sich auf seiner anderen Seite niedergelassen hat. Es ist schon beinahe komisch, wie sehr er und Elodie sich als potenzielles Paar geben, ohne auch nur einen Gedanken daran zu verschwenden, eines zu sein. Zumindest denke ich das. Natürlich ist Elodie noch sehr in ihre Vergangenheit verstrickt, das beweisen nicht nur die zahllosen SMS, die sie täglich erreichen, und zwar bereits ab sieben Uhr morgens, wenn wir uns zum Joggen treffen. Darüber hinaus wirkt es auf mich, als sei da etwas in Bewegung geraten zwischen Tom und ihr. Die beiden gehen freundlich miteinander um, freundlich bis höflich, würde ich sagen, doch auch absolut unbestimmt und unentschieden. Und sicher. Alles auf einmal und allemal so, als warteten sie nur auf den richtigen Moment, übereinander herzufallen.

»Ich habe keine Ahnung, wann die Zwillinge dran sind«, erkläre ich Elodie jetzt. »Aber ich weiß es zu schätzen, dass du und Tom gekommen seid. Ich hoffe, ihr werdet das nicht bereuen. Ich habe da hinten Blockflöten gesehen.« Ich verziehe das Gesicht, und Elodie lacht.

»Ein bisschen Alkohol wird helfen«, sagt sie. »Was möchtest du? Ich hole uns was an der Bar.«

»Lass nur«, sagt Liam, »ich mach das.«

Tom erhebt sich ebenfalls, und Elodie und ich wechseln einen Blick. Den Brandy auffängt.

»Pärchenabend.« Sie seufzt in gespielter Verzweiflung, dann zwinkert sie uns zu.

Der Abend verläuft grauenvoll. Das Programm ist grauenvoll. Die Blockflöten sind das Harmloseste. Es gibt einen Männerchor, der ausschließlich Songs aus *My Fair Lady* singt. Eine Mutter, die mit ihrem ungeborenen Baby spricht. Eine Frau in den Wechseljahren, die mit ihren Genitalien redet. Ein Duo, welches das Ende von *Vom Winde verweht* neu vertont hat. Als schließlich einer der Fischer die Bühne betritt, um bei all seinen gefangenen Makrelen und Seelachsen Abbitte zu leisten, stöhnt das Publikum schmerzvoll auf.

»Es kann zumindest nicht noch schlimmer werden«, raunt Liam mir ins Ohr, doch da bin ich mir ganz und gar nicht sicher. Wenn das bisherige Programm auch nur einen winzigen Hinweis darauf gibt, wie der komplette Abend geplant ist, verdüstert sich meine Vorahnung von Dunkelgrau ins tiefste Schwarz.

Kayla und Kayden kommen als Vorletzte auf die Bühne. Mein Sohn hockt auf einer Art Holzwürfel und klopft mit den Handflächen dagegen, was wie ein Stammesrhythmus klingt. Kayla tritt drei Schritte vor ihm ins Rampenlicht vor ein Mikrofon.

Be

sagt sie.

Be whatever you want
to be
Not what they like
to see
When they look
in your eyes
and see
what could be
their life
If they only
Chose better
but they didn't
So what
Does it matter?
Your Life
You be
your choice
stay free.

Sie trägt schwarze Leggins, einen schwarzen Rollkragenpullover und schwarze Augenringe. Die Haare hat sie so streng aus dem Gesicht gekämmt, dass ihre Haut wie gestrafft wirkt. Mein Herz beginnt schneller zu klopfen, erst recht, als Elodie mir von der Seite einen nervösen Blick zuwirft. Oh ja, meine Tochter sieht gefährlich aus. Und selbst Elodie ahnt, dass ihre Worte nicht dazu gedacht sind, zur allgemeinen Unterhaltung beizutragen. Sie sind an uns gerichtet, an mich und Liam, und für einen kurzen Augenblick schießt mir der Gedanke durch den Kopf, womit wir das verdient haben. So viel Ablehnung, so viel Kritik. Ist das wirklich noch pubertär? Was geht bloß in Kaylas Kopf vor?

Mein Mann runzelt die Stirn. Meine Tochter sagt:

Be-ware
Of me
I am ready
to see
what's beyond
your eyes
what is the life
that you disguise.

Das Mikrofon knackst in der Stille, die Kaylas Worten folgt. Kayden hat aufgehört zu trommeln und ist stattdessen hinter ein Pult getreten, wo er sich an einem Laptop zu schaffen macht. Für einen Augenblick habe ich die Befürchtung, mein Herz setzt aus. Ich ahne Schreckliches. Was zur Gewissheit wird, als an der Wand hinter Kaylas düsterer Gestalt ein Videobild aufflackert.

Ach du liebe… Scheiße.

Mit offenem Mund starre ich auf die Bilder, die nun anstelle von Kaydens Getrommel Kaylas Worte über Selbstbestimmung, Eigeninitiative und darüber begleiten, wie es nicht infrage kommen sollte, die Erwartungen anderer zu erfüllen. Der Film im Hintergrund zeigt Bilder unseres Familienlebens – Liam, mich, Kayla, Kayden selbst – beim Abendessen, im Café, sogar bei Liams Eltern. Der Film sieht aus wie einer dieser alten Super-Acht-Dinger, und er spielt sich ab im Schnelldurchlauf, was ihn noch mehr wie eine Satire wirken lässt, doch unglücklicherweise sind unsere Gesichter mehr als deutlich auszumachen. Kayla verdreht die Augen, vor, zurück, vor, zurück. Liam schüttelt den Kopf. Hin, her, her, hin. Ich presse die Lippen zusammen, bevor ich mir in Turbogeschwindigkeit Apfelstücke in den Mund schiebe, wieder und wieder. Hausarbeit. Blicke. Kopfschütteln. Augenrollen. Eine Aufnahme zeigt Brandy, wie sie mit gespreiztem Finger an ihrer Teetasse nippt. Auch hier hat Kayden mit Wiederholung gearbeitet, als würde die arme Brandy in Endlosschleife die Tasse zum Mund führen. Ich sinke tiefer in meinen Stuhl, während ich eine Hand über die Augen lege. Ich komme mir vor wie in einer der Wochenschauen, die man aus alten Filmen kennt – die für alle anderen zum Brüllen komisch sind, nur nicht für die Betroffenen selbst.

Durch meine Finger hindurch linse ich zu Liam, der mit zusammengekniffenen Augen auf die Leinwand starrt. Auf meiner anderen Seite hält Elodie eine Hand vor den Mund. Währenddessen nimmt um uns herum das Gemurmel zu, bis aus dem unterdrückten Lachen lautes Gelächter wird. Die Bilder auf dieser Leinwand haben so gar nichts mehr mit Kaylas seltsamem Gemurmel zu tun, was mittlerweile auch ihr aufgefallen ist – sie wirft einen Blick über die Schulter, bevor sie mit wütender Miene zu ihrem Bruder stapft. Der Film endet daraufhin abrupt, das Gelächter leider nicht. Noch während des letzten Programmpunkts – einer Gruppe Mädchen, die die *Spice Girls* imitieren – ist Gelächter zu hören und drehen sich Leute zu uns, um uns belustigt zuzuzwinkern.

Wir lassen den Rest des Gequäkes auf der Bühne über uns ergehen, ebenso wie die Verabschiedung der einzelnen sogenannten Künstler. Meine Blicke sprühen Funken in Richtung Kayla, die sie geflissentlich ignoriert. Kayden ist nirgendwo zu sehen. Ich wende mich wieder Liam zu, und unsere Blicke treffen sich.

»Das ist nicht witzig«, erkläre ich, doch er bricht in schallendes Gelächter aus.

36. Elodie

Okay, das war … nun …« Ich zucke mit den Schultern, während ich neben Tom die Hafenpromenade entlangschlendere, durch ein stilles und besonnenes St. Ives, das nach einem turbulenten und überfüllten Frühsommertag zur Ruhe zu kommen scheint. Nur noch wenige Touristen bummeln mit uns hier entlang, Pärchen, die Hand in Hand gehen oder sich auf eine der Bänke niedergelassen haben, um dem Plätschern des Wassers gegen die Hafenmauer zu lauschen.

Es ist frisch hier draußen, aber wundervoll. Tom drapiert den Pullover, den er über seine Schultern gelegt hatte, über meine, und ich erschauere, nur diesmal nicht vor Kälte. Hätte ich jemals für möglich gehalten, einen Mann anziehend zu finden, der sich einen dunkelblauen Pullover über seine mit einem hellblauen Hemd bedeckten Schultern schlingen würde? Nein, hätte ich nicht. Tom hat Glück, dass er nicht auch noch diese seltsam hässlichen Halbschuhe trägt, die oft mit zu viel Geld und zu wenig Geschmack einhergehen. Die zum Reinschlüpfen, Slipper oder Loafer oder wie auch immer man sie nennt. Ich werfe einen Blick auf seine Schuhe, nur um sicherzugehen. Zumindest haben sie Schnürsenkel.

»Liam sah aus, als würde er sich in die Hose machen vor Lachen«, sagt er.

»Allerdings«, stimme ich zu. »So fröhlich habe ich ihn

noch nie gesehen. Ist das zu fassen? Ich meine, ausgerechnet bei diesem Anlass?«

»Die arme Helen dagegen war weiß wie die Wand.«

»Aaah.« Ich stöhne. »Gott ja, arme Helen. Sie hat mir unglaublich leidgetan. Sie tut mir immer noch leid. Diese Bilder von ihr. Am Herd, beim Staubsaugen. Was denken sich diese Kinder, ihre Eltern so vorzuführen?«

»Sicher nicht leicht mit den beiden. Mit den Kindern, meine ich.«

Ich zucke mit den Schultern. »Ich hätte vermutlich schon mit einem Probleme.«

Wir gehen schweigend nebeneinander her. Ich schlinge die Arme um meinen eigenen Körper, spüre die Wolle von Toms Pullover unter den Fingern, nehme den Duft wahr, den er verströmt: Weichspüler. Und noch etwas. Etwas Herbes.

Definitiv, denke ich.

Definitiv.

Außerhalb der Freundeszone duftet es einfach zu gut, um es dauerhaft zu ignorieren.

Ich rücke ein Stück näher an Tom heran, so nah, dass sich unsere Arme berühren, und er lässt es geschehen.

»Hast du mal an eigene Kinder gedacht?«, fragt er.

»Ehrlich gesagt, nein.«

»Nein?«

»Es hat sich einfach nicht ergeben.«

»Okay.«

»Und du?«

»Puh.« Er zuckt mit den Schultern. »Keine Ahnung.«

Mehr Schweigen folgt. Ich weiß nicht, ob Tom sich ebenfalls während des Open-Stage-Abends das Hirn darüber zermartert hat, ob es sinnvoll wäre, einen Gang hochzuschalten oder nicht, doch er benimmt sich genauso gehemmt, wie ich mich fühle. Gehemmt, weil ich mir sicher bin, ich werde den ersten Schritt tun müssen, und weil ich zu befangen bin, es tatsächlich durchzuziehen.

Als Tom und ich das *Sloop Inn* passieren, macht er keine Anstalten hineinzugehen, sondern bringt mich stattdessen ins *Peek-a-boo*, obwohl ich ihm versichere, dass ich das kurze Stück vom Pub zu mir nach Hause durchaus allein bewältigen kann.

»Ist doch keine große Sache«, murmelt er und nimmt meinen Arm, während wir die Treppen zum Cottage nach oben steigen.

Himmel, er nimmt meinen Arm, denke ich. Wie in *Stolz und Vorurteil* oder einer anderen BBC-Schmachtverfilmung. *Ach herrje.*

»Also danke, dass du mich mitgenommen hast«, sagt er, als wir oben angekommen sind. »Es war ein zauberhafter Abend.«

»Oh, ja, das war er sicherlich«, gebe ich in ähnlich ironischem Tonfall zurück. »Ganz entzückend.«

»Der erste Teil des Satzes war ernst gemeint«, sagt er.

»Und ich mache nie Witze«, antworte ich.

Tom sieht mich an, und auf einmal ist jeglicher Schalk aus seinen Augen verschwunden. Ich blinzle. Dann öffnen sich meine Lippen einen Spalt. Wenn er mich jetzt nicht küsst, denke ich, wird er es ganz bestimmt niemals tun.

»Gute Nacht.«

»Gute Nacht.«

Er tritt einen Schritt zurück.

Also niemals, denke ich.

»Kommst du morgen auf einen Kaffee vorbei?«

»Was wäre das für ein Morgen, wenn ich nicht auf einen Kaffee vorbeikäme?«, erwidere ich.

Tom lächelt. Er blickt zu Boden, dann mich an. »Es ist eigenartig, auf einmal nichts mehr zu tun zu haben. Ich hab mich schon daran gewöhnt, meine Abende mit dir zu verbringen. Oder zumindest auf den Knien irgendwo in deinem Haus.«

»Komm morgen Abend gern vorbei und rutsch ein bisschen vor mir auf den Knien herum, wenn du dich dann besser fühlst.«

Er grinst.

Ich grinse.

Beide blicken wir überrascht nach unten, wo sich Crue gurrend um unsere Beine schmiegt.

»Okay, dann.« Tom tippt sich an die Stirn, wie Sam Watson es gestern getan hat.

»Warte«, rufe ich, noch bevor er sich umgedreht hat, um die Stufen hinunterzulaufen. Ich löse seinen Pullover von meinen Schultern und strecke ihn ihm hin. »Danke fürs Ausleih…« Und dann muss ich fürchterlich niesen, mehrmals, was dazu führt, dass Crue aufgeschreckt davonhopst und ich den Pullover fallen lasse, um mir die Hände vor den Mund halten zu können.

»Sorry.« Ich schniefe ein wenig.

»Und schon erkältet«, sagt Tom, während er den Pulli aufhebt.

»Nein.« Ich schüttle den Kopf. »Ich denke, das ist eher die Katzenhaarallergie. Ich habe mir heute ein Antiallergikum aus der Apotheke geholt, hab es aber noch nicht genommen.«

»Du bist allergisch gegen die Katzen?«

»Ich nehme es an. So viel geniest wie in den letzten

zwei Wochen habe ich jedenfalls noch nie. Morgens ist es am schlimmsten. Und wenn ich meine Nase direkt ins Fell stecke. Und offensichtlich auch, wenn sie nur an mir vorbeiläuft.« Ich verdrehe die Augen.

»Na, dann wird es zumindest nicht so schwerfallen, die Kleinen abzugeben, oder?«

»Crue werde ich auf jeden Fall behalten«, sage ich, und es klingt ein wenig aufgebracht. »Wo soll sie denn hin, sie ist eine Streunerin.«

»Und du bist allergisch.« Er sieht mich stirnrunzelnd an.

»Na, und? Dafür gibt es doch diese Allergietabletten.«

Tom starrt mich immer noch an, doch ganz allmählich entfaltet sich seine Stirn, seine Augen werden größer, und dann öffnen sich seine Lippen einen Spalt.

»Was ...«, beginne ich, da hat er einen Schritt auf mich zu gemacht, den Arm um meine Taille geschlungen, mich gegen die Eingangstür gedrückt und seine Lippen auf meine gepresst.

Ich verschränke die Hände in seinem Nacken und ziehe mich näher an ihn heran. Er schmeckt so gut, wie er duftet. Er küsst so gut, wie man es von einem Mann mit einem französischen Nachnamen erwarten kann. Wir bleiben genau so stehen, seine Hand an meiner Taille bewegt sich nicht, meine Hände in seinem Nacken ebenso wenig. Nur unsere Münder reiben sich aneinander, langsam, hypnotisch, betäubend. Als er sich mit einem Ruck von mir löst, prallt mein Hinterkopf gegen die Eingangstür, und Tom taumelt drei Schritte zurück.

»Sorry«, sagt er fassungslos.

»Nichts passiert«, erwidere ich ebenso atemlos.

Wir starren einander an.

»Gute Nacht.« Er blinzelt.

Ich räuspere mich. »Gute Nacht.« Dann sehe ich Tom de la Chaux hinterher, wie er die Treppe von meinem Cottage auf die Straße hinunterstürmt und den Weg ins *Sloop Inn* einschlägt, mehr rennend als gehend, ohne sich noch einmal nach mir umzudrehen.

37. Helen

*L*iebe Güte, da gehe ich einmal nicht mit zum Laufen, und dann verpasse ich alles. Ihr habt euch geküsst. Wie unglaublich!«

»Oh, ja, unglaublich«, mischt sich Brandy ein. »Ich wäre auch gern dabei gewesen.«

»Ihr zwei seid krank«, sagt Elodie. Sie sitzt bei Brandy am Tisch, den Planer vor sich, Ellbogen darauf aufgestützt. Ich bin nicht sicher, ob sie uns von dem Kuss erzählen wollte – ich denke, sie wollte eigentlich nur noch mal die Gästeliste für ihre Einweihungsparty durchgehen –, doch schließlich hielt sie es offenbar nicht länger aus und platzte damit heraus. Und nun wirkt sie, als würde sie es fast wieder bereuen. *Fast.* »Es war nicht heute Morgen, also hast du auch nichts verpasst«, sagt sie nun. »Es passierte gestern Abend, als er mich heimbrachte, nach...« Aus den Augenwinkeln wirft sie mir einen Blick zu. »Bei euch alles in Ordnung? Lebt Kayla noch?«

Ich mache eine wegwerfende Handbewegung. »Sie hat Hausarrest bis zu ihrem dreißigsten Geburtstag. Und die Standpauke von Liam hat selbst die Nachbarn überrascht.«

»Standpauke?« Elodie sieht verwirrt aus. »Auf mich hat Liam gewirkt, als hätte er sich köstlich amüsiert?«

Ich verziehe das Gesicht. »Der Absurdität des Ganzen konnte er durchaus etwas abgewinnen. Das hat ihn nicht daran gehindert, seine Tochter zur Schnecke zu machen.

Und seinen Sohn«, füge ich hinzu, »obwohl es in Kaydens Fall wirklich schwerfiel, ernst zu bleiben. Er hat Kayla selbst fürchterlich verärgert. So wie es aussieht, sollte ihre Performance eine todernste Darlegung unseres gestörten Familienlebens werden, und Kayden hat eine Parodie daraus gebastelt und so dem Ganzen die Schärfe genommen. Wie Kayla überhaupt auf die Idee ...« Ich beende den Satz nicht. Der schlimmste Augenblick des gestrigen Abends war sicherlich der, in dem wir begriffen haben, dass wir unsere Tochter gar nicht kennen. Nicht das kleinste bisschen.

Sowohl Elodie als auch Brandy sehen mich mitleidig an. »Wenn wir irgendetwas für dich tun können«, beginnt Elodie, doch ich schüttle den Kopf. »Wenden wir uns lieber einem erfreulicheren Thema zu, nämlich dir«, erkläre ich. »Das sind die Geschichten, die eine Frau mittleren Alters mit einer psychopathischen Tochter gern hören möchte.«

Brandy wirft mir einen Blick zu. Es liegt nicht einmal ein Vorwurf darin, doch sofort überkommt mich das schlechte Gewissen. So darf niemand von seinem Kind reden, nicht wahr? Und sei es noch so gerechtfertigt.

Doch Brandy erklärt: »Was soll eine Frau älteren Alters da sagen? Die hätte auch nichts gegen eine pikante Geschichte einzuwenden.«

Elodie stöhnt. »Nichts ist pikant an dieser Geschichte. Wir haben uns geküsst. Er ist weggerannt. Heute Morgen hinter der Kaffeebar war er wieder ganz sein sarkastisches Selbst.«

»Ach ja?« Ich lasse den Blick einmal durch den Raum des Cafés schweifen, um sicherzugehen, dass alle Gäste versorgt sind, dann setze ich mich neben Elodie.

»Er tut, als sei nichts passiert«, sagt die.

»Huh.« Brandy nimmt ihre Teetasse in die Hand und nippt daran, was mich sofort wieder an Kaydens Film denken lässt, und ich verkneife mir ein Grinsen. Was ist los mit mir? An dieser Sache ist wirklich gar nichts komisch.

»Es gibt ein Wort für ein solches Verhalten«, sagt Brandy. »Selbstverleumdung.«

»Ergibt das überhaupt einen Sinn?« Elodie seufzt.

»Was hat er denn gesagt heute Morgen?«, hake ich nach.

Haargenau in diesem Moment öffnet sich die Tür des Cafés, und Tom de la Chaux tritt ein, um Scones oder Crumpets oder anderes Gebäck zu kaufen, wie er es jeden Vormittag tut. Bislang dachte ich immer, er kommt hierher, um Elodie zu sehen. Heute allerdings frage ich mich, ob ihm das selbst so klar ist, denn in dem Augenblick, in dem er sie entdeckt, huscht sein Blick unwillkürlich zurück zur Tür, als wolle er fliehen. Verrückt.

Elodie versteift sich neben mir. Ich stehe auf, um ihn zu bedienen.

»Die Gästeliste«, höre ich Elodie sagen. »Brandy, wirfst du einen Blick darauf? Ich will niemanden vergessen.«

»Aber natürlich, Kindchen. Das mache ich.«

Ich packe Tom zwei Croissants in eine Papiertüte, ohne ein Wort darüber zu verlieren, wie ungewöhnlich das ist, denn immerhin verkauft er Croissants in seinem eigenen Laden. Wir halten ein wenig Small Talk. Er erwähnt nicht Kaylas Auftritt von vergangener Nacht, und ich bin ihm dankbar dafür. Die Spannung zwischen ihm und der etwa zwei Meter weit entfernt sitzenden Elodie ist so greifbar, ich könnte sie in Stücke schneiden und Sandwiches damit belegen.

»Also, dann«, sagt er schließlich. Hebt die Papiertüte zum Gruß, wirft einen Blick auf Elodie und ist schon fast zur Tür hinaus, bevor er stehen bleibt. »Ich könnte meine Sachen heute Abend vom *Sloop* ins *Peek-a-boo* bringen«, sagt er, allerdings so schnell, dass ich eine Sekunde lang über den Sinn dieses Satzes nachdenken muss, bevor ich ihn begreife. Elodie scheint es genauso zu gehen, doch schließlich ruft sie: »Äh, ja! Natürlich!«

Ich beiße mir auf die Lippen, um mir ein Lachen zu verkneifen, und wechsle einen Blick mit der kichernden Brandy, der das nicht so gut gelingt.

»Also gut dann.« Tom nickt noch einmal und ist zur Tür hinaus.

Schweigen. Dann:

»Oh, Gooott.« Elodie lässt den Kopf auf ihren Planer sinken. »Das war … uuuuuuuh«, murmelt sie.

»Na, so schlimm ist es nicht«, sagt Brandy. »Er scheint mir ein bisschen verwirrt zu sein. Bestimmt wird sich alles wieder normalisieren, wenn er erst eingesehen hat, dass er bis über beide Ohren in dich verliebt ist. Und nachdem er jetzt bei dir einzieht, kann das so lange nicht mehr dauern.«

»*Oh, Gooooott.*«

Ich muss lachen, allen Dramen zum Trotz. »Vielleicht passt du dich für den Moment einfach an«, rate ich Elodie. »Tu so, als hätte der Kuss auch für dich keinerlei Bedeutung gehabt. So lange, bis sich die Situation zwischen euch wieder normalisiert hat.«

»Sie war nie normal«, nuschelt Elodie. »Und jetzt wird sie es sicher auch nie werden.«

Ich ziehe den Planer unter ihrem Kopf hervor, während ich mich wieder an den Tisch setze. »Okay«, sage ich,

»was haben wir? Ist die Gästeliste fertig?« Ich denke, es ist für alle besser, uns ein wenig von den eigenen Sorgen abzulenken. Für Elodie und mich zumindest – Brandy wirkt, als würde sie nichts lieber tun, als sich noch weiter mit Toms *Verleumdungstaktiken* zu befassen.

»Ich glaube nicht, dass wir noch mehr auf diese Liste setzen sollten«, sagt sie nun. »Sonst kannst du das Haus gleich noch mal renovieren, wenn die Party vorbei ist.«

»Ah, bewahre«, murmelt Elodie, dann wirft sie mir einen schuldbewussten Blick zu. *Beware.* Dieses Wort wird in Zukunft wohl immer mit Kaylas entgleister Dichtkunst in Verbindung gebracht werden. »Entschuldige.«

Ich zucke mit den Schultern. »Wenn mir vorher jemand gesagt hätte, dass Kinder in der Pubertät zu Monstern werden, hätte ich vermutlich trotzdem welche haben wollen.«

»Kennt ihr diesen Postkartenspruch?«, fragt Brandy. »Ich liebe Kinder, ich könnte nur kein Ganzes essen?«

Es dauert zwei Sekunden, dann hebt Elodie kichernd den Kopf.

Brandy nippt zufrieden an ihrem Tee.

»Ja, lacht ihr nur«, sage ich. »Eines Tages lacht zumindest eine von euch womöglich nicht mehr.« Ich werfe Elodie einen bedeutungsvollen Blick zu, und sie verzieht das Gesicht.

»Okay.« Ich klopfe mit den Fingern auf die Tischplatte. »Was willst du anbieten? Ich würde gern etwas beitragen. Eine Pie vielleicht? Oder Cornish Pasties?«

Wir beratschlagen das Fingerfoodbuffet, das Elodie bereitstellen möchte, und die passenden Getränke. Brandy schlägt vor, die Party bei schönem Wetter nach draußen zu erweitern, indem wir Tische und Bänke auf die Terrasse vor dem Eingang aufstellen. Sie bietet außerdem an, mit Jack vom *Sloop Inn* zu sprechen, der besagte Tische und Bänke verleiht. Wir setzen ein Datum fest: Samstag in einer Woche. Bis dahin möchte Elodie sich um den kleinen Garten hinter der Küche kümmern, die Blumenkästen vorm Haus bepflanzen, Tische und Möbel polieren, die Zimmer mit nützlichen Kleinigkeiten versehen.

»Ich kann nicht glauben, dass es bald so weit sein wird«, sagt sie, und ich drücke ihre Hand. Ich freue mich für Elodie, das tue ich wirklich. Etwas Großes beginnt für sie in dem Augenblick, in dem der erste zahlende Gast das *Peek-a-boo* betreten wird.

Aber auch für mich ist es etwas Großes, an diesem Wendepunkt teilzuhaben. Mein Leben ist in Unordnung geraten, doch ich fühle mich nicht mehr allein inmitten des Sturms.

38. Elodie

Zwei Tage bis zur Einweihungsparty und noch haufenweise zu tun.

Was fehlt?
- Kerzen, Servietten, Teelichter
- Pappteller und Plastikbesteck (recycelbar)
- 1–2 Fackeln für draußen & Tischdecken
- Bier- und Weingläser & Fass, abzuholen im *Sloop Inn*

Ich kaue auf dem Ende meines Stifts herum, doch ich kann mich nicht wirklich auf meine Liste konzentrieren. Und wieso kann ich mich nicht wirklich auf meine Liste konzentrieren? Eines gewissen Franzosen wegen. Aaah, und was rede ich da – er ist überhaupt kein Franzose! Pas du tout! Ich lasse den Stift auf meinen Kalender fallen, stehe auf, bereite mir einen Espresso zu, gebe etwas Zitronensaft hinein gegen das hämmernde Kopfweh, setze mich zurück an den Küchentisch. Dann nehme ich den Stift wieder auf und blättere in meinem Planer ein paar Tage zurück, bis zu dem Eintrag *Erster Kuss*, den ich mit einem bescheuerten Herzaufkleber dekoriert habe.

»Du bist erbärmlich, Elodie«, murmle ich durch zusammengebissene Zähne. »Wie alt bist du? Zwölf?«

»Aber wenn ich zwölf bin«, antworte ich mir zerknirscht, »dann benimmt er sich wie zehn. Allerhöchstens.«

Ich kippe den Espresso hinunter, als wäre es ein Schnaps. Der mir vermutlich mehr helfen würde. Wie spät ist es? Ich sehe auf meinem Handy nach der Uhrzeit. Kurz vor elf. So weit bin ich gesunken, dass es mir vormittags nach Alkohol gelüstet.

Also.

Die Sache hat sich folgendermaßen zugetragen.

Tom zieht hier ein, begleitet vom Trommeln meines Herzens und seltsam verschämten Blicken, die wir einander zuwerfen, wann immer der eine denkt, der andere sieht nicht hin. Und wie absolut nicht anders zu erwarten, wird besagter herzchendekorierter Kuss von keiner Seite mehr erwähnt. Es ist, als wäre nie etwas geschehen, bis auf die klitzekleine Tatsache, dass er mich wieder geküsst hat. Die meiste Zeit allerdings verzieht er sich in sein Zimmer, als sei der Rest des Hauses radioaktiv verseucht, und läuft dort auf und ab, was unschwer zu überhören ist, denn das Cottage ist alt und die Dielen knarzen.

Der Mann wirkt nervös. Und er macht *mich* nervös, als sei es für mich nicht schon aufregend genug, dass er mit mir unter einem Dach wohnt. Mein erster zahlender Gast. Mein erster zahlender Gast, und ich will mit ihm ins Bett.

Quatsch.

Elodie!

Ich klappe meinen Kalender zu, denn ich kann mich auch ohne ihn gut und plastisch an die vergangenen Tage erinnern, dann binde ich mir eine Küchenschürze um, öffne die Glastür zu meinem kleinen Gemüsegarten und mache mich daran, Unkraut zu zupfen. Es ist das letzte Fleckchen Erde (im wahrsten Sinne), das es noch zu bearbeiten gilt, denn die Blumenkästen vor dem Haus sind bereits bepflanzt, sowohl die am Geländer als auch die vor den Fenstern. Und Brandy hatte recht: Die Zauberglöckchen stehen dem *Peek-a-boo* ausgezeichnet, sie strahlen mit den Farben des Sommers um die Wette und lassen das kleine Cottage herausstechen unter den anderen kleinen Cottages der Straße, bunt und fröhlich überwuchert.

Hier nun, in dem Rechteck, das sich Garten nennt, sollen Kräuter wachsen, wofür ich allerdings erst das Unkraut loswerden muss, bevor ich frische Erde aufschütte und mit dem Pflanzen beginne.

Tom.

Ist in seinem Laden.

Was phänomenal ist, denke ich, während ich mit der Miniharke auf die armen Grünpflänzchen einhacke, denn mir reichen schon die gemeinsamen Abende, die sind unangenehm genug. Also, nicht unangenehm im Sinne von fürchterlich – eher ungelenk, würde ich sagen. Wir benehmen uns in etwa so, wie die Protagonisten in einem Woody-Allen-Film sich fühlen müssen.

Vor zwei Tagen zum Beispiel.

Wir stehen in der Küche und bereiten Abendessen zu, wir nippen an unserem roten Kochwein, wir lachen über irgendeinen peinlichen Spruch, den einer von uns beiden über die Beschaffenheit von Orangenhaut losgelassen hat, und dann – *BÄMM*. Liegen wir uns in den Armen, wild entschlossen, einander zu verzehren statt des Salats mit den filetierten Apfelsinenstücken, bis Tom sich ebenso plötzlich von mir löst, wie er sich auf mich geworfen hat, etwas von »Vergessen… essen… Pub« murmelt und zur Haustür hinausstürmt wie ein Juwelendieb auf der Flucht. Und nicht zurückkehrt. Bis weit nach Mitternacht.

Und dann gestern: linkische Blicke, peinlicher Small

Talk, eine fadenscheinige Entschuldigung, holprige Flucht ins eigene Zimmer.

Heute.

Heute habe ich ihn noch nicht gesehen.

Aber ich schwöre, wenn wir nicht bald aufhören mit diesem Eiertanz, dann ...

Big Ben beginnt zu läuten, und ich stehe auf. Rasch wische ich mir die schmutzigen Hände an der Schürze ab und laufe zur Tür.

»Tom, was – wieso nimmst du nicht deinen Schlüssel?«

»Nun ja, ich dachte ...« Da steht er in seinem Anzug, ein schwarzes Hemd mit weißen Punkten darunter, und zuckt mit den Schultern. »Ich dachte, ich sollte tagsüber besser nicht einfach reinplatzen.«

Ich widerstehe dem Drang, mit den Augen zu rollen. So was von linkisch, sagte ich's doch. Stattdessen sehe ich über seine Schulter zu dem bärtigen Mann, der gerade einen Biertisch aus einem Transporter hievt.

»Jack aus dem *Sloop* hat bei mir angerufen«, erklärt Tom. »Ich bin kurz rübergelaufen, um beim Ein- und Ausladen der Garnituren zu helfen. Wo sollen wir die Sachen hinpacken?«

»Du hast deinen Laden zugesperrt? Um Bierbänke durch die Gegend zu fahren?« Ich sehe ihn stirnrunzelnd an, und er sieht genauso starrköpfig zurück. Am liebsten würde ich ihn am Kragen packen und schütteln. *Was ist das hier? Was tust du, was tun wir, und wo führt es hin?* Mich küssen, dann weglaufen, küssen, weglaufen – und dann diese Dinge tun, für die ich *ihn* am liebsten küssen würde.

»Denkst du, es wird regnen in den nächsten zwei Tagen?«, frage ich schließlich.

Und als hätte er irgendeine Ahnung, sieht Tom in den Himmel, dann wieder mich an. »Ich denke nicht.«

»Und denkst du, jemand wird die Bänke und Tische stehlen, wenn wir sie hier auf der Terrasse stehen lassen?«

»Wohl kaum.« Eine Sekunde lang hält er meinem Blick stand, dann dreht er sich zu dem Bärtigen um, der mittlerweile interessiert zu uns herüberstarrt, um mit ihm gemeinsam die Partygarnituren vor meinem Haus zu stapeln.

Ein, zwei Minuten lang sehe ich den beiden zu. Es geht kaum etwas über einen smarten Mann im Anzug, der aussieht wie ein Filmstar und Bänke schleppt wie ein Holzfäller.

Ich seufze.

Dann räuspere ich mich.

Elodie.

Elodie!

39. Helen

Ich schrecke aus dem Schlaf, und augenblicklich ist mir klar, es muss ein Geräusch gewesen sein, das mich geweckt hat. Starr bleibe ich liegen und lausche in die Stille.

Da. Es klingt, als würde jemand unten an der Tür rütteln.

Für eine Sekunde überlege ich, Liam zu wecken, dann entscheide ich mich dagegen. Erst will ich sehen, ob es nicht eine ganz einfache Erklärung gibt, bevor ich das halbe Haus verrückt mache.

2:45 Uhr.

Leise tapse ich zur Tür, nehme meinen Bademantel vom Haken und schlüpfe hinein, während ich barfuß den Gang hinunter zur Treppe schleiche. Ich gehe ein paar Stufen, dann bleibe ich stehen. Es ist ganz still. Noch zwei Stufen. Nichts. Gerade als ich erleichtert ausatme, ist das Geräusch wieder zu hören. Jemand rüttelt an der Eingangstür, und sofort beginnt mein Herz schneller zu klopfen. Ich bin schon halb wieder oben, um Liam zu holen, als eine mir wohlbekannte Stimme einen Fluch ausstößt.

»Kayla?« Ich flüstere, doch sie kann mich nicht hören, weil sie draußen vor der Tür steht, mit offenkundigen Schwierigkeiten hereinzukommen. Schnell laufe ich die letzten Stufen hinunter, öffne Sicherheitsschloss und Kette, bevor ich meine Tochter hereinlasse, die mit hochrotem Kopf und finsterer Miene vor mir steht. Für einige

Sekunden bin ich zu überrascht, um irgendetwas zu sagen, ich mustere sie nur stumm, und dann fällt mir alles auf einmal ein.

»Wo warst du?«, zische ich. »Wo kommst du um diese Zeit her? Hast du eine Ahnung, wie spät es ist? Du bist vierzehn, was hast du mitten in der Nacht da draußen zu suchen? Und was hast du überhaupt an?« Ich zupfe am Kragen ihrer Bluse, die durchsichtig ist und den Blick freigibt auf einen dunklen BH. Ich habe Kayla bisher noch nie in einem solchen Aufzug gesehen – hätte ich es, wäre sie sicher nicht damit auf die Straße gegangen.

Meine Tochter starrt auf ihre Fußspitzen genau bis zu dem Augenblick, in dem ich ihr Oberteil anfasse. Sie macht einen Schritt zurück, während sie meine Hand wegschlägt, und in dieser unwirschen Geste liegt so viel Aggression, dass ich tatsächlich für eine Sekunde geneigt bin, ihr eine zu knallen.

Himmel, was ist los mit dir, Helen?

»Wo warst du?«, wiederhole ich im Flüster-Schrei-Ton.

»Das geht dich überhaupt nichts an«, faucht Kayla im gleichen Ton zurück. »Sag mir lieber, wer auf einmal die Kette vorlegt. Spinnt Kayden jetzt komplett? Der kann was erleben, das schwöre ich.«

Ich kann meine Tochter nur anstarren. »Hör zu, Fräulein, du wirst mir jetzt sofort erklären, wo du gewesen bist, sonst…«

»Es interessiert dich doch gar nicht, was ich tue«, unterbricht sie mich, und diesmal schreit sie wirklich. »Es interessiert dich nicht und Dad nicht, euch ist doch nur wichtig, was die Leute denken und dass ich meine Klappe halte. Hauptsache, anständig. Hauptsache, pflegeleicht.«

»Schhh.« Mit den Händen wedle ich vor Kaylas Gesicht herum. »Du wirst deinen Vater wecken mit diesem Quatsch, den du erzählst, und dann gibt es richtig Ärger.«

»Oh, ja? Was wird er diesmal tun? Mich übers Knie legen?«

»Das halte ich für eine fantastische Idee, glaub mir, ich werde es ihm vorschlagen. Also, zum letzten Mal: Wo warst du, Kayla?«

Sie hebt trotzig das Kinn. »Mit Freunden aus. Wir waren am Strand. Zufrieden?«

»Zufrieden? Nein, ich bin nicht zufrieden. Du bist vierzehn, und es ist mitten in der Nacht, verdammt noch mal. Ich dachte, du liegst oben im Bett und schläfst.«

»Tagsüber darf ich ja nicht raus.«

»Ja, und selbst wenn du keinen Hausarrest hättest, bin ich stocksauer, wenn sich meine Tochter, die fast noch ein Kind ist, nachts aus dem Haus schleicht.« Ich atme tief ein, und dabei fällt mir etwas anderes auf. »Du riechst nach Rauch.«

Kayla zuckt die Schultern.

»Okay.« Ich presse die Lippen aufeinander, um mich davon abzuhalten, noch mehr zu brüllen, als ich es ohnehin schon tue. »Bett. Sofort. Wir reden morgen.«

»Da gibt es überhaupt nichts ...«

»Ein Wort noch, Kayla, und du wirst es bitter bereuen.«

Was auch immer sie mir zutraut zu tun, diese Drohung bringt sie zum Schweigen. Sie stapft an mir vorbei, die Treppe nach oben, in ihr Zimmer, wo sie die Tür hinter sich zuknallt. Es braucht keinen Hellseher, um sicher zu sein, dass inzwischen auch alle anderen im Haus wach sind. Ich schicke Kayden zurück in sein Zimmer, der schlaftrunken meinen gemurmelten Worten folgt. Die Begegnung mit Liam gestaltet sich nicht ganz so einfach. Er sitzt auf der Kante des Betts, als ich zurück ins Schlafzimmer komme, er hat die Arme vor der Brust verschränkt und ein ernstes Gesicht aufgesetzt.

»Sie schleicht sich nachts aus dem Haus?«, fragt er, sobald ich die Tür hinter mir geschlossen habe.

Ich setze mich neben ihn. »Sieht ganz danach aus.«

»Denkst du, sie hat das schon öfter gemacht?«

Ich zucke mit den Schultern. »Ich hoffe nicht.«

»Du *hoffst* oder du weißt es nicht?«

Ich blinzle Liam an. »Was ist mit dir? Weißt du es? Oder *hoffst* du nur, dass ich es dir sagen kann?«

Statt einer Antwort steht Liam auf und geht hinüber zu seiner Seite des Betts, wo er sich allerdings nicht hineinlegt, sondern ans Fenster stellt. »Ich habe keine Ahnung, was in dem Kind vorgeht«, sagt er.

»Sie pubertiert. Sie rebelliert gegen alles und jeden.«

»Und das bedeutet, dass wir überhaupt nicht mehr an sie rankommen?«

Ich zucke mit den Schultern. Um ehrlich zu sein, kann ich mich nicht daran erinnern, jemals eine solche Phase durchlebt zu haben – eine Phase des Aufstands, des Ablehnens, eine Phase, in der ich so schwierig gewesen wäre. Meine Eltern hatten es leicht mit mir, im Nachhinein betrachtet. Allerdings – womöglich waren sie auch die besseren Eltern?

Womit wir wieder beim Thema Selbstzweifel wären, in das Liam hineinfeuert, ohne es zu ahnen, indem er sagt: »Du solltest mit ihr reden.«

»*Ich* sollte mit ihr reden?«

»Du bist ihre Mutter, und...«

»Ach, und deshalb bin ich zuständig und am besten auch gleich schuld?«

»Ah, Shit, Helen, das habe ich doch überhaupt nicht gesagt. Ich meine nur ...«

»Oh, ich kann mir denken, was du meinst.« Ich bin aufgesprungen. Meine Stimme ist schrill. Sollten die Kinder inzwischen eingeschlafen sein, werden sie auf diese Weise sicherlich wieder wach. Ich atme tief ein, um meine Lautstärke zu mäßigen. »Du meinst, ich bin schuld«, erkläre ich. »Wieso sagst du es nicht einfach?«

»Wovon redest du, um Himmels willen?«

Auch Liam ist jetzt aufgebracht, wir stehen voreinander, die Hände an den Seiten zu Fäusten geballt.

»Ich rede davon, dass du mich ansiehst ...« Lieber Himmel, Helen, was tust du hier? Ist das der Moment, an dem du dir all das von der Seele schreist, was dich schon seit Monaten quält? Ist das der richtige Augenblick? »Du siehst mich an, als wäre ich an allem schuld«, flüstere ich.

»Hör auf damit, das ist lächerlich. Das habe ich nie gesagt.«

»Nein, gesagt nicht.« Ich schüttle den Kopf.

»Was soll das wieder heißen?«

»Das soll heißen, dass wir schon ewig nicht mehr miteinander reden. Aber du siehst mich an, und ...« Ich schniefe, also gehe ich hinüber zu meinem Nachttisch, um mir ein Taschentuch zu holen. Liam rührt sich nicht vom Fleck. Ich stelle mir vor, wie er auf einmal hinter mir steht, die Hand auf meine Schultern legt, mir beruhigende Wörter ins Ohr wispert.

Hey. Was ist los? Sprich mit mir. Und dann nimmt er mich in seine Arme und drückt mir einen Kuss ins Haar.

Ich schnäuze mich, und Liam steht noch an derselben Stelle wie vorher. Also greife ich nach meinem Kissen und der Decke und drehe mich zur Tür.

»Ich werde auf dem Sofa schlafen.«

»Ach komm schon, wird das jetzt zu einer neuen Angewohnheit? Das kann nicht dein Ernst sein.«

Ich öffne die Tür…

»Helen!«

…und schließe sie hinter mir.

Liam reißt sie auf. »Ein Glück, dass du für uns beide redest«, ruft er. »Hast du dich auch nur einmal gefragt, ob ich womöglich darauf warten könnte, von dir zu erfahren, was eigentlich los ist?«

Ich drehe mich zu ihm um.

»Und du siehst mich ganz genauso an, Helen. Ganz genauso.« Und damit wirft er die Tür ins Schloss und lässt mich stehen.

40. Helen

Wo ist mein Handy?«

»Konfisziert.«

»Spinnst du? Das kannst du nicht machen!«

Einige Gäste sehen von ihren Tischen auf, also nehme ich Kayla am Arm und zerre sie quasi zurück in den Gang, aus dem sie gerade gestürmt kam. Meine Wut auf sie ist noch nicht verraucht, nicht das geringste bisschen.

»Du wirst dich wundern, was ich noch alles kann«, erkläre ich meiner Tochter. »Du gehst zur Schule, kommst umgehend nach Hause und verlässt dein Zimmer nicht mehr, es sei denn, du arbeitest hier unten im Café.«

»Ach, für eure Sklavenarbeit darf ich schon noch herhalten, ja?« Sie reißt sich von mir los und verschränkt trotzig die Arme vor ihrem Körper. »Ich will mein Handy.«

»Und ich will mir keine Sorgen um meine vierzehn Jahre alte Tochter machen müssen, die nachts durch den Ort streift mit weiß Gott wem.«

»Und ich will nicht ...«

»Nein.« Ich hebe eine Hand, um Kayla klarzumachen, dass es jetzt reicht. »Geh auf dein Zimmer. Denk darüber nach, was du tust – diese furchtbare Aufführung vor der halben Stadt, sich nachts aus dem Haus stehlen –, und wenn du bereit bist, mit mir zu reden, dann reden wir.«

»Aaaaaah.« Kayla stößt einen wütenden Laut aus, dann knurrt sie mich an. »*Reden*, genau, ist ja auch das Spezial-

295

gebiet dieser Familie, wenn man sich dich und Dad so anschaut.«

»Oh, Kayla, wirklich, es reicht jetzt. Was zwischen deinem Vater und mir...«

»Geht mich nichts an, klar. Aber womöglich solltet ihr dann nicht *mitten in der Nacht* das Haus zusammenbrüllen. Was ist los mit euch beiden? Lasst ihr euch scheiden?«

»Natürlich nicht!« Entsetzt sehe ich Kayla an, und sie rollt mit den Augen.

»Wäre aber eventuell besser. Vielleicht wäre euer beider Leben dann nicht so langweilig. Aufstehen, arbeiten, fernsehen, schlafen, aufstehen, arbeiten, on and on and on. Und am liebsten wäre es dir, wir würden auch so leben, oder? Müssen wir deshalb jetzt schon in dem bescheuerten Café helfen? Damit wir auch ja in eure langweiligen Fußstapfen treten? Du bist so öde. Dein Leben ist so öde. Willst du, dass ich ebenfalls vor Langeweile sterbe in diesem alten Kasten, der...«

Ich hebe die Hand und lasse sie hart auf Kaylas Wange landen, so hart, dass es klatscht. Oh, mein Gott. Ich halte die Hand vor den Mund, unfähig zu glauben, dass ich gerade zum ersten Mal in meinem Leben meine Tochter geschlagen habe.

Einige Sekunden verharrt sie in der Bewegung, die ihr Kopf mit dem Schlag genommen hat, dann starrt sie mich an, die Augen feucht von Tränen, doch funkensprühend vor Wut. »Ich hasse dich«, faucht sie mich an. »Ich *hasse* dich.« Damit dreht sie sich um und stürmt die Treppe nach oben.

Ich sehe ihr nach. Kayden steht auf dem oberen Treppenabsatz, Kamera in der Hand. Der Mund steht ihm offen.

»Wage es, davon einen Film zu machen«, drohe ich ihm mit fahler, zitternder Stimme. »Ich schwöre, ich werfe das Ding ins Hafenbecken, und du wirst keine Kamera mehr in die Hand bekommen, bis du achtzehn bist.«

Kayden klappt den Mund zu. Dann geht er die Treppe hinunter an mir vorbei. »Ich seh mal nach den Gästen«, murmelt er, und auf der Stelle schießen mir Tränen in die Augen.

Ich wische sie weg. Dann atme ich tief ein und aus, ein paarmal, bevor ich mich dazu bereit fühle, meinem Sohn ins Café zu folgen.

Als ich mich umdrehe, steht Liam in der Küchentür. »Helen.« Er greift nach meinem Arm, aber ich schüttle ihn ab. Das ist nicht der Moment, um irgendetwas zu klären, nicht zwischen uns und auch nicht zwischen uns und unseren Kindern.

»Ich würde heute Abend gern allein zu Elodies Party gehen«, sage ich. Ich sehe ihn an. »Ich brauche etwas Abstand.«

Einige Sekunden lang reagiert Liam nicht, dann nickt er langsam, und ich mache mich wieder an meine Arbeit.

41. Elodie

Oh, nein.«

Ich stehe in der Küche – Mehl im Gesicht, Teig an den Händen –, als Big Ben sein Gedudel einläutet, viel zu früh für meinen Geschmack.

»Das können unmöglich schon Gäste sein«, murmle ich, während ich mir notdürftig an einem Küchentuch die Hände abwische. »Das wäre eine glatte Unverschämtheit. Ich meine, es ist noch nicht einmal fünf Uhr. Was denken die denn, wie viel zu früh man sich auf einer Party blicken lassen darf? Doch sicherlich nicht zwei Stunden vor Beginn?«

Auf dem Weg zur Tür grummle ich vor mich hin, doch als ich sie öffne, halte ich überrascht inne.

»Helen!«

»Hi, Elodie.« Mit ernster Miene nickt Helen mir zu, dann schiebt sie sich wortlos an mir vorbei ins Haus und in die Küche, wo sie ihren vollbepackten Korb auf die Anrichte hievt. »Wenn du nichts dagegen hast, würde ich die Pasteten gern hier backen. Zu Hause war zu viel los, zu viel, äh …« Sie presst die Lippen aufeinander und beginnt damit, die Zutaten für die Cornish Pasties auf die Arbeitsfläche zu klatschen, vehement, eine nach der anderen.

»Was ist denn passiert?«, frage ich vorsichtig.

»Gar nichts«, erwidert sie. »Nicht mehr als sonst wenigstens.«

»Okay.« Eine Weile sehe ich Helen dabei zu, wie sie mit Mehl, Butter, Kartoffeln und weißen Rüben hantiert, doch es wirkt auf mich nicht so, als wollte sie darüber sprechen, was auch immer sie gerade beschäftigt, also wende ich mich wieder meinen eigenen Backwaren zu.

»Ich mache gerade Shortbread«, erkläre ich. »Zum allerersten Mal. Keine Ahnung, ob das am Ende schmecken wird. Ich habe beschlossen, ein wenig zu experimentieren. Glaub es oder nicht, ich hatte es einfach satt, mich immer nur ans Rezept zu halten. Also: Shortbread süß und salzig. Denkst du, mit geriebenem Cheddar könnte das was werden?« Ich knete den Teig, während ich auf Helens Antwort warte, doch als die nicht kommt, werfe ich meiner Freundin über die Schulter einen Blick zu. Sie schält Kartoffeln, mit zackigen Handbewegungen.

»Helen?«

»Hm?«

»Denkst du, das könnte schmecken?«

»Was?«

Ich runzle die Stirn. »Das Shortbread mit ...«

»Oh, Shortbread, sicher. Das mag jeder gern.«

»Nun ... okay.« Einmal mehr werfe ich ihr einen besorgten Blick zu, dann bücke ich mich, um die Käsereibe aus dem Schrank zu holen. »Bist du sicher, dass alles in Ordnung ist mit dir?«, frage ich, doch Helen hängt schon wieder ihren eigenen Gedanken nach, die – besieht man sich die malträtierten Kartoffelstückchen – nicht sonderlich friedlich zu sein scheinen.

Dingdongdingding, macht Big Ben.

»Ach, for fucks sake«, brumme ich, marschiere zur Tür und reiße sie auf. »*Was?*«

»Dir auch einen wunderschönen Nachmittag, Liebchen«,

erwidert Brandy in fröhlicher Singsangstimme. »Was ist uns denn über die Leber gelaufen?«

»Es ist erst fünf, Brandy«, erkläre ich, während ich ihren strammen Schritten in die Küche folge. »Ich bin noch nicht annähernd fertig mit den Vorbereitungen.«

»Und weil ich Derartiges ahnte«, sagt Brandy, »bin ich hier. Helen! Da hatten wir beide wohl den gleichen Gedanken!«

»Hey, Brandy«, murmelt Helen, ohne sich nach uns umzudrehen.

Brandy sieht mich an, und ich zucke mit den Schultern. *Keine Ahnung,* forme ich mit den Lippen, bevor ich in die Hände klatsche und laut sage: »Ich backe gerade.«

»Ach was! Und ich dachte schon, das ist Kokain auf deiner Nasenspitze.« Auch sie hat einen Korb dabei, den sie nun auspackt. »Die Gurkensandwiches muss ich noch machen«, sagt sie, während sie besagte Gurken, Weißbrot und ein Fässchen gesalzener Butter auf den Küchentisch räumt. »Und hier. Das habe ich dir mitgebracht.« Sie hält mir ein in buntes Papier verpacktes Rechteck unter die Nase.

»Was ist das?«

»Ein kleines Mitbringsel. Das Tüpfelchen auf dem i sozusagen.«

Ich öffne das Geschenk, das sich als gerahmte Aquarellzeichnung entpuppt: Sie zeigt den Hafen und das Meer dahinter, den Pier von St. Ives und in der Ferne Porthminster Beach. »Aaah, das ist wundervoll. Danke schön.«

Brandy winkt ab. »Kleinigkeit, papperlapapp.« Sie greift abermals in ihren Korb und zieht eine weitere Schachtel hervor. »Belgische Trüffeln. Die kannst du zum Kaffee anbieten.«

»Ach Brandy, du sollst mir doch nicht andauernd etwas schenken.« Mit den Fingerspitzen greife ich nach dem edlen Karton, um ihn nicht mit Teig zu besudeln. »Danke dir. Die sind sicher köstlich.«

»Und ob sie das sind. Absolut eine Sünde wert.« Sie zwinkert mir zu, und ich verdrehe die Augen, denn ich erkenne eine Doppeldeutigkeit, wenn ich sie höre.

»Ich koche uns Tee, in Ordnung?«, erkläre ich.

»Helen scheint etwas Kräftigeres zu vertragen«, sagt Brandy.

Helen brummt etwas.

»Was, Liebchen? Was war das?«

Sie seufzt, dann hackt sie weiter auf ihren Rüben herum.

»Willst du uns sagen, was dir die Stimmung versalzen hat?«, fragt Brandy.

»Nein«, erwidert Helen.

»Nein? Was ist mit dem Schwur zwischen besten Freundinnen, sich immer alles zu erzählen und immer die Wahrheit zu sagen?«

»Ich kann mich nicht an einen solchen Schwur erinnern.«

Ich sehe von Brandy zu Helen und wieder zurück, als diese fortfährt: »Also, was ist los? Es ist gar nicht deine Art...«

»Was?« Mit Wucht knallt Helen ihr Messer aufs Brett. »Was ist nicht meine Art?«

Sie dreht sich zu uns um, und ich stelle erstaunt fest, dass in ihren Augen Tränen schimmern.

»Helen!« Ich laufe zu ihr und umarme sie. »Was ist denn nur los?«

Einen Moment lang schweigt sie, dann stößt sie einen tiefen Seufzer aus. »Gar nichts«, sagt sie, während sie mir die Schulter tätschelt und sich gleichzeitig aus meiner Umarmung befreit. »Entschuldigt bitte. Das scheint heute nicht mein Tag zu sein.« Sie lächelt mich an, doch sie sieht so traurig aus dabei, dass mir beinahe selbst die Tränen kommen.

»Was ist denn nur *passiert*?«

»Komm her.« Brandy nimmt Helen beim Arm, führt sie zum Tisch und drückt sie auf einen Stuhl. Dann reicht sie ihr ein Küchentuch, in das Helen hineinschnäuzt, während sie selbst die Schachtel mit den Pralinen aufreißt und Helen unter die Nase hält.

»Mein ganzes Leben scheint auseinanderzufallen«, sagt Helen schließlich. »Und ich habe keine Ahnung, wie ich es verhindern soll.«

Eine Weile schweigen wir, dann endlich fragt Brandy: »Was soll das heißen, dein *ganzes Leben*?«

Und schließlich erzählt Helen von dem Morgen und von letzter Nacht, davon, dass Kayla ausgebüxt ist und Liam angeblich ihr dafür die Schuld gibt, sie erzählt, wie sie Kayla geschlagen und Liam gesagt hat, er solle heute nicht mit zur Party kommen. Wie er sie angesehen habe, so als würde er sie überhaupt nicht mehr kennen, und wie er in der Nacht behauptet hätte, sie würde ihn ebenso ansehen, der gleiche vorwurfsvolle Blick.

»Wir reden so gut wie gar nicht mehr miteinander«, sagt sie schließlich. »Schon seit einer ganzen Weile nicht mehr. Du hast es doch erlebt.« Sie sieht mit roten Augen zu mir auf. »Als du bei uns übernachtet hast.«

»Nun…« Ich bin nicht sicher, was ich dazu sagen soll. Ob es besser für Helen ist, wenn ich ihr zustimme oder ihr widerspreche. Am Ende streiche ich ihr nur eine Haarsträhne aus der Stirn und belasse es dabei.

»Ich hatte nicht den Eindruck, dass es um eure Beziehung so schlecht bestellt ist«, sagt Brandy schließlich.

»Tja.« Helen klingt bitter. »So ist es aber, es ist …« Sie hält inne, um dann flüsternd fortzufahren. »Es ist unerträglich manchmal.«

»Aber du liebst Liam noch.«

»Natürlich liebe ich meinen Mann noch.« Nun klingt sie wieder aufgebracht.

Ich lehne mich ein Stück von ihr weg, weil ich unsicher bin, wie sie als Nächstes reagieren wird, und Helen bemerkt es.

»Entschuldige bitte. Ich weiß nicht, was mit mir los ist.«

»Ich hole dir einen Schluck Wein.«

»Gute Idee.«

»Ich bin nicht mehr so sicher, ob das eine gute Idee ist«, sagt Brandy. »Man sollte schlechter Stimmung nicht noch mehr Nahrung geben, oder?«

»Sagt die Frau mit dem Flachmann im Mantel«, gibt Helen bitter zurück.

Woraufhin sich abermals Stille in meiner gemütlichen Küche ausbreitet, doch diesmal ist sie weniger angenehm.

»Also …«, beginne ich unschlüssig.

Helen steht auf. »Machen wir weiter mit dem Essen, sonst werden wir nicht fertig.«

»In Ordnung«, sagt Brandy.

»In Ordnung.«

Ich mache mich daran, meine Shortbread-Finger aufs Blech zu bekommen. »Du weißt, dass alles wieder gut werden wird, nicht wahr?«, frage ich schließlich.

»Das weiß ich nicht«, erwidert Helen. »Aber wie heißt es so schön: Wenn das Leben dir Rüben gibt, mach am besten Pasties daraus.«

303

42. Elodie

Köstlich.«

»Ja, nicht wahr?«

»Oh, ja, Elodie, diese Pasties sind erstklassig. Sie schmecken beinah original englisch.«

»Äh, nun ja.« Ich blinzle Mrs. Barton an. »Das könnte daran liegen, dass Helen sie gemacht hat.«

»Ach wirklich?« Die alte Dame kichert in sich hinein, während sie an mir vorbei in Richtung Küche tippelt, vermutlich um sich einen Nachschlag zu holen. Ich sehe ihr nach, und mein Blick bleibt an Tom hängen, der am Türrahmen zum Keller lehnt und sich mit Chase Bellamy unterhält. Er lächelt, und er wirkt entspannt, und das, obwohl er wie üblich Hemd und Krawatte trägt, was seine ebenso übliche Eleganz unterstreicht.

Ich verdrehe über mich selbst die Augen.

Tom fängt meinen Blick auf und lächelt mir zu.

Okay.

Party.

Auf der Terrasse vor dem Eingang zum Cottage haben sich die Bänke gefüllt. Es kommt mir vor, als seien viel mehr Leute hier, als auf meiner Einladungsliste standen – Menschen, die ich allerhöchstens vom Sehen kenne und die noch nie zuvor ein Wort mit mir gewechselt haben. Die meisten von ihnen nicken mir zu und lachen mich an und loben neben dem Essen – es gibt außer besagten

Pasties und Sandwiches noch deutschen Kartoffelsalat und Bratwürste, die Brandy auf dem Grill vor der Garage brutzelt – auch das *Peek-a-boo*, dessen Inneres für *Ahs* und *Ohs* sorgt.

»Diese blaue Wand im Salon, ganz entzückend.«

»Wie zu Jane Austens Zeiten.«

»Ja, mindestens. Und die Gästezimmer – mit so viel Liebe zum Detail geschmückt.«

»Hast du die Vorhänge gesehen – jeder Raum hat ein eigenes Tiermotiv.«

»Ja, *Füchse* beispielsweise, überaus reizend.«

Ich gehe von einem zum anderen, um Leute zu begrüßen und die Lobgesänge auf mein B&B entgegenzunehmen, und mehr und mehr füllt sich meine Brust mit Stolz. Das habe ich geschafft, sage ich mir in den kurzen Augenblicken, die ich nicht damit beschäftigt bin, Small Talk zu machen, zu bewirten oder Fragen zu beantworten. Ich ganz allein.

Gut. Womöglich nicht ganz allein.

Wie so oft an diesem Abend suche ich zwischen den Feiernden nach Tom, und diesmal finde ich ihn am Grill, wo er offenbar Brandy abgelöst hat. Mist, das hätte ich tun müssen. Stundenlang habe ich die arme Brandy schmoren lassen, während ich durch die Menge flaniert bin wie die Königin von St. Ives. Und jetzt steht ausgerechnet Tom dort unten, der wahrlich schon genug für mich getan hat.

Schnell laufe ich die Stufen hinunter zur Garageneinfahrt.

»Das kann ich doch machen«, sage ich, während ich versuche, Tom die Grillzange aus der Hand zu nehmen, doch er hält sie von mir weg.

»Das ist kein Problem«, sagt er, »es sind nur ein paar Würstchen.«

»Ja, aber es sind meine Würstchen, also sollte ich sie auch ... äh, grillen.«

Tom sieht mich an, blinzelt, starrt auf den Grill. Dann bricht er in Gelächter aus.

»Oooh, bitte.« Ich muss ebenfalls lachen. »Wer wird denn bei *Würstchen* an so etwas denken.«

Er grinst mich an. »Woran denke ich denn?«

»An ...«

»Na?«

»An ...« Liebe Güte, das ist albern, denke ich, doch dann muss ich erneut lachen und Tom mit mir, und bis wir hören, wer da von der Terrasse aus meinen Namen ruft, ist sicher einige Zeit vergangen.

»Elodie!«

Ich fahre zusammen vor Schreck. »Ja?«

Über mir beugt sich Chase über die Brüstung. »Ich will mir den Keller noch mal ansehen, ist das in Ordnung?«

»Aber klar, geh nur. Wer sich freiwillig in dieses feuchte Verlies begeben will, sei mir willkommen. Ich selbst gehe da nur im äußersten Notfall runter.«

Chase lacht. »Ja, das war mir klar. Deshalb schau ich kurz nach, okay?«

»Okay.« Ich nicke. Chase nickt ebenfalls, und während ich ihm nachsehe, runzle ich die Stirn. Da war etwas mit dem Keller, oder? Hatte er bei seinem ersten Rundgang nicht darüber gesprochen, dass sich jemand den Keller ansehen sollte? Ich überlege, auf welche To-do-Liste ich das geschrieben haben könnte, doch mir fällt keine ein. Vermutlich habe ich vergessen, es mir aufzuschreiben, und deshalb überhaupt vergessen, daran zu denken ...

»Elodie?«

»Ja, Tom?« Oh, Mann, diesmal werde ich wirklich rot. Ich klinge wie eine der Stepford-Ehefrauen, gefügig und gehirnamputiert. Ich räuspere mich. »Ja?«, wiederhole ich, mit mehr Nachdruck diesmal.

»Die ... *Würstchen* sind fertig, nimmst du sie mit nach oben?«

Zu behaupten, diese Party sei gelungen, ist die Untertreibung des Jahres. Sie ist großartig, die Gäste amüsieren sich, Bier und Wein fließen in Strömen, und auch die Gastgeberin ist selig angesichts der Entwicklungen des Abends. Die da wären eine Feuerschale, als die der Grill zu später Stunde auf der Terrasse vor dem *Peek-a-boo* fungiert und um dessen knacksende Flammen sich ein Dutzend Romantiker versammelt hat. Und dann wäre da Sam Watson, der auf seiner Gitarre folkloristisches Liedgut zum Besten gibt, mit heiserer, hypnotischer Stimme. Aaaah, und dann wäre da noch Toms Arm. Er ist über die Lehne meines Stuhls drapiert, und dort liegt er regungslos, was mich seit mindestens fünfzehn Minuten in den Wahnsinn treibt. Jedes Mal wenn ich mich tiefer in die Lehne hineinschmiege, rücken Toms Finger ein Stück weiter weg, so als wolle er mich auf keinen Fall berühren, und *das* macht mich erst recht wahnsinnig, wild geradezu. Ich schwanke zwischen der Option, aufzustehen und den Phantomberührungen in meinem Nacken ein Ende zu bereiten, oder Tom nach oben ins Dachstudio zu zerren, um dort weiterzumachen, wo wir vor einigen Tagen aufgehört haben. Vorgestern, um genau zu sein.

Ich seufze. Dann stehe ich auf, um im Haus nachzusehen, ob jemand etwas braucht.

»Ach herrje, meine Füße. Ich spüre meine Füße nicht mehr.«

»Deine Füße?« Tom wirft mir über die Schulter einen Blick zu. »Du hast den halben Abend gesessen. Und du trägst Sneakers.«

»Na und? Eine Frau muss tun, was eine Frau tun muss. Ich hab nun mal nicht gern Blasen an den Füßen, nur um für euch Männer meine Beine optisch zu verlängern.«

»Für uns Männer?«

Ich gehe aus der Küche zurück auf die Terrasse, um die restlichen Gläser und Teller einzusammeln, dann stelle ich alles neben Tom in der Spüle ab. »Für euch Männer«, sage ich. »Denkst du, Frauen würden sich freiwillig die Füße verbiegen, nur um ihre Zehen in zu enge, zu hohe Schuhe zu quetschen?«

Die Spülmaschine ist bereits voll, weshalb Tom das letzte Geschirr mit der Hand spült, was mir ein furchtbar schlechtes Gewissen bereitet. Ich meine, er ist nicht mein Mann oder mein Freund oder mein Partner, streng genommen ist er zahlender Gast im *Peek-a-boo*, weshalb er nicht mitten in der Nacht an der Spüle stehen sollte, um Geschirr zu waschen. Entschlossen schiebe ich ihn weg, um mich selbst ans Waschbecken zu stellen.

»Das musst du nicht tun«, sage ich. »Lass mich das machen.«

»Es macht mir nichts aus.«

Ich schüttle den Kopf. »Keine Widerrede. Setz dich an den Tisch oder geh ins Bett oder...« Ich zucke mit den Schultern, während ich Gläser unter klarem Wasser abspüle.

»Mmh«, sagt Tom, und als ich mich zu ihm umdrehe, sehe ich ihn mit verschränkten Armen an der Arbeitsplatte lehnen. »Deine Ansichten sind ein bisschen veraltet, oder? Ich meine, High Heels tragen nur für Männer. Den Abwasch den Frauen überlassen?«

Ich gebe einen abfälligen Laut von mir. »Entpuppst du dich jetzt als Feminist, de la Chaux? Ich fürchte, dann wird mich auf der Stelle der Schlag treffen.«

»Und wieso das, wenn ich fragen darf?«

»Weil... Vor Überraschung, nehme ich an. Nach unseren ersten Begegnungen hätte ich dich für alles andere gehalten als für einen Frauenrechtler.«

»Ich bin kein *Frauenrechtler*. Aber ich bin auch kein Chauvinist.«

»Nein?«

»Nein.«

Er steht auf einmal wieder neben mir, ein Küchentuch in der Hand, und beginnt damit, Gläser abzutrocknen. »Ich bin mit zwei Schwestern aufgewachsen, und meine Mutter ist eine höchst selbstbewusste Frau.«

»Mmmmh.«

»Was hat das wieder zu bedeuten?«

»Gar nichts.«

»Gar nichts.« Diesmal gibt er einen skeptischen Laut von sich, und im nächsten Augenblick spüre ich seine Hand in meinem Nacken. Wie vom Blitz getroffen bleibe ich stehen, Weinglas und Spülschwamm in der Hand. Ich kann nicht mehr atmen, so viel steht fest, also halte ich die Luft an und warte, was als Nächstes passiert.

»Du glaubst mir nicht, dass ich weiß, wie man Spülmaschinen einräumt und wie eine Waschmaschine funktioniert?« Mit Daumen und Zeigefinger streicht er hauchzart über meinen Nacken und schickt damit eine Gänsehaut den Rücken hinunter bis in die Fußspitzen.

»Du glaubst mir nicht, dass es mir egal ist, ob eine Frau High Heels trägt oder nicht?«

Ich schüttle den Kopf, leicht nur, um seine Berührung nicht abzuschütteln.

»Dich hab ich jedenfalls noch nie in welchen gesehen.«

»Ich, äh…« Hab auch keine Stimme mehr, wie ich soeben feststelle. Ich räuspere mich. »Wann sollte ich die tragen? Beim Malern oder besser beim Teppichabkratzen?«

Toms Hand umfasst weiter meinen Nacken, sein Daumen malt Kreise, rechts, links, zur Mitte hin und dann den oberen Rücken hinunter.

Sicherheitshalber lasse ich Glas und Spülschwamm zurück ins Becken gleiten. Ich stehe immer noch still, die Hände auf dem Waschbeckenrand. Ich habe keine Ahnung, wo das hinführt – wo Tom das hinführt –, ich hoffe nur, er läuft nicht wieder davon, bevor es überhaupt losgegangen ist.

Okay.

Besser, ich unternehme selbst etwas.

Ich bin dabei, mich zu ihm umzudrehen, als er sagt: »Und ganz nebenbei bemerkt, diese wirklich edlen Anzugschuhe können auch ziemlich unbequem sein, weil sie oft eng sind. Man bekommt genauso leicht Blasen wie in zu hohen Schuhen.«

»Oh, nein, das darf doch nicht wahr sein.« Ich schüttle den Kopf. »Ich werde mich kaum mit einem Mann auf eine Diskussion über Schuhe…« Ich stocke, denn nun sind seine Lippen auf meinem Hals gelandet. »Ich werde nicht…«, versuche ich es erneut, aber es hilft nichts. Toms Mund drückt sanft gegen die Rückseite meines Ohrläppchens, während seine Hände sich zu meinen Schulterblättern hinbewegen und meine Hände zu zittern beginnen.

»Tom ...«

»Schhh.«

Ich neige den Kopf zur Seite, um ihm besseren Zugang zu meinem Hals zu gewähren, und während seine Finger meine Arme hinuntergleiten, zu meinen Fingerspitzen und dann wieder hinauf, entlang der kitzligen Seite meines Körpers nach oben, und als sie dann die Unterseite meiner Brust streifen, da ...

»Tom!«

Auf der Stelle lässt er seine Arme fallen, während ich mich zu ihm umdrehe und mich mit nassen Händen daranmache, sein Hemd aufzuknöpfen.

Er runzelt die Stirn. »Was ...«

»Schhh.« Ich lockere die Krawatte, schiebe das Hemd die Schultern hinunter und fahre mit den Fingerspitzen den Brustkorb hinab über seinen *Waschbrettbauch* (ich fasse es nicht, dass ich so etwas tatsächlich einmal in der Realität erleben darf) hin zum Bund seiner Jeans. Ich bin dabei, den Knopf zu öffnen, als Tom tief einatmet.

»Wenn du beweisen willst, dass deine steinzeitlichen Ansichten absolut konträr gehen mit deinem fortschrittlichen Handeln, dann ... ist das geglückt, schätze ich.«

»Du redest zu viel, de la Chaux.«

»Ach wirklich, *Hoffmann?*« Er greift nach meiner Hand, bevor sie den Reißverschluss seiner Jeans bewegen kann, und hält sie zwischen uns, während er sich vorbeugt und seine Lippen gegen meine presst. Und dieser Kuss ... Tom hat mich einige Male geküsst in der vergangenen Woche, doch diesmal, diesmal ist es so, als wolle er mir etwas beweisen. Als wolle er mir etwas mitteilen. Etwas ... höchst ... Anrüchiges, wie mir scheint.

»Tom.« Ich wispere gegen seine Lippen, und er summt

zur Antwort, während er ein Dutzend kleinerer Küsse auf meine Lippen, die Nasenflügel, meine Wangenknochen drückt. In der Zwischenzeit ist es mir geglückt, sein Hemd ganz über seine Schultern zu schieben, weshalb er nun mit den Ärmeln auf dem Rücken festhängt wie ein Sadomaso-Gefesselter. Er richtet sich auf, um sich von dem Stoff zu befreien, überlegt es sich anders und beugt sich abermals vor, um mich nochmals zu küssen. Ich schlinge meine Arme um seinen Körper und schiebe ihn in Richtung Küchentür.

»Aus irgendeinem Grund scheinst du es heute eilig zu haben«, murmelt er.

»Lass uns einfach ein Zimmer finden, das man zusperren kann«, murmle ich zurück.

»Wieso das? Es ist niemand mehr im Haus.«

»Es geht weniger darum, wer reinkommt.«

Einige Sekunden lang bewegen wir uns langsam durch den Gang, Tom rückwärts, nach wie vor mit seinem Hemd beschäftigt und mit meinen Lippen. Am Fuß der Treppe bleibt er stehen.

»Wolltest du mich deshalb so schnell meiner Kleider entledigen? Damit ich nicht wegrennen kann?«

»Möglich.« Ich helfe ihm, sich vollständig aus den Ärmeln zu lösen, und lasse das Hemd achtlos auf die Treppe fallen. Sein skeptischer Blick entgeht mir nicht, und ich grinse. Kurz. Denn dann hat sich sein Gesichtsausdruck verändert und er mich an seine nackte Brust gezogen.

»Lass uns heute nicht darüber sprechen, ob das, was wir hier tun, sinnvoll ist«, murmelt er gegen meine Lippen.

»Ich hatte gehofft, wir würden gar nicht reden«, gebe ich zurück.

Tom lacht.

Ich seufze.

»Zu dir oder zu mir?«

»Zu dir. Ich will es nicht vor den Katzen tun.«

Tom lacht noch lauter. Dann zerrt er mich praktisch die Treppe hinauf, in sein Zimmer, wo er ohne Umschweife die Tür abschließt, mir das T-Shirt über den Kopf zieht, mich rückwärts aufs Bett wirft und sich selbst gleich hinterher. Gott, er weiß mit seinen Lippen etwas anzustellen. Und mit seinen Händen. Ich bin schon halb mit dem Überbett verschmolzen, als er in mein Ohr haucht: »Ich hätte niemals gedacht, dass es so endet.«

»Ich auch nicht«, erwidere ich, doch am liebsten hätte ich gesagt: »Ich hatte gehofft, dies ist erst der Anfang.«

Wie heißt es so schön? Wenn sich eine Tür öffnet, fällt eine andere zu? Oder umgekehrt?

Ich bin noch nicht ganz wach, als Big Ben mich aus dem Schlaf läutet, aus süßen Träumen, aus Toms warmen Armen. Ich flitze hoch ins Dachstudio, um meinen Bademantel zu holen, dann rase ich die Treppen hinunter zur Tür. Chase steht davor, einen Mann im Schlepptau, den ich noch nie gesehen habe. Ich denke, er wird mir als Geoffrey vorgestellt, ganz sicher bin ich nicht. Geoffrey jedenfalls ist Experte in Sachen Kellersanierung, wie mir Chase erklärt, und netterweise bereit, sich mein Untergeschoss anzusehen.

»An einem Sonntag?«, frage ich verblüfft, denn – wie schon erwähnt – bin ich noch nicht ganz wach.

»Es sei denn, Sie wollen zwei Wochen auf einen Termin warten«, brummt Geoffrey.

»Es wäre sicherlich besser, das so schnell wie möglich

anzugehen«, erklärt Chase. »Ich wollte gestern auf der Party nichts sagen, aber …« Er setzt eine mitleidige Miene auf, und ich denke, *oh, nein.* »Lassen wir erst Geoffrey einen Blick darauf werfen, okay?«

»Nein«, platzt es aus mir heraus. »Ich meine, natürlich.« Ich schüttle den Kopf. »Ist noch früh«, murmle ich, und Geoffrey raunzt: »Es ist gleich zehn.«

Okay.

Okay.

Während die beiden Männer die Kellertreppe hinunter verschwinden, fällt mein Blick auf Chase' Freundin Lola, die auf einer der Stufen vor dem Haus sitzt und ein Eis isst. Zum Frühstück.

»Guten Morgen. Möchtest du drinnen warten? Ich wollte gerade einen Kaffee machen.«

»Nein danke.« Lola winkt ab. »Es ist herrlich hier draußen. Und ich wollte noch ein paar Fotos machen, bis Chase fertig ist.« Sie hält mir eine Kamera entgegen, die um ihren Hals hängt.

»Gut, dann …«

»Das war eine klasse Party gestern Abend, vielen Dank, dass ich mitkommen durfte.«

»Aber das ist doch klar.« Diesmal mache ich eine abwehrende Handbewegung. »Es war mir ein Vergnügen. Chase hat mir so sehr geholfen. Er tut es immer noch, offensichtlich.«

»Ja, er ist … eben Chase.« Lola strahlt mich an, und ich muss lachen. »Er hat sogar meine Großmutter um den Finger gewickelt, das muss erst mal jemand hinbekommen.«

»Kann ich mir vorstellen.«

»Ich denke«, sagt Lola, während sie den Kopf schief legt und bevor sie »Shit« ruft und versucht, geschmolzenes Eis von ihrem T-Shirt zu wischen, »ich denke, die Liebe hat sie weichgeklopft.« Sie grinst schon wieder. Lola strahlt so viel Zuversicht und positive Energie aus, dass ich mir beinahe den Kaffee sparen kann. Beinahe. Letztlich winke ich ihr zum Abschied zu und gehe in die Küche, um die Maschine anzuwerfen.

Ich werde diesen Cappuccino brauchen.

Und dann noch einige mehr.

Denn als Tom gerade in die Küche kommt – ordentlich angezogen und frisiert –, betritt auch Chase mit Geoffrey im Schlepptau den Raum, und ihre Mienen sind nicht sonderlich vielversprechend.

»Es ist, wie ich befürchtet habe«, beginnt Chase.

»Feucht«, brummt Geoffrey.

»Nicht direkt ein Wasserrohrbruch ...«

»... aber irgendwie doch.«

»Wir gehen davon aus, dass die Leitung zumindest leckt ...«

»... womöglich hat sie Risse.«

»Über eine gewisse Länge.«

»An der wir die Wand aufreißen müssen, um den Schaden zu beheben.«

»Was?« Ich sehe von einem zum anderen, schließlich werfe ich Tom einen verzweifelten Blick zu. »Die Kellerwand aufreißen?«

»Um die Schäden an der Wasserleitung zu finden.«

»Und dann muss der Keller trockengelegt werden«, knurrt Geoffrey. »Ist die reine Badewanne da unten.«

»Nein.« Ich sehe von einem zum anderen und schüttle energisch den Kopf. »Nein.«

»Kostet 'n bisschen was«, sagt Geoffrey.

Womit er mich zum Schweigen bringt.

Juli

43. Elodie

Franzi? Bist du noch dran?«

»Maaannn, schrei mir nicht so ins Ohr, ich bin nicht diejenige mit der Abrissbirne im Hintergrund. Was treibt ihr da mit deinem Haus? Nach all der Renovierung reißt ihr es wieder ab?«

»Witzig«, erwidere ich. »Wirklich sehr komisch.« Ich schließe die Kellertür, bevor ich die Treppen nach oben ins Dachgeschoss laufe, das Handy mit meiner überaus spaßigen Schwester am Ohr. Zwar sind die Reparaturen am Wasserrohr mittlerweile erledigt, aber die Unruhe im Haus ist damit längst nicht vorbei. Auch die Nässe, die von unten in den Boden dringt, müsse aufgehalten werden, hieß es. Also wird eine Art Sperre eingebaut, die noch mehr Zeit in Anspruch nimmt und weitere Kosten verursacht.

Ich seufze.

Franzi lacht. »Weißt du, was ich denke? Ich denke, du lässt im Hintergrund ein Band abspielen, damit wir nur ja niemals nach St. Ives kommen, um dich zu besuchen.«

»Das ist so lächerlich, darauf gehe ich gar nicht erst ein. Also, was gibt es Neues aus dem Hause Hoffmann?«

»Ü-ber-haupt nichts. Alle sind fröhlich, von Dads Sorge um seine Erstgeborene einmal abgesehen, die immer dann aufleuchtet wie ein Weihnachtsbaum an ... äh, Weihnachten eben, wenn er von dir hört. Oder besser gesagt von diesem Cottage.«

Ich seufze. »Ich sollte ihm nichts mehr erzählen. Aber was kann ich tun, wenn er mich am Telefon danach fragt? Er hört an meiner Stimme, wenn ich lüge, hat er schon immer.«

»Ja, frag mal.« Sie stöhnt. »Sonst alles in Ordnung bei dir? Wann sind sie fertig mit dem Keller?«

»In ein paar Tagen? Einer Woche?« Ich zucke mit den Schultern, auch wenn Franzi das nicht sehen kann. Dann lasse ich mich nach hinten aufs Bett sinken, neben ein Knäuel aus schlafenden Katzen. Die Wahrheit ist, denke ich, während ich meine Hand in dichtes, flauschiges Fell grabe, die Wahrheit ist – ich habe resigniert. Nach all dem, was in den vergangenen Monaten passiert ist, bin ich in eine Art Schockstarre verfallen, eine Art... schlafwandlerische Ruhe. Ich meine, an diesem Haus kann noch so einiges kaputtgehen, richtig? Der Kamin könnte abfallen. Oder es kracht ein Meteorit in den Garten. *Oder* es stellen sich solch reale Gefahren ein wie: Die Leitungen müssen nun doch alle ausgetauscht werden. Strom *und* Wasser.

»Elodie? Hörst du mir zu?«

»Äh, ja? Ja, natürlich.«

»Mh-mh, scheint mir auch so. Also – Ende September. Dad meint, da würde es in der Kanzlei ein bisschen ruhiger, weil ein großer Fall dann abgeschlossen ist, die Ferien sind vorbei, und... ja. Wir haben alle Urlaub. Was meinst du?«

»Fantastische Idee. Ende September.«

»Oh, Elodie. Auch ich höre, wenn du lügst...«

Noch einmal seufze ich, diesmal schwerer. »Ich hoffe einfach, dass bis Ende September nicht noch etwas anderes schiefgeht. Ich meine, ich *glaube* es nicht, aber man weiß ja nie.«

»Hast du denn überhaupt noch Geld, um die Sanierungsarbeiten zu bezahlen?«

»Das ist kein Problem«, lüge ich. »Noch nicht.«

Franzi schweigt einen Augenblick, dann sagt sie: »Ich könnte an mein Sparkonto gehen. Es ist nicht immens viel drauf, aber ...«

»Auf keinen Fall. Nein! Es ist in Ordnung, das sagte ich doch gerade.«

»Und ich sagte, ich höre, wenn du lügst.«

»Ich hab noch ein paar Reserven. Ehrlich. Und wenn das erst überstanden ist, kann ich endlich vermieten, und dann kommt auch wieder Geld rein.«

»*Wieder.*«

»Lass uns das Thema wechseln.«

»Dad willst du nicht fragen?«

»Auf gar keinen Fall!« Ich schreie jetzt fast, und ein Haufen Katzenohren zuckt. »Und du wirst ihm auch nichts sagen.«

»Als wenn er nicht ohnehin Bescheid wüsste.«

Ich setze mich auf. »Okay, wir drehen uns im Kreis. Erzähl mir etwas anderes. Was macht der Job?«

»Ist okay. Langweiliges Thema. Was machen die Männer?«

»Gut, dann lass uns auflegen, ich hab noch zu tun.«

»Hey! Dauernd weichst du mir aus. Aber ich spüre es ... diese Schwingungen ... da ist doch jemand, Elodie, jemand, der endlich deine verkümmerte Seele und dein sich sehnendes Herz und dein verknittertes Fleisch ...«

»Auf Wiedersehen, Francine«, unterbreche ich sie, und Franzi beginnt zu kichern.

»Wie bist du nur so schnell so erwachsen geworden?«, gibt sie zurück.

»Wie konntest du nur so lange auf Grundschulniveau stehen bleiben?«

»Ich hab dich auch lieb, Große.«

»Und ich dich erst.«

»Wir sprechen uns.«

»Ganz sicher.«

Eine Weile noch bleibe ich auf dem Bett liegen, in der einen Hand das Handy, die andere unter Crues Kinn. Ihr Schnurren beruhigt mich, und auch das der Babys, die im Grunde so babyhaft nicht mehr sind, weshalb ich mich bald von ihnen werde trennen müssen – aber das steht auf einem anderen Blatt. Im Augenblick beschäftigt mich die Kellersanierung, ihre Dauer und wie ich sie bezahlen soll. Und… Tom. Mit Tom ist eigentlich alles in Ordnung, es ist… Ich weiß nicht. Seit der Party haben wir so gut wie jede Nacht miteinander verbracht, was toll war, wirklich schön, aber ich kann nicht umhin, mich zu fragen, was genau *nicht toll* daran war. Irgendetwas fehlt, ich komme bloß nicht darauf, was es sein könnte. Der Sex ist es nicht, so viel steht fest. Es ist bloß: Diese wortlose Einvernehmlichkeit, mit der wir ins Bett gehen, sie dehnt sich aus in unseren Alltag, und sie hat zur Folge, dass nichts geklärt ist zwischen uns, weil nichts angesprochen wird.

Was sind wir – zufällige Bewohner desselben Hauses? Freunde mit gewissen Vorzügen? Ein Liebespaar? Und da, das dürfte der Haken sein, nehme ich an. Wir benehmen uns nicht wie ein Liebespaar, nicht außerhalb diverser Queen-Size-Betten. Es gibt keine Küsse zur Begrüßung und keine Umarmungen zum Abschied – es ist, als wären wir niemand füreinander, und das genau so lange, bis wir am Ende des Tages gemeinsam in die Federn kriechen. Ich kann nicht sagen, dass mich das glücklich macht. Es verunsichert mich. Im Grunde bin ich genauso verunsichert, wie ich es vor der Einweihungsparty war. Aber ich habe noch nicht die Kraft gefunden, Tom darauf anzusprechen, denn wenn ich ehrlich zu mir bin: Dies ist nicht die erste Beziehung, die ich führe, die nicht der Norm entspricht. Und so wie ich mich kenne, wird es nicht die letzte sein. Bin ich womöglich einfach nicht der Typ Frau, der geliebt wird? Bin ich der Typ, der für alles andere infrage kommt, nur nicht für eine ernsthafte Bindung?

Ich drücke Crue einen Kuss auf den Kopf, dann richte ich mich auf und schüttle die deprimierenden Gedanken ab.

Ich knie mich vor den Einbauschrank, den Chase gezimmert hat, öffne eine der Türen und ziehe die Kiste heraus, die ich in der hintersten Ecke versteckt und nicht mehr angesehen habe, seit ich in Frankfurt die Sachen hineinwarf. Einige Male schon habe ich mich gefragt, weshalb ich das Zeug überhaupt mitgenommen habe, doch jetzt weiß ich es wieder.

Seufzend hebe ich den Deckel an.

Als Erstes ziehe ich den Hermès-Schal heraus, den aus Kaschmirseide. Wie habe ich dieses Tuch geliebt, über alle Maßen. Wenn irgendjemand im Büro geahnt hätte, wie viel so ein Stück kostet, wären Per und ich vermutlich sofort aufgeflogen, denn die Assistentin der Geschäftsführung kann sich so etwas Edles sicher nicht leisten.

Ich lasse den Stoff durch meine Finger gleiten und lege ihn zur Seite. Als Nächstes hebe ich den Karton mit den Manolo Blahniks an und nehme die Schuhe heraus, so vorsichtig, als wären sie aus Glas. Da sieht man, wie wenig Per mich kannte und wie sehr sich unsere Welten voneinander unterschieden. Einmal habe ich diese Schuhe getragen, und mir wird heiß, wenn ich nur daran denke, doch diese berühmten Sohlen haben nie Asphalt unter sich gespürt, so viel steht fest.

Ich lege die Schuhe beiseite und starre auf die kleineren Schachteln in dem großen Karton. Und wie ich hier sitze, die diversen Einzelteile meiner Vergangenheit vor Augen, muss ich mir wohl eingestehen, dass mir in Sachen Selbstbetrug so schnell keiner etwas vormachen kann. Ich meine – was, habe ich gedacht, sollten all die Präsente darstellen? Zeichen seiner unermesslichen Liebe für mich? Hinweise darauf, wie unser beider Leben sich entfalten würde, wäre seine Ehefrau bloß bereit, ihn gehen zu lassen? *Sei einmal ehrlich zu dir selbst, Elodie.* Es war nie die Rede davon, dass irgendjemand irgendwen nicht freigeben würde. Du hast nur nicht geahnt, dass Freja und Per Gunnarson dermaßen weit davon entfernt waren, sich überhaupt voneinander zu entfernen. Dass sie damit beschäftigt waren, sich um ein Kind zu bemühen, das ihnen bislang versagt geblieben war. Ungeschönt ausgedrückt hätte ich nicht damit gerechnet, dass die beiden überhaupt noch miteinander schliefen.

Ich atme einmal tief ein, dann greife ich nach der länglichen Schachtel mit dem schwarzen Samtbezug. Ich merke, dass meine Hände zittern, und ärgere mich. All die Zeit, die ich mit Per zusammen war und dachte, was auch immer passieren und wie auch immer es ausgehen würde, ich würde das auf keinen Fall bereuen … und nun sitze ich hier mit Magenschmerzen, wenn ich auch nur an die gemeinsame Zeit denke. Und meine Hände beginnen zu zittern, als berührte es mich immer noch.

Was es nicht sollte.

Was es nicht darf.

Entschlossen greife ich nach dem Etui, öffne es und lasse das Diamantarmband durch meine Finger gleiten. Ich erinnere mich genau an den Tag, an dem er es mir umlegte, doch daran werde ich jetzt nicht denken. Ich starre auf die funkelnden Steine, deren Wert sich für mich nicht mehr erschließt. Vielleicht jedoch einem anderen. Und womöglich lässt sich damit die Kellersanierung bezahlen.

Ich bin dabei, den Schmuck zurück in die Schatulle zu legen, als es an die Tür klopft.

»Elodie?«

»Ja, komm rein.« Schnell packe ich Schuhe und Schal an ihren Platz und schiebe den Karton in den Wandschrank zurück. Dann greife ich nach dem Kästchen mit dem Armband, bevor ich mich zu Tom umdrehe.

»Was machst du?«, fragt er.

»Ich räume nur etwas auf.« Absolut wahr. Besser kann man es nicht ausdrücken.

Toms Blick verweilt auf der Schmuckschatulle in meiner Hand, und ich sehe ihm an, dass es hinter seiner Stirn arbeitet, doch er sagt nichts dazu.

»Du bist früh dran. Ist etwas nicht in Ordnung?«, frage ich, bevor ich zu dem Stuhl hinübergehe, an dem meine Tasche hängt, und das Etui hineingleiten lasse.

Tom beobachtet mich dabei. Dann räuspert er sich. »Ich hatte etwas zu erledigen.«

»Ja? Was?«

»Nichts Wichtiges. Ich … Lass dich nicht weiter stören. Ich muss noch mal weg.« Sagt's und ist zur Tür hinaus.

44. Helen

*E*r hat dir nur einen Zettel hinterlassen?«

»Jep.«

»Er hat nicht gesagt, wo er hinwill?«

»Nope.«

»Oder wann er wiederkommt?«

Elodie schüttelt den Kopf.

Ich sehe Brandy an, die ein nachdenkliches Gesicht aufgesetzt hat. »Aber die vergangenen Wochen habt ihr kontinuierlich Sex gehabt, richtig?«, fragt sie, und Elodie seufzt.

»Nein, Brandy, wir haben nicht *kontinuierlich Sex gehabt*, wir haben... also, es war... ach, vergiss es.« Damit greift sie nach ihrem Pint-Glas und nimmt einen ordentlichen Schluck Bier, bevor sie das Gesicht verzieht und es wieder abstellt. Ich habe Elodie noch nie Bier trinken sehen, und es wirkt nicht so, als würde es ihr sonderlich schmecken, doch offensichtlich passt Wein nicht wirklich gut zu dem Whisky, den sie sich darüber hinaus bestellt hat, also heute – Bier. Und Glenmorangie. Hoffen wir, dass es hilft.

Wir drei sitzen zusammen im Pub und trinken, als wäre morgen nicht Mittwoch. Brandy nippt an ihrem Flachmann, ich an meinem Rotwein, es ist knallvoll, denn im Fernsehen läuft irgendein Fußballspiel, das im *Lifeboat*

Inn an jeder Ecke via Flachbildschirm und Leinwand übertragen wird, doch als Elodie heute Nachmittag anrief, um zu erzählen, dass sie einen Zettel gefunden habe, auf dem Tom nichts weiter schrieb, als er müsse »für ein paar Tage weg«, haben Brandy und ich sofort dieses Treffen vorgeschlagen.

»Scheiße, ist das laut hier«, jammert Elodie, als eine weitere erhitzte Diskussion über einen offenbar falsch getretenen Ball die überwiegend männlichen Gemüter um uns herum erhitzt.

»Männer«, ruft Brandy über den Lärm hinweg. »Nichts kann sie aus der Ruhe bringen, aber so ein kleiner Ball mit schwarz-weißen Rauten ...«

»Wann hast du das letzte Mal hingesehen?«, frage ich sie. »Diese Bälle sind längst nicht mehr schwarz-weiß, und Rauten waren das glaube ich ohnehin nicht.«

»Ach nein?« Gleichgültig zuckt sie mit den Schultern.

»Männer«, sagt Elodie unvermittelt. »Für die habe ich ein Händchen.«

»Offensichtlich«, sagt Brandy, und ich pruste los.

Elodie sieht mich strafend an. »Nicht witzig. So etwas tun Freundinnen nicht.«

»Da muss ich dir recht geben, Liebchen. So etwas tun Freundinnen nicht. Lass uns also noch einmal auf Tom zurückkommen. Auf einer Skala von eins bis zehn ...«

»... wie heiß ist er?«, frage ich. Sowohl Elodie als auch Brandy sehen mich an.

»Heiß«, sagte Elodie schließlich, und wir anderen nicken zustimmend.

»Und ist es dir ernst?«

Sie zuckt mit den Schultern. »Ich habe das Gefühl, ich bin noch nicht dazu gekommen, darüber nachzudenken.

Seit ich Tom kenne – seit ich hier bin eigentlich –, bin ich damit beschäftigt, das *Peek-a-boo* zu renovieren, Geld für die Renovierung zu beschaffen, mich darum zu sorgen, was als Nächstes kaputtgehen könnte, und zu vergessen, was zwischen Per und mir gewesen ist. Dazu kommt, dass es die ersten Monate mit Tom ja nicht gerade danach aussah, als müsste ich mir wegen irgendetwas Gedanken machen, was uns beide betrifft. Und jetzt...« Sie zuckt die Schultern. »Jetzt ist er erst mal weg. Können wir das Thema wechseln? Wenn wir uns noch länger im Kreis drehen, wird mir schwindlig.«

»Okay.« Ich nehme einen Schluck Rotwein. »Was ist mit deinem Keller? Sind die Arbeiten bald abgeschlossen?«

»Ja!« Elodie hebt ebenfalls ihr Glas und stößt mit mir an. »Gott sei's gedankt, wenigstens das ist bald überstanden. Und die ersten Buchungen für das B&B sind auch schon eingegangen. Ich will mir den Juli noch Zeit geben, die Zimmer durchgehen, die letzten Kleinigkeiten kaufen, eventuell das Frühstück optimieren et cetera, et cetera... Aber ab August werde ich Gäste haben, stellt euch vor!«

Ich muss lachen, so sehr grinst Elodie von einem Ohr zum anderen, ganz abgesehen davon, dass Brandy ihre Hand streichelt und fragt: »Du bist doch nicht manisch-depressiv, Mädchen, oder?«

Elodie verzieht das Gesicht. »Wenn einmal etwas Positives passiert«, brummt sie beleidigt.

»Ja, *einmal!*«, bestätigt Brandy.

Die beiden kabbeln sich ein bisschen mehr, und ich lasse den Blick durch das Pub schweifen. Es sind fast nur Männer hier oder Touristen, und die meisten der Gäste starren wie gebannt auf die Bildschirme. Ich weiß nicht, warum Liam nicht hier ist. Ich denke nicht, dass er das Spiel verpasst. Vermutlich ist er zu einem der Jungs gegangen, um den Abend dort zu verbringen, oder er sitzt im *Sloop*, dort wird auch übertragen, soweit ich weiß. Es sind beinahe drei Wochen vergangen seit Kaylas fulminantem Auftritt, und die Wogen haben sich geglättet. Sie hat immer noch Hausarrest, oh ja, und so bald wird sich das auch nicht ändern, nachdem nun auch noch jemand aus der Schule anrief, um uns mitzuteilen, dass unsere Tochter auf dem Pausenhof beim Rauchen erwischt worden sei. Ich weiß nicht, was mit ihr ist. Ist das tatsächlich die Pubertät? Was treibt dieses Mädchen um? Ich habe das Gefühl, jeden Zugang zu ihr verloren zu haben.

Und Liam… alles ist wie vorher. Der Streit ist verraucht, das Thema bis heute nicht mehr angesprochen worden, was vermutlich besser ist. Schweigen ist leichter zu ertragen als Gebrüll, oder nicht? Vielleicht auch nicht. Ich bin in meine eigenen Gedanken vertieft, als die Bedienung ein tulpenförmiges Cocktailglas vor mir abstellt. »Von dem Typen da an der Bar«, sagt sie. »Piña Colada.«

Ich sehe erst zu ihr, dann in die Richtung, in die sie deutet, dann zu meinen Freundinnen.

»Mmmh«, macht Brandy. »Muss ein Tourist sein, wenn er glaubt, man könne in einem Pub wie diesem einen Mädchencocktail bestellen.«

»Er sieht nett aus«, sagt Elodie, die wie Brandy nicht aufhört, in seine Richtung zu starren. »Ein bisschen südländisch, oder? Womöglich Italiener?«

Ich drehe mich zu der Kellnerin um, die gerade damit beschäftigt ist, leere Gläser vom Nebentisch einzusammeln. »Würden Sie den bitte wieder mitnehmen?«, frage ich sie. »Ich möchte ihn nicht annehmen.«

Sie verdreht die Augen, nimmt aber das Glas mit.

»Och«, sagt Elodie.

»Ich bin verheiratet«, erkläre ich streng.

Brandy nippt an ihrem Wasser.

Einige Augenblicke herrscht Schweigen, bis auf einmal alle durcheinanderrufen und Elodie aufspringt, um »Toooooor« zu brüllen.

»Oh, Liebchen«, sagt Brandy, als sie sich unter den verständnislosen Blicken einiger anderer Gäste wieder hinsetzt. »Das war die falsche Mannschaft.«

Und so geht der Abend dahin. Wir drei trinken, reden Blödsinn, teilen Männer in Kategorien ein, während sie an Stehtischen und auf Barhockern Fußball analysieren (auf einer Skala von eins bis zehn, von Dorfdödel zu Denkerstirn), während ich die Blicke des südländischen Cocktailspendierers in meinem Rücken spüre wie einen blockierten Wirbel. Was wäre dabei gewesen, diesen Drink anzunehmen? Was wäre verboten daran, ein paar Worte mit einem Mann zu wechseln, der nicht meiner ist, wenn ich mich schon mal unter die Leute mische? Ich trinke mein Glas leer und dann noch eines. Allein diese Gedanken machen mich nervös, allerdings ... Es formt sich etwas in meinem alkoholgetränkten Hirn, eine Idee, die mich noch sehr viel ruheloser werden lässt.

Brandy verabschiedet sich, um die beschwipste Elodie nach Hause zu bringen. Ich entschuldige mich auf die Toilette, doch als die beiden weg sind, gehe ich nicht gleich heim.

Stattdessen tue ich etwas sehr Dummes.

Etwas, das ich noch nie zuvor in meinem Leben getan habe.

45. Elodie

Hast du Helen diese Woche mal gesprochen?«

»Natürlich, Kindchen. Wieso auch nicht? Ich war wie jede andere Woche auch im *Kennard's* frühstücken.«

»Ja«, sage ich, während ich einen neuen Buchstaben aus dem *Scrabble*-Beutel ziehe und ihn ihr über den Küchentisch hinweg zuschiebe. »Ich weiß, ich war auch dort, aber so meine ich es nicht. Ich meine… hast du *wirklich* mit ihr gesprochen? Mehr als ›Danke für den Tee, Herzchen‹?«

Brandy antwortet nicht gleich. Stattdessen studiert sie ihre Buchstabensteine, als wäre die Antwort auf meine Frage darauf eingraviert. Schließlich macht sie einen Zug.

»Oh, nein, Brandy, nicht schon wieder. Auch dieses Wort gibt es nicht, fürchte ich.«

»Wieso denn das nicht? Ein Gartenmann ist ein Gartenmann.«

»Und wer soll das sein? Der Gärtner?«, gebe ich zurück, während ich M A N N vom Spielbrett in ihre Richtung manövriere. »Ich fürchte, das wirst du woanders anlegen müssen.«

»Weshalb sollte es keinen Gartenmann geben?«

Ich seufze. Dann stehe ich auf, gehe zum Kühlschrank und gieße mir noch ein Glas Weißwein ein. »Hör auf zu schummeln, meine Liebe«, sage ich. »Du spielst dreimal so lange Scrabble wie ich, du weißt sehr wohl, was in diesem Spiel erlaubt ist und was nicht.«

»Das war jetzt nicht sehr charmant«, brummt Brandy.

»Und so war es auch nicht gemeint.«

Sie gibt einen weiteren grummelnden Laut von sich, stellt die Plättchen jedoch zurück auf ihre Buchstabenbank und bedeutet mir, dass ich jetzt an der Reihe sei.

Ich klopfe mit den Fingern auf der Tischplatte herum. »Was ist da passiert, in dem Pub. Am Dienstag. War ich wirklich so betrunken, dass ich mich nicht mehr daran erinnern kann, ob wir uns gestritten haben oder sonst irgendetwas?«

»Wer? Du und Helen?«

»Nein, ich und David Beckham.« Ich verdrehe die Augen. »Natürlich Helen und ich. Seit diesem Abend hat sie nicht mehr wirklich mit mir gesprochen. Immer nur *Hallo* und *Bye* und *Noch einen Tee, Elodie?*«

»Mmmmh. Eventuell ist der Stress mit ihrer Tochter noch nicht abgeklungen. Diese Sache mit dem Rauchen und so weiter.«

Ich nicke. Ja, das habe ich ebenfalls mitbekommen — und auch, dass Helen plötzlich Sachen an oder bei Kayla entdeckt, von denen sie nicht weiß, wo sie sie herhat. Eine durchsichtige Bluse zum Beispiel, die ihr angeblich eine Freundin geschenkt hat. Eine paillettenbesetzte Handyhülle. Ganz abgesehen von der zahllosen Kosmetik, die sie von ihrem Taschengeld bezahlt haben will, das so ausladend jedoch gar nicht sei.

»Kann sein«, sage ich schließlich, doch so recht glauben kann ich es nicht.

»Ganz abgesehen davon«, sagt Brandy, »warst du reichlich betankt. Wir haben doppelt so lange vom Pub zu dir ins *Peek-a-boo* gebraucht, weil du so schlimm im Zickzack gelaufen bist.«

»Deine Übertreibung ist mal wieder gnadenlos«, erkläre ich in der Hoffnung, dass ich recht habe. »Fast wie bei deinen Geistergeschichten.«

»Ha! Du wirst dich noch wundern. Wenn du erst länger hier lebst, dann ... Oh!« Damit beugt sie sich über das Spielbrett und beginnt, Buchstabensteine darauf zu verteilen. »Du passt, oder?«

»Hey!«, protestiere ich, und dann noch lauter, als ich sehe, was Brandy gelegt hat. »Mankell ist ein Eigenname«, erkläre ich, »den man abgesehen davon auch noch mit Doppel-l schreibt und nur mit einem n.«

»Du bist eine solche Rosinenzählerin«, sagt Brandy.

»Und ich könnte wetten, das steht auch in keinem Wörterbuch«, erwidere ich.

»Ich würde nicht gegen sie wetten, Brandy«, sagt eine weitere Stimme, und beide sehen wir auf.

In der Tür lehnt Tom. Tom de la Chaux, der mir vor einer Woche einen Zettel hinterließ, auf dem nichts weiter stand als: *Ich muss für ein paar Tage weg. Bis bald, T.*

Seither habe ich nichts von ihm gehört und nichts gesehen – und jetzt bin ich zu verblüfft, um einen vernünftigen Satz herauszubekommen.

»Sieh mal an«, sagt Brandy. Am Rascheln und Klackern höre ich, wie sie ihren Parka von der Stuhllehne nimmt und hineinschlüpft, dann steht sie neben mir und drückt mir einen Kuss auf die Wange. »Du hast verloren«, sagt sie. »Wegen Spielabbruch.« Sie winkt mir zu und schiebt sich an Tom vorbei zur Tür hinaus, während sie ihm zuzwinkert, als gäbe es überhaupt keinen Grund, sauer auf ihn zu sein.

Ich meine – habe ich denn einen Grund? Wir sind kein Paar oder etwas in der Art, wir sind Freunde mit gewissen

Vorzügen, jedenfalls bin ich mittlerweile zu dem Schluss gekommen, und egal ob er sich via Zettel oder Brieftraube oder gar nicht von mir verabschiedet, ich habe ohnehin kein Recht, irgendetwas von ihm zu fordern, richtig? Und wer kennt sich besser aus mit Beziehungen ohne Erwartungen und ohne Verpflichtungen als ich?

Wir starren einander an, während mir all dies durch den Kopf schießt, doch in dem Moment, in dem ich meinen Mund öffne, um weiß der Himmel was zu sagen, geht Tom entschlossen auf mich zu und küsst mich, ebenso entschieden, forsch, so, als habe er die ganze Woche nur darauf gewartet, mich zu küssen, und nun entlädt sich all die Ungeduld.

»Www...«, beginne ich, doch dann vergräbt er beide Hände in meinen Haaren, um mich noch enger an sich zu ziehen, er löst meinen Zopf, schiebt mich gleichzeitig nach hinten, wo ich gegen die Tischkante stoße, auf die er mich quasi draufkippt, sodass ich automatisch die Beine um seine Schenkel schlinge. Ich spüre die *Scrabble*-Steine unter meinem Hintern, Toms Nähe vor mir, seinen Atem an meinem Ohr.

»Gehörte dieser Tisch auch deiner Mutter?«, fragt er, und ich muss lachen, wenn auch nur kurz.

»Aaah«, beginne ich, doch Toms Hände sind ruhelos in einem Maße, das mich augenblicklich vergessen lässt, was ich sagen wollte.

»Ich würde ungern... du weißt schon... das Mobiliar deiner Mutter... beflecken.«

Ich pruste so arg, dass Tom den Kopf hebt, um mich anzusehen. Er grinst. Mit einer Hand schiebe ich ihm eine Haarsträhne aus der Stirn, woraufhin sich seine Augen schließen, und ich fürchte, ich schmelze dahin, wenn ich ihn auch nur eine Sekunde länger ansehe. Also beuge ich mich vor, um dort anzuknüpfen, wo wir vor drei Sekunden aufgehört haben.

»Du hast mir gefehlt«, murmelt er gegen meine Lippen.

»Ich war zu sehr damit beschäftigt, mich zu fragen, ob du jemals wiederkommst«, wispere ich.

Abermals rückt Tom ein Stück von mir ab und sieht mich stirnrunzelnd an. »Ich hab geschrieben, dass ich bald zurückkomme.«

»Du hast geschrieben, du musst für ein paar Tage weg.«

Wir sehen uns an, während meine Finger seinen Nacken streicheln und seine Hand meine Taille. Ich frage mich, ob es ein Geheimnis ist, wo er war und weshalb er so plötzlich wegmusste, da sagt er: »Ich musste kurz nach Hause. Um einige Dinge zu regeln.«

»Ah, okay.«

Nach wie vor fixiert Tom mich mit seinem Blick, und diese Augen… Es ist mir ein absolutes Rätsel, wie ich sie jemals habe als kalt empfinden können. Noch nie hat mich jemand mit so viel Wärme angesehen, noch nie. Ich räuspere mich. »Dann warst du in Lübeck?«

Er nickt. »Unter anderem.«

»Okay.« Ich rutsche ein wenig auf dem *Scrabble*-Spielfeld hin und her. »Wie war das nun mit der *Befleckung* des Tisches meiner Mutter?«

»Aus deinem Mund hört sich das ehrlich schmutzig an.«

»Aus deinem auch!«, protestiere ich.

»Womöglich.«

»Dann lass uns nach oben gehen.«

»Okay.«

Ich warte darauf, dass Tom mich loslässt, aber er macht

keine Anstalten, sich zu bewegen. Irgendetwas stimmt nicht, denke ich. All der anfänglichen Leidenschaft zum Trotz benimmt er sich, als sei Sex das Letzte, wonach ihm gerade der Sinn steht. Also lasse ich die Hände sinken und lehne mich ein Stück zurück, um etwas Abstand zwischen uns zu bringen.

»Was ist los?«, frage ich.

Er schüttelt den Kopf. Dann rückt er wieder näher an mich heran. »Wir haben nicht viel miteinander gesprochen in den vergangenen Wochen.«

Und das verblüfft mich dann doch. »Nun ja, das...«, beginne ich, doch Tom unterbricht mich.

»Ich habe dir nie gesagt, dass ich dich mag.«

»Oh.« Ich blinzle überrascht. »Ich bin froh, dass du das jetzt erwähnst. Ich hatte mich schon gefragt, ob du mit jeder ins Bett gehst, der du erst widerwillig Kaffee ausschenkst und dann freiwillig das Haus renovierst.«

Er beißt sich auf die Lippe, um nicht zu lachen, und mein Herzschlag beschleunigt sich einmal mehr, denn Himmel noch mal, er ist sexy, was macht er mit mir?

»Tom...« Keine Ahnung, wie dieser Satz weitergehen soll. Ich greife nach dem Kragen seines Hemdes und beginne damit, die Knöpfe zu öffnen.

»Elodie.« Er legt seine Hände über meine, hält sie aber nicht von ihrer Mission ab. »Ich würde gern das eine oder andere Gespräch nachholen.«

»Jetzt?« Ich beuge mich vor und beginne damit, die gerade entblößte Haut mit kleinen Küssen zu bedecken.

Toms Atem zittert. »Vielleicht nicht sofort.«

»Okay.« Ich hauche gegen seine Brust. »Lassen wir es langsam angehen.«

46. Helen

Hey, Flitterwöchnerin.«

»Was soll das wieder heißen?«

»Das soll heißen, Brandy hat mir erzählt, dass Tom schon vor zwei Tagen zurückgekommen ist, dass er dich angesehen hat, als wollte er dich fressen, und dass sie seitdem nichts mehr von dir gehört hat.«

»Nun, er könnte mich gefressen haben«, merkt Elodie an. »Hast du dir das mal überlegt?«

Ich ringe mir ein Lächeln ab. »Nein«, sage ich und mache mich auf den Weg hinter die Bar, um mein Gesicht zu verbergen.

Die Wahrheit ist, ich habe eigentlich keine Lust auf Small Talk. Ich habe keinen Nerv für freundliche, aber sinnlose Gespräche, dafür, mich für die Geschichten anderer zu interessieren, denn gerade in diesem Augenblick habe ich genug damit zu tun, meine eigenen Krisen zu bewältigen. Ich will mir nicht noch über Elodies Gedanken machen müssen.

Lieber Himmel.

Ich erkenne mich selbst nicht wieder. Ich fühle mich so unwohl in meiner Haut, seit Tagen schon. Dabei ist doch gar nichts passiert. Es ist fast gar nichts passiert!

»Helen?«

Ich blicke auf, und Elodie steht vor mir, das Gesicht zu einer sorgenvollen Miene verzogen. »Geht es dir gut?«

»Natürlich. Ja, mir geht es gut.« Die Falten auf Elodies Stirn vertiefen sich, und mir ist klar, dass ich nicht einmal mich selbst überzeugen kann.

Ich seufze.

Elodie sagt: »Du siehst blass aus. Und eingefallen. Ist wirklich alles in Ordnung mit dir?«

»Der Frühsport scheint endlich anzuschlagen.« Mit den Fingerspitzen tippe ich an meine Hüften. Unnötig, Elodie zu erzählen, dass ich keinen Appetit mehr habe, aus gutem Grund.

»Du warst schon ewig nicht mehr mit mir laufen.«

Über die Theke hinweg sehen wir einander an. Ich habe mit niemandem darüber gesprochen, was nach diesem Abend im Pub geschehen ist, nicht mit Brandy und natürlich nicht mit Liam. Ich frage mich, ob Elodie die Richtige ist, ihr davon zu erzählen. Nach dem, was sie mitgemacht hat … vielleicht ist sie es. Und vielleicht sollte ich darüber sprechen, bevor es mich von innen auffrisst.

»Lass mich noch kurz die Gäste abkassieren und zusperren«, sage ich, und Elodie nickt. Dann setzt sie sich an ihren angestammten Tisch und wartet, bis ich Feierabend mache.

Wir gehen am Strand spazieren. Ich kann nicht im Laden darüber sprechen, wo Liam jeden Moment dazwischenplatzen könnte oder eines der Kinder. Also laufe ich mit Elodie den Warren entlang zum Porthminster Beach, und dann hole ich Luft.

»Erinnerst du dich an den Mann an der Bar im *Lifeboat Inn*, der mir die Piña Colada ausgeben wollte?«

»Dunkel. Laut Brandy war ich ziemlich betrunken an diesem Abend.«

»Ja, das warst du. Und ich irgendwann auch.« Wir schlendern langsam durch den Sand, während ich mir überlege, wie ich die nächsten Sätze formuliere. »Und dann hat Brandy dich irgendwann nach Hause gebracht«, sage ich schließlich. »Aber ich war noch in der Bar.«

Elodie sieht mich von der Seite an, aber sie schweigt.

»Ich bin zu dem Kerl gegangen, habe mich neben ihn gesetzt und mir einen Drink spendieren lassen. Rotwein.« Ich bleibe stehen, aber als ich merke, dass ich Elodie nicht gut in die Augen sehen kann während meiner Beichte, gehe ich weiter. »Sergio. So heißt er. Ihr hattet recht, er ist Italiener. Und ... wir haben den Rest der Flasche mit zum Strand genommen, weil es im *Lifeboat* so laut war, und dann bin ich mit auf sein Zimmer.«

»Oh, Helen.«

»Er wohnte im Garrack Hotel.« Als ich nicht weiterrede, räuspert sich Elodie.

»Es tut mir so leid«, sagt sie, und – ich weiß nicht – auf einmal tut es noch mehr weh.

»Was tut dir leid?«

»Na ...« Sie blinzelt verwirrt. »Was auch immer an diesem Abend noch passiert ist. Es war nicht deine Schuld. Zwischen dir und Liam ist es kompliziert im Moment, das hat dich durcheinandergebracht, und dann der viele Alkohol *und* ein Italiener ...«

»Aber es ist nicht mehr passiert. Nicht mehr als das, zumindest. Er wollte mich küssen, und fast hätte ich es zugelassen, aber im letzten Augenblick bin ich auf und davon und nach Hause gerannt.«

Wenn überhaupt möglich, sieht Elodie nun noch verwirrter drein, und für eine Sekunde komme ich mir dumm vor. Dann jedoch denke ich, dass nichts Dummes ist an meinen Gefühlen – dass ich womöglich nur der falschen Person davon erzähle. Ich bin dabei, ihr zu verdeutlichen, was ich beinahe bereit gewesen wäre zu tun, da öffnet Elodie den Mund.

»Du machst dich nicht verrückt, weil du *beinah* mit einem anderen Mann etwas angestellt hättest, oder? Helen, du hast nichts getan! Du brauchst dir deshalb kein schlechtes Gewissen zu machen.«

»Das kommt womöglich auf den Blickwinkel an. Ich bin mit ihm auf dieses Zimmer gegangen. Und wieso habe ich das wohl getan? Ich *wollte* es, Elodie. Zumindest dachte ich das.«

»Na, und dann wolltest du es nicht mehr. Und du hast es nicht getan.« Sie streckt die Arme aus, als wollte sie sagen, *so what*, und nun bin ich mir sicher, ich bin bei Elodie an der falschen Adresse.

»Das würde Liam höchstwahrscheinlich ein wenig anders sehen«, erkläre ich kühl.

»Ach, um Himmels willen, Helen! Du darfst auf keinen Fall Liam davon erzählen! Weshalb solltest du das tun? Du hast ihn nicht betrogen, diese kleine… Eskapade würde ihn nur unnötig verletzen. Zumal doch gar nichts passiert ist.«

»Für mich ist das, was ich getan habe, ausreichend, um ein schlechtes Gewissen zu haben. Ich meine – wo fängt Betrug an? Beim tatsächlichen Akt oder doch schon beim Gedanken daran?«

Elodie schüttelt den Kopf. »Du hast nichts getan.«

»Ist das für dich das schlagende Argument? Ich habe nur daran gedacht, aber diesen Gedanken nicht umgesetzt, und nun bin ich fein raus?«

»Helen.« Elodie hebt beschwichtigend die Hände, dann

lässt sie sie wieder sinken. »Ich bin auf deiner Seite. Ich will dich doch nur beruhigen und dir sagen, mach dich nicht fertig deswegen, es ist zum Glück nichts passiert. Du hast dich für deinen Mann und deine Ehe entschieden.«

»Ich werde es Liam sagen. Er ahnt ohnehin schon, dass etwas nicht in Ordnung ist, er ist nicht dumm.«

»Aber wenn du ihm das sagst, wirst du ihm nur weh-tun. Einem geliebten Menschen so etwas zu beichten – etwas, das überhaupt keine Bedeutung hat – dient allein dazu, das eigene Gewissen zu erleichtern. Dem anderen tut man damit nichts Gutes.«

Ich kann in Elodies Augen sehen, wann ihr klar wird, was sie mir da gerade vorgeworfen hat.

»So meinte ich es nicht«, beginnt sie, aber ich hebe eine Hand, um sie zum Schweigen zu bringen.

»Natürlich hast du es so gemeint«, sage ich, »und ich verstehe nur zu gut, weshalb du das gesagt hast. Ein schlechtes Gewissen, das ist etwas, das dir nie im Weg stand, oder? Ich meine, wenn es nicht skrupellos ist, zwei Jahre lang mit einem verheirateten Mann zusammen zu sein, ohne Rücksicht darauf, dass dies seine Ehe ruinieren wird, dann weiß ich auch nicht.«

Ich bin nicht laut geworden, dafür habe ich keine Ener-gie, aber wie es aussieht, war das auch gar nicht nötig. Elo-dies Augen füllen sich mit Tränen, bloß kann ich darauf gerade keine Rücksicht nehmen. Wie schon gesagt, ich bin mit meiner eigenen Krise beschäftigt, mir fehlt die Kraft, mich zusätzlich mit Elodies auseinanderzusetzen. Ich drehe mich um und lasse meine Freundin im Sand stehen.

Ich muss mit Liam sprechen.

47. Elodie

Ach Crue.« Ich vergrabe meine Nase in dem weichen Strubbelfell und atme tief ein, Allergie hin, Allergie her. »Crue! Es tut mir so leid. Es tut mir so leid, dass ich dir das antun muss.« Und dann geht es von vorne los, ich schluchze in Crues Nacken, der ohnehin schon feucht ist von meinen Tränen, und die arme Katze sieht mich an mit großen, schockierten Augen, bevor sie sich aus meinem Griff windet und ans andere Ende des Betts flüchtet. Dort bleibt sie sitzen und beginnt, sich zu putzen, während ich mich heulend in die Kissen sinken lasse wie das personifizierte Selbstmitleid, das ich nun mal bin.

Dieser Morgen ist furchtbar. Und das hängt nicht nur damit zusammen, dass ab heute wildfremde Menschen zu mir kommen werden, um sich eines von Crues Babys auszusuchen und es im Anschluss mitzunehmen. Ich richte mich auf und drehe mich schniefend nach den Kleinen um, die immerhin schon so groß sind, dass sich ihre Mama nicht mehr wirklich für sie interessiert, doch sie kuscheln zusammen auf einem geschwisterlichen Haufen, und das bricht mir jedes Mal aufs Neue das Herz.

»Es tut mir leid«, wimmere ich in ihre generelle Richtung, weil ich sie vor lauter Tränen kaum mehr sehen kann. »Ich würde euch gern alle behalten, aber ... das ist eine Pension und kein Kleintierzoo, wisst ihr?«

Und weiter geht's.

Habe ich vor, den Wasserhahn zuzudrehen, bevor ich vor Selbstmitleid zerfließe?

Mitnichten.

Es gibt noch ausreichend andere Gründe, mich darin zu suhlen, beispielsweise der, dass ich Helen nach unserer gestrigen Begegnung nicht mehr unter die Augen treten mag, weil ihre Anschuldigungen mich derart getroffen haben, dass ich zu Hause auseinanderfiel und mich erst wieder zusammensetzen musste.

Ach Elodie.

Sieh dich an. Du bist eine gewissenlose Betrügerin mit zu vielen Katzen und zu wenig Mumm, und jeder, absolut *jeder* kann das sehen.

Es läutet. Das müssen die ersten Katzenentführer sein. Frische Tränen machen sich zum Angriff bereit, doch bevor sie die getrockneten wieder aufmischen können, schlüpfe ich ins Bad und spritze mir kaltes Wasser ins Gesicht.

Schluss.

Schluss!

Big Bens Glockenspiel ertönt ein zweites Mal.

Also gut.

Ich werfe einen letzten Blick auf meine Kätzchen, dann laufe ich nach unten, öffne die Eingangstür und meinen Mund, nur um beides vor Schreck gleich wieder zu schließen.

Das kann nicht wahr sein.

Das ist nicht Per auf meinem Fußabstreifer.

»Elodie!«

Ach du liebes bisschen.

Nach wie vor stehe ich da, eine Hand am Türknauf, die andere vor die Lippen gepresst. Monatelang hat Per mir das Gefühl gegeben, dass er nicht gewillt ist, mich gehen zu lassen, dass er noch keinen Schlussstrich unter unsere Beziehung gezogen hat, so wie ich es getan habe. Und er hat es angedroht, einige Male schon, aber Per Gunnarson ist ein viel beschäftigter Mann, und ich hätte niemals damit gerechnet, dass er tatsächlich herkommen würde. Erst recht nicht nach dieser langen Zeit.

Und nun steht er vor meiner Tür. Vermutlich, weil ich ihn nie wirklich aus meinem Leben gestrichen habe. Ich habe nie meine Nummer geändert, nie seine Nummer geblockt. Habe ich ihn hergelockt, weil ich all das nie getan habe?

»Elodie.« Er klopft, dreimal, ganz langsam, und ein Schauer läuft mir über den Rücken. Das ist kein hektisches, verzweifeltes Hämmern gegen die Tür, kein unsicheres »Lässt du mich rein?«. Wie immer geht er davon aus, dass alles so passieren wird, wie er es sich vorgestellt hat, sogar sein Klopfen drückt das aus.

Ich hole tief Luft, dann öffne ich.

Wie erwartet sieht Per mich siegessicher an, doch dann verändert sich sein Gesichtsausdruck, und er mustert mich besorgt.

»Was ist los? Hast du geweint? Was hat der Kerl getan?«, fragt er, und ich runzle die Stirn, während Pers Hände mein Gesicht umschließen. Er beugt sich vor, um mich zu küssen, und ich atme seinen Duft ein – das teure Aftershave, Zitrus und etwas Holziges darüber, und für einen Moment schließe ich die Augen, nur um sie wieder aufzureißen, als Pers Lippen die meinen berühren.

»Hey!« Ich befreie mich aus seinem Griff und trete einen Schritt zurück. »Was tust du hier?«, frage ich, und meine Stimme klingt gleichermaßen überrascht und verärgert.

»Lässt du mich nicht rein?« Per dagegen – die Ruhe selbst.

Ich verschränke die Arme vor der Brust. Dann aber kommt mir Mrs. Barton von nebenan in den Sinn, und ich öffne die Tür ein bisschen weiter.

Ich führe Per in die Küche. Dort verschränke ich die Arme erneut. Er sieht sich um, als besichtige er eine Immobilie, die es gilt herunterzuhandeln. Letztlich aber sagt er: »Es ist hübsch hier«, und ich verspanne mich ein bisschen mehr.

»Du hast mir gefehlt, Elodie.«

»Du mir nicht, Per.«

Er verzieht keine Miene, er ist so ein Pokerface. »Ich weiß, ich habe dir wehgetan, und ich weiß, du bist enttäuscht, aber durch deinen überstürzten Weggang aus Frankfurt hast du mir keine Chance gelassen, es wiedergutzumachen.«

»Es gibt Dinge, die kann man nicht wiedergutmachen«, sage ich. »Zum Beispiel, eine Geliebte zu haben, während man mit der Ehefrau eine Familie gründen möchte.«

»So war es nicht, das weißt du genau.«

»Ich habe keine Ahnung, wie es war, aber ich habe in Biologie aufgepasst. Es gehören zwei dazu, ein Kind zu zeugen.«

Für einige Sekunden erwidert Per nichts darauf, dann deutet er auf einen der Stühle. »Darf ich?«

»Nein.«

»Ich wusste nicht, dass Freja weiterhin versucht hat, ein Kind zu bekommen, insofern hat mich die Nachricht genauso überrascht wie dich.«

»Und ich wusste nicht«, sage ich, »dass du zur gleichen Zeit mit uns beiden geschlafen hast.«

Er sieht auf den Boden, aber das ist alles nur Show, denn es tut ihm nicht leid. Das ist Per Gunnarson – wer es mit ihm aufnimmt, wird ihn akzeptieren, wie er ist, oder gar nicht. Dann gar nicht, denke ich. Laut sage ich: »Kann ich sonst noch etwas für dich tun?«

»Allerdings. Komm zurück nach Frankfurt.«

»Nein.«

»Lass uns neu anfangen. Das mit Freja – ein Kind wird unsere Ehe nicht retten können.«

»Weiß sie das schon?«

»Natürlich. Das hat sie immer gewusst.«

»Aber gesagt hast du ihr nichts, nehme ich an? Ich meine, dass du sie verlassen wirst, kurz vor der Geburt, um mit mir zusammen zu sein?«

»Heißt das, du kommst zu mir zurück?«

»Ach Per.« Ich muss lachen. »In privaten Verhandlungen ebenso glatt wie in geschäftlichen.«

»Und du bist nach wie vor schlagfertig. Unter anderem das liebe ich an dir.«

Ich starre ihn an. Und ich frage mich, was er, seine Anwesenheit, seine Stimme, das, was er sagt – was das alles in mir bewirkt. Ob es mich nach wie vor berührt. Ob sich mein Unterbewusstsein daran erinnert, was ich einmal für diesen Mann empfunden habe, und ob mein Körper immer noch darauf reagiert. Nein, denke ich. Nein. Ich habe mich nicht über Monate freigekämpft, um mir nun Fragen zu stellen, auf die es besser keine Antworten gibt. Per liebt mich nicht. Er hat es nie getan.

»Es ist zu spät«, erkläre ich. »Ich habe einen anderen kennengelernt.«

Wieder verzieht Per keine Miene. »Wen hast du kennengelernt?«, fragt er milde.

»Jemanden. Es spielt keine Rolle. Für uns beide gibt es ohnehin keine Zukunft mehr.« Ich richte mich auf und gehe zur Tür. »Ich wünsche dir viel Glück, Per, aber bitte komm nicht wieder her. Und ruf nicht mehr an. Es ist vorbei.« Und diesmal meine ich es so. Ich werde meine Nummer ändern, seine Nummer blocken, ihm klarmachen, dass es tatsächlich vorbei ist. Vorbei. Ende. Aus.

Per macht keine Anstalten zu gehen. »Dieser *Jemand* ist nicht zufällig ein reichlich verklemmter Kaffeeverkäufer aus Lübeck, oder? Du meinst nicht *ihn*, wenn du davon sprichst, dass du jemanden kennengelernt hast?«

Für einen Augenblick denke ich, mir wird schwindlig, dann blinzle ich mich aus dem Schock. *Was? Was hat er da gesagt?*

»Tom de la Chaux war bei mir«, fährt er fort. »Vergangene Woche. Er wollte mir persönlich mitteilen, dass unsere Geschäftsbeziehungen beendet sind und er nicht weiter für mich arbeiten möchte. Denkst du nicht, es war mir gleich klar, warum er das tut?«

Ich bin immer noch überwiegend sprachlos, doch ich zwinge mich dazu, etwas zu sagen. »Ich verstehe kein Wort von dem, was du da redest. Geschäftsbeziehungen?« Inzwischen ist mit schwindlig und schlecht. Tom hat für Per gearbeitet? Das kann unmöglich wahr sein. Inwiefern hat er irgendetwas mit Per zu tun?

»Er hat es dir nicht gesagt?«, fragt er, und als ich nicht reagiere: »Oh, ich verstehe.« Per steht auf, geht auf mich zu und hebt die Hand, als wolle er mir damit übers Haar streichen, doch ich weiche zurück. »Er hat für mich gearbeitet, Elodie. Er hatte sich auf eine Ausschreibung hin in unserer PR-Abteilung beworben – wollte diese Seite des Business kennenlernen, bevor er früher oder später in den

Kaffeebetrieb seiner Familie einsteigt.« Er zuckt mit den Schultern. »Ich aber brauchte gerade unbedingt jemanden, der dir hinterherreist, weil ich es selbst nicht konnte. Also habe ich de la Chaux ein Angebot gemacht: Ein Pop-up-Store hier, inklusive eines kleinen Gefallens, und im Anschluss daran der Job in der PR-Abteilung, hoch angesehen und absolut überdotiert.«

Wieder zuckt er die Schultern, und ich würde ihn am liebsten ins Gesicht schlagen. »Du bist verrückt«, würge ich schließlich hervor. »Du hast jemanden beauftragt, mich zu bespitzeln? Bist du von allen guten Geistern verlassen? Das ist pervers, Per, das ist sogar unter deinem Niveau.«

»Nun, man kann sich fragen, was verwerflicher ist«, sagt er. »Jemandem ein unmoralisches Angebot zu machen – oder es tatsächlich anzunehmen.«

Ich starre Per an. Er hat recht, denke ich. Wie kommt ein normaler Mensch auf die Idee, einen solchen Job anzunehmen? Zumal, wenn man sich in einer PR-Abteilung beworben hat – ist Per hier etwa gar nicht der Wahnsinnige, sondern Tom? Ich runzle die Stirn, und Per scheint meine Gedanken dahinter zu lesen.

»Letztlich hat seine Familie mitentschieden, denke ich. De la Chaux würde den Job bekommen und davor die Gelegenheit wahrnehmen, seinen Kaffee in England vorzustellen. Auf sehr bequeme und risikolose Weise, schließlich habe ich den Laden finanziert.«

»Ich kann das nicht glauben«, lüge ich, denn leider glaube ich es sofort. Per hat schon immer alles bekommen, was er wollte und was sein Geld ihm kaufen kann. Gott, Tom. Mir wird schlecht. Seine abweisende Art. Er wollte nichts mit mir zu tun haben. Entweder weil er wusste, was ich für Per war, und mich dafür verachtete. Oder weil er tunlichst nicht dem Gegenstand seiner *Recherche* zu nahekommen wollte. Das ist so schäbig, ich kann kaum den Gedanken daran zulassen, wie verletzend das ist.

Ich sehe Per an. »Wenn ich auch nur einen Funken Respekt für dich übrig hatte, hast du ihn damit zunichtegemacht.«

»Elodie ...«

»Geh!« Mit beiden Händen schiebe ich ihn von mir fort und Richtung Tür. »Sofort!«

Per ruft: »Was hätte ich denn tun sollen? Du hast mir doch gar keine andere Wahl gelassen«, und zum ersten Mal erkenne ich, dass er wütend ist – er ist wütend und vermutlich verletzt, in seinem Stolz gekränkt und voller Ungeduld. »Du bist einfach verschwunden, von einem Tag auf den anderen. Was, bitte schön, hätte ich *tun* sollen?«

»Mich gehen lassen?«

Per schüttelt den Kopf.

»Du hättest herkommen können, wenn ich dir so wichtig gewesen wäre, mit mir sprechen, anstatt dich von einem ... Was hat er getan? Dir täglich E-Mails geschickt? Dich einmal in der Woche angerufen? Dir alles erzählt, was ich tue, mit wem ich spreche, wie ich strauchle? Hat es dich amüsiert, dass in diesem Haus alles schiefging, was schiefgehen konnte – hast du womöglich nachgeholfen auf deine scheinheilige, krankhafte Art?«

Er will den Mund öffnen, aber ich komme ihm zuvor.

»Nein. Kein Wort mehr. Ich will nichts mehr hören.«

Es ist still in der Küche. Mein Herzschlag pocht in meinen Ohren, derart still ist es. »Zeit zu gehen.« Ich laufe voraus zur Eingangstür und öffne sie.

»Er hat dich belogen.«

»Womit er nicht allein wäre.«

»Bitte, hör mir zu.«

»Geh jetzt. Es gibt hier nichts mehr für dich zu tun.«

»Ich habe ein Zimmer in einem Hotel oben auf…«

»Es ist mir egal, Per. Verstehst du nicht? Ich habe dir nichts mehr zu sagen, und ich werde dir nicht länger zuhören.« Meine Stimme bebt, und meine Hände zittern, es fällt mir schrecklich schwer, den Schein zu wahren. »Fahr zurück nach Deutschland.«

Ich sehe ihn nicht mehr an, bis er sich seufzend in Bewegung setzt. Ich sperre hinter ihm zu. Dann lasse ich mich an Ort und Stelle zu Boden sinken.

48. Elodie

Ich hadere mit mir, wie ich vorgehe, wie ich ihn am geschicktesten damit konfrontiere, wann der beste Augenblick ist, ihn zur Rede zu stellen. Letztlich entscheide ich, dass ich das Gespräch nicht aufschieben möchte. Ich warte zwanzig Minuten, um sicherzugehen, dass ich Per nicht mehr begegne, dann schlüpfe ich durch die Tür nach draußen und mache mich auf den Weg zum Coffeeshop.

Ich sehe es an seinem Gesichtsausdruck: Er weiß sofort, dass etwas nicht stimmt. In dem Moment, in dem ich sage: »Per war gerade bei mir«, bestätigen sich alle meine Befürchtungen. Ich mache auf dem Absatz kehrt und bin schon halb die Fore Street hinuntergelaufen, als Tom mich einholt.

»Lass es mich erklären«, bittet er, aber ich habe keine Ahnung, wie ihm das gelingen sollte.

»Lass es mich erklären? Meintest du das, als du mir sagtest, du wolltest *das eine oder andere Gespräch* nachholen? Hältst du das für eine Lappalie? Denkst du nicht, ich hätte gern erfahren, mit wem genau ich es tun habe, *bevor* ich mit demjenigen ins Bett gehe?«

Einige Passanten werfen uns neugierige Blicke zu, und ich hole einmal tief Luft, um meine Wut zu zügeln. Es hilft nicht wirklich etwas. »Du hast mich belogen.«

»Ich wollte es dir sagen, schon tausendmal, es war nur...« Er rauft sich die Haare. Ehrlich, für seine Verhältnisse, für Tom de la Chaux, wirkt er reichlich durcheinander.

»Du hast es nicht getan«, stelle ich fest. »Stattdessen hast du Per viel erzählt, nehme ich an.«

Der Verräter verzieht das Gesicht.

»Wie konntest du nur? Wie konntest du dich auf so etwas einlassen, Tom? Was stimmt denn nicht mit euch Typen? Ist dir nie der Gedanke gekommen, wie verrückt das ist?«

»Ich habe ihm schon einige Zeit nur noch Nichtigkeiten zukommen lassen«, beginnt er, und mein Magen dreht sich um. »Er hat Verdacht geschöpft, lange bevor ich bei ihm in Frankfurt war.«

»Ach ja? Und das macht es besser? Dass du ihm am Ende nicht mehr alles unter die Nase gerieben hast, macht es *besser*?«

»Okay.« In einer abwehrenden Bewegung hebt er beide Hände, und ich sehe deutlich, wie er seine Fassung zurückgewinnt, wie er gegen den zerstreuten, verwirrten Tom ankämpft und sein gebügeltes Selbst hervorkramt. »Ich weiß, ich habe einen Fehler gemacht, einen wirklich fatalen Fehler, den ich nicht wiedergutmachen kann, aber... lass uns darüber reden, Elodie. In Ruhe. Nicht hier. Das haben wir verdient, denkst du nicht? Dass wir in Ruhe darüber reden und besonnen eine Entscheidung treffen?«

»Be...« Ich starre ihn ungläubig an. Dann schüttle ich den Kopf. Er hat mehr von Per, als ihm lieb sein dürfte, und mir – mir ist das im Augenblick zutiefst suspekt. »Es tut mir aufrichtig leid, aber ich werde nicht *besonnen* darüber eine Entscheidung fällen, wie es mit dem Kerl weitergeht, der mich seit Monaten belügt und hintergeht. Während er mit mir die Möbel meiner Mutter *befleckt*.«

Diesmal gibt Tom zu seinem gequälten Gesichtsausdruck noch den passenden Laut ab.

Und mir kommt ein Gedanke. »Wieso hast du mir bei der Renovierung des Hauses geholfen? Von einem Tag auf den anderen warst du plötzlich nett zu mir – wieso? Hatte Per damit auch etwas zu tun?« Und als er schweigt: »Sag es! Denkst du nicht, wenigstens das schuldest du mir?«

Tom seufzt. »Ich hatte ihn davon überzeugt, dass wir uns nicht gerade wohlgesonnen gegenüberstehen«, erwidert er. »Deshalb hielt er es für besser, dass ich dich unterstütze und nicht irgendein anderer.«

»Oh, mein Gott!« Ich lache bitterböse auf. »Das darf ehrlich nicht wahr sein, ich glaube das nicht. Und du! Du hast uns schließlich beide hintergangen? Mich – und Per auch? Das wäre wirklich rasend komisch, wenn es nicht so traurig wäre.«

»Elodie, bitte …«

»Du bist der beste Lügner, den ich kenne. Und ich hätte ehrlich nicht gedacht, dass ich das jemals zu einem anderen sagen würde als Per. Menteur. Je ne peux pas croire que je suis tombé amoureux d'un menteur. De nouveau.«

Ich drehe mich um, gehe nach Hause, packe Toms Sachen und stelle die Koffer vor die Tür.

Sex, Lügen, der ganze Mist

*P*er...«

Pers Mund bewegte sich so dicht an meinem Ohr, dass mir ein Schauer über den Rücken lief.

»Was tun wir hier?«

»Ich denke, das ist ziemlich eindeutig«, flüsterte er, »wir küssen uns.« Seine Lippen wanderten von meinem Ohr zu meinem Mund, und ich erwiderte den Kuss, während er mich zu dem Sofa schob, auf dem er normalerweise Gäste bat, Platz zu nehmen, auf dem auch wir schon gesessen hatten, um Termine zu besprechen, um Verträge durchzugehen, um *zu arbeiten,* mit professioneller Distanz.

»Jeden Augenblick kann jemand hereinkommen.«

»Es ist abgeschlossen. Mach dir keine Gedanken darüber.«

»Oh, Gott.« Ich ließ zu, dass Per meine Bluse aufknöpfte, dass er seine Hände über den Stoff meines BHs gleiten ließ und seine Finger unter die Spitze. »Wir sollten das nicht tun«, brachte ich hervor, doch wenn ich ehrlich war, hatte ich das ganze Wochenende nach der Hochzeit an nichts anderes gedacht als daran, noch einmal von Per Gunnarson geküsst zu werden, und ich hatte dem Montag entgegengefiebert, an dem wir uns im Büro begegnen würden. Ich hatte mir diese Begegnung ausgemalt. So. Genau so.

Mit zitternden Fingern begann ich, seine Krawatte zu lockern, während Per die Träger meines BHs nach unten schob.

»Ich will dich nicht anlügen, Elodie«, wisperte er mit rauer Stimme.

»Dann tu's nicht«, flüsterte ich zurück.

»Ich kann dir nichts versprechen.«

»Dann tu's nicht.«

49. Helen

Der Juli ist noch nicht zu Ende, doch es scheint, als sei der Sommer längst vorbei. Brandy hat mir von Elodie und Tom erzählt. Herrje, es muss ihr dreckig gehen. Was ist dieser Per nur für ein Typ, dass er sie beschatten lässt, sie nicht loslassen kann und ihr immer weiter zusetzt, obwohl seine Frau ein Baby erwartet? Er ist verheiratet, Himmel noch mal. Und Tom. Einiges hätte ich von ihm gedacht, aber nicht, dass er ein völlig anderer ist als der, für den er sich ausgibt. Er hat Elodie belogen, uns alle eigentlich.

Im Spiegel betrachte ich mein Gesicht, das schmaler ist, wie Elodie bereits feststellte, und ernster als jemals zuvor. Ich trage das neue Kleid und den Lippenstift von Brandy und dazu ein paar Tropfen des Parfüms, das sie mir geschenkt hat. Ich muss unbedingt daran denken, ihr demnächst eine Freude zu bereiten. Sie überhäuft mich mit lieben Kleinigkeiten, und ich habe das Gefühl, immer nur mit mir beschäftigt zu sein. Nie dreht sich etwas um Brandy oder darum, wie es ihr geht.

»Das bin nicht mehr ich«, flüstere ich meinem Spiegelbild zu. »Das kann unmöglich ich sein.« Weshalb ich genau an diesem Abend damit beginnen werde, meinem Ich wieder näherzukommen, die zu werden, die ich früher war.

Morgen werde ich Elodie um Verzeihung bitten.

Heute Abend werde ich Liam die Wahrheit erzählen.

»St. Andrews Street Bistro? Da waren wir ewig nicht.«

Liam rückt meinen Stuhl zurecht, nachdem uns die Kellnerin zu einem der Zweiertische unter der dunkelgrün gestrichenen Wand geführt hat. Zahllose Bilder hängen daran, hauptsächlich gerahmte Plakate und Fotos, aber auch ein paar Gemälde. Über Liams Kopf starren zwei schwarze Raben zu mir herüber. Sie sehen aus, als wüssten sie genau, was als Nächstes passiert, und könnten es kaum erwarten, sich darüber die Schnäbel zu zerreißen.

»Habe ich was vergessen? Heute ist nicht unser Hochzeitstag, oder?«

Ich schüttle den Kopf. Was habe ich mir dabei gedacht? Ich kann nicht einfach hier sitzen, mit der Liebe meines Lebens, und einen völlig bedeutungslosen Flirt mit einem Wildfremden aufbauschen, um die Aufmerksamkeit meines Ehemanns zurückzuerlangen. Ach verdammt, Elodie hatte recht. Ich tue das nicht für ihn, ich tue es für mich. Aber wenn ich schon mal dabei bin, kann ich genauso gut versuchen, meine Ehe zu retten.

Ich will bis zum Dessert warten. Liam ist so überrascht und so erfreut über meine unerwartete Einladung zum Essen, ich bringe es nicht über mich, das eigentliche Thema anzuschneiden. Auch die Kinder klammern wir aus. Als wäre uns beiden bewusst, wie fragil diese gemeinsamen Momente geworden sind und wie leicht sie sich vom Alltag in Stücke reißen lassen.

Okay, ich sag's ihm nicht.

Ich ... ich muss es ihm sagen, oder? Ich sage: Liam, es ist nichts geschehen, aber ich ...

Nein. Nein, ich kann ihm das nicht einfach an den Kopf werfen. Es würde alles infrage stellen, für nichts und wieder nichts.

Aber wenn ich es ihm nicht sage ...

»Helen?«

Ich blicke auf und sehe in Liams beunruhigtes Gesicht.

»Okay, was ist hier los? Du lädst mich zum Essen ein, dann isst du kaum einen Bissen, schiebst nur das Fleisch auf dem Teller hin und her und siehst aus, als wolltest du zu einer Rede ansetzen, die mir nicht gefallen wird. Ich bin nicht blind, okay? Was ist los?«

»Es ist nichts passiert«, beginne ich. Und als ich fertig bin mit meiner Beichte, hat Liam ebenfalls das Besteck weggelegt, und sein Gesichtsausdruck hat sich verfinstert.

»Du bist mit ihm auf sein Zimmer gegangen«, wiederholt er, und seine Stimme klingt furchtbar ruhig dabei. »In sein Hotel. Aber es ist nichts passiert. Warum um alles in der Welt bist du mit ihm mitgegangen, Helen?«

Ich habe keine Antwort, also schüttle ich den Kopf.

»Wolltest du mit ihm ins Bett?«

»Nein«, hauche ich. Nach wie vor bewegt sich mein Kopf hin und her. Warum um Himmels willen habe ich überhaupt damit angefangen, wenn mir jetzt nichts mehr zu sagen einfällt?

»Du wolltest nicht mit ihm ins Bett, aber du bist mit ihm aufs Zimmer gegangen.«

»Schhh.« Im Gegensatz zu mir scheint Liam kein bisschen darum bemüht, seine Stimme zu senken.

»Was?«, fragt er aufgebracht. »Bist du deshalb mit mir hierhergegangen? Damit ich gute Miene zum bösen Spiel mache und nur ja keine Szene?«

Er steht auf.

»Liam.«

»Ich brauche frische Luft.«

»Liam!«

Er stürmt aus dem Bistro. Ein Dutzend Augenpaare folgen ihm mit Blicken, die sich anschließend auf mich richten. Ich versuche ein Lächeln und versinke auf der Stelle in Selbstmitleid.

Was habe ich getan?

Als ich nach Hause komme, ist Liam nicht da. Die Kinder sitzen vor dem Fernseher und sehen sich irgendeine Serie an, und als sie ins Bett gehen, ziehe ich mich ins Schlafzimmer zurück. Dort warte ich. Eine Stunde. Zwei. Es ist nach eins, als ich Geräusche höre, und als ich nach unten gehe, wartet Liam im Wohnzimmer auf mich. Er sitzt im Fernsehsessel, die Arme auf der Lehne, noch immer in seiner blauen Lederjacke, ein Glas Whisky in der Hand. Ich bin in Tränen aufgelöst, noch bevor ich mich auf dem Hocker vor seinem Stuhl niederlasse. »Ich würde dich nie betrügen, das weißt du«, erkläre ich eindringlich.

Eine Zeit lang studiert er mein Gesicht, als stünde die Antwort all seiner Fragen darauf geschrieben, schließlich sagt er: »Ich weiß, Helen. Das weiß ich.«

Ich bin so erleichtert, dass ich aufschluchze, und in diesem Augenblick komme ich mir vor wie der jämmerlichste Mensch auf Erden. Auf einmal ist mir nicht mehr klar, weshalb ich seit Wochen, *Monaten* herumlaufe wie ein Zombie und mir überlege, was mit meinem Leben nicht stimmt. War ich wirklich der Meinung, ich müsste eine Entscheidung herbeiführen, in die eine oder die andere Richtung? Habe ich ernsthaft darüber nachgedacht, ich könnte ohne Liam weitermachen?

Ich krabble auf den Sessel und quetsche mich neben meinen Mann. Liam legt einen Arm um mich, und eine ganze Weile bleiben wir einfach so sitzen. Doch dann.

Dann sagt er: »Ich denke, wir sollten uns für eine Weile trennen.«

»Was?« Ich rapple mich auf, unsicher, ob ich ihn richtig verstanden habe.

Liam seufzt. »Ich weiß nicht, was mit uns los ist. Wir sind Ewigkeiten zusammen, haben so viel durchgestanden, wir haben die Kinder – und wir haben immer geredet. Und im letzten Jahr... Was ist da schiefgegangen?«

Liam schiebt mich ein Stück weit von sich, um aufzustehen. Er geht zum Fenster, wo er einen Moment stehen bleibt, bevor er sich wieder zu mir umdreht. »Du hast es selbst gesagt in der Nacht, in der wir Kayla erwischt haben. Und noch einiges mehr – dass ich dir die Schuld gebe. Wofür um Himmels willen sollte ich dir die Schuld geben, Helen?«

»Für...« Ich zucke hilflos mit den Schultern. »Alles, schätze ich. Dass die Kinder sind, wie sie sind. Dass wir kaum mehr ein Familienleben haben. Dass wir kein Liebesleben mehr haben. Dass ich als Ehefrau versagt habe. Aber ich will mich nicht trennen, Liam, bitte, das habe ich sicher nicht gewollt.« Und wie einfach das alles urplötzlich ist. Die Möglichkeit, ihn zu verlieren, jagt mir solche Angst ein, die Tränen in meinen Augen sind quasi erstarrt vor Schreck, und mein Herz pocht so schmerzhaft in meiner Brust, ich bin dem Infarkt nah.

»Das will ich auch nicht. Gott, Helen, bist du verrückt geworden?« Er dreht sich zum Fenster, die Hand im Nacken. »Ich denke, es fing mit der Übernahme des Cafés an.«

»Was? Mit der... Es ist Jahre her, dass wir das Café übernommen haben. Da waren die Kinder noch klein.«

»Ja, aber es war nie das, was du wolltest, oder?« Abermals dreht er sich zu mir um, kommt jedoch nicht auf mich zu. »Du wolltest nicht dein Leben lang Kellnerin spielen. Und du wolltest auch nicht in einem Kaff wie St. Ives hängen bleiben.«

Ich blinzle Liam an, denn dazu habe ich nichts zu sagen. Ich wollte nie in einem Café arbeiten, und ich hätte gern in einer größeren Stadt gelebt, aber das stand nie zur Diskussion. Ich habe mich für Liam entschieden, für die Liebe meines Lebens, die, wenn sie dir mit achtzehn begegnet, eben alles andere in den Schatten stellt. Die eigenen Pläne aushebelt. *Das* habe ich nie bereut.

»Ich habe nie bereut, dass ich bei dir geblieben bin«, sage ich. »Nie.«

»Aber ich habe es oft bereut«, erwidert Liam, »dass ich dich in mein Leben gezwängt habe, ohne Rücksicht darauf, ob es auch das Richtige für dich ist.«

»Nein.« Ich schüttle den Kopf.

»Die ganze letzte Zeit habe ich nur darauf gewartet, dass es irgendwann aus dir herausplatzt – dass du mit einem Knall dein Schweigen brichst, um mir zu sagen, dass du es satthast. Dieses Leben hier, meine ich.«

Ich kann gar nicht damit aufhören, den Kopf zu schütteln.

»Ah, Helen. Ich denke ... ich denke, wir sollten ein bisschen Abstand zwischen uns bringen.«

»Abstand?« Ich verstehe nur Bahnhof. Und Trennung. *Was habe ich getan?*

Liam massiert sich die Stirn, als habe er Migräne, dann sagt er: »Wir müssen darüber nachdenken, wie wir weitermachen wollen.«

»Nein.« Ich springe auf. »Darüber muss ich nicht nachdenken.«

»Dieser Kerl, der war nur die Spitze des Eisbergs, Helen. Und wir müssen da wieder runterkommen, wenn wir weitermachen wollen.«

Weitermachen. Ich sehe Liam an, den Mund geöffnet, um etwas zu sagen, was mir nur noch nicht einfallen will. Bis es mir doch einfällt. »Ich liebe dich, Liam. Ich will mich nicht von dir trennen.« Die festgefrorenen Tränen lösen sich, alle auf einmal, und diesmal kommt Liam auf mich zu, um sie mit dem Daumen fortzuwischen.

»Ich liebe dich auch«, sagt er. »Daran wird sich nie etwas ändern.« Er küsst mich. Dann lässt er mich stehen, um seine Koffer zu packen.

Wie die Luft zum Atmen

Erinnerst du dich an diese Geschichte von der Badewanne, die ich dir vor Jahren mal erzählt habe? Die mit ...«

»Natürlich erinnere ich mich. Du hast gesagt, du könntest mich stundenlang ansehen, dass das wie ein Trost für dich sei, wie Hypnose.«

Liam lachte. »So ungefähr.« Er legte den Arm um meine Taille und zog mich näher zu sich heran. »Ich habe mich geirrt«, sagte er dann.

»Was?« Ich sah fassungslos zu ihm auf. »Das sagst du mir jetzt? Zehn Jahre später? Und ausgerechnet am Hochzeitstag?«

»Ich habe mich geirrt, denn ... es ist doch der Ozean. Ich tauche darin ein, und er umschließt mich ganz und gar, und sein Leben, es dringt in jede Pore meines Körpers und setzt etwas in Bewegung, und dann ist nichts mehr so, wie es vorher war.«

Ich starrte nach wie vor fassungslos, und Liam begann zu lachen. »Ich liebe es, dich sprachlos zu machen, Baby.«

»Ich liebe dich auch, Liam.«

50. Elodie

*L*iam hat – *was?*« Ich nehme einen riesenhaften Schluck
Kaffee, während ich Helen anstarre, als sei ihr ein drittes
Auge gewachsen. Apropos Augen: Ich bin froh, dass ich
meine offen halten kann. Es ist kurz nach drei am Morgen
und vermutlich einem Glücksfall zu verdanken, dass ich
noch lebe, denn als Big Ben mich vor ein paar Minuten
aus dem Schlaf riss, hätte mich beinahe ein Herzinfarkt er-
eilt. Big Ben, dann klopfen. Dann eine Frauenstimme. Als
ich im Schlaf-T-Shirt nach unten polterte, um nachzusehen, wer mich da um Himmels willen zur blauen Stunde
aus dem Bett schmiss, kam mir sehr kurz Brandys Lady
mit der Laterne in den Sinn, doch Helen war es, die vor
der Tür stand. Eine zitternde, total verheulte Helen, die
mir um den Hals fiel, sobald ich sie in den Flur gezogen
hatte.

Inzwischen sieht sie ein wenig besser aus. Der heiße Tee
hat ihrem Gesicht Farbe zurückgegeben, und sie bibbert
nicht mehr so arg wie eben.

»Er hat seine Koffer gepackt«, fährt sie fort, »also er
wollte es – aber es ist das Haus seiner Eltern und das Café
seiner Eltern, und deshalb bin ich gegangen. Ich werde
morgen nach Schottland aufbrechen, zurück nach Inverness.«

»Helen!« Ich bin erschüttert. Nicht nur darüber, dass sie
vorhat, St. Ives zu verlassen, sondern über die Trennung

an sich. »Helen.« Ich sehe sie mitleidig an. »Es tut mir so leid.«

Helen zuckt mit den Schultern. »Ich bin selbst schuld, oder nicht? Sagst du mir jetzt, dass du es gleich gewusst hast? Dass ich es Liam nicht hätte erzählen sollen?«

»Nein, das sage ich nicht.« Entschlossen lege ich meine Hand auf ihre. »So wie du es schilderst, war dieser Italiener nur der Auslöser für etwas, das schon lange zwischen euch geschwelt hat, und irgendwann wäre es so oder so zur Sprache gekommen. Und natürlich«, füge ich rasch hinzu, als Helen das Gesicht verzieht, »natürlich ist es nicht deine Schuld. Es ist niemandes Schuld. Und es wird alles wieder in Ordnung kommen.«

Es läutet erneut. Um drei Uhr nachts läutet es zum zweiten Mal an meiner verdammten Tür.

»Was zum Teufel«, murmle ich, während ich aufstehe, doch da höre ich schon Brandys Stimme. »Elodie? Helen?«

»Schhh.« Ich öffne die Tür und ziehe Brandy hinein. »Du weckst noch die Nachbarschaft auf.«

»Mrs. Barton ist so gut wie taub«, sagt Brandy, während sie in ihren quietschenden Stiefeln Richtung Küche marschiert. »Also, wo haben wir das heutige Sorgenkind?«

»Ich habe Brandy eine SMS geschrieben«, erklärt Helen, als ich mich wieder auf meinen Platz setze. Und zu ihr sagt sie: »Bloß hätte ich nicht gedacht, dass du dich mitten in der Nacht auf den Weg hierher machst.«

»Ich hab noch nicht fest geschlafen«, wehrt Brandy ab. »Senile Bettflucht und so weiter.«

»Aaaaaaah«, macht Helen. Es klingt erschöpft. Brandy und ich wechseln einen Blick. Dann folgen mehr Heißgetränke, eine nochmalige Wiederholung der Geschichte seitens Helens für Brandy, mehr *Aaaahs* und *Oooohs*, und schließlich, eine halbe Stunde später schätzungsweise, sitzen wir drei schweigend am Tisch, jede in ihre eigenen Gedanken vertieft. Nach dieser Adrenalinausschüttung und deren Wirkung auf meinen Körper fühle ich mich plötzlich wieder wie erschlagen, und die Müdigkeit lastet auf mir wie eine Decke aus Blei.

»Es tut mir leid, was ich zu dir gesagt habe, Elodie«, platzt Helen in die Stille hinein. »Ich weiß nicht einmal, warum ich es getan habe. Ich hab's nicht so gemeint.«

Ich schüttle den Kopf. »Es muss dir nicht leidtun. Alles, was du mir vorgeworfen hast, ist wahr. Ich war zwei Jahre mit einem verheirateten Mann zusammen, ohne mich darum zu scheren, dass ich damit eine Ehe zerstöre.«

»Na«, sagt Brandy, »daran hatte er wohl auch seinen Anteil«, und Helen nickt. »In eine gut funktionierende Ehe kann niemand eindringen, das würde keiner der beiden Partner zulassen.«

»Siehst du«, stimme ich zu, »und darum seid du und Liam nach wie vor ein Paar, das sich noch nie im Leben untreu war und es auch sicher niemals sein wird.«

Erneut herrscht Schweigen am Tisch. Ich weiß, die beiden sind meine Freundinnen, und es mag sein, Helen hat mir dafür vergeben, dass ich eine Ehebrecherin bin, doch nach wie vor kennt sie nicht die ganze Geschichte, und ich frage mich, was sie dann von mir denken wird. Und ich glaube, es ist Zeit. Es ist Zeit, dass sie wissen, mit wem sie es hier zu tun haben.

»Das Geld für das *Peek-a-boo*, es stammt von Pers Konto«, sage ich, und beide Frauen sehen verwirrt zu mir herüber. »Unmittelbar nachdem ich erfuhr, dass seine Frau schwanger war, habe ich meine Sachen gepackt und fristlos gekündigt. Anfangs schien Per dies auch für das Beste zu halten, jedenfalls hielt er mich nicht auf. Aber er sagte: ›Wenn du Geld brauchst für einen Neuanfang, würde ich es dir gern geben. So viel du willst. Es gehört dir.‹ Ich hab ihn angeschrien, dass ich keine Prostituierte bin«, fahre ich fort, und ich spüre bereits, wie sich die Tränen formen, »aber letztlich habe ich doch Geld von ihm genommen. Zweihundertfünfzigtausend Euro. Ich habe sie von seinem Firmenkonto transferiert, mittels der Vollmacht, die ich damals hatte. Ich weiß nicht, wie Per das seinen Partnern erklärt hat oder ob überhaupt. Ich nehme an, er hat den Betrag von seinem Privatkonto wieder aufgefüllt.«

»Du hast zweihundertfünfzigtausend Euro abgeräumt, einfach so?« Brandy sieht mich ungläubig an.

Ich beiße mir auf die Unterlippe und nicke.

»Das ist genial«, sagt sie.

Helen blinzelt.

»Damals habe ich es als eine Art Schmerzensgeld betrachtet, aber ... Per hat mir viele Dinge geschenkt. Seide. Schuhe. Schmuck. Neulich, da ... da habe ich ein Armband an einen Juwelier verkauft, für zwölftausend Euro. Um die Kellersanierung zu bezahlen.«

Nun verschluckt sich Helen an ihrem Tee, und Brandy klatscht mit der Hand auf den Tisch. »So ein Arsch!«, sagt sie. »Denkt sich wohl, er kann alles kaufen!«

Ich laufe blutrot an bei diesen Worten, und nun legt Helen ihre Hand auf meine.

»Brandy hat recht, er ist ein Arsch«, sagt sie, »aber das macht dich noch nicht käuflich. Du warst verliebt in ihn. Du hättest alles für ihn getan. Ich würde dich nicht dafür verurteilen, selbst wenn er deine Brüste bezahlt hätte.«

Ich pruste Kaffee über den Tisch, und Brandy kichert, während sie aufsteht, um einen Lappen zu holen. »Und du hast außerdem recht«, erklärt sie. »Es ist eine Art Schmerzensgeld. Schön wäre, wenn es ihm auch wehtun würde«, fügt sie hinzu. »Aber so wie es aussieht, hat der Kerl wohl genug Kohle.«

»Im Grunde gehört das Haus ihm«, sage ich zerknirscht.

»Quatsch«, ruft es von zwei Seiten.

»Und Tom – kein Wunder, dass er mich anfangs so herablassend angesehen hat. Er wusste genau, was zwischen mir und Per gewesen war, und ganz sicher hielt er mich für eine Hure.«

»Blödsinn!«

Helen drückt meine Hand. »*Blödsinn.*«

Mit der anderen Hand massiere ich mir die Stirn. Keine Ahnung, weshalb ich überhaupt von Tom angefangen habe. Es ist noch nicht lange genug her, um darüber zu sprechen, ich schaffe es ja nicht einmal, darüber nachzudenken. Kopfschüttelnd sehe ich meine Freundinnen an. »Vergesst es«, sage ich. »Es ist vorbei. Und das Geld – nun, es sieht nicht so aus, als wollte Per es zurück.«

»Aber er will *dich* zurück?«, fragt Helen, und ich verziehe das Gesicht.

»Du solltest seine Frau anrufen«, schlägt Brandy vor. »Bestimmt würde das ein interessantes Gespräch werden.«

»Nein, tu das nicht«, sagt Helen leise. »Was sie nicht weiß, kann ihr nicht wehtun, richtig?«

Ich lächle Helen an. »Ich weiß nicht – die Sache liegt ein wenig anders als bei dir, immerhin war da tatsächlich etwas… aber, ja. Sie ist auch ein Opfer in diesem Spiel, stimmt's?«

»Und Tom«, beginnt Brandy erneut. »Hast du noch mal mit ihm gesprochen?«

»Nein.«

»Bist du denn gar nicht neugierig, wie er die Sache sieht? Welche Erklärung er hat?«

»Das Nötigste wurde gesagt. Was sonst könnte er mir erzählen?« Ich stehe auf, um mir einen neuen Cappuccino zuzubereiten. Die Kaffeemaschine spuckt Espresso und aufgeschäumte Milch aus, und ich frage mich, wann ich wieder Kaffee trinken kann, ohne an Tom de la Chaux zu denken. Es macht mich wütend, auf welche Weise er mich hintergangen hat. Und ich finde, da gibt es nichts weiter zu klären. Überhaupt nichts.

Mit verschlossener Miene und zusammengebissenen Zähnen setze ich mich zurück an den Tisch.

»Nun, ich weiß es.« Brandy nippt an ihrem Tee.

»Du weißt was?«, fragt Helen.

»Welche Erklärung er hat.« Sie sieht von Helen zu mir.

Ich fasse es nicht. »Er ist zu dir gekommen und hat dich vollgejammert?«, frage ich ungläubig.

»Im Gegenteil. Ich bin zu ihm gegangen, um ihn zur Rede zu stellen, was nicht so einfach war, denn dieser Kerl denkt, er habe keine Vergebung verdient.«

»Nun. Da gebe ich ihm recht«, sage ich.

Brandy ignoriert mich. »Ich kann hartnäckig sein. Und ich habe einen faltbaren Campingstuhl. Habe beinahe den ganzen Tag in seinem mickrigen Shop verbracht, bis er endlich rausgerückt ist mit der Sprache.«

»Oh, Brandy«, sagt Helen, und ich kann ihr nur beipflichten. Das grenzt an Folter, doch auf der anderen Seite – er hat es nicht besser verdient.

»Also, den Teil der Geschichte kennen wir bereits: wie

Tom den einen Job wollte, den anderen annahm und dann hier landete, im Pop-up-Store in der Fore Street.«

Ich verschränke die Arme vor der Brust. Helen nickt aufmerksam, und Brandy fährt fort: »Er sagt, er wusste, dass er dich nicht näher kennenlernen durfte, weil er dich von Anfang an sympathisch fand, und dass er deshalb versucht hat, eure Beziehung so geschäftlich wie möglich zu halten.«

Ich gebe einen spöttischen Laut von mir. »Geschäftlich. Er war unhöflich, unverschämt und... *dämlich*«, schnaube ich. »Und wisst ihr was? Ich wünschte, er wäre es geblieben, denn dann hätte ich diesen ganzen Schlamassel jetzt nicht.«

»Er macht sich große Vorwürfe. Weil er sich überhaupt auf diesen Auftrag eingelassen hat, weil er dich damit verletzt hat und weil er nicht weiß, wie du ihm je vergeben sollst, wenn er selbst es nicht kann.«

»Aaah, und jetzt die Mitleidstour. Wusste ich es doch.«

»Elodie.« Brandy legt eine Hand auf meine und drückt sie. »Denkst du nicht, jeder hat eine zweite Chance verdient?«

»Was? Nein!« Ich sehe sie an, als habe sie den Verstand verloren. »Er hat mich belogen, vom ersten Augenblick an. Und er hat nicht einmal dann etwas gesagt, als er die Gelegenheit dazu gehabt hätte. Ich habe diese Lügerei satt.«

»Er wollte es dir sagen, denke ich.«

»Nun. Too little, too late.«

Alle drei sind wir still daraufhin, und als ich aus dem Fenster in den Garten sehe, wird mir klar, dass wir schon ewig hier sitzen und dass es kurz davor ist, hell zu werden.

»Er bleibt hier, weißt du das?«

»Wer?« Ich sehe Brandy an. Sie kann unmöglich Tom meinen. Er kann unmöglich hierbleiben.

»Tom.«

»Nein.«

»Doch. Er sucht nach einer Wohnung auf dem Hügel. Bis auf Weiteres will er den Kaffeeladen behalten, sagt er.«

Ich sehe wieder zum Fenster hinaus. Er kann nicht in St. Ives bleiben, die Stadt ist zu klein für uns beide. Und was will er hier? Mich weiter daran erinnern, dass ich mich zum Spielball habe machen lassen? Das ist das Letzte, ehrlich, das Letzte.

»Er mag dich.«

Ich seufze. »Genug davon. Bitte. Wieso landen wir am Ende immer bei Tom und mir? Es geht um Helen!« Ich werfe ihr einen Blick zu, doch sie winkt ab.

»Es ging heute schon genug um Helen«, murmelt sie und klingt so müde dabei, dass sich mein schlechtes Gewissen noch vertieft.

»Lasst uns schlafen gehen«, sage ich. »Sucht euch einfach jeweils ein Zimmer aus, die Betten sind alle frisch bezogen.«

Helen nickt. Brandy dagegen greift seufzend nach ihrem Parka. »Für die Bedürftigen«, sagt sie und zieht eine weitere Schachtel der teuren Trüffeln aus einer ihrer Taschen. »Wem es am schlechtesten geht, nimmt die Pralinen.«

»Du sollst uns nicht immer so viel schenken«, sagt Helen, und ich nicke zustimmend.

»Wirklich«, sage ich gähnend, »das sollst du nicht.«

Brandy sieht von einer zur anderen. »Also – wer gewinnt die Mitleidsschokolade?«

Helen und ich wechseln einen Blick. »Wir teilen mit dir, obwohl du sie ganz und gar nicht verdient hast.«

»Ja, weil es dir am besten geht von allen«, bestätigt Helen.

»Schlechten Menschen geht es immer gut«, erklärt
Brandy, und ich lache, doch sie tut es nicht.

August

51. Elodie

Ich sitze auf der Terrasse des Porthgwidden Beach Cafés und spiele Touristin.

Es ist mein letzter Tag in Freiheit. Der August ist angebrochen, es ist ungewöhnlich heiß, und es wuselt und wimmelt in diesem kleinen Ort und in mir drin, denn morgen reisen die ersten Gäste an, und es beginnt ein neuer, abenteuerlicher Lebensabschnitt. Ich, die Pensionsmutter, sozusagen. Das *Peek-a-boo* strahlt in seinem neuen Glanz, der Kühlschrank ist gefüllt, die Betten sind gemacht, sogar die Betthupferl – Minifudges aus dem Laden hinterm *Sloop Inn* – habe ich bereits heute auf den Kopfkissen drapiert.

Es kann losgehen.

Durch die Gläser meiner Sonnenbrille blinzle ich in den Himmel, der sich makellos über den kleinen Strandabschnitt spannt. Eltern spielen mit ihren Kindern im Sand, Paare liegen dicht an dicht, die Hände auf der Haut des jeweils anderen, ein Lächeln im Gesicht. Also gut. Ich weiß nicht, ob sie lächeln – das kann ich von hier oben unmöglich erkennen. Aber ich stelle es mir vor. Und dann wende ich schnell den Blick ab und krame meinen Planer aus der Tasche, auf der Suche nach ein wenig Ablenkung.

Ich könnte eine To-do-Liste anlegen, denke ich, während ich ihn aufschlage und Brandys rosa Stift in die Hand nehme. Es ist nur … augenblicklich habe ich nichts weiter zu tun. Ich bin so gut vorbereitet auf meine ersten Mieter, ich sollte einen Preis bekommen für das bestpräparierte Bed & Breakfast an der englischen Küste. Was übrigens daher kommt, dass ich über das *Peek-a-boo* hinaus nicht viel zu tun habe, denke ich zerknirscht. Die Katzenbabys sind in gute Hände abgegeben (ich darf nicht daran denken, sonst kann ich für nichts garantieren. Und ja, ich werde den neuen Haltern beizeiten einen Besuch abstatten, und ob!). Helen ist nach wie vor in Schottland, was meine Besuche im Café auf ein Minimum reduziert, das ich mit Brandy verbringe. Und nicht zu vergessen: Mein Liebesleben liegt brach. Ich habe nichts von Tom gehört, seit ich ihn an diesem verhängnisvollen Nachmittag in der Fore Street habe stehen lassen.

Ist es nicht verrückt? St. Ives ist klein wie ein Knopfloch, und doch ist es uns beiden gelungen, uns nicht einmal zu begegnen in beinahe drei Wochen, und ich weiß, dass er hier eine Wohnung gefunden hat, Brandy hat mir davon erzählt.

Ich klappe meinen Kalender zu. Hat keinen Sinn. Also nehme ich einen Schluck von meiner Ingwerlimonade und denke noch ein wenig vor mich hin.

Das *Peek-a-boo* ist ausgebucht bis einschließlich Mitte Oktober. Da meine Familie sich weigert, bei mir zu wohnen, um meine Einnahmen nicht zu dezimieren (nie im Leben würde ich von ihnen Geld verlangen, das wissen sie genau), haben sie sich im *Sloop Inn* eingemietet, wo sie im September eine ganze Woche verbringen. Ich freue mich riesig darauf, alle wiederzusehen – Franzi, meine Stiefmutter, aber am allermeisten meinen Vater natürlich. Der einzige Mann in meinem Leben, auf den ich mich je verlassen konnte, der mich niemals enttäuscht hat, der immer für mich da war.

Oh, Gott, Elodie, du Jammerlappen, halt die Klappe. Morgen beginnt ein neues Leben, schon vergessen? Und du hast es so gewollt, ganz genau so wolltest du es haben, oder etwa nicht?

»Guten Tag, Elodie. Wie geht es Ihnen?«

»Oh, äh, gut, danke sehr. Wie geht es Ihnen?« Ich setze mich etwas aufrechter hin und nicke Elvira Watson zu, die auf einmal neben mir aufgetaucht ist wie eine Erscheinung (was sie auch ist: Mit dem riesigen weißen Sonnenhut über ihrer ebenfalls riesigen Sonnenbrille wirkt sie wie ein Filmstar aus den Fünfzigerjahren).

»Blendend, herzlichen Dank.« Sie nickt. Dann breitet sich Schweigen zwischen uns aus, während Elvira den Blick auf den Horizont vor uns richtet und ich mich nach Sam Watson umsehe oder einem Hinweis darauf, weshalb seine Frau vor meinem Tisch steht. Alle anderen Plätze im Café scheinen vergeben zu sein, deshalb … nun … Ich nehme meine Tasche vom Sitz neben mir.

»Möchten Sie sich setzen?«, frage ich, und Elvira sieht mich einige Sekunden lang an, bevor sie erwidert: »Das ist sehr freundlich, danke«, und sich auf dem Stuhl niederlässt.

Ich atme erleichtert auf, keine Ahnung warum. Um ehrlich zu sein: Diese Frau macht mir ein wenig Angst. Sie strahlt eine Autorität aus, die im Stehen schlicht noch viel weniger zu ertragen ist als im Sitzen.

»Ich habe gehört, das *Peek-a-boo* nimmt dieser Tage seinen Betrieb wieder auf?«

»Morgen, um genau zu sein.« Ich nicke.

Elvira nickt ebenfalls. Abermals hat sie den Blick auf den Strand gerichtet, nun hebt sie die Hand und winkt jemandem zu. Ich folge ihrem Blick. Ein älterer Mann, ziemlich sicher Elviras, läuft rückwärts ins Wasser und winkt gleichzeitig zu uns auf die Terrasse hinauf. Er trägt eine petrolfarbene Badehose und ein Boogie-Board unter dem Arm. Nicht zum ersten Mal staune ich darüber, wie fit Sam Watson wirkt, der sicherlich schon… ich weiß nicht, bald achtzig sein muss oder noch älter. Er dreht sich um und schmeißt sich in die Fluten, während Elvira neben mir keine Miene verzieht.

»Sie werden sicherlich keine Schwierigkeiten haben, die Zimmer Ihres Bed & Breakfasts mit Gästen zu füllen«, sagt sie. »In den meisten Monaten des Jahres platzt St. Ives aus den Nähten, so viele Touristen kommen hierher. Sogar im Dezember, um Silvester am Hafen zu verbringen.« Sie nickt in die Richtung, in der besagter Hafen liegt. »Eine Pension kann sich hier zur Goldgrube entwickeln.«

»Meinen Sie? Das wäre wirklich schön. Nachdem mich so viele Menschen dafür ausgelacht haben, das *Peek-a-boo* gekauft zu haben. Wenngleich es natürlich schon ein paar Schwächen hatte, aber trotzdem…« Ich zucke mit den Schultern. »Ich weigere mich einfach, nicht daran zu glauben, dass alles am Ende gut werden wird.«

Elvira sieht mich an, und ich frage mich, was mich dazu veranlasst hat, so etwas zu sagen. Ich meine, denke ich tatsächlich so positiv? Glaube ich ehrlich, dass *alles* gut werden wird?

Als habe sie meine Gedanken gehört, sagt sie: »Meine Erfahrung hat gezeigt, dass das durchaus im Bereich des Möglichen liegt.«

»Wirklich?«

»In der Tat.«

Noch einmal sehe ich hinaus aufs Meer, wo Sam Watson mit seinem kleinen Brett durchs Wasser gleitet.

»Etwas Neues anzufangen kann einem Angst machen, und manchmal verstehen Außenstehende nicht einmal annähernd, warum oder was man da tut. Doch bei mir ist es bisher immer so gewesen: Schließt sich die eine Tür, öffnet sich die andere. Als sollte es genau so sein.«

»Mmmh.« Ich drehe mich ein bisschen mehr zu Elvira hin. »Heißt das, Ihre Familie hat nicht nachvollziehen können, weshalb Sie zu Sam nach England gegangen sind?«

Für einen Moment sieht Elvira mich an, als empfinde sie meine Frage als impertinent, und ich bin schon dabei, den Mund zu öffnen, um mich dafür zu entschuldigen, da antwortet sie mir doch.

»Meine Familie konnte *Sam* nicht nachvollziehen«, sagt sie und wirft mir über den Rand ihrer Sonnenbrille einen Blick zu. »Und dass ich mit ihm neu anfangen wollte.«

»Das war sehr mutig von Ihnen.«

»Nein, das war es nicht. Wenn ich mir etwas beziehungsweise jemand in meinem Leben sicher sein konnte, dann Sam.«

»Möchten Sie etwas trinken?«

Womöglich ganz gut, dass die Kellnerin ausgerechnet in diesem Moment Notiz von Elvira nimmt, um ihre Bestellung aufzunehmen, so bekommt sie nicht mit, wie tief ich nach diesen Worten seufze. Sich so sicher zu sein, das klingt nach etwas, was ich allerhöchstens mal in einem Liebesroman lesen, jedoch nie selbst erleben werde. Meine Gedanken schweifen zu Per und augenblicklich wieder weg. Hin zu Tom. Nein, das ist genauso wenig sinnvoll. Ich kenne ihn kaum. Die paar Wochen, die wir miteinander hatten, reichen wohl kaum aus, um das Fundament für eine allumfassende Liebesgeschichte zu legen.

»Was ist mit Ihnen?«, fragt Elvira, nachdem die Kellnerin zurück an die Bar geeilt ist. »War es Ihre Familie, die Sie dafür kritisiert hat, hierherzukommen?«

»Nun, nicht direkt dafür«, beginne ich. »Hauptsächlich machte meinem Vater der Kauf des Hauses zu schaffen. Er konnte nicht verstehen, dass ich unbesehen Eigentümerin eines renovierungsbedürftigen Cottages wurde.«

»Unbesehen?« Eine Braue in Elviras strengem Gesicht hebt sich. »Da wäre ich auch überrascht.«

Ich lache – weil ich jetzt darüber lachen kann. »Ich vermutlich auch«, räume ich ein.

Elviras Eistee wird serviert, und eine Weile sitzen wir schweigend nebeneinander, beobachten das Publikum am Strand unter uns, die Boogie-Boarder im Wasser, die Möwen am Himmel. Alles schreit nach Entspannung, und doch werde ich meine Unruhe nicht los. Meine Überlegungen kreisen um die Anreise der Gäste morgen Vormittag, um Helen, von der ich keine Ahnung habe, wann sie wiederkommen wird, zu Tom, über den ich längst hinweg sein sollte, was mir schwerer fällt, als mir lieb ist. Offensichtlich. Gott, warum kann ich nicht einfach vergessen, was passiert ist, und mich auf die wesentlichen Dinge konzentrieren.

Ich seufze.

Elvira sieht mich fragend an.

»Es wäre alles so einfach«, sage ich, »gäbe es keine Männer auf der Welt«, und diesmal heben sich beide ihrer Brauen.

»Ist etwas mit Ihnen und diesem Kaffeeverkäufer?«

Kaffeeverkäufer. DAS geschieht dir recht, de la Chaux!

»Nein.« Ich schüttle den Kopf. »Allerdings – ja, womöglich ist es gerade das. Dass nichts mehr ist.«

»Mmmh.«

Ich seufze noch einmal. »Sie...«, beginne ich, dann klappe ich den Mund wieder zu. Nur, um eine Sekunde später erneut anzusetzen: »Woher wussten Sie, dass Sam der Richtige für Sie ist?«

»Ich denke, ich wusste es nicht«, erwidert Elvira. »Aber es hat sich als Tatsache offenbart.«

»Das klingt wundervoll.«

»Ja, das ist es. Manche Menschen sind ein Leben lang füreinander bestimmt, selbst wenn sie nicht zusammen sind.«

»Das wiederum klingt eher traurig.« Ich sehe Elvira an. Welche Geschichte sich wohl hinter einer solchen Aussage verbergen mag?

Sie schüttelt den Kopf. »Am Ende ist alles gut gegangen, wie Sie vorhin gesagt haben.«

Ich nicke. Wenigstens für *irgendjemanden* ging am Ende alles gut. Ich denke an Helen. Ich hoffe sehr, dass sie ebenfalls ein solcher Jemand ist.

»Also – was hat er getan?«, fragt Elvira. »Der Mann, ohne den alles viel einfacher wäre?«

»Er hat mich belogen«, antworte ich.

»Mmmh. Wie schlimm war diese Lüge?«

»Wie bitte?« Ich schiebe meine Sonnenbrille auf die Nasenspitze, um Elvira darüber hinweg anzublinzeln. »Ist es nicht vollkommen egal, wie groß eine Lüge ist? Sie bleibt das, was sie ist – eine Lüge.«

»Das ist sicher richtig. Doch wenn gelogen wird, um einen anderen zu schützen? Dann verzeiht die Liebe vieles.«

Die Liebe, denke ich, nicht ohne Spott. Und wie sind wir überhaupt auf dieses Thema gekommen?

Noch einmal sehe ich in die Richtung, in der ich Sam Watson vermute – er kommt gerade aus dem Wasser, fährt sich mit einer Hand durch die Haare, diverse Silberringe glitzern an seinen Fingern.

Elvira lächelt in seine Richtung.

»Ich beneide Sie«, sage ich.

»Ich würde mich selbst beneiden, wäre ich nicht ich«, gibt sie zurück, und ich lache.

»Sam Watson ist der verrückteste Kerl, den ich kenne«, sagt sie, während sie aufsteht. »Wie kann so ein Verrückter mein Seelenverwandter sein? Das habe ich mich mehr als einmal gefragt. Eins kann ich Ihnen mit Gewissheit sagen, Elodie – Abstand bringt Klarheit, in vielerlei Hinsicht.« Sie legt mir eine Hand auf die Schulter. »Ich zahle vorn«, sagt sie, nickt mir noch einmal zu und schlängelt sich durch die Tische davon.

Ich sehe Elvira Watson nach, während ich einen Entschluss fasse. Ich gehe nicht sofort zurück ins *Peek-a-boo*, sondern in einen der Souvenirshops in der Fore Street, wo ich eine Postkarte kaufe. Ich achte tunlichst darauf, Toms Laden nicht zu nahe zu kommen, dann schlendere ich zurück ins *Sloop Inn*, wo ich mir eine Kanne Tee bestelle (Jacks Kaffee wohlweislich ignorierend) und mich damit an einen der Tische vors Haus setze.

Fünf Monate ist es her, seit ich in St. Ives ankam, im strömenden Regen, seit das *Peek-a-boo* mich nicht hereinlassen wollte und mir eine Möwe eine ziemlich unschöne Begrüßung bescherte. Vor einem knappen halben Jahr saß ich hier, genau an diesem Tisch, und habe mir gewünscht, dass ich die richtige Entscheidung getroffen habe, und siehe da – das war sie, es war die richtige Entscheidung, selbst wenn nicht alles glatt verlaufen ist. Ich habe mir selbst einen Job geschaffen, und soweit ich das beurteilen kann, einen, der mir Spaß machen wird. Ich habe mir eine Zukunft ermöglicht und Freundinnen gefunden.

Ich ziehe die Postkarte aus der Tasche und den Stift, dann schreibe ich Helen, was mich eine weise alte Dame heute gelehrt hat.

Manche Menschen sind ein Leben lang füreinander bestimmt, selbst wenn sie nicht zusammen sind.

52. Elodie

Und? Bist du gleich fertig?«

»Ja, Brandy, und auch wenn du mich weitere siebzehn Mal fragst, es wird nicht schneller gehen, okay?«

Ich scheuche Crue von dem Kleid, das ich mir zur Feier des Tages geleistet habe – ein hellblaues Sommerkleid mit Spaghettiträgern und einer Naht unter dem Brustansatz, das mich ein bisschen an Jane Austens Zeit erinnert. Oder an ein Nachthemd. Egal. Es ist Sommer, noch sind meine Beine vorzeigbar, und der Anlass heiligt die Mittel.

Helen ist zurück. *Und* sie hat Geburtstag. Zu diesem Anlass hat sie ins *Kennard's* eingeladen, das heute nach achtzehn Uhr eine geschlossene Gesellschaft beherbergt.

Ich freue mich ehrlich auf sie. Ich freue mich, ihr vom *Peek-a-boo* erzählen zu können, von den ersten Gästen, von dem allein reisenden Journalisten, der sofort mit mir einen Flirt anfing, und dem Paar, das sich so sehr in sein Zimmer und den Ort verliebte, dass die zwei gleich fürs nächste Jahr wieder buchten. Ich will ihr davon erzählen, dass mein Frühstück sicherlich nicht zum besten in ganz Cornwall gekürt wird, dass sich die Fortschritte jedoch sehen lassen können. Ich möchte ihr beschreiben, wie so ein Frühstück im *Peek-a-boo* neuerdings abläuft – dass alle meine Gäste gemeinsam an dem großen, ovalen Tisch speisen, dass sie sich dabei kennenlernen und sich austauschen über St. Ives und darüber, was man unbedingt sehen sollte, ähnlich wie in dieser altmodischen Pension in »Zimmer mit Aussicht«. Dass ich dieses neue Leben und die neue Arbeit liebe. Doch dass es mir gefehlt hat, mit ihr als einer meiner engsten Freundinnen diese Freude zu teilen.

»Vergiss den Schal nicht«, ruft Brandy, die vor meiner Schlafzimmertür auf mich wartet.

Ich verdrehe die Augen und greife nach dem dunkelblauen Seidenschal, den sie mir als Accessoire zu meinem neuen Kleid geschenkt hat. Es hat überhaupt keinen Sinn, mit Brandy über ihre Leidenschaft zu diskutieren, mich und Helen mit Geschenken zu überhäufen, aber ich werde es dennoch einmal mehr versuchen müssen, denn allmählich geht sie zu weit. Ich meine – Seide? Gut, es ist nicht Hermès, aber dennoch.

»So.« Ich drücke Crue einen Kuss auf den Kopf, öffne ihr Dachfenster, dann gehe ich hinaus zu Brandy. »Fertig.«

»Es geschehen noch Wunder«, murmelt die, und wir ziehen los. Wenig Ahnung habe ich da, was dieser Abend noch für uns bereithalten wird – von Wundern einmal abgesehen.

Da ist zum einen Helen, und die Wiedersehensfreude ist riesig. Ich kreische, Helen kreischt, und nun ist es Kayla, die die Augen verdreht, doch längst nicht so düster dabei aussieht wie noch vor einigen Wochen. Liam ist da, Doreen, die üblichen Verdächtigen, also im Grunde die, die schon bei meiner Party gewesen sind. Plus ein paar von Helens langjährigen Freunden und Nachbarn sowie ... Tom. Der Luftzug, den meine Kinnlade beim Herunterklappen in Bewegung setzt, ist deutlich zu hören, doch ich schaffe es, Contenance zu wahren. Ich umarme Helen und flüstere ihr nur ein halbherziges *Biest* ins Ohr.

»Gleichfalls«, antwortet sie.

Ich werde rot, aber nur wenig, während ich mich von Helen löse und sie ein Stück von mir wegschiebe, ohne sie ganz loszulassen. »Dann hast du die neuen Mitbewohnerinnen schon kennengelernt?«

»Wie könnte ich nicht? Die zwei stellen die Wohnung auf den Kopf, und das beinah rund um die Uhr.«

»Aber sie sind auch furchtbar niedlich, oder nicht?«

»Furchtbar.« Helen nickt ernst, dann lacht sie. »Es ist in Ordnung. Ich weiß, du fühlst dich besser, wenn du weißt, wo die Kleinen gelandet sind. Außerdem wollte Kayla die Kätzchen unbedingt, und gerade fällt es weder Liam noch mir leicht, ihr etwas abzuschlagen.«

»Bist du froh, wieder zu Hause zu sein?«, frage ich.

»Ja, das bin ich.«

»Aber?«

»Gar nichts aber.« Sie lächelt, doch es wirkt wenig überzeugend. »Es ist einfach ein sehr langer Weg.« Sie sieht hinüber zu Liam, der hinter der Bar steht und Bier- und Proseccogläser verteilt und der genau in diesem Moment zu uns herüberschaut – ernst, aber mit mehr Leben im Blick als all die Wochen zuvor. Ich habe keinen Zweifel daran, dass die beiden wieder zueinander finden, nicht den geringsten. Ich bin dabei, ihr das zu versichern, als Doreen neben uns auftaucht und Helens Aufmerksamkeit auf sich zieht. Was mich eine Minute lang unschlüssig im Raum stehen lässt, bevor ich Brandy entdecke und mich in Bewegung setze, um zu ihr zu gehen.

Ich sehe nicht hinüber zu Tom.

Ich spüre nicht seinen Blick in meinem Rücken.

Vor lauter Anspannung (und innerer Abwesenheit womöglich) stoße ich mit Kayla zusammen, als ich mir einen Weg durch die Tische bahne.

»Hey!«

»Hallo!«

»Hat Mum dir erzählt, dass Katniss bei ihr im Bett geschlafen hat?«

»Nein.« Ich schüttle den Kopf, während ich grinsend in Helens Richtung sehe. »Also doch! Und mir gegenüber hat sie so getan, als seien die zwei eine Plage, mit der sie sich nun abzufinden habe.«

»Ach was.« Kayla macht eine wegwerfende Handbewegung. »Sie ist hingerissen von Kat und Prim. Und ...«

»Und?«, frage ich nach, als Kayla nicht weiterspricht.

»Und ... ich wollte dich noch etwas fragen.« Sie seufzt. »Als deine Mutter starb ... hast du sie sehr vermisst?«

Ah, Kayla. Ich lege ihr einen Arm um die Schultern. »Ich war zu klein, um mir wirklich im Klaren darüber zu sein, aber ja, ich denke, das habe ich. Und später hat sie mir oft gefehlt, als ich älter wurde. Doch dann hat mein Vater wieder geheiratet, und meine Stiefmutter ist eine hinreißende Frau.«

Das Mädchen sieht mich an und nickt dann ernst. »Ich kann mir nicht vorstellen, wie es wäre, den einen Elternteil für immer zu verlieren«, sagt sie. Und bevor ich noch etwas erwidern kann, hat sie sich an mir vorbeigeschoben in Richtung Bar, um ihrem Vater beim Ausschenken zu helfen.

»Ich habe den Eindruck, sie war ihrer Mutter nie näher als in diesem Augenblick«, spottet Brandy hinter mir.

Ich drehe mich zu ihr um. »Die Trennung scheint ihr gutgetan zu haben.«

»Das, und dass Liam sie ordentlich rangenommen hat im Café.«

»Er hat ihr immerhin die Kätzchen erlaubt.«

Brandy nickt. »Letztlich wird sie eingesehen haben, dass ihre Familie womöglich doch nicht der Feind ihres jungen Lebens ist.«

»Hast du einen Platz gefunden?« Ich sehe über Brandys Schulter zu unserem üblichen Tisch, der allerdings bereits mit Gästen besetzt ist.

»Nein.« Sie schüttelt den Kopf. Dann rempelt sie mich mit dem Ellbogen an.

»Autsch. Wofür war das denn?«

»Hast du gesehen – dein Franzose ist da.« Sie nickt in die Richtung, aus der ich gerade gekommen bin, und dann winkt sie auch noch.

»Brandy«, zische ich. »Er ist kein Franzose, erst recht nicht meiner, und wir sprechen nicht mit ihm, schon vergessen? Es ist aus zwischen uns.«

Einen Augenblick lang sieht Brandy mich an, dann sagt sie: »Stell dich da rüber, ich besorge uns etwas zu trinken. Hi, Tom«, und bevor ich mich einen Schritt fortbewegt habe, spüre ich Toms Nähe hinter mir.

»Hallo, Elodie.«

Mit ein paar schnellen Schritten habe ich es in die Ecke geschafft, in die Brandy mich zuvor dirigiert hat, doch als ich mich umdrehe, ist Tom mir gefolgt. Ich seufze. »Das ist nicht der richtige Zeitpunkt«, sage ich.

Er schüttelt den Kopf. »Ich weiß. Ich wollte nur Hallo sagen. Fragen, wie es dir geht.«

Ich sehe Tom in die Augen, doch lange ertrage ich seinen Blick nicht – er sieht traurig aus, zum einen, aber auch enttäuscht und müde und resigniert, alles auf einmal. Ich frage mich, ob ich nicht doch mit ihm hätte reden sollen, ob es fair war, ihn einfach aus meinem Leben zu schneiden wie einen losen Faden, doch auf der anderen Seite: Was hätte er hinzufügen sollen, das ich nicht ohnehin schon wusste? Und womöglich ist ihm das auch klar, denn er selbst hat ebenfalls nie das Gespräch mit mir gesucht. Schuldig im Sinne der Anklage, der nichts mehr hinzuzufügen ist.

»Es geht mir ganz gut«, sage ich schließlich. »Das *Peek-a-boo* ist ausgebucht bis Herbst, allmählich beginne ich, den Toaster zu verstehen, die Katzen sind versorgt ...« Ich zucke mit den Schultern, weil mir das Sprechen schwerfällt, je mehr Wörter ich aneinanderreihe. Ich hätte nicht angenommen, dass meine Gefühle für Tom schon so tief waren, dass er mich so hat verletzen können, aber ... falsch gedacht.

»Es tut mir ehrlich leid, Elodie«, sagt er, und augenblicklich versteife ich mich. »Ich weiß, *nicht hier*, und du musst auch nicht mit mir reden, aber ich wollte mich wenigstens bei dir entschuldigen, die Gelegenheit hatte ich noch nicht.«

»Nein.«

»Und ich weiß, ich habe deine Vergebung nicht verdient, aber ...«

»Nein. Hast du nicht.«

Ich hebe den Kopf und sehe über Toms Schulter hinweg in den Raum. »*Entschuldige* mich«, sage ich dann. »Ich werde da drüben erwartet.« Womit ich ihn stehen lasse und mangels einer einfallsreichen Alternative durch die Tür nach draußen trete, in die sommerliche Abendluft.

Ich atme ein. Morgen, wenn Helen nicht mehr Geburtstag hat, werde ich sie zur Rede stellen und fragen, wie sie auf die verschlagene Idee gekommen ist, Tom einzuladen. Ausgerechnet! Freundinnen!

Ich drapiere meinen neuen Schal fester um meine Schultern, was völlig unnötig ist, denn es ist nicht kalt, und ziehe damit die Aufmerksamkeit einer jungen Frau auf mich, die drei Schritte von mir entfernt eine Zigarette raucht. Sie mustert mein Gesicht, meinen Schal, mein Kleid, doch sie verzieht keine Miene, auch dann nicht, als ich ihr unsicher entgegenlächle.

»Mrs. Hoffmann, richtig?«

»Äh, ja?« Ich hebe überrascht die Brauen.

»Darf ich fragen, woher Sie diesen Schal haben?«

»Den Schal? Oh, den hat mir eine Freundin geschenkt.« Ich lächle jetzt breiter, in der Annahme, dass ihr die Farbe gefällt oder der Stoff oder beides, doch die Frau runzelt die Stirn. Dann tritt sie die Zigarette aus und schiebt sich an mir vorbei zurück in den Laden.

Ich sehe ihr nach. Das war... merkwürdig, oder? Letztlich jedoch schüttle ich nur den Kopf darüber und mache mich ebenfalls wieder auf den Weg nach drinnen, um Brandy zu suchen.

Ich komme nicht weit.

»Mrs. Hoffmann?«

Diesmal runzle ich die Stirn. »Ja?«

Vor mir steht ein Mann, den ich noch nie zuvor gesehen habe, die junge Frau von eben im Schlepptau.

»Kann ich Ihnen eine Frage stellen? Gehen wir dafür doch ein paar Schritte die Straße hinunter.« Sagt's, setzt sich in Bewegung, die Frau von eben nickt mir auffordernd zu, und vor Überraschung folge ich den beiden.

»Was ist denn los? Haben wir uns schon mal gesehen?«

»Ich fürchte nein. Das hier ist Lisa, sie arbeitet bei *Ebb*

& Flow an der Wharf Road. Mein Name ist James Mattons, ich bin mit Liam zur Schule gegangen. Und…« Er holt Luft, nachdem wir einander die Hände geschüttelt haben. »Ich bin bei der hiesigen Polizei in Hayle.« Nun sieht er mich so abwartend an, als müsste ich wissen, weshalb mich ein hiesiger Polizeibeamter bei einer Party zur Seite nimmt, um mit mir etwas zu besprechen.

»Und?«, frage ich.

»Und… Woher haben Sie diesen Schal, Mrs. Hoffmann?«

Ich öffne den Mund, um zu lachen, beschließe jedoch, dass mir nicht danach ist. »Diesen Schal hat mir eine Freundin geschenkt. Dürfte ich vielleicht erfahren, worum es hier geht? Wieso interessieren sich auf einmal alle für meinen Schal?«

»Darf ich das Stück mal sehen?«

Und nun lache ich doch. »Hören Sie«, beginne ich, »ich weiß zwar nicht…«, da hat mir diese Lisa den Schal bereits von den Schultern gerissen.

»Hey!«

»Er ist es«, sagt sie. »Hier, das Label. Es ist der Schal, der gestern bei uns gestohlen wurde.«

»Welche Freundin hat Ihnen denn nun dieses Geschenk gemacht?«, fragt der Officer.

Einige Sekunden lang stehe ich einfach nur da und starre die beiden an, während ich zu erfassen versuche, was hier gerade geschieht. Dieser Schal, den Brandy mir heute aus gegebenem Anlass mitgebracht hat, soll gestohlen worden sein. Von wem? Ich runzle die Stirn. Das kann doch unmöglich deren Ernst sein. Es wird wohl mehrere Tücher von diesem Label geben. Ich meine, das ist kaum ein Designerstück.

»Hören Sie …«, beginne ich von Neuem, da sagt Tom hinter mir: »Ich habe ihr den Schal geschenkt. Ich habe ihn im Internet bestellt. Vergangene Woche schon.«

»Im Internet?«, fragt Lisa empört.

»Wo da genau?«, hakt Officer James nach.

Tom zuckt die Schultern. »Keine Ahnung, wie der Shop hieß. Irgendwo im Internet. Solche Halstücher gibt es doch überall.«

Aus dem Augenwinkel betrachte ich Tom, der einem Polizeibeamten vollkommen ruhig eine Lüge nach der anderen auftischt. Tja. Scheint ein besonderes Talent von ihm zu sein.

»Wenn das so ist«, sagt Mattons, »lässt sich das sicher ganz einfach über Ihren Computer nachvollziehen.«

»Ja, oder?«, sagt der durch und durch gelassene Tom. »Das müsste es eigentlich. Aber brauchen Sie dafür nicht eine Erlaubnis oder etwas in der Art? Ganz abgesehen davon, dass es nicht sehr schmeichelhaft ist, mich des Diebstahls zu bezichtigen. Oder Mrs. Hoffmann.« Er nickt mit dem Kopf in meine Richtung, ohne mich dabei anzusehen.

Was soll das alles? Ich blicke stirnrunzelnd von einem zum anderen. Wieso sollte hier überhaupt jemand des Diebstahls verdächtigt werden? Und weshalb springt Tom für mich so selbstlos in die Bresche?

»Mr. Mattons?«, beginne ich von Neuem. »Ich habe ehrlich keine Ahnung …«

»Was ist denn los?«

Liam ist auf einmal hinter mir aufgetaucht, gefolgt von Brandy und Helen.

Ich seufze. »Eine Verwechslung offenbar. Ein ähnlicher Schal wurde aus dem Laden gestohlen, in dem Lisa hier arbeitet, und nun dachte Officer Mattons augenscheinlich, dass ich die Diebin sei, dabei ...«

»... habe ich ihr den Schal geschenkt«, ruft Tom dazwischen, und ich starre ihn ungläubig an. »Was ...«

»... was wir alsbald prüfen werden«, sagt der Polizist.

Ich meide es, Brandy anzusehen, doch als Mattons Tom erklärt, sie würden den Fall untersuchen müssen und ob er am Montag aufs Revier nach Hayle kommen könne, da tue ich es doch. Sie steht reglos da, die Lippen zusammengekniffen. Helen wirft mir einen fragenden Blick zu, und ich schüttle ratlos den Kopf.

Es dauert einige Tage, bis wir Erleuchtung finden – mehr, als uns allen lieb ist.

53. Helen

Es ist schön, wieder hier zu sein. Ich finde keine Worte dafür, wie sich das anfühlt. Fragt mich jemand, wie es mir geht, sage ich *gut* oder *danke*, manchmal *bestens*, doch zu mehr reicht mein Wortschatz diesbezüglich nicht aus. Was ich tatsächlich fühle, tief in mir drin, geht weit über meine eigene Vorstellungskraft hinaus. Liam hatte recht – der Abstand hat uns gutgetan. Die Wochen ohne einander waren... lehrreich, würde ich sagen. Möglich, dass es für ihn nicht das einschneidende Erlebnis war wie für mich, immerhin ist er zu Hause geblieben, eingedeckt mit noch mehr Arbeit als sonst, im Schlepptau die Kinder, die anfangs gar nicht recht begreifen wollten, was da zwischen ihren Eltern geschah.

Ich war keine Woche weg, da rief Kayla mich zum ersten Mal an. Sie klang höchst verstört, sie weinte, und sie fragte mich, ob es ihre Schuld sei, dass ich gegangen sei, weil sie mich vergrault habe. Beinahe wäre ich umgehend zurück nach St. Ives gefahren, um ihr zu versichern, dass es bestimmt nicht ihre Schuld war, doch wem hätte das genützt? Liam und ich brauchten Zeit, um wieder zueinander zu finden. Um uns zu vermissen und festzustellen, was genau einem am anderen fehlt – es hätte niemandem geholfen, sofort umzukehren. Denn für mich... Ich habe einiges klarer gesehen dort oben bei meinen Eltern. Zum Beispiel, dass ich mein Leben sehr mag. St. Ives, das

Café, meinen Job dort – es gefällt mir, die gleichen Handgriffe zu erledigen, jeden Tag wieder, und mit denselben Menschen zu sprechen, jeden Morgen aufs Neue. Ich muss über mich selbst lachen. Ich habe all das so vermisst. All das, von dem ich mich vorher so eingeengt gefühlt habe.

Was Kayla betrifft, ist es mir, fürchte ich, nicht gänzlich gelungen, sie davon zu überzeugen, dass sie keine Schuld trifft. Noch nie habe ich sie so friedlich und anschmiegsam erlebt wie jetzt. Seit ich zu Hause bin, umgarnt sie mich – vorsichtig und nach wie vor distanziert, doch sie tut es. Kayden benimmt sich, als sei ich nie fort gewesen. Liam… Liam wirft mir nach wie vor Blicke zu, die ich nicht recht deuten kann, doch diesmal interpretiere ich sie positiv. Wir werden lernen müssen, einander neu zu lesen. Und ich kann es kaum erwarten, damit zu beginnen.

»Helen? Telefon!«

»Telefon?« Ich lehne mich über das Treppengeländer und sehe hinunter zu Susan, die von jetzt an mittwochs und sonntags im Café aushelfen wird, gemeinsam mit ihrem Mann Cedrick, der die Küche übernimmt. Das war eines der Dinge, von denen Liam überzeugt war, sie müssten sich ändern, und die er in meiner Abwesenheit angegangen ist.

»Wieder mehr Zeit für uns«, sagte er. »Zumindest an zwei Tagen in der Woche.« Wofür nun dieses reizende ältere Ehepaar sorgt.

»Wer ist es denn?«, frage ich, während ich die Treppe hinunter in den Laden gehe.

»Ihre Freundin Brandy«, sagt Susan, »ich wollte sie abwimmeln, aber sie sagte, es sei furchtbar dringend, also…«

»Gut, danke.« Brandy? Ich bin mit einem Schlag beunruhigt. Wenn Brandy etwas Dringendes bewegt, kommt sie in der Regel vorbei – ich kann mich gar nicht daran erinnern, wann ich zuletzt mit ihr telefoniert haben sollte.

»Brandy? Alles in Ordnung?«, melde ich mich. Und dann höre ich nur mehr zu, während meine Lippen sich zu einem stummen O formen.

So schnell war ich noch nie geduscht, umgezogen und auf dem Weg wie an diesem Morgen. Ich rase durch die kleine Stadt, so weit ich mit dem Auto komme, dann stelle ich den Wagen auf einem der Parkplätze nahe dem *Peek-a-boo* ab und laufe die Stufen zur Haustür hinauf.

»Elodie?« Ich klingle, drücke jedoch gleichzeitig die Tür auf, denn seit das B&B Gäste hat, ist die Wahrscheinlichkeit groß, dass sie unverschlossen ist.

Es ist zehn Uhr. Mit ein bisschen Pech sitzen noch Leute beim Frühstück, und ich platze mitten in Elodies Hauptarbeitszeit. Was der Fall ist. Ich grüße ins Esszimmer, wo zwei Paare um den ovalen Tisch herum Eier verzehren oder in Reiseführern blättern, bevor ich geradewegs in die Küche stürme, in der absolutes Chaos herrscht.

»Ääh...« Für einen Moment vergesse ich, weshalb ich eigentlich hier bin, so beeindruckend ist die Verwüstung um mich herum. Geschirr stapelt sich turmhoch in der Spüle, während der Tisch und der Fußboden darunter mit einer dichten Mehlschicht bedeckt sind, die nur noch von dem Chaos um den alten Ofen getoppt wird, auf dem sich Pfannen und Töpfe türmen und gerade hundertprozentig etwas anbrennt, dem Qualm und Geruch nach zu urteilen.

Ich schreite einmal quer durch den Raum, um die Tür zum Garten aufzureißen, als hinter mir scheppernd etwas zu Boden fällt.

»Helen!« Elodie sieht mich aus weit aufgerissenen Augen an. »Du hast mich zu Tode erschreckt! Wieso schleichst du dich hier rein?«

»Ich bin nicht geschlichen«, sage ich, während ich den Topfdeckel aufhebe, der ihr offensichtlich aus der Hand gefallen ist. »Über den Lärm des Radios hast du mich nur nicht gehört.« Womit ich hinüber zu besagter Ursache des Krachs gehe und es ausschalte.

Ruhe breitet sich aus. Angenehme Ruhe, die allein durch den augentränenden Gestank nach Angebranntem beeinträchtigt wird.

»Was um Himmels willen ist hier passiert, Elodie?«

Sie seufzt, während sie hinüber zur Spüle geht, um mit dem Abwasch zu beginnen. »Wie schade, dass du ausgerechnet heute vorbeikommst, um mir einen Besuch abzustatten, denn *heute* ist einiges nicht ganz glattgelaufen. Das mit dem Speck beispielsweise. Er ist mir entkommen, während ich mich um die Eier gekümmert habe. Weil auch immer alle auf einmal frühstücken wollen und ich tatsächlich nur zwei Hände habe. Ich schwöre, die ersten Tage lief es besser, aber je mehr ich denke, ich habe alles im Griff, je mehr entgleitet mir das Ganze. Plus ...« Damit dreht sie sich zu mir um und deutet mit einem verklebten Kochlöffel auf mich. »Dieses Frühstück hier ist wirklich komplex. Kein so dummes, fertiges Standardfrü ...«

Ich denke, dies ist der Moment, in dem Elodie auffällt, dass etwas nicht stimmt, denn nun lässt sie den Kochlöffel zurück in die Spüle fallen, wischt sich die Hände an ihrer Schürze ab und kommt auf mich zu.

»Was ist los?«, fragt sie. »Warum bist du hier?«

»Wegen Brandy«, antworte ich. »Sie rief mich an, vor einer halben Stunde etwa. Aus dem Polizeirevier in Hayle.«

»Dem Polizeirevier? Was um Himmels willen hat sie da zu suchen?«, fragt sie, aber ich bin mir ziemlich sicher, sie weiß genauso gut wie ich, weshalb Brandy mit der Polizei zu tun haben könnte, denn sie beantwortet sich die Frage selbst: »Es ist wegen des Schals.«

Ich nicke. »Sie sagt, James lasse sie nicht allein nach Hause gehen. Er besteht darauf, dass sie abgeholt wird, weshalb sie mich anrief. Ich wollte dich fragen, ob du mitkommst.«

»Selbstverständlich.«

Binnen Sekunden hat Elodie ihre Schürze abgestreift und ist ins Esszimmer gelaufen. Sie fragt, ob noch jemand etwas möchte, erklärt, die Küche sei ansonsten geschlossen, scheucht mich aus dem Raum, sperrt die Tür hinter uns ab und marschiert auf den Eingang zu. Ich frage skeptisch: »Bist du sicher, dass da drinnen nichts mehr auf dem Herd steht?«, woraufhin sie noch einmal aufsperrt, die Speckpfanne von der heißen Platte nimmt und zu mir zurückkommt.

»Du wirst noch das Haus abfackeln.« Ich schüttle den Kopf.

»Ich weiß«, murmelt Elodie.

Dann machen wir uns schweigend auf den Weg zu meinem Auto.

»Die Sache ist die: Das ist nicht das erste Stück, das aus den Läden im Ortskern gestohlen wurde«, sagt James Mattons, woraufhin Elodie wie aus der Pistole geschossen antwortet: »Und es wird auch nicht das Letzte sein. Ladendiebstahl gibt es überall auf der Welt, Sie können unmöglich die arme Brandy für alles verantwortlich machen, was in unseren Geschäften passiert.«

Ich nicke zustimmend. Im Krisenfall, stelle ich fest, macht sich durchaus bemerkbar, dass Elodies Vater Anwalt ist.

»Mrs. Cole hat zugegeben, dass sie den Schal genommen hat. Sie ist freiwillig hier.«

»Mrs. Cole.« Brandy, die wie Elodie und ich auf einem unbequemen Stuhl gegenüber James' Schreibtisch sitzt, schnaubt verächtlich. »Ich kannte dich schon, als du noch grün hinter den Ohren warst und geschwommen bist in dieser Uniform, die du jetzt trägst.«

James räuspert sich. »Das tut hier aber nichts zur Sache, *Brandy*. Du stehst unter Verdacht, gleich mehrere Diebstähle begangen zu haben, das ist nicht witzig. Und ich habe nicht das Gefühl, dass du es ernst nimmst!«

»Wie kommen Sie darauf, dass es noch mehr dieser ... unglücklichen Missverständnisse geben sollte?«, fragt Elodie.

James grummelt etwas vor sich hin. Dann zieht er eine Mappe unter einem Stapel Papiere hervor und blättert darin. »›Bookseller‹ klagt über kleine Diebstähle – Stifte, Postkarten, Briefpapier dergleichen«, beginnt er. »Bei ›Smith Jewelry‹ fehlten ein paar Ohrringe, in der ›Belgrave Gallery‹ wurde ein Bild aus der Auslage entwendet. Lippenstifte und Parfüm bei ›Boots‹, im ›I should Coco‹ wurden Trüffel gestohlen. Mehrmals.« Über den Rand der Mappe sieht er uns an, eine nach der anderen. Dann legt er sie zurück auf den Schreibtisch und faltet die Hände darauf. »In der Fore Street hat es sich inzwischen herumgesprochen, dass hier und da Kleinigkeiten oder auch nicht ganz so kleine Sachen *mitgenommen* werden. Hast du dazu etwas zu sagen, Brandy?«

»Nein, das hat sie nicht«, antwortet Elodie.

Brandy und ich sehen sie überrascht an. »Genau das habe ich ihm schon den ganzen Morgen erzählt«, sagt sie, »er wollte mir nur nicht glauben.«

Wieder sieht James von einer zur anderen, dann steht er auf.

»Also gut. Sie können Mrs. Cole jetzt mitnehmen, wir melden uns wieder, wenn wir mit der Inhaberin vom *Ebb & Flow* gesprochen haben. Sollte sie Anzeige erstatten, wird das Ganze ein übles Nachspiel haben, Brandy«, erklärt er, aber es ist ihm anzusehen, dass er sich wünscht, es würde lieber nicht so weit kommen. Und dann sagt er: »Mr. Cole ist informiert. Er müsste im Laufe des Nachmittags hier eintreffen«, und Brandy gibt einen Laut von sich, den ich noch nie in meinem Leben gehört habe. Eine Mischung aus Schrei und nach Luft schnappen und gurgeln und stöhnen und fiepen, alles auf einmal.

Ich starre Brandy an. »Alles in Ordnung?«, frage ich, während Elodie ihre Hand nimmt, einen ebenso schockierten Ausdruck im Gesicht wie ich sicherlich auch.

»Mr. Cole?«, fragt sie ungläubig in James' Richtung.

»Dein Sohn? Wir haben ihn angerufen. Wie auch immer diese Sache ausgeht, wird es besser sein, wenn ein Verwandter dir beisteht, glaubst du nicht?«

Einmal mehr herrscht Schweigen, während wir die Straße zurück nach St. Ives fahren, hinunter in den Ort, bevor wir kurz vorm Garrack Hotel links einbiegen in Richtung Treleigh Farm, auf deren Grundstück Brandys Wohnwagen steht. Ich bin schon ewig nicht mehr hier gewesen, Elodie noch nie, und sie starrt aus dem Fenster und auf das mit dichtem Gestrüpp bewachsene Feld, auf dem irgendwo Brandys Camper stehen muss.

Über den Rückspiegel betrachte ich Brandy. Sie ist beinahe so grün wie ihr Parka und trägt dazu einen Gesichtsausdruck, der mich vor Mitleid zerfließen lässt. Ich wusste weder, dass sie einen Sohn hat, noch, dass es sie offenbar zutiefst bestürzt, von ihm zu hören. Und ich bin nicht sicher, ob sie uns jetzt davon erzählen wird. Sie schuldet uns nichts, wir sind lediglich befreundet. Gut, das schon einige Jahre lang, doch es sollte jedem selbst überlassen sein, wie viel er dem anderen anvertraut.

Nur diese eine Sache. Ich fürchte, darüber müssen wir in jedem Fall noch sprechen. Oder sollte ich nicht wissen, ob der Lippenstift und das Parfüm und all die anderen Dinge, die Brandy mir im Laufe der Zeit geschenkt hat, gestohlen sind? Unwillkürlich verziehe ich das Gesicht bei dem Gedanken. Er muss sich irren, oder nicht? Was fällt James Mattons ein, all diese Verdächtigungen gegen Brandy zu äußern?

»Du kannst hier halten«, murmelt Brandy, als wir an einer Parkbucht vorbeikommen, die zur Farm gehört. Ich stelle den Motor aus und warte, ob sie Elodie und mich in ihr Zuhause bittet, doch Elodie erweist sich als weniger geduldig. Sie steigt aus und folgt unserer Freundin, weshalb ich es letztlich genauso mache.

Ein Trampelpfad führt durch Büsche und Farne hindurch zu dem Wohnwagen, der nah am Rand eines Abhangs steht. Die Weide davor wurde großzügig gemäht, sodass Brandy tatsächlich eine Art Rasen hat, über dessen Halme und Blümchen sie freie Sicht auf das Meer genießt.

Vom Wagen aus überspannt eine Pergola einen Tisch und einige Gartenstühle, auf die sie deutet, bevor sie die Tür zu ihrem kleinen Reich öffnet. Es ist nicht zugesperrt, wozu auch? Soweit mir bekannt ist, besitzt Brandy nur das

Nötigste und auch davon nur wenig, allerdings… Kenne ich sie wirklich? Die Besuche, die ich ihr in all den Jahren abgestattet habe, lassen sich an einer Hand abzählen. Und was weiß ich über meine Freundin, wenn ich keine Ahnung hatte, dass sie einen Sohn hat?

Ich setze mich neben Elodie auf einen der Gartenstühle. Inzwischen ist es Mittag, die Sonne steht hoch am Himmel, und hier oben, über den Dächern von St. Ives, ist man diesem Idealbild der kornischen Landschaft so nah wie an kaum einem anderen Ort. Grüne Wiesen, blauer Himmel, steile Küste. Es riecht nach Salz, nach Sonne und Gras. Macht dies das Leben einfacher? Kein bisschen, das sollte jedem klar sein.

»Helen«, flüstert Elodie.

»Ich wusste es auch nicht«, wispere ich zurück.

»Und nun wisst ihr es eben«, sagt Brandy laut, während sie ein mit Tee und Gebäck beladenes Tablett auf dem Tisch vor uns abstellt und damit beginnt, Tassen und Teller darauf zu verteilen. Sie zittert. Also nehme ich ihr das Geschirr aus der Hand, ziehe ihr einen Stuhl heran und drücke sie sanft hinein. Dann werfe ich einen Blick auf Elodie, und mir wird klar, dass ich etwas sagen muss, weil es sonst niemand tun wird. »Woher weiß James Mattons«, beginne ich, bevor ich ins Stocken gerate. »Woher weiß er so viel über dich?«

»Ich nehme an, die Polizei hat ihre Wege«, erwidert Brandy matt.

Ich gieße Tee ein und reiche ihn ihr. Brandy nimmt mir die Tasse aus der Hand, nippt daran und schließt die Augen.

Als wäre sie aus einem Schock erwacht, richtet Elodie sich auf. »Hör zu, du musst uns nicht erzählen, was es mit dieser Sache auf sich hat, okay? Ich bin weiß Gott die letzte Person, die von jemandem verlangen würde, Dinge zu erzählen, die er oder sie lieber für sich behalten möchte. Aber wenn du willst, dass wir dir beistehen, dann sag es, und wir bleiben hier an deiner Seite, was auch immer da auf dich zukommt. Oder wer.«

Sie wirft mir einen Blick zu, und ich nicke. »Auf jeden Fall. Wir bleiben hier.«

Elodie lässt sich in ihren Sitz zurückfallen und verschränkt die Arme vor der Brust, als meinte sie es ernst. Was sie natürlich auch tut. Ihre Entschlossenheit ist umso herzerwärmender, wenn man bedenkt, dass sie erst ein knappes halbes Jahr hier lebt. Es fühlt sich sehr viel länger an, und diese Erkenntnis lässt mich automatisch lächeln.

»Wir haben schon Schlimmeres überstanden, oder nicht?« Ich sehe von einer zur anderen. »Haben wir nicht schon Schlimmeres überstanden?«

Sowohl Brandy als auch Elodie sehen mich zweifelnd an. Dann sagt Brandy: »Ich habe meinen Sohn dreißig Jahre nicht gesehen. Und ich bezweifle sehr, dass er sich freut, nun hierherkommen zu müssen.«

»Brandy!« Elodie steht der Mund offen. Und mir auch, ehrlich gesagt.

Brandy seufzt. »Es war nicht meine Entscheidung. Aber ich verstehe, was ihn dazu getrieben hat, mich aus seinem Leben zu streichen. Ich war bei Weitem nicht die beste Mutter. Nicht einmal annähernd.«

»Oh, Brandy.« Ich lege meine Hand auf ihre und drücke sie fest. »Wir wissen doch alle, dass Kinder einem manchmal das Gefühl geben, man mache alles falsch, was es falsch zu machen gibt, aber irgendwann merken wir, dass es absurd ist, uns all diese Dinge vorzuwerfen. Wir machen alle Fehler. Aber wir machen auch vieles richtig.«

Brandy entzieht mir ihre Hand und schüttelt den Kopf. »Ich kann mich nicht daran erinnern, etwas richtig gemacht zu haben«, sagt sie, »aber ich weiß ganz genau, was schiefgelaufen ist. Nur, wenn man drinsteckt in diesem Sumpf und wenn man Alkoholikerin ist, dann neigt man leider dazu, manche Dinge einfach nicht mitzubekommen.«

»Das ist nicht dein Ernst«, japst Elodie, während ich sage: »Ich hab dich in all den Jahren nicht einmal betrunken erlebt.« *Trotz des obligatorischen Flachmanns,* füge ich in Gedanken hinzu. Was, wenn Brandy ständig einen gewissen Pegel gehalten hat, sozusagen. Wenn ich sie deshalb nie als betrunken erlebt habe, weil sie es einfach immer war? Nein. Nein, auf keinen Fall.

»Ich bin schon seit vielen Jahren trocken«, sagt Brandy im gleichen Augenblick, in dem ich frage: »Was ist in der Flasche, die du immer mit dir herumträgst?«

»Wasser.«

»Wasser?«, wiederholt Elodie. »Grünes Wasser?«

»Lebensmittelfarbe.«

Beide runzeln wir die Stirn, und Brandy seufzt einmal mehr. »Ich wollte nicht in Versuchung geraten. Wenn ich behaupte, meinen Drink immer dabeizuhaben, und wenn ich überdies sage, ich trinke am liebsten Absinth, dann wird mir niemand etwas anbieten wollen, und probieren möchte auch keiner, weil das Zeug so schrecklich ist.«

Stille folgt diesen Worten, bleierne, tiefschwarze Stille. Es tut weh, wenn ich daran denke, dass Brandy all die Jahre dieses Geheimnis mit sich herumgetragen hat, ohne jemandem davon zu erzählen. Wieso sie es nicht getan hat – nun, darüber kann ich wohl nur spekulieren. Scham stellt für mich den naheliegendsten Grund dar. Und obwohl ich so sehr mit Brandy mitfühle, kann ich verstehen, warum sie geschwiegen hat.

»Ich bin trocken, wie gesagt«, wiederholt sie schließlich, »seit mehr als neunundzwanzig Jahren.«

»Es tut mir so leid«, sagt Elodie.

»*Das* muss dir nicht leidtun«, erwidert Brandy.

»Du weißt, was ich meine.«

Sie nickt. »Ich habe mit meiner Trinkerei viel kaputtgemacht. Meine Ehe. Und das Verhältnis zu meinem Sohn. Sie sind beide in Manchester geblieben, als ich vor dreißig Jahren nach St. Ives kam. Mein Exmann, Roberts Vater, ist vor einigen Jahren gestorben. Seine Schwester hat mich kontaktiert, sonst hätte ich es wohl gar nicht erfahren. Sie erzählte mir, dass Robert inzwischen in Stretford lebt. Er ist Lehrer an einer Schule in der Gegend. Er hat eine Frau. Und selbst einen Sohn.«

»Ach Brandy.«

Elodie und ich sehen uns an. Beiden ist uns klar, denke ich, dass es noch so viel mehr zu besprechen gibt, doch Brandy sieht müde aus, und dies ist nicht der richtige Zeitpunkt.

»Wie wär's, wenn du dich ein bisschen hinlegst«, schlage ich ihr vor. »Elodie und ich bleiben so lange hier.«

»Ich denke nicht, dass ich schlafen kann.«

»Dann ruh dich nur ein wenig aus.«

Sie zögert einige Sekunden, dann nickt sie. Sie geht in ihren Wohnwagen und zieht die Tür hinter sich zu. Und Elodie und ich, wir warten die kommenden Stunden darauf, dass der nächste Sturm heraufzieht.

54. Elodie

Ich klappe meinen Planer zu, als ich den Wagen höre. Die ganze Zeit über war es ruhig hier oben, nichts durchbrach die Stille, außer dem Rauschen des Windes in den Gräsern und dem Knarzen von Brandys Matratze, wenn sie sich umdrehte.

Ich sehe Helen an. Sie hat es auch gehört.

Beide lauschen wir dem Zuschlagen der Autotür und dann den Schritten, die sich uns schwer über das niedergetrampelte Gestrüpp nähern.

Robert Cole ist ein hochgewachsener Mann, mit breiten Schultern, grau meliertem Haar und grau meliertem Bart. Ich würde ihn auf Anfang fünfzig schätzen, sehr gut bin ich darin aber nicht, und ich würde ihn als sympathisch einstufen, denn sein offenes Lächeln erreicht seine Augen, um die sich Fältchen bilden, ganz so wie bei Brandy. Überhaupt hat er viel von seiner Mutter. Die dunklen blauen Augen zum Beispiel und die Nase, die an der Spitze ein kleines bisschen nach oben zeigt. Ja, ich denke, die Nase auch.

»Guten Tag zusammen«, begrüßt er uns. »Und entschuldigen Sie die Störung. Ich glaube, ich habe mich verfahren. Ich suche den Wohnwagen von Brandy Cole?«

Ich öffne den Mund, um etwas zu sagen, doch Helen kommt mir zuvor. »Brandy ist unsere Freundin«, sagt sie. »Und sie hat wahrlich genug durchgemacht.«

Das Lächeln auf Roberts Gesicht flattert, bevor es verschwindet, dann hebt er den Blick, um über unsere Köpfe hinweg auf den Camper zu sehen. »Ist sie da drin?«

Ich antworte nicht und Helen ebenso wenig, stattdessen warten wir gespannt darauf, was Brandy tun wird, denn das Quietschen der Matratze hat aufgehört, und jeden Moment kann sie durch die Tür ihres kleinen Domizils zu uns nach draußen treten.

Was sie auch tut.

Ich beobachte, was sich auf Robert Coles Gesicht abspielt, als er nach dreißig Jahren zum ersten Mal seine Mutter wiedersieht. Er wirkt, als habe man ihm ein Messer in den Magen gerammt und als dürfe er dem Gegner seinen Schmerz nicht zeigen, weshalb er versucht, gute Miene zum bösen Spiel zu machen, während hinter seinen verzerrten Zügen Qualen toben. Dann strafft er die Schultern, schluckt welche Gefühle auch immer herunter, und seine Augen werden kühl.

»Würde es Ihnen etwas ausmachen, uns beide allein zu lassen?«, fragt er, und ich nicke automatisch. Wir werden nicht zulassen, wie ein Mann, der sich drei Jahrzehnte lang nicht um seine Mutter gekümmert hat, herkommt, um sie niederzumachen, oder? Ich sehe Helen an, die unsicher wirkt. Er *ist* ihr Sohn. Und wir wissen nicht wirklich, was geschehen ist. Was ihn dazu gebracht hat, den Kontakt zu Brandy so rigoros abzubrechen. Der Gedanke widerstrebt mir, doch es ist womöglich nicht an uns, über diesen Mann zu urteilen. Helen scheint dies ähnlich zu sehen, denn am Ende stehen wir einvernehmlich auf.

»Setzen Sie sich doch.« Ich nicke auf Helens Stuhl, während ich Brandy in meinen bugsiere. »Wir ... äh ... wir sind nicht weit weg, falls du uns brauchst.«

Was nicht gelogen ist. Helen und ich gehen lediglich zur Rückseite des Wohnwagens, wo wir stehen bleiben, in Hörweite und uns keiner Schuld bewusst. Brandy ist äußerst fragil heute, und im Notfall will ich in ein paar Schritten bei ihr sein können. Es dauert einige Sekunden, bis sich Brandy schließlich räuspert.

»Hallo, Robert«, sagt sie, und ich verziehe das Gesicht, denn ich habe ihre Stimme noch nie so brüchig gehört. »Es tut mir leid, dass sie dich angerufen haben, ich wusste nichts davon.«

»Mutter.« Pause. »Sie haben mir gesagt, du bist des Ladendiebstahls überführt worden?«

Nun zieht Helen eine Grimasse.

Brandy sagt nichts, außer: »Wie geht es dir, Robert?«

Pause. Mehr Pause. Dann abermals ein Räuspern. »Es geht mir gut. Uns allen geht es gut. Mir, meiner Frau. Cheryl. Dem Jungen.«

Düstere Stille folgt diesen Worten, und es kribbelt bis in meine Fußspitzen, weil es mich umbringt, hier so untätig herumzustehen. Arme Brandy. Was auch immer sie falsch gemacht haben mag, hat sie tatsächlich selbst dreißig Jahre später noch diese Kälte verdient? Man müsste ein Lagerfeuer entzünden und Robert Cole davor drapieren, um ihn auf Raumtemperatur zu bringen.

»Der Beamte meinte wohl, ich könnte dir Vernunft beibringen«, sagt er jetzt, »warum auch immer. Ich schätze mal, er hat keine Ahnung, dass wir seit fast dreißig Jahren keinen Kontakt mehr haben.«

»Nein, das hat er nicht«, erwidert Brandy heiser.

»Tja.«

Helen und ich sehen uns an. In meinen Fußsohlen kribbelt es stärker.

»War es der Alkohol?«, fragt er. »Torkelst du inzwischen durch die Läden und lässt Dinge mitgehen im Rausch?«

Uuuund Action.

Gleichzeitig stürmen Helen und ich los und stellen uns instinktiv zwischen Brandy und ihren Sohn. »Okay, um eins gleich klarzustellen: Es ist weder eindeutig geklärt, wer die Ladendiebstähle begangen hat, noch war je von Alkohol die Rede. Brandy trinkt nicht, schon Jahrzehnte lang nicht mehr.«

Roberts Blick huscht zu Brandy und wieder zurück zu mir. »Sie wissen, dass notorisches Lügen mit der Alkoholsucht einhergeht, oder? Und die Diebstähle...« Er schüttelt den Kopf. »Wieso hat mich dieser Polizist sonst hierhergeholt?«

»Ich habe keine Ahnung«, erkläre ich ebenso kühl. »Im Moment wissen wir weder, wie er überhaupt auf Brandy kommt, noch, wie er ihr irgendetwas beweisen will. Scheint, als hätte *er* selbst auch keine Ahnung.«

»Elodie.« Brandy schiebt sich neben mich und legt mir eine Hand auf die Schulter. »Es ist in Ordnung. Wieso fährst du nicht mit Helen runter in die Stadt? Ich komme nach, ich verspreche es. Heute Abend im *Sloop Inn*?«

Ich sehe ihn genau, den abfälligen Blick, den Robert mir zuwirft. *Brandy trinkt schon ewige Zeiten nicht,* scheint er zu spotten, und: *Klar, darum trefft ihr drei Grazien euch ja auch in einem Pub.*

Ich fürchte, ich knurre, als ich mit Helen zurück zum Wagen laufe. Ich knurre so sehr, dass Helen das Autoradio lauter stellt, während sie mich zurück ins *Peek-a-boo* fährt.

Das Cottage ist wohltuend still. Ich räume das Frühstücksgeschirr meiner Gäste ab, bevor ich mich dem Chaos in der Küche widme. Ich bin einige Stunden damit beschäftigt, die Zimmer und Bäder zu reinigen und die Betten zu machen, doch nicht lange genug: Als ich fertig bin und das *Peek-a-boo* glänzt und glitzert, sind es immer noch zwei Stunden, die es totzuschlagen gilt vor unserem Treffen mit Brandy im Pub.

Ich ziehe meinen Kalender aus der Tasche und schlage die Liste auf, die Helen und ich vor Brandys Wohnwagen angefertigt haben. Darauf steht:

Ebb & Flow: Schal
Bookseller: Stift
Smith Jewelry: Ohrringe
Belgrave Gallery: Gemälde
Boots: Lippenstifte, Parfüm
I should Coco: Trüffeln

Ich denke keine weitere Sekunde darüber nach, sondern mache mich auf dem Weg.

Es ist ganz einfach. Ich hangle mich an meiner Liste entlang. Zunächst suche ich das *Ebb & Flow*, das an der Wharf Road liegt. Es ist ein Laden, der allen möglichen Schnickschnack anbietet – auch Postkarten, auch Silberrahmen – und außerdem Kleider, Blusen, Schals. Als ich ihn betrete, fällt mein Blick sofort auf Lisa, die hinter der Verkaufstheke steht und einen Kunden abkassiert. Sie nickt mir zu und dann in Richtung eines Ständers, an dem eine etwas ältere Frau Postkarten einsortiert.

»Kann ich Ihnen helfen?«

Ich zögere nicht, stelle mich vor, erkläre, dass sie sicherlich von Lisa schon gehört habe, dass ich diejenige sei, die den in ihrem Laden abhandengekommenen Schal trägt, den ich umgehend aus meiner Tasche ziehe und ihr reiche. »Es tut mir leid«, erkläre ich dann. »Ich kann mir vorstellen, wie das für Sie aussieht und wie wütend es Sie machen muss, dass sie jemand ... dass ... aber ...« Ich beiße mir auf die Lippen, nicht sicher, ob ich wirklich tun sollte, was ich vorhabe zu tun. Ich meine, jeder hier im Ort kennt Brandy, und nachdem Helen und ich uns ziemlich sicher sind, dass sie es war, die weshalb auch immer ihre kleinen Präsente an uns hat mitgehen lassen, wird es die Polizei sicher auch bald beweisen können.

»Heißt das, den Schal hat Ihr Freund doch nicht im Internet bestellt?«, fragt die Frau, die sich als Inhaberin und Mrs. Leed vorgestellt hat.

»Ich ... äh ...«

Mrs. Leed lacht. »Das war eine Fangfrage, tut mir leid. Ich kenne die Antwort bereits, denn Mr. de la Chaux war schon heute Vormittag hier. Er ist ein ganz reizender Mann, das ist er wirklich.«

»Ja, also ...« Ich runzle die Stirn. »Wie dem auch sei, ich würde den Schal gern bezahlen. Um das ganze Kuddelmuddel zu beenden.«

Mrs. Leed zupft an einigen Pullovern herum, die auf einem Tisch neben uns gestapelt liegen. »Auch das hat Mr. de la Chaux bereits erledigt«, sagt sie. »Wie schon erwähnt, er war vor Ihnen hier.«

Ich blinzle. Dann schüttle ich den Kopf, weil ich mir ehrlich keinen Reim darauf machen kann, weshalb a) Tom davon gewusst haben soll, dass Brandy den Schal genommen hat, und b) sich zu der gleichen Maßnahme entscheiden sollte wie ich, nämlich den Ladenbesitzern ihr Geld zurückzugeben und sie zu bitten, keine Anzeige zu erstatten.

Wobei… Sollte ich nachfragen? Ich betrachte Mrs. Leeds lächelndes Gesicht. Weiß sie überhaupt, dass Brandy es war? Dass die Polizei sie verdächtigt? Oder hält sie jetzt tatsächlich mich für die Diebin?

»Vielen Dank«, sage ich schließlich. »Dann ist wohl alles geklärt.« *Beziehungsweise wird es das bald sein,* füge ich in Gedanken hinzu. *Sobald ich mit Tom gesprochen habe.*

»Einen schönen Tag«, ruft Mrs. Leed mir hinterher und dann: »Hier! Sie haben Ihren Schal vergessen!«

Den Schal vergessen.

Ich schüttle den Kopf, während ich mich auf den Weg zu dem kleinen Coffee-to-go-Shop mache, den ich seit Wochen nicht mehr betreten habe.

55. Elodie

Es duftet stark nach Kaffee, und auf der Stelle werden Erinnerungen in mir wach. Natürlich nicht an all die Cappuccinos, die ich im Laufe meines Lebens verzehrt habe, oder an all die Cafés, in denen ich gesessen und genau das getan habe, sondern an den Augenblick, an dem mir klar wurde, dass ich Tom de la Chaux womöglich mehr mag, als gut für mich ist. Ich denke, es hat mit genau diesem Geruch zu tun. Der Moment, in dem ich feststellte, dass Tom nach Röstaromen duftet.

Der Laden ist voll, was mich wundert. In der Zeit, die ich nicht hier war, muss es sich herumgesprochen haben, wo es in St. Ives den besten Kaffee gibt, oder es liegt an den Touristen. Oder daran, dass dem Inhaber nun mehr Zeit zur Verfügung steht, wo er doch nicht mehr damit beauftragt ist, in geheimer Mission Frauen hinterherzuspionieren, die er vorgibt zu mögen. Womit ich mich versteife, wie flüssiges Blei, das man in Wasser gießt. Ich bin kurz davor, doch noch die Flucht zu ergreifen, denn Tom hat mich bisher nicht in der Schlange der Wartenden entdeckt, als sein Blick auf mir haften bleibt, und dann geschieht alles auf einmal.

Ich gehe einen Schritt zurück, Tom knallt einen randvollen Mitnahmebecher auf den Tresen, sodass dieser überläuft (Gott, so typisch!), und kommt um die Theke herum, um mich am Arm festzuhalten.

»Warte hinten auf mich, okay? Es dauert nicht lange.«

»Du kannst den Laden nicht immer einfach zusperren, wenn es dir gerade passt«, murmle ich, doch ich lasse mich von ihm hinter den Tresen ziehen.

»Doch, das kann ich. Es ist meiner, schon vergessen?«

Für den Per bezahlt hat, denke ich bitter. Aber ich spreche es nicht aus.

Hinter dem Verkaufsraum ist ein weiteres, kleineres Zimmer, in dem ich bis heute noch niemals gewesen bin. Es steht ein Schreibtisch darin mit Stuhl, ein Regal mit ein paar Ordnern, und es gibt eine Hintertür, das war's.

Ich bleibe unschlüssig da stehen, wo Tom mich abgestellt hat. Und ich stehe da noch, als er dreizehn Minuten später zu mir zurückkommt.

»Tut mir leid, dass es so lange gedauert hat.«

»Ich wollte gerade gehen.«

Tom nickt. »Ich bin froh, dass du geblieben bist. Willst du dich setzen?«

Ich atme einmal tief ein und wieder aus, denn ehrlich, so schwer hatte ich es mir nicht vorgestellt, mit ihm allein zu sein, nach all dem, was geschehen ist. *Eine einfache Frage, Elodie,* raune ich mir in Gedanken zu. *Du bist nicht wegen euch beiden hier.*

»Ich komme gerade aus dem *Ebb & Flow*«, beginne ich schließlich. »Die Inhaberin sagte, du hast den Schal bezahlt?«

»Oh, ja ...« Er macht eine wegwerfende Handbewegung. »Ich dachte, das sei vermutlich die einfachste Art, diese Sache zu regeln.«

»Wieso?« Ich sehe ihn stirnrunzelnd an. »Was weißt du über *diese Sache?*«

»Nun...« Und nichts weiter.

Ich schüttle den Kopf. »Denkt Mrs. Leed, ich hätte den Schal gestohlen?«

»Nein!« Entsetzt reißt er die Augen auf. »Natürlich nicht.«

»Aber... ich verstehe nicht... Weißt *du*, wer den Schal genommen hat?«

»Äh, nun. Ja. Und auch, wer all die anderen Dinge *genommen* hat, die in den vergangenen Monaten weggekommen sind.«

Ich sehe ihn ungläubig an. »Und wissen... weiß *jeder*, wer diese Dinge *genommen* hat?«

Tom macht ein Gesicht, als wäre er überall lieber als hier mit mir in diesem engen Raum, was grotesk ist, gemessen daran, wie dringend er in den vergangenen Wochen mit mir reden wollte.

»Tom, woher wissen du und Mrs. Leed...«

»Elodie.« Pause. »Alle betroffenen Läden in der Fore Street und am Hafen wissen, dass Brandy...«

»Dass Brandy *was*?«, frage ich, obwohl ich die Antwort sehr gut kenne, also winke ich sogleich wieder ab. »Woher? Und weshalb hat niemand etwas gesagt?« *Zum Beispiel zu Helen und mir, denke ich, die wir monatelang Nutznießerinnen von Brandys kleinen Präsenten waren.*

»Woher? Brandy ist keine Meisterdiebin, und ich denke auch nicht, dass sie für eine gehalten werden will. Sie lässt diese Dinge mitgehen, und man könnte auf die Idee kommen, sie möchte dabei gesehen werden. Dann lässt sie Geld in den Spendenboxen, die in den Geschäften rumstehen. Also, ließ – ich denke, sie wird das nun nicht mehr tun, oder?« Tom reibt sich die Stirn. »Und warum hat niemand etwas gesagt? Weil es Brandy ist. Jeder kennt Brandy. Jeder *mag* Brandy. Niemand möchte ihr schaden.«

»Bis sie dann doch jemand angezeigt hat.«

Tom schüttelt den Kopf. »Das war nicht Mrs. Leeds Absicht. Und ich denke, auch nicht die von James Mattons. Lisa ist neu in dem Laden, sie hat überreagiert, woraufhin Mattons reagieren musste. Ich glaube, am Ende wollte er Brandy einfach einen kleinen Schrecken einjagen. Damit sie damit aufhört.«

Einige Sekunden lang kann ich Tom nur anstarren angesichts dieser Geschichte, die von Wort zu Wort skurriler wird. Brandy will erwischt werden? Lässt Geld zurück? Jeder kennt und mag Brandy? Und dieser Schrecken? Meine Gedanken wandern zu Robert Cole. Ja, das scheint gelungen zu sein.

Ach verdammt. »Und du wusstest davon?«

Tom zögert, schließlich nickt er.

»Tom!«

»Was hätte ich machen sollen, Elodie? Du bist mit ihr befreundet!«

»Keine Ahnung? Mir sagen, dass meine Freundin in der Klemme steckt, wenn sie offenbar loszieht, um sinnlose Kleinigkeiten zu stehlen, während der halbe Ort dabei zuschaut?« Ich muss an die Geschichte mit dem Absinth denken. Jeder Wirt in St. Ives hat geduldet, dass sie an ihrem Flachmann nippt, sie hat nie Alkohol in den Pubs verzehrt, denn Brandy … sie gehört zum Inventar, ihr nimmt man nichts übel. Allerdings – Diebstahl? Ich meine, Abstinenz, schön und gut, aber … Ich stehe vor Tom und nage auf meiner Unterlippe herum, bis sich mir, denke ich, ein möglicher Zusammenhang erschließt. Ich meine, Alkoholismus ist eine Sucht, richtig? Kleptomanie ist ebenfalls eine. Womöglich hat Brandy versucht, das eine mit dem anderen zu kompensieren. Das, oder... oder...

»Ich muss gehen.«

»Was? Wieso? Elodie! Wo du schon mal hier bist, lass uns...«

»Nein.« Ich strecke Tom meine Handfläche entgegen – bis hierher und nicht weiter. »Nein«, wiederhole ich, leiser jetzt. »Ich bin nicht hergekommen, um über uns zu reden, okay? Und es ist mir schwer genug gefallen.«

Tom seufzt. Dann nickt er.

»Warst du noch in anderen Geschäften, außer dem *Ebb & Flow*?«

»Ich habe mit allen gesprochen. Wie gesagt, das Gerede gibt es schon länger, niemand will Brandy schaden...« Wieder zuckt er mit den Schultern.

»Danke.«

»Keine große Sache.«

»Doch, das war es.« Ich sehe ihn an, den Mann, von dem ich für einen kurzen Moment dachte, er könnte etwas anderes für mich sein als nur ein wohlriechender Mitbewohner. »Ich möchte dir das Geld für die Dinge geben.«

»Das ist nicht nötig. Die meisten haben ohnehin abgewunken.«

»Aber nicht alle.«

»Elodie...«

Ich bin dabei, mich umzudrehen, als er sagt: »Wenn du es dir anders überlegst, das mit dem Reden – ich bin hier. Und ich gehe nicht weg.«

Ich renne quasi aus dem Laden, zurück in die Fore Street, wo ich den Weg in Richtung *Kennard's* einschlage. Was meint er damit: *Ich bin hier. Und ich gehe nicht weg?* Er hat eine Kaffeedynastie anzuführen, in Lübeck, richtig?

Er kann nicht bis zum Sankt-Nimmerleins-Tag in St. Ives sitzen und einen Coffeeshop aufsperren. Einen Pop-up-Store noch dazu. Hat er überhaupt eine Ahnung, was das bedeutet – Pop-up-Store? Es bedeutet, man öffnet, verkauft ein halbes Jahr sein Zeugs und schließt dann wieder. Oh, aber ja, natürlich! Er zahlt schließlich nicht einmal für den Laden. Weshalb entfällt mir das immer wieder.

Argh. ARGH!

Ich reiße die Tür zum *Kennard's* auf, mit so viel Schwung, dass die Türglocke ein wenig wütender als sonst meine Ankunft ankündigt, dann steuere ich schnurstracks auf den Tresen zu, doch da steht Susan, und dann fällt es mir wieder ein.

»Stimmt, heute ist ihr freier Tag. Ist Helen oben?«

Susan nickt und deutet auf die Tür, die zum Treppenhaus und zur Privatwohnung führt. »Gehen Sie nur hier durch, Elodie«, sagt sie. »Ist schneller.«

»Helen?« Ich trample die Treppen hoch. »Helen?«

»Liebe Güte, was ist los? Du hörst dich an wie eine Horde Kamele auf dem Weg zu ihrer Tränke.« Sie kommt mir auf dem Treppenabsatz entgegen.

»Ich glaube nicht, dass Kamele sonderlich viel trinken«, werfe ich ein, während ich ihr in die Wohnung folge. »Sie sind dafür bekannt, dass sie Wasser speichern können, oder nicht?«

»Es ging eher um die Lautstärke, Elodie.«

»Ach.« Ich lasse mich auf die Sitzbank in Helens Küche fallen, wo sich in der hinteren Ecke Kat und Prim zusammengekringelt haben. »Ooooh, da seid ihr ja, ihr zwei.« Ich beuge mich über die Katzen und drücke Küsse in ihr weiches Fell. »Kennt ihr mich noch? Vermisst ihr mich? Ist Mama Helen auch gut zu euch?«

Helen gibt einen missmutigen Laut von sich und setzt sich ebenfalls. »Also«, fragt sie. »Was ist so dringend?«

Ich richte mich auf. »Wir müssen noch mal mit Brandys Sohn sprechen.«

»Findest du? Ich hatte nicht den Eindruck, als hätten wir uns sonderlich viel zu sagen gehabt.«

»Mir ist etwas eingefallen, als ich eben bei Tom war, und...«

»Du warst bei Tom?« Mit offenem Mund starrt sie mich an, und ich verdrehe die Augen. »Aus rein... geschäftlichen Gründen.« Ich erzähle ihr die Kurzversion davon, dass ich damit begonnen habe, unsere Liste der Läden abzuklappern, um das Diebesgut zu bezahlen, sozusagen, und dabei feststellen musste, dass Tom das bereits erledigt hatte.

»Wie bitte?« Sie sieht mich ungläubig an. »Tom ist losgezogen, um für all die Dinge zu bezahlen, die Brandy hat mitgehen lassen?«

»Und um mit allen abzusprechen, dass niemand Brandy ernsthaft anzeigen wird, jetzt, wo die Polizei offiziell davon Wind bekommen hat.«

»Woher wusste er davon?«, fragt sie, woraufhin ich ihr davon berichte, dass Brandys *Umtriebigkeit* offenbar schon eine ganze Weile Ortsgespräch ist.

»Hübsch, wenn man die wesentlichen Dinge als Letzte erfährt«, murrt sie.

»Ich weiß«, stimme ich zu.

»Sie haben zugesehen, als sei Brandy... als sei sie so eine Streunerkatze, die ab und an Essen vom Tisch klaut, was man geflissentlich ignoriert, weil sie ja ach so niedlich ist.«

Der Vergleich hinkt ein wenig, doch ich nicke. »So in der Art«, räume ich ein.

»Tee?«

Ich lache. »Nicht immer und gegen alles hilft *Tee*.«

Helen zuckt mit den Schultern. »Einen Versuch ist es wert. Also – weshalb müssen wir deswegen mit Brandys Sohn sprechen?«

»Oh ja, natürlich, deshalb bin ich ja hier! Du hast mich abgelenkt mit deiner Quasselei über Tom.«

»Meine Quasselei?« Nun lacht Helen, und ich werde rot.

»Wie dem auch sei«, beginne ich erneut. »Ich habe mir überlegt, wieso Brandy das wohl getan hat. Ich meine, wieso stiehlt sie all diese unnötigen kleinen Dinge? Tom sagt, sie sei dabei nicht einmal sonderlich behutsam vorgegangen, sondern so, als wollte sie erwischt werden. *Warum?*«

»Weil sie…« Helen überlegt. »Vielleicht ist das Ganze zwanghaft?«

»Daran habe ich auch schon gedacht, ich meine – sie könnte die eine Sucht mit der anderen kompensieren, aber irgendwie… nein.« Ich schüttle den Kopf. »Was, wenn sie das alles getan hat, um die Aufmerksamkeit ihres Sohnes auf sich zu lenken? Weil sie es nicht gewagt hat, ihn nach all den Jahren selbst zu kontaktieren?«

»Du meinst, sie wollte erwischt werden? Aber woher wusste sie denn, dass James ihren Sohn anrufen würde?«

»Keine Ahnung. Vielleicht dachte sie, es muss so kommen, wenn sie verhaftet wird und er ihr einziger Verwandter ist? Vielleicht hat sie auch zu viele Krimis gesehen?«

Helen schüttelt den Kopf, dann steht sie auf. »Von mir aus. Fahren wir zurück zum Wohnwagen und reden mit *Robert*, gut?«

»Sehr gut!« Ich grinse.

Wir sind im Wagen und schon halb den Hügel hinauf-gefahren, als Helen fragt: »Was wollen wir ihm eigentlich sagen?«, und mir aufgeht, dass ich absolut keine Antwort darauf habe.

Als wir auf der Treleigh Farm ankommen, ist Roberts Auto weg, und mit einem Mal schlägt die aufgeregte Stimmung in Enttäuschung um. Wir sind zu spät. Wir können nichts mehr tun. Die Frage ist – was hätten wir überhaupt aus-richten können? Robert Cole erklären, was für eine fantas-tische Person seine Mutter ist, die niemandem etwas Bö-ses will und sich lediglich danach gesehnt hat, ihren Sohn wiederzusehen?

Der Wohnwagen steht verlassen da. Brandy ist nir-gendwo zu sehen. Helen und ich treten schweigend den Rückweg an.

56. Helen

Und dann ist er einfach wieder gefahren?« Elodie sieht Brandy entgeistert an, die Gabel mit dem panierten Fisch darauf schwebt vor ihren Lippen.

Brandy zuckt mit den Schultern. »Er hatte nicht geplant, länger zu bleiben, schätze ich.«

»Wieso ist er dann überhaupt hergekommen?«

»Weil er es vermutlich für seine Bürgerpflicht hielt, wenn ihn ein Polizeibeamter dazu auffordert, was weiß ich?« Sie nippt an ihrem Wasser. Den Flachmann haben wir heute noch nicht zu Gesicht bekommen, und ich frage mich, ob sie sich endgültig davon verabschiedet hat oder nur für diesen Abend.

»Brandy«, beginne ich, und als sie zu mir aufblickt, sehe ich die tiefe Traurigkeit in ihren Augen, so abgründig, dass ich schlucken muss. »Was können wir tun?«

»Ach ihr Lieben.« Sie lächelt müde. »Ich fürchte, da gibt es nicht viel zu tun. Oh, es sei denn… falls irgendwann jemand vorbeikommen sollte, um mich zu entmündigen, könntet ihr mir einen guten Anwalt besorgen.«

»Was?« Elodie lässt ihre Gabel klirrend auf den Tellerrand fallen.

»Wie bitte?«, füge ich sicherheitshalber hinzu.

»Mein Sohn ist der Meinung, man sollte darüber nachdenken, mich in ein Heim einzuweisen und unter Betreuung zu stellen. Ich meine…« Sie wedelt mit der Hand vor ihrem Gesicht herum. »Ein Wohnwagen, in meinem Alter! Dieses Taschengeld als Geschichtenerzählerin! Wobei er kurz darüber nachdachte, wie es mir bei meinem Einkommen wohl gelingen mag, meine Tagesration an Alkohol zu finanzieren.«

»Also, das darf doch nicht wahr sein!«

Elodie und ich tauschen einen Blick, und Brandy seufzt. »Und dann noch das andere.«

Noch einmal sehen Elodie und ich uns an, und sie schüttelt kaum merklich den Kopf. Ich denke, wir sind beide nicht sicher, ob wir Brandy auf die Diebstähle ansprechen sollten – weil wir auf der anderen Seite ziemlich sicher sind, dass es künftig keine Robin-Hood-Aktionen mehr geben wird. Brandy hat genug durchgemacht. Die Peinlichkeit, sie zur Rede zu stellen, möchte ich ihr liebend gern ersparen.

»Er kann dich nicht wirklich entmündigen lassen, oder?«, fragt Elodie jetzt. »Ich meine, sollte er das tatsächlich ernst meinen, was ziemlich unvorstellbar ist.«

»Ich glaube nicht, dass es so einfach geht, nein. Doch wer weiß, mein Sohn war schon immer äußerst konsequent darin, so viel Distanz wie möglich zwischen uns beide zu bringen.«

Ich gebe einen gequälten Laut von mir. Es tut weh, all diese Dinge zu hören und zu wissen, dass Brandy sie die ganzen Jahre mit sich selbst ausgemacht hat, ohne auch nur irgendwem davon zu erzählen.

Wie auf ein ungesagtes Stichwort hin nimmt Brandy meine Hand. »Ich bin froh, dass mit dir und Liam wieder alles in Ordnung ist«, sagt sie.

»Es ist noch nicht *alles* in Ordnung«, korrigiere ich sie. »Das wäre zu einfach. Aber... es ist besser, schätze ich. Irgendetwas hat dieser Krach in uns wachgerüttelt, und die Zeit, die wir getrennt waren, hat ehrliche Verlustängste geschürt. Wir geben uns jetzt beide mehr Mühe.«

»Es war mir gleich klar, dass ihr auf jeden Fall wieder zusammenkommt«, erklärt Elodie. »Jeder, der Augen im Kopf hat, kann sehen, wie sehr Liam dich liebt.«

»Nun, und alle anderen können sehen …«

»Oh, nein«, unterbricht sie mich sofort, »was jetzt kommt, will vermutlich niemand hören. *Niemand.*«

Brandy kichert. Es ist so schön, diesen Laut an diesem Abend zu hören, dass ich sie spontan in die Arme nehme. »Dein Sohn«, sage ich feierlich, »hat keine Ahnung, was er tut, wovon er spricht oder was ihm entgeht.«

»Ganz genau«, stimmt Elodie ein und hebt ihr Wasserglas, um mit uns anzustoßen. »Und wenn er auch nur annähernd auf dumme Gedanken kommt, dann ziehst du bei mir ein. Mi casa, su casa, wie es so schön heißt.«

»Mi *Peek-a-boo*, su *Peek-a-boo*.« Brandy nickt. Dann stößt sie mich mit dem Ellbogen in die Seite. »Wollen wir sie so leicht davonkommen lassen?«

Ich grinse. »Oh, nein«, sage ich.

»Also«, beginnt Brandy, »du und Tom …«, und Elodie stöhnt auf, und alle drei beginnen wir zu lachen, allen Widrigkeiten zum Trotz.

57. Elodie

Als ich um kurz vor elf das *Sloop Inn* verlasse, kreisen meine Gedanken um Tom. Tom, wie er jeden Morgen im *Kennard's* eingekauft hat – laut Helen ausschließlich, um mich zu sehen, nicht etwa, um mich zu bespitzeln. Tom, wie er mir beim Renovieren hilft. Tom mit Crue und den Kätzchen. Tom und was er für Brandy getan hat. Letzteres ist Helen rausgerutscht, und ich habe Brandy selten bestürzter gesehen, doch auch wenn ihr die Sache zutiefst peinlich war, bleibt am Ende die Tatsache bestehen, was Tom für sie getan hat.

Tom.

»Er ist nach Deutschland gefahren, um das mit diesem Per zu klären«, sagte Helen eindringlich. »Er wollte sich mit dir aussprechen.«

»Aber er hat es nicht getan.«

Und das wäre das.

Während ich die Gasse zum *Peek-a-boo* einschlage, frage ich mich zum womöglich ersten Mal, seit die Sache mit ihm und Per aufflog, was ich dabei fühle. Was habe ich heute Nachmittag gefühlt, als ich ihn gesehen habe? Was fühlte ich, als er mir sagte, er wäre hier und er werde nicht weggehen? Was ging in mir vor, als mir klar wurde, dass er nur deshalb Officer Mattons angelogen hatte, weil er Brandy schützen wollte? *Meine* Freundin Brandy?

Weder Helen noch sonst jemand muss mir erklären, dass Tom ein guter Typ ist, der zwar Fingerfood mit Messer und Gabel isst, dafür aber das Herz am rechten Fleck hat. Niemand muss mich davon überzeugen, denn das weiß ich. Was ich nicht weiß ... was ich nicht weiß, ist, ob ich ihm verzeihen kann, dass er mich so lange getäuscht hat. Dass er mir nicht einmal dann die Wahrheit sagte, als er aus Deutschland zurückkam und mir erklärte, dass er mich mag.

Ich würde gern das eine oder andere Gespräch nachholen.

Ich schüttle den Kopf, während sich Toms Worte in meinem Kopf wiederholen. Das eine oder andere Gespräch. Wenn das keine Untertreibung ist, habe ich nie eine gehört. Und ja, ich habe erwidert, wir könnten es langsam angehen lassen – damit hatte ich allerdings nicht gemeint, wir sollten einander weitere Lügen auftischen. Beziehungsweise er mir. Ich habe ihn nie belogen, oder habe ich das? Ist es eine Lüge, jemandem etwas zu verschweigen? Wäre es an mir gewesen, Tom von Per zu erzählen?

Wenn das kein Fall für eine Liste ist, denke ich, und steuere schnurstracks auf das *Peek-a-boo* zu. Doch dann ... dann marschiere ich schnurstracks am Treppenaufgang vorbei.

Tom hat eine Ferienwohnung gemietet, etwa auf halber Höhe des Hügels in Richtung Zennor. Brandy erzählte mir davon, so beiläufig, wie jemand sein kann, der einem einen Zettel mit Adresse in die Hand drückt. Vermutlich hätte ich ihn wegschmeißen sollen, doch ich habe es nicht getan. Und vermutlich sollte ich nicht gerade jetzt, nach diesem aufwühlenden Tag und diesem aufschlussreichen

Abend im *Sloop Inn,* davon Gebrauch machen, aber sei's drum. Ich bin fast da. Als ich an dem Haus ankomme, in das sich Tom eingemietet hat, bin ich so schnell den Hügel hochgestapft, dass mir mein Magen wehtut. Ehrlich, mir ist ein bisschen übel, also bleibe ich einige Minuten einfach vor dem Eingang des kleinen Cottages stehen und atme. Und während ich da stehe, öffnet sich die Tür, und Tom steht im Rahmen.

»Elodie?«

»Hi.« Ich gehe einen Schritt auf ihn zu. »Woher wusstest du, dass ich hier stehe?«

Er nickt in Richtung des Fensters gleich neben dem Eingang, dann runzelt er die Stirn. »Was machst du so spät noch hier oben?«

»Ich gehe spazieren«, lüge ich. Mein Magen verkrampft sich noch ein wenig mehr. Ich fürchte, ich muss mich setzen oder hinlegen oder durchatmen, irgendwie… *Gott,* ist mir schlecht. Ich beuge mich vornüber und sauge einige tiefe, *tiefe* Atemzüge ein. Es ist doch nicht möglich, dass mich ein bevorstehendes Gespräch mit ihm derart nervös macht, oder doch? Ich meine, so nervös, dass ich mich übergeben möchte? Ah okay, daran hätte ich lieber nicht denken sollen. Während ich noch einatme, spüre ich schon, wie etwas wieder aus mir herauswill – und es ist nicht nur Luft, so viel steht fest.

Ich halte mir die Hand vor den Mund. »Uuugh«, stöhne ich, da hat Tom mich gepackt und schleppt mich geradezu ins Haus hinein. »Bist du betrunken?«, fragt er. »Ist dir schlecht?« Er klingt besorgt und auch ein wenig aufgebracht, und ich würde ihn gern beruhigen, doch mir ist klar, es gibt Wichtigeres in diesem Augenblick, zum Beispiel den Mund halten und die Toilette zu finden.

Glücklicherweise hat Tom den gleichen Gedanken. Er schiebt mich durch die Badtür, und ich schaffe es gerade rechtzeitig vor die Schüssel.

Was in den kommenden Minuten geschieht, möchte ich nur ungern beschreiben. Es hat viel mit unerträglichen Röchelgeräuschen zu tun und peinlichem Stöhnen und damit, dass Tom es nur noch schlimmer macht mit seinen fürsorglichen Kommentaren und der Art, wie er mir die Haare aus dem Gesicht hält.

Er hält meine Haare! Ganz kurz nur schießt mir durch den Kopf, dass dies einer der intimsten Momente sein könnte, die ich je mit einem Mann erlebt habe – dann schießen andere Dinge in Richtung Kloschüssel.

»Oh, Gooottt«, stöhne ich. »Geh weg, bitte. Lass mich allein.«

»Schhh.« Mit einer Hand streicht Tom über meinen Rücken. »Wie sieht's aus? Fühlst du dich besser?«

»*Geh weg.*« Ich klinge geradezu flehentlich.

Tom lacht, aber er steht auf, und ich atme erleichtert aus. Ich wage es nicht, den Kopf von der Schüssel zu heben, doch ich schließe für einen Moment voller Dankbarkeit die Augen.

»Hier.«

»Tom«, stöhne ich. »Bitte. Mir ist furchtbar übel. Ich will allein sein.«

Er drückt mir ein Glas Wasser in die Hand, doch bei der Vorstellung, auch nur einen Schluck davon trinken zu müssen, wird mir schlagartig wieder grauenvoll schlecht.

Ich teile das der Toilette mit.

Tom rückt ein Stück von mir ab, doch ich fühle nach wie vor seine Hand in meinem Nacken, wo sie meine Haare zusammenhält.

»Was um Himmels willen hast du getrunken, Elodie?«

»Wasser«, jammere ich. »Wir hatten heute einen antialkoholischen Abend.«

»Wasser?«

Tom ist still, während ich mich erschöpft ein Stück zurücklehne. Wäh, so nah bin ich einer Kloschüssel lange nicht gewesen, erst recht nicht einer völlig fremden. Ich werde mich in ein Desinfektionsbad legen, sobald ich hier fertig bin. Ein Gedanke, den mein Magen sofort mit Protest quittiert.

»Was hast du gegessen?«

»Fish and Chips«, jammere ich. Erneut beuge ich mich vor. »Mir wird anders, wenn ich nur daran denke.«

»Es könnte der Fisch sein«, sagt Tom. »Oder du hast dir was eingefangen.«

Ich antworte nicht. Stattdessen halte ich den Kopf still in Erwartung dessen, was da noch kommen mag, sollten wir weiter über diesen Fisch reden. Doch nach einigen Minuten, in denen nichts passiert, rapple ich mich auf. »Es tut mir wahnsinnig leid«, murmle ich. »Ich werde schnell nach Hause gehen, solange ... «

»Bist du verrückt geworden?« Tom ist ebenfalls aufgestanden. »Du kannst hier übernachten. Ich bringe dir einen Tee, falls du irgendwann wieder etwas aufnehmen kannst. Und einen Eimer.«

»Tom, wirklich ... «

»Ich lass dich auf keinen Fall allein zurück ins *Peek-a-boo* taumeln.«

»Aber ich muss«, erkläre ich weinerlich. Seit wann bin ich eigentlich eine solche Memme? »Ich muss morgen Frühstück machen und die Zimmer und ... «

Tom legt mir eine Hand auf die Stirn. »Du bist ganz

klamm. Und du siehst aus, als habe dich jemand durchge-
kaut und wieder ausgespuckt.«

Ich halte mir stöhnend den Bauch.

»Sorry.« Diesmal legt er mir einen Arm um die Taille
und führt mich aus dem Badezimmer und über den Gang
in ein Schlafzimmer. »Aber du gehst heute nirgendwo
mehr hin.«

Ich liege im Bett und lausche den Geräuschen in Toms
Wohnung. Es ist ruhig geworden, nachdem ich ihn habe
im Badezimmer rumoren hören (vermutlich hat er die Spuren beseitigt, die ich dort hinterlassen habe … ugh). Zuvor
brachte er mir eine zweite Decke, einen Eimer, eine Tasse
Tee und einige homöopathische Magentropfen, die mir
seltsamerweise sofort halfen. Mit keinem Wort hat er mich
gefragt, warum ich ursprünglich hergekommen bin. Was
ich hier wollte, mitten in der Nacht. Nicht mit einem Wort
hat er erwähnt, dass er nicht neben mir im Bett schlafen
würde, sondern auf dem Sofa, obwohl Platz genug wäre
und ich es ihm sicher nicht verwehrt hätte, schließlich ist
es seine Wohnung und ich bin hier hereingeplatzt.

Ach.

Ich fühle mich furchtbar.

Ich schließe die Augen.

Er werde mich rechtzeitig wecken, hat er versprochen.

Na, dann …

Als ich aufwache, ist es stockfinster, was womöglich an
den Rollläden liegt, die nicht den Hauch eines Licht-
strahls durchlassen. Für einige Sekunden spüre ich in
mich hinein, wie es mir geht – mir ist nicht mehr übel,
so viel kann ich sagen, und nicht mehr schwindlig oder

kalt, tatsächlich fühle ich mich besser, als nach ein paar Stunden Schlaf erlaubt sein sollte. Also stehe ich auf, tapse zu meiner Tasche, die ich neben meiner Kleidung auf einem Stuhl abgestellt habe, und krame mein Handy hervor, nur um festzustellen, dass es mitnichten ein paar Stunden gewesen sind, die ich geschlafen habe, sondern augenscheinlich beinahe zwölf – zwölf Stunden Genesungsschlummer für Elodie, während unten im *Peek-a-boo* meine Gäste verhungern.

Der Schreck fährt so ruckartig durch mich hindurch, dass mir beinahe wieder schwindlig wird, während ich panisch nach meinen Klamotten greife, gleichzeitig die Jalousie hochziehe, um die trügerische Mittagssonne hereinzulassen, und vor mich hin fluche, weil Tom mich nicht wie versprochen geweckt hat. Mein Blick fällt auf einen Zettel auf dem Kopfkissen neben dem, auf dem ich geschlafen habe.

Guten Morgen, Dornröschen. Ich hoffe, es geht dir besser. In der Küche stehen Haferflocken für dich und eine Kanne Tee, im Bad sind frische Handtücher. Mach dir keine Sorgen ums Peek-a-boo – du hast eine würdige Vertretung.
Smiley. T.

Was nun folgt? Ich stehe da, den Zettel in der Hand, und ich fange an zu weinen. Was, wenn ein Franzose aus Lübeck… wenn Tom de la Chaux das Beste ist, das mir je passieren wird?

Und was, wenn du noch Fieber hast, Elodie?

Ich wische die Tränen fort und mache mich auf den Weg, so schnell ich kann.

58. Elodie

Ich hätte mir zumindest die Zähne putzen sollen – das ist es, was mir in den Sinn kommt, als ich die Küche meines B&Bs betrete, wo Tom in Schürze und Gummihandschuhen an der Spüle steht. Alles sieht entspannt aus, aufgeräumt, perfekt.

Er sieht perfekt aus. Ich könnte ihn küssen. Und ich könnte wieder heulen.

Entscheide dich jetzt, Elodie.

Entscheide dich.

»Du hast Frühstück gemacht?«

»Guten Morgen.« Über die Schulter wirft mir Tom einen Blick zu. »Geht es dir besser? Du siehst besser aus.«

Mit einer Hand fahre ich mir durch die Haare, wo ich prompt stecken bleibe. Ich muss fürchterlich aussehen. Ungewaschen, ungekämmt, vermutlich mit Spuren von Erbrochenem zwischen den Zähnen.

»Ich müsste duschen«, murmle ich.

»Nur zu. Die Gäste sind alle weg – und sie leben noch, nebenbei bemerkt.« Tom grinst mich an, und das, was dieses Lächeln in meinem Magen auslöst, hat nichts zu tun mit dem Fisch von gestern Abend.

Als ich aus dem Bad komme – frisch restauriert –, treffe ich Tom in einem der Zimmer beim Bettenmachen an. »Oh, Gott, nein, das nicht auch noch«, sage ich, während ich auf ihn zueile und ihm die Decke aus der Hand reiße. »Ehrlich, du hast genug getan«, wiederhole ich, und dann fällt mir ein, wie wahr das ist. »Es tut mir leid, dass ich dich gestern so überfallen habe. Noch dazu in diesem Zustand. Es war nicht meine Absicht, dir vor die Füße zu kotzen.«

Tom lacht. »Nein? Dabei hätte man es durchaus so interpretieren können, nehme ich an.«

»Es tut mir leid. Und nochmals danke für deine … Gastfreundschaft. Und Hilfe«, füge ich rasch hinzu, nachdem Tom schweigt. »Ich schulde dir was dafür, dass du heute für mich eingesprungen bist.«

»Das ist in Ordnung«, sagt er, »du solltest dich schonen.« Womit er mir die Decke wieder aus der Hand nimmt.

»Tom. Du musst das nicht tun. Mir geht es viel besser. Und du bist nicht das Zimmermädchen.«

»Und wieder unterschätzt du mich«, erwidert Tom, während er die Decke faltet und das Kopfkissen aufschüttelt. »Ich hab dir gesagt, ich kann Hausarbeit. Meine Mutter …«

»… hat dich nicht zu einem Chauvinisten erzogen, ich erinnere mich.« Die nächsten Minuten sehe ich ihm dabei zu, wie er Laken gerade zieht, Bettdecken ausschüttelt und Kopfkissen drapiert, so lange, bis er in der Bewegung innehält.

»Was ist?«, fragt er. »Worüber grübelst du nach?«

»Ich dachte gerade daran, dass … als du mir sagtest, dass du kein Chauvinist seist, da waren wir in der Küche und haben das Geschirr gewaschen. Am Abend nach der Party.«

»Ich erinnere mich.« Tom richtet sich auf und sieht mich an.

»Aber es war nicht der Abend, an dem wir auf dem Tisch meiner Mutter, du weißt schon ...«

»Nein, war es nicht.«

»An dem Abend bist du aus Frankfurt zurückgekehrt und hast mir gesagt, es gebe ein paar Dinge, über die du gern mit mir sprechen möchtest. Und dass du mich magst.«

»Elodie ...«

Ich hebe eine Hand, um ihm zu bedeuten, dass ich noch nicht fertig bin. »Gestern Abend bin ich zu dir gekommen, um dir zu sagen, dass ich dir dankbar dafür bin, was du für Brandy getan hast. Dass es zeigt, was für ein wundervoller Mensch du sein kannst, mitfühlend und selbstlos. Ich wollte dir sagen, dass ich dir gern vergeben möchte, was du getan hast, und vor allem, dass du nicht vorher mit mir gesprochen hast, weil ich weiß, dass du eine zweite Chance verdient hast. Und gestern ... da bin ich gekommen, um dir zu sagen, dass ich sie dir gern geben möchte.«

Tom sieht mich an, seine Brauen bewegen sich dabei langsam nach oben. »Und heute?«, fragt er zögernd.

»Heute«, beginne ich ebenso zaghaft. »Heute möchte ich dich bitten, meine Entscheidung, dich ebenfalls zu mögen, nicht darauf zu reduzieren, dass du der schärfste Hausmann bist, den ich kenne.«

»Hausmann?« Toms Mund steht offen, bevor er sich zu einem breiten Grinsen verzieht. »*Scharf?*«

Ich verdrehe die Augen. Dann wedle ich mit der Hand in Richtung seiner Körpermitte. »Dieser Waschbrettbauch ist jedenfalls nicht zu verachten.«

»Nein?« Er geht um das Bett herum, auf meine Seite, und automatisch weiche ich einen Schritt zurück.

»Die Gäste können jeden Augenblick wiederkommen.«

»Und?«

»Und wir haben uns noch nicht ausgesprochen.«

»Aber du weißt, was ich getan habe. Und du bist bereit, mir zu vergeben.«

»Womöglich.«

»Und könntest du dir vorstellen, mit dem Reden noch etwas zu warten?«

Tom steht jetzt dicht vor mir, und automatisch hebe ich den Kopf, und von ganz allein schmiegen sich meine Hände an seine Taille.

»Du hast diesen Blick«, murmle ich.

»Welchen Blick?« Er beugt sich zu mir herunter und drückt kleine Küsse auf meine Schläfe.

Ich seufze. »Diesen lüsternen Ich-will-dich-über-meine-Schulter-werfen-und-in-meine-Höhle-tragen-Blick.«

Ich spüre Toms Lächeln an meiner Haut und schmiege mich an ihn. »Als wir uns das erste Mal gesehen haben, da hast du mich ganz anders angesehen.«

Was ihn auf der Stelle wieder ernst werden lässt. Er löst sich ein Stück von mir. »Ich weiß nicht, warum ich das getan habe, ehrlich nicht. Ich hätte diesen abstrusen Auftrag niemals annehmen dürfen, ganz egal, was Gunnarson mir dafür angeboten hat.«

»Was hat er dir angeboten?«

Toms Lippen sind eine harte Linie. »Eine Menge Geld. Die Möglichkeit für diesen Shop. Und einen Job in seiner Firma, wenn das hier abgeschlossen ist.«

Ich nicke. Das hatten wir bereits. »Und du konntest mich nicht leiden, richtig? Weil du dachtest, ich sei ein Flittchen, das seinen verheirateten Boss verführt hat und sich dann von ihm aushalten lässt?«

»Was? Nein«, protestiert Tom, während er sich ganz aus

meiner Umarmung löst, aber er wird rot dabei. »Das ist nicht deine Schuld gewesen«, sagt er. »Gunnarson ist hier das Arschloch.«

Ich seufze. »Ich wünschte, es wäre so einfach, aber dazu gehören nun mal zwei.«

»Elodie…«

»Hat es dir Spaß gemacht, mich heimlich zu beobachten?«

»Was?« Nun sieht Tom mich so entsetzt an, dass ich in Gelächter ausbreche. Ich probiere es erneut mit einer Umarmung.

»Spaß«, versichere ich ihm.

»Haha.«

»Haha? Was ist mit deinem britischen Humor passiert?«

»Ich bin Franzose, schon vergessen?«

»Mais, no. Comment pourrais-je oublier ça?«

Wieder beugt sich Tom zu mir herunter, und er lächelt, während er seine Lippen auf meine drückt. »Du weißt, ich spreche kein Französisch, oder?«

»*Was?*«, gluckse ich.

»Meine Familie mag von den Hugenotten abstammen, aber ich habe die Sprache nie gelernt.«

»Das ist witzig!« Ich erwidere Toms Küsse, doch dazwischen erkläre ich ihm kichernd: »Oh, et cela ouvre des possibilités. Tant de possibilités!«

»Gott, das klingt sexy.«

»Nicht wahr? Jetzt kannst du es endlich zugeben. Du findest mich sexy.«

»Mmmh. Ich gebe gern alles zu, wenn du mir so nah bist.«

»Tatsächlich?«

Toms Lippen sind weitergewandert, meinen Hals hinunter zum Schlüsselbein, und tiefer gleiten sie, immer tiefer. Und mit ihnen mein T-Shirt.

»Okay«, hauche ich, »genug geredet. Lass uns ...«

»... von vorn anfangen?«

»Ja, das auch. Aber erst lass uns ...«

Der Knall ist so markerschütternd, dass Tom und ich erschrocken auseinanderfahren.

»Liebe Güte, was war das?«

Beide laufen wir zum Fenster, vor dem sich der Himmel dunkelgrau verfärbt hat – dunkelgrau, bis auf den gleißenden Blitz, der die Wolken zerfetzt. Es regnet, dicke runde Tropfen, die der Wind im Zickzack vor sich her peitscht. Dann erneut Donner, ohrenbetäubend.

»Hört sich an, als wäre es direkt über uns.«

Automatisch sehe ich zur Decke. »Es war schön, als ich herkam. Kaum eine Wolke am Himmel, bloß ein bisschen Wind.«

Tom legt den Arm um mich, zieht mich zu sich heran und drückt seine Lippen gegen meine Stirn. »Britisches Wetter«, murmelt er. »Soll uns nicht stören. Wo waren wir?«

»Mmmh. Mal sehen.« Ich verschränke die Hände in seinem Nacken und ziehe ihn näher zu mir heran. »Ich denke, wir ...«

Und es kracht. Und klappert. Ich zucke zusammen. Diesmal sehen wir beide zur Decke, denn es hörte sich verdammt danach an, als habe irgendetwas an meinen Dachziegeln gerissen.

»Nein«, sage ich automatisch.

»Nein«, stimmt Tom mir zu.

Der Wind pfeift jetzt geräuschvoll durch das alte Haus, und wieder scheppert es irgendwo über uns.

»Ich sage dir«, knurre ich, »wenn jetzt ein blöder Sturm mein Haus abreißt...«

»Schhh.« Tom schließt seine Arme fester um mich, aber ich könnte schwören, er lacht.

»Das ist nicht komisch«, rufe ich empört, während ich mich von ihm losmache.

»Nein, ist es nicht.«

»Ist es nicht«, wiederhole ich, doch dann muss ich lachen, und Tom lacht ebenfalls, und der nächste Donner lässt uns nur noch lauter lachen.

»Okay.« Er räuspert sich. »Wo waren wir?«

Ich verdrehe die Augen.

Tom nimmt meine Hand. »Lass uns nach oben gehen und sehen, ob die Fenster geschlossen sind.«

»Und ob schon Löcher im Dach klaffen.«

Hand in Hand betreten wir das Studio. Crue sitzt unter einem der glücklicherweise geschlossenen Fenster und starrt auf den Regen, der lautstark darauf eindrischt. Tom schließt die Tür und drückt mich dagegen.

»Was auch immer dieser Sturm anrichtet, wir schaffen das, okay?«

»Ich werde einen Nervenzusammenbruch bekommen, wenn...«

»Schhh.« Er streicht mir eine Haarsträhne aus der Stirn. »Es muss gar nichts passiert sein. Und selbst wenn – so ein paar Dachziegel sind schnell wieder festgemacht.«

»Ja?« Hoffnungsvoll sehe ich ihn an.

»Ja.« Er drückt einen Kuss auf meine Lippen, und ich seufze. Schon besser. »Egal, was kommt, wir schaffen das. Okay?«

»Okay«, flüstere ich.

»Von vorn.«

»Von vorn.« Ich nicke. Dann hole ich Luft. »Dann haben wir wohl den gleichen Gedanken gehabt?«

Es dauert eine Weile, bis Tom begreift, was ich da gerade zu ihm gesagt habe. Die ersten Worte, die wir damals gewechselt haben, auf der Straße vor seinem Coffeeshop. Als es ihm aufgeht, glättet sich seine Stirn, und er lächelt mich an.

»Wie kommen Sie darauf? Dass ich den gleichen Gedanken gehabt haben könnte wie Sie?«

»Weil du in mich verliebt bist«, erkläre ich ihm.

»Möglich«, erwidert er.

Und das ist das. Und alles andere kommt später.

Epilog

Im nächsten Sommer …

»Ich denke nicht, dass das ein Wort ist, Brandy, ehrlich nicht.«

»Da muss ich Elodie recht geben – Dorfberg? Was soll das sein?«

»Ein Berg in einem Dorf?« Brandy rückt ihre Buchstabensteine von hier nach da, als würde dies irgendetwas an ihrer Mogelei ändern.

Ich werfe Helen einen Blick zu, und die schüttelt den Kopf.

»Wir können ihr nicht alles durchgehen lassen.«

»Sehe ich auch so.«

»Aber ich bin eine alte Frau!«

»Wie alt eigentlich genau, Brandy?«

Sie zieht die Nase kraus und packt mürrisch die Hälfte ihrer Steinchen zurück auf die Buchstabenbank. Dann greift sie sich den Beutel mit den restlichen Scrabble-Steinen.

Im Haus klingelt das Telefon, doch ich zucke nicht einmal zusammen. Nachdem es kaum mehr stillsteht und ich ständig Gespräche unterbrechen oder Dinge liegen lassen musste, um die vielen Anfragen zu beantworten, habe ich einen Anrufbeantworter installiert, den ich einmal am Tag abhöre – zu einer selbstbestimmten Bürozeit sozusagen, in der ich mich allein dem *Peek-a-boo* und seinen künftigen Gästen widme. Wenn ich etwas gelernt habe in meinem bisherigen Berufsleben, dann ist es Organisation. Und auch wenn ich eine Weile gebraucht habe, um den Betrieb des kleinen B&Bs in routinierte, planbare Bahnen zu lenken, ist es mir inzwischen weitestgehend gelungen.

Weitestgehend.

Irgendwas ist schließlich immer.

»Crue ist wieder schwanger.« Ich sehe zu der Katze hinüber, die es sich in dem Strandkorb unter dem Fenster gemütlich gemacht hat – meine neueste Errungenschaft für die Terrasse und Crues liebster Schlafplatz, sehr zum Verdruss einiger Gäste.

»Oh, nein.« Helen schüttelt den Kopf. »Du wolltest sie doch sterilisieren lassen.«

»Das wollte ich, aber da war es augenscheinlich schon zu spät.« Ich zucke mit den Schultern. Um ehrlich zu sein, ich freue mich auf die Katzenbabys, auch wenn ich nicht sollte. Es gibt schließlich schon genug Tiere, die ein Zuhause suchen, auch hier in England.«

»Na, wenigstens muss sie nicht all ihre Kinder behalten«, sagt Helen trocken, und zumindest ich kann darüber lachen. Es ist kein Geheimnis, dass Kayla nach wie vor das kleine Biest ist, das sie vor der Ehekrise ihrer Eltern war. Der Schock darüber, dass ihre Mama eventuell nicht wiederkommen könnte, hat kaum ein paar Wochen angehalten. Jetzt, ein Jahr, eine Versöhnung und viele, viele Grundsatzdiskussionen später, ist Kayla wieder ganz die alte.

»Was machst du da eigentlich, Brandy? Du kannst nicht einfach unbegrenzt Steine aus dem Beutel nehmen. Deine Scham kennt wirklich keine Grenzen!«

»Beim Scrabble nicht und auch sonst nicht«, antwortet Brandy, und Helen verschluckt sich fast an ihrem Tee. Ich nippe an meinem, der inzwischen ebenso zu unseren wöchentlichen Scrabble-Nachmittagen gehört wie das Scrabble selbst. Was soll ich machen? Man passt sich eben an.

»So«, verkündet Brandy. »Fertig.« Sie dreht das Brett, damit sowohl Helen als auch ich lesen können, was sie da aus mindestens zwei Dutzend Steinen geformt hat, und ich will schon protestieren, da fasst Helen mich am Arm.

Stretford, lese ich. *Ich fahre nach Stretford.*

»Nein!«, rufe ich.

»Doch!«, ruft Brandy.

Helen und ich tauschen einen Blick.

»Dein Sohn lebt in Stretford«, erklärt sie, und Brandy verdreht die Augen. »Ach wirklich? Danke für die Information, Dummchen.« Sie grinst.

Unter dem Tisch tritt mir Helen auf den Fuß, und ich nehme Brandys Hand. »Er hat sich also gemeldet?«

»Das hat er.« Brandy seufzt. »Das hat er. Und er möchte, dass ich den September in Stretford verbringe, um seine Familie kennenzulernen. Oh, und er hat nichts mehr erwähnt von betreutem Wohnen und alldem. Er sagte einfach, er habe oft über unsere letzte Begegnung nachgedacht und schließlich festgestellt, dass er seinem Sohn nicht die Möglichkeit nehmen möchte, seine Großmutter kennenzulernen.«

Nicht ganz das, was wir besprochen hatten, aber gut. Bereits im Frühjahr sind Helen und ich für einen Tag nach Stretford gefahren, um mit Robert Cole zu sprechen – zum Beispiel darüber, dass seine Mutter schon seit dreißig Jahren keinen Alkohol mehr trinkt und die Ladendiebstähle zwar dumm, aber doch auch irgendwie skurril genug waren, um nicht als bösartig zu gelten, und dass grundsätzlich jeder Mensch eine zweite Chance verdient, Brandy sogar mehrere.

Er war nicht sonderlich einsichtig. Auch seine Wunden sitzen tief, das darf man bei alldem nicht vergessen. Letztlich aber räumte er ein, es sich zu überlegen, was er augenscheinlich getan hat. Er musste uns versprechen, Brandy nichts davon zu erzählen, dass wir bei ihm waren, und daran scheint er sich gehalten zu haben.

»Wir freuen uns sehr für dich«, sagt Helen.

»Papperlapapp«, erwidert Brandy. »Machen wir keine große Sache daraus. Wir wissen noch nicht, was bei dieser Reise herauskommen wird, oder?«

»Wirst du im Oktober zurück sein?«, fragt Helen. »Am zehnten beispielsweise?«

Ich sehe Helen an. »Was ist am zehnten Oktober?« Ihr Geburtstag war erst, das kann es also nicht sein.

Helen zögert ihre Antwort so lange hinaus, dass Brandy ihr den Buchstabenbeutel zuschiebt, doch dann fängt sie an zu lachen. Und gleichzeitig zu weinen. Ich sehe Brandy alarmiert an, da schluchzt Helen auf: »Liam und ich...«, und, oh, Gott, ich ahne Fürchterliches. Was? *Was?* Lassen sich scheiden? Geben eine Party zu Ehren ihrer Scheidung? Oh, bitte nicht, es sah doch alles so gut aus!

»Wir wollen unser Eheversprechen erneuern. Oben, auf Tregenna Castle.«

»Ach herrje, das ist doch kein Grund zu heulen!« Brandy steht auf und umarmt Helen. Ich stehe ebenfalls auf und umarme sie beide. »Du hast mir einen riesigen Schrecken eingejagt.«

Helen wischt sich die Tränen von den Wangen und lächelt uns an. »Ich hätte nie gedacht, dass wir einmal so etwas Kitschiges tun würden«, sagt sie.

»Komisch«, erwidere ich gespielt grüblerisch. »Mir dagegen war das immer schon klar.« Ich küsse sie auf die Wange und setze mich wieder, und während ich noch darüber nachdenke, wie aufregend dieser Nachmittag ist im Vergleich zu dem beschaulichen, herrlich übersichtlichen Leben, das wir ansonsten in St. Ives führen, räuspert sich Brandy.

»Jetzt fehlst nur noch du, Elodie«, sagt sie. »Hast du uns auch etwas zu sagen?«

Zwei Augenpaare starren mich an. Ich setze ein ernstes Gesicht auf. »Ja, also, wisst ihr ...«, und dann kann ich mir mein honigkuchengroßes Grinsen nicht mehr verkneifen. »Nein«, kreische ich. »Bei mir ist schon seit Ewigkeiten nichts mehr passiert, und das ist wundervoll!« Ich strahle meine Freundinnen an, und ich könnte aufrichtiger nicht sein. Ich habe das *Peek-a-boo*, und ich verdiene Geld damit, wer hätte das vor anderthalb Jahren für möglich gehalten? Ich habe Crue und liebe Menschen um mich herum, und jeden Morgen, wenn ich aufwache, öffne ich das Fenster und atme Meeresluft – kühle, salzige Luft, die nach Leben und nach Freiheit schmeckt. Und dann drehe ich mich um zu dem Mann in meinem Bett, und eventuell lege ich mich wieder zu ihm, nur für einen Moment, denn Tom ist hier, so, wie er es versprochen hat, und auch wenn wir noch nicht bis ins Detail geplant haben, wie es weitergeht mit ihm und seinem Job in der Firma seiner Eltern, so wissen wir doch, dass wir eine Lösung finden werden, denn wir wollen uns nicht trennen. So einfach ist das manchmal.

Tom ist wunderbar.

Er ist ein Snob, aber ein ganz wunderbarer.

Ich kann nichts dafür, ich grinse noch mehr. Und ich sollte eine Liste anlegen, von all dem Schönen in meinem Leben. Oh ja, das sollte ich ganz dringend tun.

Danksagung

An diesem Buch habe ich mehr getüftelt als an jedem anderen, denn so einfach sich die Idee dazu in meinem Kopf anhörte, so schwierig war es dann doch, sie umzusetzen. Die Liebe in ihren unterschiedlichen Facetten aufzeigen – so weit der Grundgedanke. Was danach kam, kann man sich am besten als Standardtanz vorstellen: vor, zurück, Wiegeschritt. Dass ich am Ende nicht über meine eigenen Füße gestolpert bin, stattdessen in einer hoffentlich eleganten Drehung zum Ende kam, habe ich ein paar Menschen zu verdanken, die mich fabelhaft unterstützt haben:

Julia: Du glaubst so fest an meine Bücher, dass mir ganz warm wird ums Herz, und ich danke dir und dem gesamten Team von Blanvalet für die bedingungslose Unterstützung.

Angela: Mit deiner Hilfe ist es gelungen, die Figuren noch plastischer, die Szenen noch glaubwürdiger zu gestalten. Danke für dein exzellentes Lektorat.

Ich danke meinen Autorenkolleginnen Anne Freytag, Eva Siegmund und Manuela Inusa – für kreative Impulse, Tipps in Sachen Restauration und offene Ohren in allen Lebenslagen. Meiner Agentin Rosi Kern danke ich wie so oft fürs Erstlesen und in diesem konkreten Fall für die Französischnachhilfe. Marlis, Motivatorin Nummer eins, danke, dass du das Sommerhaus sogar in deinem Urlaub gegengelesen hast! Meiner Chorkollegin Linda möchte ich ebenfalls danken für ihre ausdauernde Beratung in Sachen Kellersanierung.

Flop — ha! Damit hast du nicht gerechnet, was? Aber jemand, der immer ein offenes Ohr hat, egal mit welcher dummen Frage ich komme (diesmal ging es darum, ob sich eine Metapher zwischen Tauchen und dem Leben im Allgemeinen finden lässt... nun ja...), muss einfach mal öffentlich umarmt werden.

Was mich zu meinem Herzallerliebsten bringt, der auch dieses Werk mit mir überstand — geduldig, aufmunternd, beratend, plottend, mitlesend und inspirierend (oder woher weiß ich wohl, dass Herrenanzugschuhe High Heels in Unbequemlichkeit in nichts nachstehen?). Danke für deine bedingungslose Unterstützung, für die Wortschöpfung Testosteron-Toni und dafür, dass du keiner bist.

PS: Informationen zu den Legenden und Spukgeschichten rund um St. Ives fand ich zum einen natürlich im Internet, zum anderen in dem Buch *Haunted St. Ives* von Ian Michael Addicoat.